21세기 음식과
섭생의 푸드 서사

인류세
식탁

이 저서는 2017년 정부(교육부)의 재원으로 한국연구재단의 지원을 받아 수행된 연구임 (NRF-2017S1A6A4A01021367)

문학과환경 학술총서
❷

21세기 음식과
섭생의 푸드 서사

인류세
식탁

신두호 지음

學古房

　책이란 결과물에는 종종 운이 수반된다. 자료를 모아 정리하고 글로 쓰는 작업, 탈고와 출간이라는 최소한 몇 년씩 걸리는 인문학 연구서의 경우 그렇다. 물론 모든 책의 질과 성과는 무엇보다도 저자의 역량과 노력의 결과라는 점은 자명하다. 다만, 다루는 주제가 시의성이 따르는 사회 현상을 반영하는 경우, 주제와 관련된 예상치 못했던 외적인 일이 발생하는 경우다. 그 '일'이란 책 작업에서의 상수가 아닌 변수로, 저자의 의도나 능력과는 무관하게 완성된 책의 의미를 퇴색시키기거나 윤색해주기도 한다.

　이 책이 그렇다. 다행히도 '일'로 인해 책의 내용이 저자의 능력과는 무관하게 의미가 더해진 '느낌'이다. 책을 쓴 저자에게 그렇게 생각이 든다는 것이다. 책에 대한 평가는 독자의 몫임에는 분명하다. 동시에 책 작업과 결과물에 대해 저자 자신의 느낌 역시 못지않게 중요하다고 생각한다. 이 책과 관련된 '일'이란 두 가지다. 하나는 외부적 '일'이고, 다른 하나는 개인적 '일'이다. 외부적 '일'은 코로나19이며, 개인적 '일'은 손주의 태어남이다.

　'인류세 식탁'은 팬데믹 식탁이다. 저서 작업 과정에 발생하여 출간되는 시점에서도 여전히 진행형인 코로나19는 현 우리의 푸드 웨이 모습과 문제점을 보다 분명하게 드러내주었다. 코로나19가 우한의 한 전통시장에서 식용으로 거래되는 산야생동물에서 기원된 것으로 알려지면서, 우리의 식습관과 팬데믹 발생의 상관관계가 구체적으로 드러났다. 사실, 20세기 후반 이후 전 지구적 규모의 팬데믹 발생 대부분이 야생동물이 매개가 되어왔으며, 그 원인에는 인간의 식습관이 직간접으로 관여되어있다. 제한적인 범위이긴 하지만, 이번 코로나19처럼 야생동물을 푸드로 삼는 데서 오는 직접적 연관성과 더불어, 대규모의 동식물 서식지 파괴와 야생동물의 인간거주지로의 이동, 야생동물과 인간의 빈번해진 접촉으로 발생한 팬데믹의 근원에는 보편적인 범주에서 인간의 푸드가 깊숙이 자리 잡고 있다. 인구증가에 따른 필요한 푸드 확보를 위해 대규모 생태계가 파괴되어왔으며, 현대인들이 대부분 의존하는 산업화된 푸드의 생산과 유통, 소비가 글로벌 차원의 생태계 파괴에 큰 원인이 되어 왔다. 본 저서에서 다루는 인간 활동으로 초래된 인류세적 기후변화와 생태계 파괴, 글로벌푸드시스템, 현 시대의 푸드 웨이 간의 상호연관성은 사실 그 규모나 복잡성으로 대중의 입장에서 구체적인 모습과 성격을 파악하는 것이 쉽지는 않다. 코로나19 발생으로 적어도 이 글로벌푸드시스템과 우리의 일상 식단과의 관계성은 우리 삶의 현장에서 경험되었다. 전 세계에 걸쳐 하나의 망으로 촘촘하게 연결된 푸드의 생산과 공급, 유통이 차질을 빚자 우리의 익숙한 식탁과 푸드 웨이에는 당장 혼란과 불편이 초래되었고, 이를 통해 우리가 섭취하는 푸드가 어느 곳에서 어느 경로를 통해 식탁에 오르는지 보다 더 관심을 갖지 않을 수 없게 되었다.

'인류세 식탁'은 우리들 손주의 식탁이어야 한다. 책 출간을 앞두고 저자에게 첫 손주가 태어났다. '손주사랑은 무죄다'라는 '손주바보'의 대열, 그것도 앞 열에 당당히 서 있는 나를 발견한다. 동시에, '이 지구는 후세대로부터 잠시 빌려 쓰는 것'이라는 다소 선언적이었던 의미가 손주를 통해 현실적인 실천 명제가 되고 있음을 강하게 느낀다. 나만이 그런 게 아니다. 힐러리 클린턴은 대선을 앞두고 손주를 보게 되면서, "기후변화가 자녀와 손주에게 미칠 영향을 두고 볼 수는 없습니다"라고 미래세대를 위한 공약을 내놓는다. 얼마 전 국내 대학 초청 기후변화에 관한 줌강연에서 캐나다의 저명한 학자 겸 환경운동가인 데이비드 스즈키는 강연 서두를 이렇게 시작한다. "먼저 제 입장을 분명히 하고자 합니다. 오늘 강연은 데이비드 스즈키 재단 이사장으로서도, 브리티시 콜롬비아 대학 교수로서도 말씀드리는 것이 아닙니다. 저는 할아버지로서 우리 손주들의 미래를 위해 말씀드리고자 합니다." 1시간 동안 진행된 기후변화에 대한 통찰과 혜안을 보여주는 그의 강연 내용은 '당연한 말씀'으로 내 기억의 뒤편으로 서서히 물러나고 있지만, 그의 서두 선언은 나의 손주 모습과 겹치면서 내 마음의 한복판에 점점 더 분명한 모습으로 자리 잡고 있다. 팬데믹 식탁에서 드러나는 인류세의 의미가 인간의 활동으로 인한 전 지구적 생태계 파괴의 실상과 현실을 의미한다면, 미래 세대를 위해 차려야 하는 '손주의 식탁'이 지향하는 인류세는 인간의 책임인식과 실천을 촉구하는 의식적인 명제다. 우리 사회와 개개인의 푸드 웨이의 모습을 제대로 돌아보고 환경과 푸드의 지속가능한 미래를 위한 새로운 푸드 웨이 실천은 본 저서의 또 다른 중심주제로서, 저자에게는 손주의 존재로 인해 이 책을 쓴 보람과 개인적인 차원의 구체적인 실천 의지가 더해졌다.

　　이 책은 외부의 도움으로 나올 수 있게 되었다. 인문 저술을 지원해준 한국연구재단과 문학과환경총서로 자리매김하는데 도움을 준 문학과환경학회 총서발간위원회 정연정위원장님과 위원님들, 어려운 출판환경에서도 출판을 맡아준 학고방 출판사 하운근 대표님과 편집부 선생님들께 감사드린다. 음식과 푸드의 의미에 지속적인 관심을 갖는데 가장 큰 동기부여는 나의 가족이다. 틈틈이 요리책을 뒤지며 즐겁게 요리하던 나의 습성은 아이들 수현과 수홍 덕분이며, 정성껏 요리를 준비하고 함께 나누는 일이 진정한 행복임을 한시도 잊지 않고 살아온 것은 아내 영 덕분이다. 큰 아들과 현아와의 관계도 이러하니 이 대물림 역시 큰 보람이다. 새로 태어난 손녀 로아와 우리의 미래세대 손주들 앞에 차려질 식탁에는 더욱 친생태적으로 지속가능하고 더욱 건강에 유익하고 더욱 맛난 음식이 놓이는 것, 이것이 나의 간절한 소망으로, 이 책이 조금이나마 도움이 되길 소원해본다.

2022년 따뜻한 4월
강릉 鶴山 칠성산 자락 서재에서 신두호

프롤로그

피즈 & 캐럿츠

> "요리에서 햄과 달걀이 흔이 함께 조리되듯, 완두콩은 영락없이 당근과 함께 조리되었다. 그래서 완두콩과 당근은 같은 줄기에서 자라는 줄로 난 한동안 생각했었다."

유머러스한 요리책으로 과거에 인기를 얻었던 미국 작가 페그 브레이큰(Peg Bracken)의 말이다. 이 완두콩과 당근 단짝이 트럼프의 백악관에 소환되었다. 2018년 11월 19일, 백악관 로즈가든에서 추수감사절을 맞아 '칠면조 사면식' 행사가 거행되었다. 초대받은 일부 시민들과 기자들이 모인 가운데 열린 행사에서 트럼프 대통령은 시민들의 투표로 '올해의 추수감사절 칠면조'(National Thanksgiving Turkey)와 최종후보에 오른 칠면조에게 사면을 선언한다. 감사를 표하고 이웃과 마음을 나누는 추수감사절이라는 미국의 넉넉함을 보여주는 명절을 축하하는 백악관 연례행사다. 흥미로운 점은 이 두 마리 칠면조의 이름이다. '올해의 추수감사절 칠면조'는 "피즈"(Peas), 최종후보에 오른 칠면조는 "캐럿츠"(Carrots)라는 이름이 붙여진 것이다. '피즈'와 '캐럿츠,' 즉, '완두콩'과 '당근'이다. 트럼프의 '피즈 & 캐럿츠' 칠면조 사면은 이 용어에 담긴 다중의 은유를 통해 현재 우리 시대가 안고 있는 푸드와 연관된 이슈에 대해 성찰 거리를 제공해준다.

첫째, '피즈 & 캐럿츠'는 환경문제에 대한 정치적 수사학과 태도를 보여준다. 트럼프는 '피즈'와 '캐럿츠'를 사면하면서 미국인들의 식탁에 자주 올라오는 먹거리로서의 완두콩과 당근, 칠면조와 같은 푸드 자원과 동식물이 처한 작금의 상황을 생각했을까? 테이블에 올린 칠면조 '피즈'를 보고 '이렇게 멋진 칠면조는 본 적이 없다'는 말치레에도 불구하고 '피즈'

와 '캐럿츠'의 사면은 역대 대통령들이 따랐던 관례적인 행동이었다. 더군다나 트럼프의 성향에 익숙한 미국인들은 그의 사면이 동물에 대한 진정한 애정으로부터 나온 행동이 아닌 보여주기 몸짓에 불과했다는 점을 의심하지 않는다. 최강국의 지도자로서 지구의 미래를 생각한다면 완두콩과 당근과 같은 푸드자원과 칠면조와 같은 자연의 피조물에 대한 진정한 '사면'이 요구된다. 즉, 이들의 생존을 위협하는 기후변화와 같은 환경파괴 문제 해결을 위해 발 벗고 나서야 하고, 푸드 자원과 음식을 함부로 낭비하는 현재의 소비문화와 인식이 바뀌도록 지도자로서 노력해야 한다. 오히려 트럼프는 대통령 후보 시절부터 기후변화를 거짓말이자 사기로 비판하더니 당선되자마자 어렵게 마련된 파리기후협약 탈퇴하는 만행까지 서슴지 않았다. 이로 인해 미국은 파리기후협약에 가입하지 않은 유일한 나라로 남게 되었다. (다행히도 이후 바이든 행정부가 들어서면서 미국은 파리기후협약에 재가입 했다). 트럼프는 자신의 정부 보고서 내용도 부인한다. 2018년 추수감사절을 앞두고 연방 정부산하 13개 기관과 300여 명의 기후 관련 학자들에 의한 연구결과가 발표되었다. "제4차 국내기후평가"라는 제목의 보고서에는, "기후변화로 인해 날씨가 극심하게 변하고, 공기 질이 나빠지고, 곤충과 해충에 의한 새로운 질병이 번지고, 푸드와 물의 가용이 제한되고 있어서 인간의 건강과 복지에 위협이 되고 있다. 따라서 우리 삶의 방식과 정책의 변화 없이는 "다가올 가까운 미래에 미국 경제와 환경, 국민건강과 복지에 중대한 해가 가해질 것"으로 결론 맺는다. 트럼프는 자신의 행정부에서 발표한 이 기후변화 보고서도 못 믿겠다고 딴죽 부리고 있다. 추수감사절 연휴 기간에 발표된 이 보고서에 대해 연휴 다음 주 월요일에 기자들이 트럼프에게 묻자, 질문한 기자에게 대뜸 '왜, 그 질문합니까?'라고 그의 특유의 면박성 반응을 보이면서, 보고서 '일부'를 보긴 했는데, '난 보고서 안 믿어요'라고 그 주제를 피해간다. 며칠 후엔 괴변에 가까운 발언으로 자신의 태도를 견지한다. "미국은 환경적으로 지난 어느 때보다도 가장 깨끗하다"는 것이다. "미국만이 오염되지 않았고 그 밖의 지구상의 모든 나라가 오염되었으니, 참 안된 일이다. 난 깨끗한 공기를 원한다. 난 깨끗한 물을 원한다. 매우 중요한 일이다."

둘째, '피즈 & 캐럿츠'는 정치적인 그린워싱(greenwashing)만이 아닌 푸드 산업시스템의 푸드 그린워싱, 즉 위장 환경주의를 상징한다. '완두콩과 당근'의 뛰어난 건강 및 영양학적 가치를 푸드 산업이 비즈니스 이익추구에 교묘하게 이용하는 것이다. 공생식물로서의 콩과 당근에는 생태학적 지혜가 담겨있을 뿐만 아니라, 이 둘을 함께 섭취할 경우 건강유지와 영양학적으로 매우 뛰어나다고 보고되고 있다. 콩과류와 당근에 포함된 비타민 C는 우리 몸의 면역체계를 강화해주며 세포를 보호해 주고 심장질환을 낮춰주는 것으로 알려졌다. 콩과 당근 한 컵에는 단백질 일일섭취 권장량의 약 20%가 들어있고 지방 성분은 극히 적고 몸에 유익한 섬유질이 다양 포함되어 있다. 미국 식문화에서 보편화 된 완두콩과 당근, 특히 이 둘이 합쳐진 형태의 생태학적이자 영양과 건강상의 유익한 이미지에 기대어 '이센셜 에브리데이 푸드'(Essential Everyday Food)란 대형식품회사에서는 "피즈 & 캐럿츠"(Peas & Carrots)란 브랜드로 혼합 채소를 통조림과 냉동식품으로 판매하고 있다. 완두콩과 당근과 같은 식물을 통조림이나 냉동 형태로 상품화할 경우 비타민 C와 엽산, 칼륨 등 우리 몸에 유익한 요소들은 절반으로 줄어들며 제품화에 따른 염분과 첨가물로 인한 유해한 점이 수반된다는 점을 감춘 채 건강에 유익한 단짝의 상징인 '피즈 & 캐럿츠' 이미지만을 내세운다. 실제로 이 제품에 대한 설명에서는 영양학적 가치나 건강에 유익하다는 문구는 없다. 오직 가공식품 산업

시스템에 익숙한 소비자의 편의성과 가격 측면의 장점만을 내세운다. "그대로 요리하면 됩니다. 소비자 여러분이 정말 마음에 드실 저렴한 가격입니다. 우리 이센셜 에브리데이가 추구하는 점입니다. 우리의 목표는 대단히 저렴한 가격에 당신의 가족이 원하는 제품을 제공하는 것입니다." 이센셜 에브리데이의 "피즈 & 캐럿츠" 혼합 채소 제품 문구다.

셋째, '피즈 & 캐럿츠'는 전통적인 생태학적 지혜를 담아낸다. 작물학의 용어를 빌리자면 혼식(混植), 즉, 상호생장에 도움을 주는 공생식물이 존재해 왔으며, 옛날부터 지역마다 농부들은 경험을 통해 작물 재배에 활용해 왔다. 북미 원주민들의 잘 알려진 '세 자매'(Three Sisters)로 불리는 콩과 옥수수, 호박의 혼식이 그 대표적인 예다. 콩과류와 당근 역시도 대표적인 공생식물로 여겨져 왔다. 콩은 당근의 성장에 필요한 질소를 땅속에 만들어낸다. 원예전문가들의 견해에 따르면, 가장 자연스럽고 유기농 방식으로 텃밭의 균형을 유지해주는 것은 콩과류와 당근을 함께 심을 때라고 한다. 이렇게 길러지는 공생식물은 인간의 건강만이 아니라 자연환경의 건강에도 유익하다. 하지만, 이러한 전통적인 지혜에 따른 공생작물 재배법은 대량생산을 통해 최대 이익이란 산업 농업의 단일작물 재배로 대체되었다. '완두콩과 당근'의 단짝 인식은 소비자의 건강과 지속가능한 지구를 위해서는 과거의 생태학적 지혜가 현 시점에서도 필요하다는 점을 적시해 준다.

넷째, '피즈 & 캐럿츠'는 '이야기가 있는 푸드'(storied food)의 의미를 되새겨 준다. 환경과 푸드 주제에서 스토리 요소는 매우 중요하다. 특히, 전 지구적 차원에서 진행되고 있는 기후변화나 푸드를 둘러싼 이슈는 더 근본적으로는 사람들의 삶의 태도와 방식, 가치관의 문제이기 때문에 일반인들의 문제에 대한 인식과 삶에서의 책임 있는 행동과 실천은 매우 중요하다. 그럼에도 이러한 문제들은 규모와 현상에서 대단히 크고 복잡하므로 일반인들로서는 이론적 설명과 과학적 데이터로 이해할 수 없고 스토리라는 대중담론을 통해 접근되어야 한다. 푸드의 경우 전통적으로 사람들의 삶과 문화와 매우 밀접하게 연관되어 왔기 때문에 푸드 스토리는 푸드 이슈를 '나'의 이슈로 이해하는 데 중요한 역할을 한다. 영화 "포레스트 검프"에서 주인공 포레스트가 제니와의 관계에 대해 자주 언급하던 표현이 "완두콩과 당근처럼 우리는 함께 합니다"이다. "완두콩과 당근"은 아동 스토리 북을 포함한 소설 제목으로도 자주 등장한다.『당근과 완두콩: 기이한 우정』(*Carrot and Pea: An Unlikely Friendship*)에서 모랙 후드(Morag Hood)는 아이들에게 외모도 다르고 성격도 다른 사람들이 어떻게 친구가 되어 어울릴 수 있는지를 당근과 완두콩을 주인공으로 등장시켜 설명해 나간다. 아이들은 당근과 완두콩을 인간관계의 의인화된 은유로 받아들이는 과정에서 실제로 당근과 완두콩의 조합을 자연스럽게 받아들이게 된다. 실제로 미국 음식에서 채소 요리에 이 두 식품은 바늘과 실처럼 항상 함께 오를 뿐만 아니라, '피즈 & 캐럿츠'는 두 사람 간의 사랑이나 좋은 관계에 대한 은유가 되고 있다. 그래서 그런지 연인끼리 '피즈&캐럿' 문신을 몸에 함께 새긴다거나 '피즈&캐럿' 커플 복장까지 있다.

　이와 같은 '피즈 & 캐럿츠'의 다층적 이미지는 푸드 주제의 학문적 접근에 요구되는 방향을 제시해 준다. 정치적 수사학과 글로벌 푸드산업 시스템 이슈는 사회과학적 관점이 요청되며, 푸드재료의 생태와 완두콩 & 당근의 지혜에는 식물학을 포함한 생태학적 자연과학의 관점이, 푸드 스토리에는 인문학적 관점이 필요하다. 이들 관점은 푸드와 섭생의 의미를 각 학문 분야에서 의미 있게 드러낼 수 있지만, 환경과 푸드 및 섭생의 상호 연관되고 다층적인 복잡성은 학제적이고 통섭적인 접근이 필요하다. 특히, 전 지구적으로 심각하게 전개되는 기후변화라는 인류세적 환경에서 푸드 이슈 접근은 더욱 그렇다. 기후변화와 푸드 이슈를 다루는 최근의 경향에는 (자연)과학과 사회과학 간의 학제적 접근의 필요성이 지적되고 있다. 예를 들어, 미국행정부의 '제4차 국내기후평가" 보고서에는 기후변화와 농업 분야의 관계를 다루면서, 기후변화의 영향을 최소화하고 극복하는 방법으로 과학기술 및 정부 정책과 함께 비즈니스 실천방법이 제시된다. 이 보고서는 사람들의 삶의 방식을 기후변화 초래 원인에 포함하면서도 보고서 끝에 적시한 기후변화로 인한 위험감소를 위한 적응조치(adaptation actions)로써 기술적용 및 에코시스템에 정부 정책과 비즈니스 관행, 더 나아가서는 경제와 금융 시스템만을 제시하고 있다. 인문학적 관점은 배제되어 있다.

파리기후협약 후속 이행계획을 논의하기 위해 세계 정상들이 모이는 2018 'COP24'를 앞두고, 전 세계 130개국에 걸친 자발적인 과학자와 공학자, 의학자들의 글로벌 네트워크인 IAP 보고서에 제시된 학제적 접근에도 인문학적 관점의 필요성은 보이지 않는다. "글로벌푸드시스템은 인류를 망치고 있으며 기후변화를 가속하고 있다"는 제목의 보고서에는 과학자의 역할과 더불어 정부의 정책이 중요하다 지적하며 학제 간 연구의 필요성도 구체적으로 적시된다. "연구결과는 새로운 응용으로 전환될 필요가 있으며 이를 위해서는 학제 간 강력한 연계와 첨단기술과 과학교육, 실습교육과 외부확산이 요구된다. 생명과학과 기초연구는 푸드와 영양, 농업에 관한 사회과학과 정책 연구와 밀접하게 협력해야 한다." 이 보고서에는 기후변화 완화방법으로 푸드 소비의 중요성에 대해서도 언급하지만, 대안적인 소비 활성화는 정부의 정책적 범주에 그치고 있다. 푸드 생산으로 인한 기후변화의 영향을 줄이기 위해서는 과학기술을 이용한 고기-버섯 합성, 실험실 배양육, 녹조류와 같은 "혁신적인 푸드"가 필요하며, 동시에 정부의 지도자들은 소비자들이 이러한 푸드 선택을 할 수 있도록 영향력을 행사하는 것이 중요하다고 지적한다. 미국행정부의 기후변화 보고서나 IAP의 기후변화와 푸드시스템 상관관계에 대한 보고서에 제시된 기후변화 해소를 위한 학제 간 협력은 과학(기술)과 사회과학 간 협력에 국한되며 인문학적인 관점은 배제되어 있다. 즉, 푸드 소비 차원에서 기후변화 초래의 근본적인 원인인 인간의 삶의 양태에 대한 반성과 지속가능성을 위한 새로운 윤리와 가치관이라는 환경인문학적 관점은 존재하지 않는다.

현 21세기 인류세 환경에서 특히 지속가능한 환경과 삶의 지속에 대한 대중의 인식과 실천은 매우 중요하며, 대중의 인식과 실천에 푸드는 핵심적인 역할이 기대된다. 현 인류세 시대에 현대인의 글로벌 가공식품 푸드 산업에의 의존은 더욱 높아지고 있으며 우리의 푸드 웨이가 기후변화와 같은 글로벌 환경파괴를 더욱 심화시키면서도 변화의 거대한 규모와 인과관계의 복잡성으로 인해 대중은 문제의 심각성과 책임의식을 제대로 인지하지 못한 채 살아가고 있다. 모든 사람이 삶에서 매일 같이 섭취하는 푸드는 일반인들이 자연-인간의 지속(불)가능한 삶의 방식에 대해 인식하도록 이끌어주고 새로운 가치관에 기초한 삶의 태도와 실천을 가능하도록 해주는데 대단히 유용한 수단이 될 수 있다. 소비자 개개인의 푸드 선택에 따라 그 결정이 소비자 한 사람, 혹은 가족에게만 그 영향이 미치는 것이 아니다. 소비자 각자의 결정과 실천이 모여 농업활동의 성격을 결정하며, 더 나아가 한 사회와 국가, 전 지구의 푸드 이용 방식과 음식문화를 결정하고 인간사회와 자연환경, 푸드의 지속가능성을 가능하게 해주는 완전히 새로운 푸드 웨이를 만들어낼 것이다. 푸드의 질과 건강, 삶의 가치를 중시하는 푸드시스템을 소비자들이 선택하는 일은 21세기 인류세 환경을 고려하면 더더욱 중요하다. 소비자의 의식 있는 푸드 선택과 섭생은 양보다는 질과 건강, 환경 친화적인 방향으로 농업활동을 이끄는 변화를 가져오게 될 것이다.

　이러한 변화는 정부의 정책에 의한 제도적 추진만으로는 달성되기 힘들고 일반 대중 스스로 인식전환과 책임 있는 실천이 담보될 때 가능하다. 푸드와 섭생에 대한 대중의 인식과 책임 있는 실천에 인문학적 접근이 필요한 이유다. 미국의 환경철학자이자 문학가, 실천가인 웬들 베리(Wendell Berry)의 "섭생은 농업적 행위다"라는 선언은 자연환경과 푸드, 인간의 건강이 기본적으로 인문학적 관점임을 명쾌하고 간결하게 보여준다. 이 유명한 명제는 인간은 단순히 푸드의 소비자에 그치는 것이 아니라 자신을 먹여 살리는 푸드시스템의 성격과 방향을 결정하는 존재라는 점을 분명하게 해준다. 우리가 푸드를 사들이기 위해 사용하는 돈에 따라 인간의 건강과 환경에 해를 끼치는 현재와 같은 가공식품 위주의 푸드산업 시스템이 지속해서 번창할 수도 있고 아니면 푸드의 질과 건강, 지속가능한 환경을 중시하는 삶의 가치를 따지는 지역기반 대안적 푸드시스템, 웬들 베리식으로 말하자면, 농본주의적 농경살림 경제를 되살릴 수도 있기 때문이다.

　그렇다면, 21세기 인류세 식탁은 어떻게 차려지고 있으며 앞으로 어떻게 차려져야 하는가? 필자는 푸드 재료 구매를 위해 이전부터 가끔 즐겨 찾는 곳이 있다. 지역농협이 운영하는 마트다. 이곳 농산물 코너에는 3종류의 진열 테이블이 있다. 첫 번째 테이블에는 모양과 색상, 크기가 일정하고 탐스러운 다양한 야채와 곡식, 과일, 그리고 제품화된 농산품이 놓여있다. 이들 농산물과 제품들은 대개 이력을 알 수 없는 국내와 해외에서 공급된 것들이다. 가끔은 생산된 지역 정도가 표시되기도 한다. 이 마트가 위치한 지역이 농업지역으로 첫번째 진열대에 놓인 많은 농산물과 제품은 이 지역에서도 생산되지만 가격과 상품성, 수익성을 우선하는 푸드 산업 시스템에 의존하여 공급과 소비가 이뤄지는 마트 특성을 보여준다.

두 번째 진열 테이블에는 첫 번째 테이블 물건만큼 색상과 모양, 크기가 탐스럽다거나 매혹적이지 않고 오히려 뿌리에 흙이 묻은 채로 농산물이 놓여있다. 지역에서 생산된 갓 수확된 싱싱한 농산물 전용 테이블이다. 지금은 지역농산물 코너를 매장에 따로 마련하여 운영하는 마트가 전국에 걸쳐 많이 생겼지만, 이 마트는 오래전부터 지역 농민들이 생산한 농산물을 취급해왔다. 그 이유만으로 필자도 오래 전부터 이곳에서 장을 보곤 했다. 최근에 마트를 확장 이전하면서 가장 달라진 점은 지역농산물 코너를 확장하고 푸드이력서 정보를 부착했다는 점이다. 각 농산물이 놓인 판매대에는 생산자의 사진과 이름, 생산날짜, 생산지역, 연락처가 부착되어 소비자들로서는 자신이 사들이는 농산물에 신뢰를 갖게된다. 생산 농업인 처지에서도 자신이 생산한 농산물에 자신의 사진과 이름, 연락처가 부착됨으로써 생산과정에서 보다 책임감과 자부심을 느끼게 된다.

세 번째 테이블은 임시 가판대 형태로 모양과 색상, 그리고 크기에서 일반 마트에서 보기 어려운 볼품없는 농산물이 묶음으로 놓여있다. 지역농산물 중 상품성이 떨어지는 물품 전용 테이블이다. 벌레 먹어 구멍이 송송 뚫린 배추나 구부러지고 뒤틀린 작은 크기의 오이, 수확과정에서 상처입은 감자나 고구마와 같은 수확 시 밭에 흔히 버려지거나 생산자가 집에서 소비하는 농산물이다. 이 마트에서도 이전에는 지역에서 생산된 농산물이라도 상품성이 떨어지는 것은 취급하지 않았으며, 유통기한이 다 되었거나 상품으로서 하자가 생긴 농산물이 이 테이블 자리를 차지하고 있었다. 시장 기준에서 상품으로서의 크기와 모양, 색에서 모자라지만 이제는 당당히 상품으로 제공되고 있으며, 저렴한 가격표가 붙긴 했지만, 이 테이블에 놓인 농산물은 신선하며 생산자의 정보 역시도 제공되고 있다. 필자의 경우 가장 믿음이 가는 생산물이다. 왜냐하면, 약품이나 화학비료를 가장 적게 사용했을 가능성이 크고 맛도 대개 뛰어나기 때문이다.

계산대를 통과할 시점에 필자의 시장바구니를 보면 3개의 진열대 제품이 모조리 담겨있다는 사실을 확인한다. 30여분 차를 모는 수고를 감내하고 이곳까지 와서 시장을 보는 이유는 두 번째와 세 번째 진열대 농산물을 구하기 위함임에도 첫 번째 테이블에 놓인 생산품 역시도 적지 않게 담기게 된다. 이 시장바구니는 우리 가족의 인류세 식탁 모습이다. 정도의 차이만 있을 뿐 대부분의, 현대인들이 차리는 식탁 모습도 크게 다르지 않을 것이다. 마트의 첫 번째 진열테이블에서 구입한 가공식품 위주의 푸드산업 시스템에 의해 생산과 유통되는 국내외 푸드로 차려지는 첫 번째 식탁이 가장 흔한 인류세 식단이며, 마트의 두 번째 진열테이블에서 구입한 지역농산물 푸드로 차려지는 '농장에서 식탁으로'의 두 번째 식탁은 최근 들어 점점 더 많은 사람들이 실천하고 있는 인류세의 대안 식단이다. 마트의 세 번째 진열테이블에 놓인 버려질 푸드로 차려지는 세 번째 식단은 환경과 인류의 지속가능성에 초점을 맞춘 미래의 인류세 식탁으로 아직은 겨우 시작단계에 서 있다. 이들 3 종류의 인류세 식단은 각기 구분되어 별도의 식탁으로 차려지기도 하지만 한 식탁위에 혼재하기도 한다.

본 연구는 환경인문학적 관점에서 인류세 환경과 푸드라는 학제적 주제를 다루면서, "피즈 & 캐럿츠"에 투영된 여러 주제, 즉, 인류세적 기후변화와 환경 이슈, 글로벌 푸드산업 시스템, 푸드에 담긴 전통적인 생태학적 지혜와 복구, 푸드 스토리로서의 푸드 서사 등을 다룬다. 더불어, 지역 마트의 세 종류의 진열 테이블에서 구입한 필자의 시장바구니에 담긴 푸드를 통해 현 21세기 인류세 시대 우리의 식탁을 규정해주는 세 가지 푸드 웨이를 살핀다. 첫째, 21세기에 들어와서도 푸드의 생산과 공급, 소비를 여전히 지배하고 있는 첫 번째 진열 테이블에 오른 글로벌 산업 푸드 웨이, 둘째, 글로벌 산업 푸드 웨이에 대한 대안으로 20세기 후반부터 소개되고 실천되고 있는 두 번째 진열 테이블에 놓인 (친환경) 로컬푸드 중심의 대안푸드 웨이, 셋째, 전 지구적 차원에서 푸드 재료와 자연환경의 지속가능성에 초점을 맞춘 푸드 리퍼브와 도회지 텃밭가꾸기를 통한 푸드문화운동으로서의 세 번째 진열대 위의 미래지향적 계몽주의 푸드 웨이다. 본 저서의 구성은 이 세 가지 푸드 웨이를 중심으로 구성되며, 댄 바버(Dan Barber)의 요리접시(plate) 비유를 원용하여 3개의 식탁으로 분류하여 전개한다.

　<서론 - 기후변화와 인류세 식탁, 푸드 서사>에서는 기후변화로 대표되는 인류세 환경론의 성격과 인류세 환경과 푸드와의 연관성, 이 주제에 대한 문학적 접근인 푸드 서사의 경향과 특징을 다룬다. 글로벌푸드시스템과 가공식품 위주의 산업형 푸드, 푸드 식민화 이슈를 다루는 제1부 <제1의 식탁: 미국산 대형 스테이크와 몬산토 감자 식단>은 공장식 축산의 밀집사육 환경에서 옥수수가 주성분인 인공사료로 기른 소의 스테이크와 몬산토와 같은 다국적 '몬스터' 기업에 의해 독점적으로 보급되는 GMO 종자로 길러지고 전세계로 유통되는 통감자로 차려지는 글로벌푸드시스템의 식단이다. <제1의 식탁> Chapter 1에서는 글로벌푸드시스템과 섭생의 문제를 마이클 폴란의『잡식동물의 딜레마』를 통해 다루고, Chapter 2에서는 푸드 식민화와 글로벌푸드 웨이 실상을 토니 모리슨의 소설『타르 베이비』에서 다룬다.

제2부 <제2의 식탁: 지역농가 돼지고기와 흙감자 식단>은 '농장에서 식탁으로'라는 탈글로벌푸드시스템, 탈산업형 푸드의 실천으로서 지역의 소규모 농장에서 자연친화적 방식으로 기른 가축과 토종종자의 감자로 차려진다. <제2의 식탁> Chapter 1에서는 대안푸드 섭생문화로서의 지역기반 푸드유역권(foodshed) 복원을 중심으로 섭생의 농업적 행위를 웬들 베리의 작품과 사상을 통해 살피고, Chapter 2에서는 푸드 로컬리티 회복과 실천 운동을 게리 폴 나반의『사막의 전설』과『섭생의 홈커밍』에서 분석한다.

푸드 계몽주의와 21세기 지속가능한 미래 푸드 웨이 실천을 다루는 제3부 <제3의 식탁: 연어껍질 튀김과 텃밭 못난이 감자 식단>에는 연어껍질처럼 식재료로서 활용도가 적거나 '부족한 외모'로 상품성이 떨어지는 야채나 과일, 텃밭에서 손수 기른 못난이 감자가 푸드 업싸이클링을 통해 재탄생한 맛나고 건강에 좋은 음식이 담긴다. <제3부> Chapter 1에서는 버려지거나 활용되지 않던 식재료를 지속가능성 차원에서 훌륭한 푸드로 재탄생시키는 푸드 리버브(푸드와 재공급이라는 뜻의 refurbished 합성어) 운동을 선구적으로 주도하고 자신의 식당에서 실천하는 요리사 댄 바버의 푸드 계몽주의를 그의 저서『제3의 요리접시』에서 살핀다. Chapter 2에서는 도회지 환경에서 산업형 푸드시스템에의 전적인 의존을 탈피하고 21세기에 맞는 개방계 로컬푸드 공동체 문화를 도시텃밭가꾸기를 통해 실천적으로 보여주는 노벨라 카펜터의『팜 시티』를 통해 다룬다.

바버는 이 세 개의 식단을 각각 과거와 현재, 미래의 식단으로 구분하며 지속가능한 방향으로의 발전적 변화 단계로 파악하지만, 본 저서에서는 이 세 개의 식단이 현 인류세 시대에 동시에 진행되는 식단으로 파악한다. 근래의 푸드 서사에 반영된 이 세 식단은 시대적 구분에 따른 특징으로 보다는 동시에 진행되는 각기 다른 특성이 드러난다. 본 연구는 지속가능한 지구와 섭생의 관점에서 이 식탁 간의 차이를 지적하고 환경과 인류를 위한 지속가능한 푸드 웨이가 자리 잡을 수 있도록 안내하는 것이 인류세 시대 문학연구에 주어진 임무임을 인식한다.

에필로그에서는 최근 대두된 코로나바이러스[1]와 인류세 푸드 문제를 마거릿 애트우드의 『오릭스와 크레이크』 작품을 통해 분석하면서 책을 마무리 짓는다.

각 부와 부 안의 챕터는 각각 프롤로그로 시작하고 에필로그로 마무리 짓는다. 각 부와 챕터의 주제를 잘 드러내 주는 구체적인 사례나 에피소드, 연구 등이 프롤로그를 통해 본문 전개에 앞서 소개되고, 에필로그에서는 그 주제들이 코로나19 상황과의 연관에서 제시된다.

본 저서의 내용과 자료는 국내보다는 외국에 초점이 맞춰져 있다. 프롤로그와 에필로그에 소개되는 사례는 대부분 외국의 사례이며, 각 장에서 다루는 푸드 서사 역시 미국 작품이다. 미국의 환경 문학을 공부한 한국의 영문학자로서 필자가 그나마 가장 잘 다룰 수 있는 분야이기 때문이다. 다만, 인류세 환경과 푸드 이슈는 가장 미국적인 현상이긴 하지만 동시에 전 세계적 현상으로 한국의 상황과 사회에도 그대로 적용이 될 수 있을 것이다.

---

1) 코로나바이러스로 발생한 이 감염질환은 우리말 용어로는 '코로나바이러스감염증-19,' 영어로는 'COVID-19'가 공식표기다. 본 저서에서는 용어 표기에 논란이 있지만, 한국 정부가 정한 '코로나19'로 표기한다. 다만, 인용문 번역에서는 원문의 의도를 고려하여 때에 따라 원문 표기에 따른다.

서론

기후변화와 인류세 식탁,
푸드 서사

"저는 쌀이나 밀가루 음식, 우유와 버터 같은 유제품, 좋아하는 가지요
리도 먹을 수 없었습니다. 제 생일에 쓰디쓴 케일을 먹을지 아니면, 스스로
케이크를 만들어 먹을지 선택해야 했죠. 제가 만든 케이크는 그 당시 몇 년
동안 제가 먹었던 음식 중에 가장 퇴폐적인(decadence) 음식이었습니다.
그런데 제가 먹을 음식을 스스로 만든다는 데서 오는 느낌은 아주 강렬했습
니다."[1]

2018년 12월 미국 샌프란시스코에 있는 <아시안 아트 뮤지엄>에서
"치유로서의 푸드"라는 주제로 강연 프로그램이 진행된다. 단상에서는
한 단아한 아시아계 여성이 소규모 그룹의 여성들에게 어려서 자신이 만
들었던 생일케이크에 관한 이야기를 들려준다. 이 여성이 태어나서 어린
시절을 보낸 타이완에서는 당시에 생일케이크란 개념조차 없었지만, 본
인 생일에는 빠지지 않고 스스로 케이크를 만들었다. 이 어린 소녀가 케이
크를 만들면서 가장 좋았고 보람 있던 점은 자신의 삶을 본인이 주도적으
로 만들어간다는 느낌이었다고 회고한다. 본인만의 케이크를 만들었던
현실적인 이유는 따로 있었다. 어려서부터 자가면역질환을 앓아오면서
혈전과 관절 통증으로 자주 병원 신세를 져야만 했던 상황에서 자신을 위
해 무엇인가를 해야겠다는 절박한 심정 때문이었다. 밀가루나 유제품을
먹을 수 없던 이 소녀는 도토리가루와 카카오 분말에 꿀을 첨가하여 자신

---

1) Emily Wilson, "The Personal Storytelling That is Putting a Human Face on the
   Food Movement: Pei-Ru Ko's Read Food Real Stories builds community and
   compassion among those working for better food." *Civil Eats*, 6 December 2018,
   www.civileats.com/2018/12/06/the-personal-storytelling-that-is-putting-a-hu
   man-face-on-the-food-movement. Accessed 10 April 2019.

을 위한 달콤한 케이크를 만들곤 했다.

어려서 생일케이크를 만들었던 이야기를 들려준 이 여성의 이름은 고페이-루(Pei-Ru Ko)로, <리얼푸드 리얼스토리스>(Real Food Real Stories, RFRS)라는 비영리 단체를 만들고 이끌고 있는 여성이다. 샌프란시스코와 베이지역(Bay Area)에 기반을 둔 이 단체는 커뮤니티 모임을 통해 일반 대중들의 올바른 푸드 인식을 도모한다. 참석자들은 각자의 푸드 스토리를 나누면서 자연스럽게 자신의 푸드 웨이가 얼마나 가공식품 위주의 푸드산업 시스템에 의존해 왔는지를 깨닫게 되고 자신만의 건강이 아니라 지속가능한 지구환경을 위한 각자와 지역공동체의 푸드 웨이 실천을 위해 의견을 공유한다. 일종의 스토리텔링을 통한 푸드 운동이다.

> 우리 단체는 스토리를 통해 더욱 공정하고 견고하고 서로 밀접하게 연결된 푸드유역권(foodshed)을 만들어 간다. 푸드와 이야기를 함께 나누는 것은 문화를 변화시키는 핵심이라고 확신한다. 자신의 푸드유역권 내에서 상호호혜적 관계를 가꿔감으로써, 푸드가 단순히 생존만이 아닌 자양분을 공급해주는 생기 있고 번성하는 커뮤니티 형성에 기여한다.

<리얼푸드 리얼스토리스> 단체의 홈페이지에 소개된 상기 미션과 비전에는 스토리 공유를 통한 푸드 운동의 정신이 고스란히 담겨있다. 구체적인 실천강령에도 스토리가 구심적인 역할을 한다.

> 연결과 돌봄, 좋은 일을 기념하고 축하해주는 일이 삶의 중심에 자리하는 세상을 꿈꾼다. 진심으로 경청하고 진정한 스토리와 마음 나눔을 통해 이들 가치관을 함께 가꿔감으로써, 이러한 세상을 만들어가는 방법을 키운다.

또 다른 실천강령 '심층 내러티브 변화'는 다음과 같이 적시한다.

우리가 만들어가는 모든 것들의 모습과 성격은 세상살이에 대해 함께 나누는 스토리를 통해 형성된다. 여기에는 경제와 기술, 심지어는 일상의 행동까지도 포함된다. 상호의존과 상호번성을 중시하는 세계관에 활기를 불어넣기 위한 우리의 집단 상상력을 확장하는 프로젝트와 파트너, 스토리텔러를 지지한다.

<리얼푸드 리얼스토리스> 단체의 행동강령에는 스토리를 통한 공동체로서의 푸드유역권2)를 위한 실천이 지속가능한 미래를 담보한다는 점이 제시된다. '집단 미래를 위한 돌봄' 행동강령이다.

푸드유역권은 우리의 집단적인 '가정'(홈)의 모습을 구체적으로 그려보는 방법이 된다. 우리가 취할 행동의 틀을 만들고 우리가 끼치는 영향을 살피는데 유용한 수단이 된다. 함께 공유하는 홈과의 관계를 돈독하게 하는 것만이 우리의 집단 미래에 이바지하는 선택이다.

<리얼푸드 리얼스토리스> 단체의 출범은 고 페이-루의 개인적인 스토리텔링 경험과 푸드-건강 여정의 결과물이다. 미국에서의 대학시절 아시아계로서의 소외감과 외로움을 달래는 방법으로 스스로 스토리텔링 클럽을 만들고 운영하면서 스토리텔링의 힘을 경험했다. 2011년 샌프란시스코에 정착한 이후로도 푸드와 스토리텔링은 늘 그녀에게서 떠나지 않았다. 베이지역의 학생들에게 유기농 급식을 제공하고 지속가능한 환경을 위한 푸드의 중요성을 교육하기 위해 앨리스 워터스(Alice Waters)가 조직하고 운영하는 <맛깔스러운 스쿨야드 프로젝트>(The Edible School-

---

2) 푸드쉐드(foodshed)는 물의 흐름과 이용 범주에 따른 한정된 구역을 의미하는 분수계(watershed)에 기댄 용어로 특정 지역 내에서 생산된 푸드가 생산지역 내에 한정되어 이동하여 소비가 이뤄지는 푸드 유역의 범주(권)를 의미하는 로컬푸드 운동의 핵심 개념이다.

yard Project)에서 그녀는 자원봉사를 통해 푸드와 스토리텔링을 함께 엮어 교육하는 경험을 쌓는다. 한편, 지병인 자가면역질환으로 인해 여전히 까다롭게 푸드를 선택해야만 하는 그녀는 농부들이 직접 기른 유기농 푸드를 구매하기 위해 주말만 되면 농산물 직거래장(파머스마켓)에 나가 농부들과 친분을 쌓고 푸드에 관한 이야기를 듣고 나누기를 즐겼다.

이렇게 축적된 경험과 지인들의 격려와 도움으로 고 페이-루에 의해 2015년에 출범된 이후 <리얼푸드 리얼스토리스>는 인지도를 높여가고 후원과 참여자가 늘어가면서 지금은 다양하고 확장된 프로그램을 펼치고 있다. 함께 모여 저녁 식사를 하면서 푸드를 주제로 많은 사람이 자신들의 스토리를 나누는 연례 스토리텔링 축제인 '스토리슬램'을 비롯하여 푸드 관련 분야에서 변화를 이끄는 사람들을 스토리텔러로 초대하여 커뮤니티와 푸드유역권의 변화와 발전을 모색하는 '시즈널 게더링,' 보다 공정하고 지속가능하고 밝은 미래에 대한 꿈과 실천을 어떻게 푸드를 통해 이룰 수 있는지 교육하는 '촉진 트레이닝,' 푸드 스토리텔링을 주제로 한 '스토리텔링 워크숍'과 같은 행사가 주된 프로그램이다. 이 모든 프로그램의 핵심은 초창기부터 이 단체의 토대가 되어온 푸드와 스토리텔링이다. 이들 프로그램은 사람과 사람이 직접 만나 소통하는 오프라인 행사지만, 동시에 '호기심 먹방'(The Curious Eater)이라는 팟캐스트를 통해 베이지역의 요리사와 농부, 기타 푸드에 관련된 사람들이 자신들의 스토리를 온라인 방송으로 전하기도 한다.

자신이 안고 있는 건강문제로 인한 푸드 선택의 고충과 이국땅에서의 소외와 외로움을 벗어나기 위해 선택한 스토리텔링에의 관심에서 시작된 고 페이-루의 <리얼푸드 리얼스토리스> 모임은 샌프란시스코 베이

지역(Bay Area)에서 스토리텔링을 통해 지역민들에게 탈가공식품 푸드 시스템으로서의 푸드에 대한 새로운 인식과 실천을 이끌고 있으며, 이제는 스토리텔링을 통한 지역단위 푸드 운동을 지역을 넘어 미국 전역으로 확산시킬 계획을 세우고 있다.

> 우리 모델을 좀 더 발전시켜 미국 전역에서 이러한 프로그램이 진행되는 일에 관심을 두고 있습니다. 전국에 걸쳐 서로서로 연결된 활기찬 푸드 커뮤니티를 구성하는 꿈입니다.

고 페이-루의 비전이다.

푸드와 연관된 대중의 인식변화와 일상에서의 실천을 위한 대중소통 방식으로서의 스토리텔링은 본 저서의 환경인문학적 학술접근방식이며 각 장에서 다루는 푸드 서사 작품의 기본 구성이다.

1 인류세 기후변화와 푸드

1.1 인류세 환경론

인간의 활동으로 인해 초래된 전 지구적 차원의 환경과 생태계 변화를 지시하는 용어가 인류세(the Anthropocene)다. 인간을 의미하는 영어단어 *Anthropo*에 지질학적 시간대를 의미하는 접미사 *cene*가 붙은 것으로, 이 용어는 인류의 활동으로 지구환경에 근본적인 변화가 초래되었으며 이로 인해 이전 시대와는 확연히 구별되는 새로운 지질학적 시대가 도래했다는 선언이다. 노벨화학상 수상자 파울 크뤼천(Paul Crutzen)은 2002

년에 과학저널 『네이처』(Nature)에 「인류의 지질학」("Geology of Man-kind")이라는 제목의 글에서 지구는 더 이상 홀로세(Holocene)가 아닌 인류세라는 새로운 지질시대로 접어들었다고 선언함으로써 우리가 살고있는 시대를 새롭게 정의하기 이른다.

> 지난 3세기 동안, 인간이 지구환경에 끼친 영향은 꾸준히 증가해왔다. 인간 활동으로 인한 이산화탄소 방출로 지구 기후는 앞으로 수천 년 동안 그동안의 모습과는 상당히 다를 수 있다. 여러 가지 면에서 인간의 영향력이 강력한 현재의 지질시대를 지난 일만여 년의 따뜻했던 기간인 홀로세를 보완하는 '인류세'라는 용어로 지칭하는 것은 적절해 보인다. (23)

산업혁명 이후 인간의 본격적인 산업 활동과 대규모 자연이용으로 이산화탄소와 메탄가스가 대기에 지속해서 축적되면서 지구의 온난화가 초래되었다. 이로 인해 생물다양성 감소, 바다산성화, 사막화 등 전 지구적으로 심각한 환경변화와 파괴가 나타나고 있다. 지질에 대한 측지와 모니터링, 연구를 통해 영국의 지질과학 분야를 이끄는 오랜 전통의 보수적인 <영국 지질 서베이> (British Geological Survey, BGS) 조차도 작금의 환경 상황을 인류세로 규정하는데 주저하지 않게 되었다.

> 인간 활동이 지구에 끼친 영향을 의미하는 새로운 지질학적 시대에 대한 증거는 차고 넘친다.... 20세기 중반에 본격적으로 시작된 것으로 주장되는 인류세는 알루미늄과 콘크리트, 플라스틱과 같은 물질과 전 지구에 걸쳐 행해진 핵실험의 부산물인 분진과 낙진과 같은 물질의 확산, 그리고 이들 물질의 확산과 동시에 진행된 온실가스 배출과 전례 없던 전 지구적 규모의 외래종 유입을 특징으로 한다. (par.1)3)

---

3) BGS Press. "The Aanthropocene: Hard evidence for a human-driven Earth."

"인간이 이 지구 행성에 남긴 가장 커다란 그리고 유일한 엄지손가락과 같은 분명한 지문이 기후변화다."(2013; 74) 환경 논픽션 작가 엠마 마리스(Emma Marris)의 지적대로, 기후변화는 인류세를 초래한 주된 원인이며 인간의 지질학적 힘이 전 지구적 차원으로 자연환경에 미친 명백한 증거다. 인류세적 환경의 가장 명백한 증거인 기후변화의 핵심은 기후변화 원인이 인간 활동에 있다는 점이다. 기후변화가 자연현상이 아닌 인간에 의해 발생된 결과라는 점은 근래 들어 과학계에서 더욱 분명하게 제시된다. 퓨 리서치 센터(Pew Research Center)에서 작성한 「기후변화 101-글로벌 기후변화 이해와 대응」이라는 제목의 보고서 시리즈 중 "과학과 영향"(Science and Impacts) 보고서는 근자의 기후변화가 인간에 의해 초래되었다는 사실을 명백히 밝히고 있다. "과학적 증거는 이론의 여지가 없이 분명하다. 자연 발생적 기후 변이만으로는 [현재의 기후변화] 경향이 설명되지 않는다. 인간 활동, 특히 석탄과 오일 연소가 대기에 열을 잡아두는 가스의 농도를 급격히 증가시켜 지구 온도를 상승시켰다"(1).[4] 미국 국립과학아카데미 역시 같은 결론을 내리고 있다. "20세기 시작과 더불어, 특히 지난 몇십 년간 목격된 지구온난화는 대부분 인간 활동으로 발생했다는 결론을 뒷받침하는 사례는 다수다."[5]

British Geological Survey, 1 July 2016, https://www.bgs.ac.uk/news/the-anthropocene-hard-evidence-for-a-human-driven-earth. Accessed 10 September 2016.

4) Center for Climate and Energy Solutions. "Climate Change 101: Understanding and Responding to Global Climate Change." *Pew Center: Global Climate Change*, January 2011, https://www.c2es.org/wp-content/uploads/2017/10/climate101-fullbook.pdf. Accessed 20 October 2017.

5) National Research Council. "Advancing the Science of Climate Change: Consensus Study Report. National Academy of Sciences", *Engineering, Medicine*, 2010. *National Academic Press*, doi:10.17226/12782.

1.2 인간 종의 위기의식과 인문학적 환경감수성

인류세적 기후변화, 즉 지구온난화 담론에서 가장 눈에 띄는 점은 기후변화로 인한 인류세적 환경문제의 엄중함과 인류의 위기의식, 인간의 책임에 대한 강조다. 기존의 기후변화 담론 역시 환경문제의 심각성과 인간의 책임을 지적하지만, 기후변화가 인간 활동의 결과라는 논점에 대해서는 항상 이견이 수반되었고, 인간의 책임과 실천에서도 개개인 차원의 인식전환과 생활에서의 실천만이 강조되었다. 이에 비해 인류세적 기후변화 담론에서는 환경변화가 인간의 활동에 의한 것이라는 주장은 논의의 여지가 없이 받아들여졌으며, 지구온난화에서 기인한 환경변화와 파괴는 전 지구적 차원의 문제로 개개인의 차원의 문제를 넘어서 지구와 인류 전체의 생존 자체가 위협받고 있다는 심각성과 긴급성이 강조되고 있다. 인간의 책임 역시 개개인에 두기보다는 지속가능한 지구와 인류 전체 차원의 생존에 주어진다. 더불어, 인류세적 기후변화 담론에서 주목할 점은 지속가능한 지구와 인류를 위한 방안으로 과학기술과 정부 정책 못지않게 환경문제 심각성에 대한 대중의 깨달음과 인식전환, 실천이라는 인문학적 윤리와 가치관이 강조되고 있다는 점이다. 인류세적 기후변화 담론에서 인간종(human species-being) 개념이 중요시되는 이유다. 즉, 인류세에 인류와 지구의 지속가능성은 태초의 인간-자연 상호관계성에 대한 딥 타임(deep time) 인식이 전제되어야 한다는 지적이다.

저명한 역사학자 디페쉬 차크라바티(Dipesh Chakrabarty)는 기후변화 문제를 기후변화와 연관된 국가 간 그리고 사회계층 간에 존재하는 불평등과 환경정의 차원보다는 인류 종 차원의 생존 문제로 다루는 것이 시급하다고 지적한다. 제3세계 출신의 역사학자로서 그는 기후변화를 초래한 인위적 요소들이 "비서구 세계에 대한 서구의 자본주의와 제국주의적 지배"라는 점을 간과하지는 않는다(2009: 216). 하지만, 자본주의로 인한 국가 간 불평등 문제는 인류가 처한 현 상황에서 부차적인 문제에 불과하다는 것이 그의 관점이다. 기후변화로 인해 초래된 현재의 위기는 자본주의 논리로만 축소될 수 있는 성격의 문제가 아니라, 인류생존과 직결된 상황, 즉, 인간을 포함한 "자연의 모든 존재가 상호 연결되어 있으며 한 종의 대규모 멸종은 다른 종의 생존에 위기가 되는"(217) 상황인식이 우선하여 필요하다고 본다. 기후변화에 의한 인류의 위협이라는 인류세적 인식이 종으로서의 인간집단에 대해 새로운 의식을 불러일으킨다. "기후변화는 세상의 종말이라는 공유된 생각에서 일어나는 ... 전체로서의 우리라는 인간 집단성에 관한 질문을 우리에게 던진다"(222). 또 다른 글에서도 차크라바티는 재차 이러한 관점을 강조한다. "기후변화에 대한 포괄적인 정책이 세워질 수 있다면, 무엇보다도 다음과 같은 인식에서 출발해야 한다. 부자건 가난한 자건 상관없이 모든 인간은 지구 행성 역사에서 한 참 늦게 생존하기 시작했으며 주인으로서 보다는 잠시 머무는 손님으로서 기거하고 있으며, 인간에 의해 초래된 기후변화의 결과에 대해 모든 인간이 합당하게 책임져야한다는 생각을 예외 없이 지녀야 한다"(Hamilton 55). 지질사적 관점에서의 인간-자연 상호관계성에 대한 인류세적 인식의 필요성은 윌슨(E. O. Wilson)에 의해서도 지속해서 제기 되어왔다. 예를 들어, 인류세적 관점에서의 경제문제를 다루는 제프리 삭스(Jeffrey Sachs)의 『커먼 웰스: 붐비는 지구를 위한 경제학』(*Common Wealth*) 서문에서 윌슨은 다음과 같이 언급한다. "인간은 지구의 재생불가능한 자원을 소비하거나 변형시키면서도 과거 어느 때보다도 자원을 그나마 덜 훼손된 상태로 유지해 왔다. 우리 인간은 현명하며, 통합적인 한종으로서의 자아를 충분히 알게 되었기에, 이제는 우리가 자신을 스스로 한 종으로 바라볼 정도로 현명해지기를 소망한다"(xii).

인간종 차원의 인간-자연 상호관계성에 대한 차크라바티와 윌슨의 상기는 자연과 인간의 본질론적 존재 의미와 인간 삶과 태도에서의 윤리와 가치관에 대한 지적이다. 주로 과학자들로 구성된 초기의 인류세 주창자들은 인류세적 환경문제 인식과 해결에 과학기술과 공학적 접근의 필요성을 주장했지만, 일부 과학자들 조차도 과학 기술적 이해와 해결의 한계를 인지하고 인문학적 관점과 인식의 필요성 역시 강조한다. 즉, 인류세적 환경문제는 단순히 과학기술과 공학적 문제만이 아니라 더욱 보편적인 가치관과 태도의 문제로 파악한다. 크뤼천과 함께 과학기술적 입장에서 인류세 관점과 이론을 정립하는데 데 큰 공헌을 한 대기 화학자인 윌 스테판(Will Steffen)은 이 점에 대해 다음과 같이 진술한다. "과학기술은 지구시스템에 가해진 부담을 줄이는데 커다란 역할을 할 것이다.... 발전된 과학기술이 지구변화를 감속시키는 데 중요한 역할을 하겠지만, 과학기술만으로는 충분하지 않을 것이다. 사회적 가치관의 변화와 개개인의 실천적 행동이 못지않게 필요할 것이다"(619). 크뤼천은 인류세의 도래를 정식 제기했던 2002년도 『네이처』지에 실린 글에서 "인류세 시대에 과학자와 공학자들에게 사회를 환경적으로 지속가능한 관리 방향으로 이끌 엄중한 과제가 놓여있다"고 선언했지만, 10여 년 뒤 그의 입장은 다소 바뀌어 있다. 인류세 시대의 미래에 대해 낙관적인 생각을 하고 있느냐는 질문을 받고 크뤼천은 다음과 같이 답한다. "물론입니다. 당연하죠. 제가 낙관적으로 생각하는 이유는 많지만, 무엇보다도 예술과 문학에서 찾아지는 창조적 능력이 가장 큰 이유입니다"(Schwägerl 223).

기후변화 개념 역시 자연 과학적 주제를 넘어서 인문학적 인식과 밀접하게 연관되어 있다. 즉, 기후변화 현상과 이해는 단순히 과학 기술적 현상을 넘어선 사람들의 생각과 문화를 반영한 결과이기도 하다. 영국의 저명한 기후학자인 마이크 흄(Mike Hulm)은 다음과 같이 언급한다. "우리는 기후변화를 단지 물리적 현상에 초점을 둠으로써 이해하지는 않는다. 사람들이 기후변화를 이야기하는 방식과 기후변화에 대해 우리가 만들어내는 다양한 믿음(myths), 그 믿음을 통해 기후변화가 사람들에게 어떻게 인지되고 있는지를 이해할 필요가 있다"(355). 인간이 자연의 현상을 과학적 데이터나 연구결과에 근거한 객관적 실체로만 받아들이기 보다는 자신들이 가진 신념과 믿음, 숙고를 통해 그 의미를 부여하는 특성을 보여 왔다는 점은 기후변화 현상에만 국한된 것이 아니라, 모든 자연현상을 대하는 기본태도이다. 티모시 모턴(Timothy Morton)은 이러한 보편적인 인간-자연의 철학적 관계성을 "상호관계주의"(correlationism)로 칭하면서 상호관계주의의 의미를 다음과 같이 정의한다. "철학은 인간-세계 간 상호관계성에 국한된 좁은 대역폭 내에서만 말할 수 있을 뿐이다. 의미란 인간의 마음과 변덕 심하고 지속적이지 못한 그 대상에 대해 인간 마음이 생각하는 것 사이에서만 존재할 수 있다"(2013: 8-9).

　인류세적 환경에 대한 대중의 인식과 환경 감수성이 요청되는 상황에서 문학생태학을 포함한 인문학의 역할은 대체로 제한적이었다. 책임의식에 기반을 둔 인간의 적극적인 역할만이 인류세 상황에서 지속가능한 미래를 보장하는 것은 아니다. 인간을 자신보다 큰 자연의 일부이자 자연과의 관계성 내에서 자연에 순응하는 전통적인 인문학적 생태윤리인 겸손함(humility) 역시 여전히 필요하며, 더불어 자연에 대한 그리고 타인과 사회의 존속에 대한 책임 인식이 인류세에 지속가능한 지구 및 인류의 생존에 결정적인 요인으로 작용할 것이다. 결국, 인류세에 인문학에 주어진 중요한 과제는 탈인간중심적 관점에서 인간과 자연과의 관계를 지속적으로 견지해가면서, 동시에 변화된 자연환경에서 미래의 지속가능한 지구를 견지하는데 필요한 자연에서의 인간의 긍정적 역할 인정과 일반 대중의 환경의식을 위한 (인)문학자로서의 사회적 책무를 견사해내는 데 있다. 저널리스트 가이아 빈스(Gaia Vince)가 전 지구의 인류세 현장을 직접 찾아 답사하면서 기록한 『인류세 모험』(*Adventures in the Anthropocene*, 2014)에서 내린 결론은 인류의 미래는 바로 이 두 요소, 즉, 자연에 대한 탈인간중심적 관점과 자연에서의 인간의 적극적 역할의 결합이었다. "인간의 미래는 상반된 하지만 상호 밀접하게 연관된 이들 두 요소를 우리가 어떻게 절충하고 조화시키느냐에 달려있다"(12). 이 두 요소의 절충과 조화는 (인)문학적 관점과 자연과학의 관점 및 태도의 학제적 통섭에 다름 아니다.

1.3 인류세와 푸드

현시대에 글로벌 차원에서 가장 시급하고 심각한 환경문제로 대두된 기후변화는 푸드의 생산과 소비에 크게 관련이 있다. 오랜 전통과 권위를 자랑하는 일반 의학저널로 널리 알려진 『란셋』(*The Lancet*)이 몇 년 전부터 진행하고 있는 기획시리즈 중 첫 번째 주제로 인류세 시대의 푸드 이슈를 다룬 사실을 보더라도 푸드는 현시대의 가장 시급하고 중요한 문제임을 알 수 있다. 연구를 위임받은 16개국 소속 18명의 과학자에 의해 2년여에 걸친 연구결과인 「인류세에서의 푸드: 지속가능한 푸드시스템으로부터의 건강한 식단을 위한 섭생」이 2019년 2월 호에 발표되었다.[6] 『란셋』의 편집진은 이 연구의 의의를 다음과 같이 규정한다.

현 우리 문명은 위기에 처해있다. 우리는 지구 행성의 자원을 균형 있게

---

6) Walter Willet, et all, "Food in the Anthropocene: the EAT-Lancet Commission on healthy diets from sustainsble food system," www.thelancet.com vol 393(Feb. 2, 2019), 447-492. *The Lancet Commissions*, doi:10.1016/S0140-6736(18)31788-4.

유지하면서 건강한 식단으로 더는 인류를 먹여 살릴 수 없다. 지난 20만 년의 인간 역사를 통해 처음으로 우리 인간은 지구 행성 및 자연과의 동조화에서 심각하게 벗어나 있다. 이 위기는 점점 더 가속화되고 있으며 지구 자원에 극도로 부담을 주고 인간과 다른 종의 지속가능한 생존까지 위협하고 있다. 본 연구 결과는 … 이보다 더 시기적절하고 절박할 수 없다. (*The Lancet Commission* 386)

　"인류세에서의 푸드는 21세기 건강과 환경을 위협하는 최대 도전의 하나"로 "푸드 생산은 글로벌 환경변화의 가장 큰 원인이 되고 있다"(449)고 이 보고서는 규정하면서, 푸드 생산으로 인해 환경시스템 변화의 원인을 자세히 파악하고 있다. 첫째는 기후변화다. 푸드 생산 시스템은 온실가스를 직접 대기로 방출하고 대지 이용 변화를 초래한다. 특히, 푸드 생산 과정에서 이산화탄소보다 각각 56배와 280배나 더 지구온난화 초래의 원인이 되는 메탄가스와 아산화질소를 발생시킨다. 둘째는 생물다양성 감소다. 육상과 해상 생물체의 다양성은 생태계의 안정과 푸드 생산 시스템에 필수지만, 푸드 생산을 위해 인간이 대지를 점용함으로써 서식지 파괴와 파편화가 초래되고 이는 생물다양성 상실로 이어진다. 포유류와 조류의 멸종 위협 요인 중 농업이 차지하는 비중은 80%에 달한다. 세 번째 원인은 물 사용에 있다. 분야별 물 사용량을 보면 푸드 생산에 드는 물의 양은 전 세계 물 사용에서 가장 큰 비중을 차지한다. 지구 전체적으로 땅속의 물을 빼서 사용하는 양 중 70%는 농업용수로 이용되고 있으며 푸드 생산에 사용되는 물의 양은 1961년에서 2000년도 사이에 두 배가 증가하였다. 이 밖에 질소와 인의 해양오염과 대지 시스템 변화 역시 푸드 생산으로 인한 환경시스템 변화의 원인이 되어왔다. 식물 성장에 필수영양소인 질소와 인은 자연에 존재하는 양만으로는 불충분하다. 작물 재배 산출을 높이는데 필요한 이들 영양소는 인공비료로 공급된다. 인구

증가에 따른 지속적인 식량 증산에 맞춰 질소와 인의 사용량은 급격히 늘었으며, 빗물에 씻긴 잉여 질소와 인은 인근 하천과 강으로 그리고 결국에는 바다로 흘러들게 되었다. 이로 인해 담수와 해양생태계, 육상생태계는 부영향화 문제를 겪게 되고 생물다양성의 감소로 이어져 왔다. 푸드 생산을 위해 대지시스템 역시 변화를 겪어왔으며 이로 인해 심각한 글로벌 환경변화가 초래되었다. 20세기 중반 이래로 유럽과 북미, 러시아의 온대지역에 속한 농업용지는 대폭 축소됐지만 생물다양성이 풍부한 열대지역에서의 농업용지는 대폭 늘었다. 푸드 생산을 위해 대규모의 열대우림이 베어져 나가고 바이오매스가 소각되었다. 이와 같은 대지 변화는 생물다양성 상실과 온실가스 배출의 주된 요인이 되며 지구시스템 작동에도 악영향을 끼쳐왔다.

현 인류문명과 전 지구적 차원의 자연계를 위기에 처하게 만든 기후변화와 물 사용, 질소와 인의 해양유입, 생물다양성 감소, 대지 시스템 변화는 과거부터 존재해 왔다. 과거에 이들 현상이 자연 발생적이었다면, 현재 이들 현상은 주로 인간 활동으로 초래됐다는 점에서 근본적인 차이가 있으며, 인간 활동 중에서도 특히, 푸드의 생산과 소비와 연관된 활동이 주된 원인이었다는 점이『란셋』의 연구결과다. 푸드 생산 활동은 인류사를 통해 지속해서 행해져 왔지만, 산업발달 및 인구증가와 더불어 기하급수적으로 늘어남으로써 현재와 같은 인류세적 환경변화가 초래되었다. 푸드의 생산과 공급, 소비가 자본주의에 기초한 효율성과 이윤추구라는 글로벌 시스템에 편입됨으로써, 푸드 생산의 규모는 더욱 커졌지만, 생산과 공급, 소비 과정에서의 환경에 대한 고려는 배제되었다. 이로 인한 환경변화는 더욱 증대되었다.

기후변화로 대표되는 전 지구적 차원의 인류세적 환경변화는 결과적으로 푸드의 생산 차질과 공급 부족이란 부메랑으로 돌아온다. 전 세계적으로 기후변화는 '뉴노멀'이 되었고 예측 가능한 기후는 오히려 낯선 현상이 되었다. 지구 한편에서는 때아닌 홍수로 물 재해를 겪지만 다른 쪽에서는 극심한 가뭄으로 농작물이 타들어 가는 현상이 반복되고 있다. 직접적인 자연재해로 인해 농작물이 피해를 보기도 하지만 전 지구적 차원의 일상적인 기후변화는 일조량 변화와 해충 발생 등으로 농작물의 생육과 결실에 심대한 영향을 끼치기도 한다. 이에 대처하기 위한 수단으로 동원되는 인공비료와 농약의 과다사용은 또다시 환경에 악영향을 끼치게 된다. 악순환이 반복되는 구조다.

글로벌푸드시스템은 환경에만 악영향을 끼치는 데서 그치지 않고 사회·정치적 이슈를 낳아왔다. 글로벌푸드 생산과 유통이 파생시킨 사회·정치적 이슈에는 국가 간, 지역 간, 민족 간 푸드 불평등의 문제와 기아가 있다. 푸드 생산과 공급이 글로벌 시스템에 의해 작동되고 전 세계 거의 모든 나라가 이 글로벌푸드시스템에 편입되어있기 때문에, 선진국은 농산물이 넘쳐나고 값싼 푸드로 인해 풍족한 생활을 누리지만, 가난한 나라의 경우 푸드 주권(food sovereignty)을 상실하여 자급자족하던 시기보다 더 열악한 푸드 공급 상황에 놓이게 되고 만성적 푸드 부족에 시달리게 된다. 선진국과 후진국 간의 푸드 공급에서의 이러한 간극은 건강문제로도 이어진다. 푸드가 값싸게 제공되고 가공식품이 넘쳐나는 선진국에서는 비만과 당뇨가 사회적 문제로, 후진국에서는 영양부족이란 문제에 노출되어 있다. 이러한 문제는 푸드의 생산과 공급과 연관된 문제가 푸드 소비와 연결되면서 더욱 두드러진다.

인류세 환경을 초래한 인간 활동으로서의 푸드 생산 활동은 사실 푸드 소비활동과 별개가 아니다. 푸드 소비의 방식과 성격, 분량에 따라 생산방식과 분량이 결정된다는 점에서 푸드 소비 활동은 푸드 생산 활동만큼이나 인류세적 환경에 직접 영향을 끼친다. "섭생은 농업적 행위다"라는 웬들 베리의 명제에 기대어 콜린 세이지(Colin Sage)는 "섭생은 생태학적 행위"임을 강조한다. 우리가 무엇을 먹고 어떻게 먹는가는 그 무엇보다도 지구에 큰 영향을 끼치기 때문이다(1). 세이지에 따르면, 지난 100년간은 그 이전의 시대와는 비교할 수 없을 정도로 인간이 섭취하는 푸드에서의 큰 변화가 있었으며, 녹색혁명으로 일컬어지는 이 변화는 북미와 유럽에서 먼저 시작되었지만, 곧 전 세계적인 현상으로 번졌다고 한다. 푸드 변화의 요체는 섭생방식이 푸드 생산방식과 푸드 가공과 밀접하게 연계되었다는 것이다. 가축사육과 곡식 생산방식, 농작물 구매와 가공 및 유통, 푸드 구매와 요리, 소비가 근본적으로 그 이전의 세대와는 비교할 수 없을 정도로 변화를 겪어왔다. 푸드 변화의 핵심은 산업화와 글로벌화에 기초한 푸드시스템이다. "우리 일상 행위 중 먹는 행위가 기후변화에 가장 크게 영향을 끼치며 글로벌 기후온난화의 약 31%는 먹는 것과 연관되어 있다"(3)는 세이지의 지적대로, 전 지구적 차원에서 진행되는 푸드의 생산과 공급, 소비 과정을 지칭하는 글로벌푸드시스템이 환경변화와 파괴의 주범이란 점은 최근의 많은 연구에서 밝혀지고 있다. 마르코 스프링만(Marco Springmann)과 그의 동료 과학자들은 2018년 『네이처』에 글로벌푸드시스템과 환경과의 관계에 대해 다음과 같이 요약한다.

> 글로벌푸드시스템은 기후변화의 주된 요인이며, 이 외에도 대지 이용으로 인한 변화와 생물다양성 감소, 물 자원 고갈, 비료와 인분 사용에서 흘러나온 질소와 인을 통한 해상과 육상의 생태계 오염의 주된 요인이 되고 있다. 안정된 지구시스템에서 인간이 안전하게 활동할 수 있는 공간을 규정하기 위해 제안된 여러 '지구 행성 한계영역' 중 일부 영역은 글로벌푸드시스템에 의해 한계치를 넘어서고 있다. (519)

글로벌푸드시스템은 전 세계적으로 시스템화된 푸드의 생산만이 아니라 소비 활동까지 포함한다는 점에서 푸드 소비 활동으로 초래되는 환경변화 양상은 『란셋』 연구에서 보여준 푸드 생산 활동으로 인한 변화양상만큼이나 지구적 차원의 환경변화에 영향을 끼친다는 사실을 말해준다. 푸드는 '모든 인간'의 생존을 위한 필수품으로 어떤 방식으로 그리고 어떤 푸드를 소비할 것인지의 문제는 인간 삶의 양태와 가치관, 문화와 밀접하게 연관되어 있다. 더 크게는 일반인들의 푸드 소비 활동에서의 인식과 가치관, 실천은 궁극적으로 현 지구적 차원의 환경문제 해결에 중요한 요소로 작동될 수 있다. 이 점에서 환경론적 차원에서의 푸드 이슈는 과학적 이슈 못지않게 인문학적 이슈가 된다. 다행히도 '푸드마일리지'나 '탄소발자국' 같은 푸드 소비인식과 환경 영향 간의 관계성이 실천 지향적 대중 담론으로 인식되기 시작되었다. 다만, 인류세 환경에서의 푸드 이슈는 문학적 담론에서는 여전히 이질적인 주제로 남아있다.

2 인류세적 환경인식과 푸드 담론의 유용성

2.1 인류세적 환경인식과 인문학

기후변화는 주로 인간 활동으로 초래되었으며, 따라서 지속가능한 지구와 인류의 생존을 위한 사람들의 책임 인식과 가치관의 변화, 적극적인 실천이 절실히 요청된다는 점이 인류세적 환경론의 핵심이다. 하지만 과학적 실증에도 불구하고 기후변화에 대한 일반 대중의 책임 인식은 쉽게 담보되지 않고 있다. 2009년도에 퓨(Pew) 리서치가 미국인들을 대상으로 벌인 여론조사에서 '지구가 점점 더워지는 것은 인간 활동의 결과 때문이다'라는 항목에 대해 과학자들은 84%가 동의했지만, 일반인들은

49%만이 동의했다. 이와 같은 차이는 과학과 과학자들에 대한 일반인들의 신뢰가 낮아서가 아니다. 오히려 일반인들은 '과학의 사회에 대한 기여' 항목에 84%가 '대단히 그렇다' 답함으로써 과학자들에 대해 큰 신뢰를 보인다. '사회의 안녕과 복지에 대단히 기여 하는' 직업군 조사에서도 과학자들은 군인과 교사 그룹 다음으로 높은 신뢰를 받았다.[7] 기후변화 현상에의 높은 인지도와 과학자에의 높은 신뢰에도 불구하고 기후변화에 대한 일반인들의 책임 인식이 과학자들에 비해 현저히 낮은 이유는 오히려 심리적 요인과 관계있다. 독일 사회학자 울리히 벡(Ulrich Beck)은 기후변화가 초래하는 영향에서 자연에 가해지는 재해만큼이나 사회에 미치는 변화에도 주목할 필요성을 지적한다. 그에 따르면, 기후변화와 같이 인간이 통제할 수 없다고 판단되는 위험에 노출되면, 사람들은 무력감에 빠지게 되고 결국 그러한 상황을 고의로 회피하는 경향을 보인다고 한다. "모든 것이 위험하게 된다면 어쨌든 이제 위험하지 않은 것은 하나도 없다. 탈출구가 없다면 사람들은 종국에는 그것에 대해 더 이상 생각하기 싫어 한다"(78).

심리학자들에 따르면, 인간에게는 피하고 싶은 현상에 노출되면 일종의 무의식적인 정신적 메커니즘이 작동되어 처음에는 걱정과 책임감을 느끼지만, 나중에는 현상 자체에 대해 고의로 외면한다고 한다. 대중이 기후변화 소식을 주로 접하는 대중매체의 보도 태도 역시 이러한 정신적 메커니즘에 이바지하고 있다. 자연현상이 아닌 인간의 책임임을 보다 잘 담고 있는 용어인 지구온난화 대신 대중매체는 주로 기후변화란 용어를 사용하여 발생원인과 해결방안에서 인간의 책임 인식을 탈색시켜왔다.

---

7) "Public Praises Science; Scientists Fault Public, Media." *Pew Research Center*, 9 July 9 2009, https://www.pewtrusts.org/en/research-and-analysis/reports/2009/07/09/public-praises-science-scientists-fault-public-media. Accessed 1 May 2010.

이에 편승하여 일반인들은 자신의 걱정근심을 줄이고자 하는 의도에서 내면적 현실과 외적인 현실에 대한 지각을 스스로 왜곡시키는 심리적 방어기제를 작동시키게 된다(Doherty & Clayton 270).

인류세적 환경에 직면한 상황인식에서 인문학 역시 심리적 방어기제를 학문적 태도에 적용하는 것은 아닌지 돌아봐야 할 필요성이 있다. 환경문제에 대해 그동안 인문학은 윤리와 가치관이란 전통적인 인문학적 접근을 취해왔으며 나름의 기여를 해왔다. 하지만, 환경문제에 대한 과학적 사실과 현상에 대해서는 인문학과 과학의 분리란 '두 문화'의 태도를 여전히 견지하며 애써 외면해 온 것은 아닌지 돌아봐야 한다. 인류세를 주창하는 과학자들과 기후학자들이 인류세적 환경문제가 과학기술에 의해서만 해결될 수 있는 것이 아니라 인문학적 태도와 접근 역시 중요하다고 목소리를 높이는 상황에서, 인문학자들도 인류세라는 일차적으로 과학적 현상에 대해 그리고 현실에서 벌어지고 있는 구체적인 사회현실로서 실재 문제에 대해 더욱 구체적인 관심을 두고 학문적 담론을 전개해야 할 필요성이 있다. 기후변화를 포함한 환경문제를 문학적으로 다루는 생태비평에도 이와 같은 태도가 요구된다. 문학작품에서 기후변화를 비롯한 환경문제가 적지 않게 중심 이야기와 주제로 다뤄져 왔다. 특히, 기후변화와 같은 전 지구적 차원의 환경변화를 다루는 문학 작품들에는 대개 종말론적 세계관이 제시됐으며, 생태비평은 이러한 작품을 생태윤리와 가치관의 차원에서 유의미하게 다뤄왔다. 하지만, 인류세적 기후변화의 핵심 내용인 지구온난화의 원인이 인간의 활동에 있으므로, 지속가능한 지구와 인류가 '나'의 삶과 태도에 달려있다는 실제적이고 현실적인 책임 인식을 일반인들에게 불어 넣어주는데 문학의 종말론적 세계관이 긍정적으로 이바지할 수 있는지 대중 담론의 입장에서 더욱 적극적인 관심이 요청된다.

인간의 과도한 개입과 활동으로 전 지구환경은 큰 변화를 겪어왔다는 점이 인류세가 지시하는 제1차적 의미라면, 인류세의 제2차적 함의는 지속가능한 지구 행성을 위한 인식 고취와 책임 있는 실천에 있다. 푸드는 이러한 인류세의 이차적 함의를 자각하고 실천하는데 대단히 유용한 수단이다. 푸드란 추상적이거나 '나'와 상관없는 대상이 아니다. 푸드란 모든 사람이 매일같이 생존을 위해 섭취하며, 폴란이 지적하듯, 푸드에서 삶의 행복과 만족을 발견하는 없어서는 안 될 가장 본질적인 생필품이기 때문이다.

> 우리가 무엇을 그리고 어떻게 먹을 것인지에 따라 대체로 인간이 자연계를 이용하는 방식이 결정된다. 자연계의 운명 역시도 이에 달려있다. 자신이 먹는 푸드가 현재 위기에 처해있다는 점을 온전히 인식하면서 섭생하는 것이 부담으로 다가올 성싶지만, 실제로는 삶에서 그 어느 것보다도 푸드만큼 만족을 줄 수 있는 것은 존재하지 않는다. (2006; 11)

푸드가 생필품이면서도 일상의 삶에서 무엇과도 견줄 수 없는 만족을 주는 대상인만큼 일반인들은 생존과 삶의 만족을 지속적으로 영위하기 위해 푸드의 안정적인 공급과 푸드의 질에 관심을 가질 수밖에 없으며, 자신들의 푸드 소비 방식에 따라 푸드의 생산방식과 환경에의 영향이 결정된다는 자각과 환경 감수성을 경험적으로 갖출 수 있다. 이러한 자각과 감수성은 미래의 지속가능한 지구를 위한 푸드 소비 활동 실천으로 이어지고 각자의 푸드 윤리 실천이 모여서 글로벌 차원의 시민운동으로 발전될 수 있다.

푸드 소비 활동의 양태에 따라 전 지구적 생태계에 미치는 영향이 지대할뿐더러 푸드 소비 활동이 소비자의 가치관과 삶의 질, 사회 전반의 변화까지도 초래할 수 있다는 점에서 섭생은 그 자체로 '정치적' 행위가 된다.

섭생이 생태학적 그리고 정치적 행위로서 발전하는 데는 개개인 차원에서 섭생의 윤리적 선택이 뒷받침되어야 한다. 로날드 샌들러(Ronald L. Sandler)는 푸드 이슈와 푸드 선택의 문제는 근본적으로 윤리적 이슈와 선택의 문제로 파악한다. 왜냐하면, "푸드 이슈와 선택은 권리와 정의, 권력, 자주권, 통제, 지속가능성, 동물복지, 인간의 행복"의 문제이기 때문이다. 우리가 육식해야만 하는지, 지역 산물을 소비해야 하는지, 유전자 변형 곡물을 섭취해야 하는지, 글로벌 차원에서 벌어지는 영양결핍에 관심을 가져야 할 지와 같은 문제에 대해 생각하고 의문을 제기하는 것은 푸드 소비와 관련하여 무엇이 중요한지, 무엇이 가치를 지니고 있는지, 어떤 원칙으로 우리는 삶을 영위해야 하는지, 우리는 무엇을 추구해야 하는지와 같은 개개인 차원의 삶과 더욱 넓게는 사회적 차원의 윤리와 가치관에 대한 질문을 제기하는 일이다. 샌들러는 "푸드 윤리를 고려하지 않고서는 우리는 푸드 소비와 푸드 정책, 푸드시스템에 대해 올바른 선택을 할 수 없다"고 단정한다(1-2). 전 지구적 차원의 인류세 환경문제 인식과 해결에 푸드가 중요한 수단이 되는 이유다.

2.2 푸드 담론의 유용성

인류세 기후변화로 인한 전 지구적 차원의 환경파괴 실상과 그 결과에 대한 이해와 인식은 일반인들로서는 한계가 있을 수밖에 없다. 왜냐하면, 변화의 양상은 대단히 복합적이고 다층적이며 변화의 규모 역시 전 지구적 스케일을 갖기 때문이다. 이러한 변화는 일반인들의 경우 '나'의 문제로 체험적으로 받아들이기 어렵게 된다. 우리가 푸드에 주목해야 할 이유가 여기에 있다. 모든 사람은 매일같이 푸드에 의존할 수밖에 없으며 푸드에 문제가 생기면 바로 자신들의 일상이 영향을 받게 되며, 따라서 푸드 생산과 소비로 인한 환경에의 영향과 역으로 환경변화와 파괴로 인한 푸드 생산과 소비에의 영향까지도 관심을 두지 않을 수 없다. 보다 근원적으로 보자면, 인간 활동의 결과로 초래된 인류세적 환경변화는 인간과 자연의 단절에서 출발하고 있으며, 인간은 푸드와 섭생을 통해 자연과의 연관성을 본능적으로 인식해 왔다는 점에서 푸드는 단절됐던 인간과 자연 간의 관계를 다시 연결해줄 수단이 된다. 사회경제학자인 제러미 리프킨(Jeremy Rifkin)은 먹는 행위를 통한 인간과 자연의 원초적 관계성을 다음과 같이 설파한다.

> 그 어느 단일 경험보다 섭생을 통해 우리 인간은 자연 세계와의 전반적이고 깊은 관계성을 인식하게 된다. 섭생이란 행동 자체만으로도 맛보고, 냄새 맡고, 만지고, 듣고, 보는 인간의 오감이 총체적으로 작동된다. 우리가 자연을 이해하는 것은 대개는 자연을 소비하는 다양한 방식에 의해 이루어진다. 섭생을 통해 모든 인간은 자연환경과의 가장 원초적인 결합을 이뤄낸다 ... 섭생은 문화와 자연을 연결하는 다리다. (234)

인간과 자연환경 간에 애초에 존재해온 '원초적 결합'에 대해 일반인들의 인식을 푸드를 통해 되살리는 일은 21세기 인류세의 푸드 변화의 양상과 원인 그리고 지속가능한 지구 행성을 위한 새로운 섭생의 필요성 인식을 추동하는데 밑거름이 될 수 있다. 푸드의 생산과 섭생방식이 어떻게 전 지구적 환경변화를 초래했는지의 문제는 대단히 복잡하고 규모 면에서 거대하므로 일반인의 처지에서 이해가 어려운 만큼, '나'의 섭생 실천이 어떻게 전 지구적 차원의 지속가능성에 이바지하는지 가늠하기 어렵기는 마찬가지다. 하지만, 각자가 매일같이 소비하는 푸드를 통해 자신과 자연은 '원초적으로 결합'되어 있다는 인식에 도달한다면, 그 인식 자체만으로도 지구환경에 대해 책임감 있는 푸드 소비를 실천하게 될 것이다.

지속가능한 지구 행성을 위한 해결방안으로 과학자들 역시도 과학기술적 방안과 더불어 일상에서의 실천의 중요성을 충분히 인지하고 있다. 앞서 언급한 『란셋』 연구 보고서의 후반부에 과학자들은 푸드시스템과 우리의 섭생방식에 의해 영향받은 환경시스템이 생태학적 재앙을 피하고 안전한 작동 상태로 유지되는 방법으로 일상의 식단변화를 가장 기본적이며 중요한 요인으로 제시하고 있다(Willet 471-75). 이들 과학자가 제시한 방안을 간략히 정리하면 다음과 같다. 기후변화 대처에서 푸드 생산과 연관된 온실가스 감축 노력보다 중요한 것이 식단변화로 채식비중을 늘리는 것이 온실가스 감축에 크게 이바지할 것으로 본다. 2050년까지 관개시설이나 비료사용 감축과 같은 푸드 생산과 관련된 조치로 온실가스 감축이 10% 예상되는 반면, 채식 위주의 식단변화로 인한 온실가스 감축은 80%에 달할 것으로 기대된다. 대지 시스템 변화 조치에서, 미래의 대지사용 변화는 농업 생산방식과 곡물 종류에 크게 의존하지만, 결국 농업생산방식과 규모도 식생활에 영향을 받게 된다. 우리가 식단에서 육식비중을 줄이게 된다면 가축 먹이로 사용되는 전 세계 곡물 생산의 1/3중 상당한 양은 급격히 줄기 때문에 더이상 작물생산을 위한 대지 개간은 필요하지 않게 된다. 물 사용 조치에서, 관개 시스템과 같은 농업용수 관리와 기술적용 못지않게 채식 위주의 식생활 변화 역시 물 사용을 많이 줄일 수 있다. 전체 민물 사용에서 농업용수 비율은 미국에서 80%, 전 세계적으로는 70%에 달하며 이중 가축 사료용 작물 재배에 들어가는 물의 비중은 상당하다. 육식을 줄이는 건강 식단으로 바꾸기만 해도 질소와 인의 사용이 10% 감축된다. 생물다양성 감소의 주요 요인인 자연 서식지의 농업용지로의 전환은 인구증가와 더불어 현대인들이 더 높은 열량의 식단을 요구하기 때문이다.

　　앞서 언급한 2018년 『네이처』지에 실린 「환경 한계치 내에 푸드시스템을 유지하기 위한 옵션」에서 이 연구 참여 과학자들 역시 푸드 소비 패턴의 영향력을 지적한다.

> 만일 서구식 소비패턴으로의 사회경제적 변화가 지속한다면, 푸드시스템으로 인한 환경에 미치는 압박은 가중될 것이며, 글로벌 담수 사용과 대지사용을 위한 개간, 그리고 바다 산성화는 전 지구적 수용한계에 조만간 도달할 것이다. 이러한 한계를 넘어서게 되면, 생태계는 안정을 잃게 되고 인류가 의존하는 조절기능을 상실하게 될 위험에 처할 것이다. (Springmann 519)

글로벌 환경 압박을 줄이기 위해 이들 과학자는 기술발전과 푸드의 손실·낭비 줄이기와 더불어 식단변화를 3대 중요한 요인으로 분석한다. 식단변화로서 육식 비중이 높은 식단에서 채식식단으로 대체하게 되면 푸드시스템으로 인한 환경 영향은 상당히 줄어든다고 본다. 다른 두 요인과 비교하여 식단변화는 온실가스 감축에 가장 크게 이바지하는 것으로 분석한다(521).

식단변화가 푸드시스템으로 인한 글로벌 환경 영향을 줄이고 지속가능한 지구 행성을 위한 중요한 요인이라면, 21세기 인류세 환경 담론에서 푸드에 대한 소비자의 인식과 실천은 중요하며 푸드 담론에 푸드 생산과 시스템만이 아니라 소비자의 인식과 역할이 중요하게 다뤄져야 한다. 즉, 소비자가 자신이 섭취하는 푸드의 이력과 자신의 건강뿐만이 아니라 지구의 건강을 고려한 푸드 거부권과 선택권을 행사하는 푸드 주권에 대한 인식과 중요성이 고려되어야 한다. 실상은 푸드 주권이 푸드 담론에서 사라진 지 오래며 최근 들어서야 푸드 마일리지와 푸드 탄소발자국 등과 같은 용어와 더불어 다시 조명받기 시작했지만, 푸드 담론에서 여전히 중요하게 다루어지지 않고 있는 것이 현실이다. 콜린 세이지는 그 원인을 현대

농업시스템과 광고의 영향으로 보고 있다. 1945년 이래로 현대 농업-푸드시스템이 등장한 이후 대중은 "소비자"라는 범주로 축소되었으며, 광고의 홍수 속에서 소비자들은 편리성과 낮은 가격에만 개인적인 관심을 두게 되었고, 이로 인해 소비자는 푸드의 질을 구성하는 결정 요소에서 배제되었다. 소비자들은 푸드 선택에서 기껏해야 어느 제품을 고를 것인지에 대해서만 관심을 두게 되었고, 이는 자신들이 소비하는 제품에 대한 "지식결핍"(6)으로 이어졌다. 유전자 조작 식품과 같이 소비자들의 건강에 영향을 끼치는 요인과 같은 중요한 이슈에 대해서조차 과학자들과 정책입안자들만이 정보를 독점했고 자의 반 타의 반으로 무관심했던 일반 시민들과는 정보를 공유할 필요성조차 느끼지 못했다. 현대 푸드시스템에 무지했던 일반 시민들은 자신의 섭생이 환경에 미칠 영향과 책임에 대해서도 무지했다.

　20세기 후반과 21세기 초에 들어 산업화한 글로벌푸드시스템의 폐해에 대해 그리고 자신의 푸드 선택이 본인의 건강과 환경에 미칠 영향과 책임에 대해 인지하는 푸드 시민의식이 살아나기 시작한 것은 다행이다. 푸드 시민의식을 가장 잘 반영하는 대안 푸드는 기존의 글로벌 산업화된 푸드시스템 대체를 지향하는 푸드 운동이다. 유기농 푸드, 로컬푸드, 텃밭 가꾸기, 도시농업, 슬로우 후드, 푸드 정의와 같은 대안푸드 운동은 샌들러의 표현대로 "글로벌푸드시스템에서 이탈한 섭생 행위로서 대안적인 농업-푸드 네트워크를 구성하고 글로벌푸드시스템의 문제점을 지적하는" 개인과 단체로 구성된다(31). "섭생은 농업적 행위다"라는 웬들 베리식 대안푸드 운동은 섭생을 통해 농업방식의 변화까지도 모색하며, 지속가능한 방식으로의 대중의 푸드웨이 인식과 실천은 푸드 문학 담론의 중심 주제다.

3 푸드 문학 담론

3.1 푸드웨이와 푸드 문학 담론

인간 삶을 지탱해주는 요소 중 푸드만큼 시대와 문화, 환경에 따른 독특성을 지니는 것도 드물다. 푸드와 섭생에는 사람들이 사는 방식과 가치관, 문화가 잘 반영되어 있으며, 이로 인해 푸드는 한 사회의 특징을 이해하는 실질적인 방편으로 기능해왔다. 시대에 따른 사람들의 삶의 양태와 가치관, 문화는 다름 아닌 문학의 중요한 소재이자 주제가 되어왔으며, 푸드는 사회문화적 상징으로서 문학에서도 즐겨 다뤄져 왔다. 인류학자 캐럴 카우니한(Carole M. Counihan)은 푸드의 문화적 의미를 다음과 같이 정의한다. "푸드 소비에 관한 규범은 사람들이 리얼리티를 부여하는 중요한 방식을 반영한다. 이 규범은 자신을 둘러싼 물리적 세계와 사회적, 상징적 세계에 질서를 부여하는 방식으로써 사람들의 사회적 관심을 나타내주는 알레고리다"(55). 이러한 이유로 사람들이 푸드와 맺고 있는 관계의 성격을 읽어내는 것은 인간 사이에 존재하는 사회적 위치나 문화적 신념, 힘의 불균형 등을 해석해내는데 대단히 중요한 수단이 된다.

문학은 사람들의 삶의 방식과 가치관이 더 넓은 사회적이고 문화적, 자연환경적 특성과 어떻게 관계되고 있는지에 대해 지속적인 관심을 기울이며 이러한 관계 양상을 푸드를 통해 상징적이고 심미적으로 글로 담아왔다. 소설 속에 나오는 푸드의 '상징적' 의미에 대해 프레드 가다피(Fred Gardaphe)와 웬잉 수(Wenying Xu)는 다음과 같이 언급한다.

푸드 비유와 은유, 이미지는 비유적 표현으로서 기능한다. 푸드의 비유적 표현을 통해 가족과 공동체의 축제가 자세히 기술되고, 정체성 혼란이 묘사되며, 조상과의 관계가 정리되는 유용한 가족사가 만들어지며, 체제에 동화되는 이데올로기와 관행이 전복되고, 글로벌 자본주의는 비판을 받는다. (5)

더불어, 문학은 한 사회나 시대의 푸드 웨이(food way)에서 한 사회 내의 그리고 국가 간 시대와 상황, 정치적 힘의 역학관계를 함축적으로 형상화해왔다. 근대 유럽 열강과 미국에 의한 식민정책과 20세기 후반부터 본격적으로 진행되어온 국제자유무역과 글로벌 자본 시장경제로 인한 글로벌 차원에서의 푸드 유통은 전 세계적으로 푸드의 개념과 선호, 소비에 변화를 초래해왔다. 이 점에서 한 사회 내에서 개개인의 푸드 선택은 문화적 요인만이 아니라 사회정치, 경제적 요인이 복합적으로 작동된 결과이다. 사람들의 푸드 선택과 소비에 작동되는 이러한 요인을 고려하는 것을 푸드 웨이라 일컫는다. 퍼트리샤 해리스(Patricia Harris)는 푸드 웨이를 다음과 같이 정리한다.

[푸드 웨이란] 우리가 무엇을 소비하고, 어떻게 구하고, 누가 기르고, 식탁에서 누가 먹는가와 같은 질문을 포함한 섭생에 관한 모든 것으로 다양한 의미를 지닌 소통의 형태다. 푸드에 대해 우리가 갖는 태도와 섭생습관, 푸드 의례는 세상에 대해 그리고 자신에 대해 우리가 갖는 가장 근원적인 믿음을 보여주는 통로다. (VIII-XI)

한 사회에서의 개인들 간의 관계만이 아닌 국가 간에 존재하는 정치적이고 경제적인 관계의 성격 역시도 푸드에 잘 반영되어 있다. 사회학자인 해리엇 프리드먼(Harriet Friedmann)은 이점에 대해 다음과 같이 지적한다. 제2차 세계대전 후,

푸드 체제는 암묵적 법칙에 따라 조정되며, 이 법칙은 한 국가 내에서 그리고 국가 간의 재산과 권력을 규정한다. 따라서 푸드 체제는 부분적으로는 푸드의 국제관계에 관한 것이며 또한 세계 푸드 경제에 관한 것이기도 하다. 푸드 규정은 국가와 국가주도의 조직적인 로비, 지주농과 노동자, 소작농의 계층, 그리고 자본 간에 존재하는 가변적인 힘의 균형을 지탱해주고 반영한다. (326)

현재의 푸드 웨이는 지역 단위나 국가 경계를 넘어 글로벌 푸드산업 시스템에 의해 전 세계적으로 동질화된 특징을 보인다. 푸드의 생산과 유통, 소비가 이제는 글로벌푸드시스템에 편재됨으로써, 산업화된 글로벌푸드시스템과 지역 공동체간의 복잡다단한 관계성뿐만 아니라 글로벌푸드시스템과 환경파괴 간의 상호연관성, 글로벌푸드 웨이가 문학에서도 중요한 이슈로 주목받았다. 푸드 문학은 전통적으로 작품이 배경으로 삼고 있는 시대와 사회에서 푸드가 차지하는 사회문화적 의미를 잘 담아내 왔다. 글로벌푸드시스템이 자리 잡은 현대에는 이 시스템에 담겨있는 복잡한 관계성을 글로컬 관점에서 문학이 포착해 내고 있다. 앨리슨 캐루스(Allison Carruth)는 『글로벌 식욕: 미국의 힘과 푸드 문학』(*Global Appetite: American Power and the Literature of Food*)에서 푸드 문학의 기능을 다음과 같이 살핀다.

문학은 강력한 수단으로 작동한다. 이 문학이란 수단을 통해 역사적 연속성만이 아니라 문화적 단절을 통해 세계적 요리법과 글로벌푸드 세력에 대한 열망을 갈망하는 최근의 경향이 자세히 그려진다.... 문학은 사회적 관행과 개인적 취향 사이를, 영향력에 대한 상징적 표현과 구체화한 실체 사이를 오갈 수 있는 상상력의 텍스트라는 점에서 현대 푸드시스템에 잘 맞춰진 수단이 된다. 마찬가지로 문학의 중요한 기능의 하나는 푸드의 거시적 모습을 미시적 차원의 모습으로 변환시킬 수 있는 능력으로, 이를 통해 어떻게 공동체와 비즈니스가 현대에 푸드를 만들어내고 교환하고 이용하는 지를 핵심적으로 보여주는 특정 지역과 세계 시장 간의 상호관련성에 예리한 시각을 제공한다. (5)

푸드 자체가 사회경제적 그리고 문화적 차원에서 대중의 일상생활에 가장 직접적으로 적용되는 글로벌 시스템을 상징하며, 대중들이 자신의 개인적인 푸드 소비 활동이 전 지구적 차원의 환경문제와 직접 연결된다는, 즉, 푸드를 통해 미시적 차원의 모습에서 거시적 모습을 보고 경험할 수 있도록 안내해 주는 수단이 문학이다.

문학연구의 전통적인 역할에는 문학작품과 대중과의 인식적 연결이 중요한 자리를 차지해 왔던 만큼, 푸드 이슈를 문학작품을 통해 대중과 연결하는 일은 이 시대에 문학연구에 더더욱 요청되는 중요한 문제다. 문학연구자는 유익하고 가치 있는 작품을 찾아내서 작품에 담긴 상징적이고 함축적인 내용을 독자에게 더 쉽고 유의미하게 전달해줄 수 있기 때문이다. 하지만, 문학연구에서 작품 내의 푸드가 단편적인 소재를 넘어 시대적 담론으로 비중 있게 관심을 받아 왔는지는 의문이다. 실상은 문학작품에서는 이미 푸드에 문화적이자 사회적 상징성을 부여하고 인물의 정체성을 부여해왔지만, 문학연구에서는 푸드가 연구주제로 제대로 관심을 받아오지 못했다. 미국 소설가 브래드 케슬러(Brad Kessler)는 "점심 식사와 저녁 식사, 아침 식사, 후식에 대해 적지 아니 비중 있게 '숙고해온' 문학 작가들이 항상 존재"(149)해왔다면서, 소설에 등장하는 식사에 초점을 두고 관찰한 결과 "인생과 마찬가지로 소설에서도 푸드는 중요"하며 상징으로서 푸드는 "이중 삼중의 의미로 연결되는 문"으로 기능하지만, 문학연구에서는 지금까지 이들 요소에 대해 특별히 주목하지 않아 왔다고 결론 짓는다(156).

세계화로 인한 사회경제 문화적 복잡성과 인류세로 대변되는 글로벌 환경변화와 사회경제적 영향, 4차 산업혁명으로 인한 과학기술에 기반을 둔 혁신적인 일상 삶의 변화 등으로 인한 사회상의 혁신적 변화와 복잡다단해진 일반인의 일상 삶 속에서 사회현상과 현실을 대중과 연결해주는 문학의 기능은 더욱 필요하다. 문학연구에서 푸드에 관심을 두지 않았던 기존의 이유가 푸드란 자연과학이나 인류학, 사회과학 분야에서 다루는 주제라는 선입견에서 비롯되었다. 최근에는 환경이슈가 문학연구 주제로 활발하게 다뤄져 왔으며 문학작품에서도 글로벌푸드시스템과 환경문제가 중요하게 형상화됐지만, 문학연구에서는 푸드 주제가 여전히 중요하게 다뤄지지 않고 있다. 푸드와 관련된 인류세적 환경과 기후변화, 푸드의 글로벌 시스템과 같은 복잡한 현상의 난해성이 원인인 것은 분명하지만, 또 다른 이유는 푸드 문학 장르를 지나치게 협소하게 규정하는데 기인하는 것으로 보인다. 글로벌 차원의 환경문제가 본격적으로 사회적 문제로 대두되기 시작한 1970년대 이후 일부 소설작품에서 푸드 관련 주제가 다뤄져 오긴 했지만, 기후변화나 공해, 도시화로 인한 환경변화와 같은 보다 보편적인 주제를 다루는 작품에 비해 푸드를 다룬 작품은 미미한 수준이다.

현시점에서 푸드를 주제로 다루는 문학연구에 요구되는 관점은 기존의 협의의 문학연구 태도가 아니라 사회과학적이고 환경론적 관점을 포괄하는 학제적 접근인 환경인문학적 관점과 태도다. 더불어 기존의 협의의 소설장르 편중에서 벗어나 푸드를 내러티브 방식으로 기술하고 전달하는 보다 포괄적인 푸드 서사(food narratives)를 다루는 것이 필요하다. 푸드와 환경간의 상관관계 및 푸드 시민의식, 대안푸드 운동을 담아냄으로써 환경인문학적 관점을 보다 잘 반영하고 푸드에 대한 다양한 측면을 담고 있기 때문이다. 환경인문학에서는 푸드가 인간-자연 간 상호작용의 결과물로서 두 대상 사이의 밀접한 관계성을 상징하며, 인류세 환경론은 이 두 관계의 단절 위기에 대한 표현의 다름이 아니다. 자연의 자정 능력이 상실된 인류세적 환경에서 자연에 대한 인간의 책임 있는 돌봄과 역할은 중요한 요건으로써, 환경인문학은 산업화·기계화된 푸드의 문제점을 지적하고 텃밭 가꾸기나 유기농 재배, 파머스마켓 이용과 같은 대안푸드의 의미를 재고하여 지속가능한 푸드 소비의 중요성과 시급성을 대중에게 인식시키는데 의미있는 역할이 기대된다. 환경인문학으로서의 푸드 서사 연구는 푸드 관련 유용한 저술과 문학작품을 발굴하고 다루며, 독자에게 소개하고 그 의미를 인문학적 시각에서 중개함으로써, 일반 대중과의 소통의 통로를 마련하여 환경 감수성을 기르는데 도움을 주어 인류세 환경상황에서 사회에 대한 책임을 감당하는 데 중요한 역할을 할 수 있다.

4 푸드 서사

4.1 푸드 서사

푸드의 생산과 유통, 소비와 연관된 환경 이슈는 자연과학이나 사회과학, 인류학, 심리학, 문화 등 다양한 분야와 관점이 복합적으로 연관된 주제다. 인류세 환경하에서 전 세계가 글로벌푸드시스템에 의존하고 있는 현 시대에 푸드란 주제를 문학적으로 다루기 위해서는 연구의 주제와 관점, 대상에서 학제적 접근법인 환경인문학적 관점이 요구된다. 환경인문학은 푸드 주제를 협의의 문학연구 범주를 벗어나 학제적 관점에서 푸드와 연관된 다양한 요소와 관점으로 해석하고 의미를 담아냄으로써 일반 대중이 더욱 쉽고 정연하게 이해할 수 있도록 해볼 수 있다. 문학연구에서 푸드의 환경인문학적 접근을 위해서는 연구대상으로 전통적인 문학 장르 범주를 넘어서는 것 역시 필요하다. 기존의 소설 장르뿐만 아니라, 현대의 푸드 관련 주제를 더욱더 다양하게 대중 친화적으로 담아내고 있는 논픽션에세이와 다큐멘터리, 영화 등 푸드를 주제로 스토리로 만들어진 푸드 서사를 다루는 것이 필요하다.

최근의 푸드 서사는 다음 세 가지로 경향으로 정리된다. 첫째는, 일종의 푸드이력서로서 푸드 생산에서 소비까지의 감추어진 과정을 파헤치면서 현대의 산업 농업법과 섭생이 인간과 환경에 얼마나 유해한지를 고발한다. 둘째는, 목가주의 관점에서 대안 농업인 유기농법과 지역 기반 농업에 기반을 둔 푸드의 생산과 소비 활동의 의미를 건강과 환경보호 차원에서 살핀다. 셋째는, 인류세 환경에서 정원·텃밭 가꾸기와 같은 도회지 농업의 모습과 의미, 푸드 정의를 다룬다.

1) 푸드이력서

첫째 경향인 푸드이력서는 인류세 환경을 초래한 지구화가 환경 및 푸드에 미친 영향과 지구화-푸드 생산-푸드 소비의 패턴의 상관관계와 같은 푸드가 생산에서부터 소비자의 식탁에 오르기까지의 일반에게 잘 알려지지 않았던 내용을 다룬다. 미국 작가 조너선 모리스(Jonathan Morris)는 "전 지구적으로 소비자와 생산자 간의 관계가 물질적 그리고 상징적 차원에서 어떻게 매개됐는지를 생산품 자체를 통해 밝혀내는" 텍스트를 "상품의 전기"(commodity biography)라고 칭한다. 푸드이력서는 크게 보면 '상품의 전기'인 셈이다. 특히, 오늘의 인류세 환경에서 식탁에 오르는 푸드는 대부분 글로벌푸드시스템 생산과 유통을 통해 소비자에게 전달된다. 편의성 때문에 대형 슈퍼마켓을 통해 시장을 보는 소비자는 자신들이 섭취하는 푸드의 이력에 대해서는 대개 관심도 없고, 알고자 하는 경우에도 쉽게 알아낼 수가 없다. 포장지 설명서에 깨알같이 적힌 내용을 자세히 들여다보며 암호 풀듯 겨우 알아낸 경우에도 대개 자신의 거주 지역으로부터 멀리 떨어진 자국 내 지역이나 외국에서 생산된 사실을 발견하게 된다. 미국 내에서 푸드 상품은 생산자에서 소비자에게 전달되는데 평균적으로 5번의 유통단계를 거쳐 1300마일(약 2100㎞)을 이동한다고 한다. 이와 같은 장거리 유통과 걸리는 시간으로 인해 푸드(와 재료)는 여러 화학보존제와 착색제가 첨가되고 유전자 조작을 통해 억지로 소비재로서의 생명이 연장되고 있다. 적지 않은 책과 다큐멘터리, 텔레비전 방송프로그램에서 푸드이력서를 다루어 왔으며, 이 중 가장 모범적이며 대중의 관심을 끌어온 것으로는 일련의 푸드 관련 저서로 대중적 관심을 모아온 마이클 폴란의 『잡식동물의 딜레마』(*Omnivore's Dilemma: Natural History of Four Meals*, 2006)와 영화감독 로버트 케너(Robert Kenner)의 에이미(Emmy)상 수상 다큐멘터리영화 『푸드 주식회사』(*Food, Inc*, 2008)가 있다. 푸드이력서에서 주목해야 할 또 다른 특징은 글로벌푸드시스템과 환경 정의의 문제이다. 낮은 가격으로 풍족하게 푸드를 공급하고 유통시키기는 것을 목적으로 하는 글로벌푸드시스템은 선진국에 의해 주도되며 푸드 자원은 주로 후진국에서 취해진다. 후진국 역시 글로벌푸드시스템에 편입되면서 푸드 주권은 상실했으며 새로운 푸드 식민 상태로 전락하고 만다. 미국 소설가 토니 모리슨(Tony Morrison)의 『타르 베이비』(*Tar Baby*, 1981)는 서구의 푸드 자원 쟁탈 장이 되었던 카리브 제도를 배경으로 포스트식민주의 입장에서 식민주의가 지역의 자원과 원주민들의 삶과 문화를 어떻게 변모시켜 왔는지를 다루고 있다. 루스 오제키(Ruth Ozeki)는 자신의 자전적 소설 『나의 육식 해』(*My Year of Meats*, 1998)에서 현대판 푸드 식민 문제를 다룬다. 글로벌푸드시스템을

주도하고 있는 미국에서 비윤리적이고 환경 파괴적으로 생산된 남아도
는 소고기를 '선진국의 우월한' 문화로 포장하여 온갖 방법을 동원하여
일본과 같은 아시아 국가의 가정 식탁을 점령하고 푸드에 대한 일본인의
의식과 문화까지도 바꾸려는 시도를 다루고 있다.

2) 농장에서 식탁으로: 푸드 목가와 푸드유역권 자서전
　두 번째 경향인 대안 푸드 운동은 푸드의 생산과 소비에서 글로벌 푸드
시스템의 대안으로 지역 기반의 유기농 생산과 소비 실천이다. 이 경향은
우리가 섭취하는 푸드가 어느 곳에서 어떻게 생산되고 어떤 유통과정을
통해 소비자에게 전달되는지의 '푸드이력서'에 대한 관심의 결과로서,
'100마일 섭생,' 지역농산물 소비캠페인, 농산물 직거래 시장, 유기농 운
동의 형태로 나타난다. 글로벌 대신 지역 농축산물, 산업화 대신 유기농
재배와 소비를 지향한다. 즉, 이 대안 운동은 목가주의(pastoralism) 관점
에서 유기농법, 농업활동, 푸드 생산 행위의 태도와 의미를 숙고한다. 글
로벌 푸드시스템의 푸드 생산과 유통, 소비가 대량생산과 가격경쟁력, 생
산(자)-소비(자)의 단절을 특징으로 하는 것과는 달리, '푸드 목가'는 글
로벌 자본주의 덫에 걸린 푸드 생산-소비 행태와는 다른, 유기농법과 농
민직거래장터인 농산물 직거래 시장, 무늬만 푸드가 아닌 진정한 의미에
서의 푸드(리얼 푸드)와 같은 대안을 제시하며, 푸드에 수반되는 가치관
과 신념, 푸드의 진정한 의미를 되새겨 보는 내용을 담는다. 유기농법이
나 파머스마켓, 리얼 푸드와 같은 대체방법은 자본주의가 세를 떨치기 이
전의 옛 목가적 전통을 상기시킨다는 점에서 '푸드 목가'가 모습을 띤다.
물론, 여기서 목가란 사람들이 살아가고 실천하는 실질적인 리얼리티이
자 동시에 자연에 대한, 인간과 자연의 관계성에 대한 생각과 태도를 전
해주는 은유로써 작동한다. 미국의 환경철학가이자 농업실천가인 자연

문학 작가 웬들 베리는 '푸드 목가'의 주창자다. 베리는 산업화한 농법으로 생산되고 자본주의 시스템으로 유통되는 푸드가 미국의 식탁을 점령함으로써 자연과 연결된 삶이란 전통과 정신이 사라지고 있다면서, 미국의 전통과 정신을 지키기 위해서는 무엇보다도 전통적인 유기농법과 섭생이 중요하다고 역설한다. 캘리포니아에서 직접 과수농원을 하면서 작품 활동을 하는 작가 데이비드 마수모토(David Masumoto)의 『복숭아를 위한 비문』(A Epitaph for Peach, 1995)은 자신의 복숭아 농장을 편리하고 이윤추구의 산업 농업이 아닌 아버지 때부터 지켜온 불편하고 효율적이지 않은 유기농법을 고수함으로써 베리의 주장을 구체적으로 실천하는 좋은 사례를 보여 준다.

대안적 푸드 소비 실천은 기본적으로 지역에서 생산되는 푸드의 소비 행위라는 점에서 '푸드유역권(foodshed) 실천'이다. 푸드유역권은 분수계(watershed) 개념을 차용한 것으로, 자급 자족적인 환경 보호 농업(permaculture) 주창자인 아서 게츠(Arthur Getz)에 의해 소개된 개념이다. 게츠는 이 개념을 통해 우리가 소비하는 푸드가 어느 곳에서 생산되어 어떻게 우리에게까지 전달되는지 성찰하도록 해준다. 현재 유통되는 푸드는 대개 글로벌푸드시스템에 의해 소비자에게 전달되며, 이 시스템은 환경 훼손 및 인간공동체 붕괴의 원인으로 작동되는 것으로 인지된다. 글로벌푸드시스템을 대체할 수 있는 대안적인 푸드 생산과 유통, 소비가 여러모로 시도되어 왔으며, 적지 않은 성공을 거둬왔다. 자연과 인간에 유용한 지속가능한 푸드 생산과 신선하고 몸에 유익한 먹거리 생산과 소비, 이를 통한 지역공동체 유지와 결속을 주안점으로 삼는 대안적인 시도들은 한결같이 푸드의 생산과 소비에서 지역 푸드유역권에 기초한다. 자신이 거처하는 푸드유역권에 섭생을 의존하고 있다는 점을 인지하게 되면, 사람들은 자신이 거주하는 지역과의 연관성을 더욱 강하게 느끼며 그만큼 자신의 지역에 책임감을 느끼게 된다. 또한, 푸드유역권은 사람들이 특정 장소와 대지에서 생물학적이고 사회적인 삶을 살아가고 있다는 사실을 제대로 인지하도록 이끈다. 푸드유역권 실천의 대표적인 작품들이 푸드유역권 실천 운동과 더불어 2000년대에 나온다. 미국의 대표적인 여성 자연문학 작가인 바버라 킹솔버(Barbara Kingsolver)는 『동물, 채소, 기적: 일 년간의 식생활』(*Animal, Vegetable, Miracle: A Year of Food Life*, 2007)에서 온 가족이 애리조나의 생활을 청산하고 웨스트버지니아의 자신의 고향 땅으로 이주하여 가족이 스스로 재배하고 기른 그리고 현지에서 조달한 채소와 고기만으로 일 년 동안 살아가는 경험을 상세히 묘사한다. 미국 소노라 사막지대의 민속식물학자 겸 왕성한 자연문학작품 활동을 하고 있는 게리 폴 나반(Gary Paul Nabhan)은 『섭생의 홈커밍—로컬푸드의 즐거움과 정책』(*Coming Home to Eat: The Pleasures and Politics of Local Food*, 2001)에서 애리조나 자신의 거주지에서 220마일 이내에서 생산된 푸드만으로 살아가는 일 년 동안의 경험을 기록하면서 미국 남서부지역에서 거의 사라진 토종식물을 되살리고 이를 섭생하는 것이 생태계와 주민의 건강에 얼마나 중요한지를 전문적인 식견으로 설파한다. 폴란이 이 작품을 가리켜 "최초의 로컬푸드 운동 선언문"으로 규정하듯, 로컬푸드 운동이 이 작품으로 인해 미국에서 급속도로 퍼졌다. 캐나다 밴쿠버에 근거지를 두고 작품 활동을 하는 엘리사 스미스(Alisa Smith)와 J.B. 맥키논(MacKinnon)의 공저 『100마일 섭생—1년간의 로컬 섭생』(*The 100-Mile Diet: A Year of Local Eating*, 2007) 역시 캐나다에서의 로컬푸드 운동을 다룬 논픽션으로 도시 삶의 편리함에 익숙한 이들이 밴쿠버에서 100마일 이내에서 생산된 푸드만을 섭생하면서 그 과정에서 겪게 되는 불편함과 난관, 좌절, 번민을 가감 없이 기록하고 있다.

3) 지속가능한 푸드 운동과 도회지 농업

최근 푸드 서사의 세 번째 경향은 지속가능한 지구에 대한 배려로서 새로운 푸드 이용 방식과 음식문화를 주창한다. 이 새로운 푸드 이용 방식과 음식문화는 '농장에서 식탁으로'라는 대안적인 지역 기반 푸드 생산과 소비에 머물지 않고 이를 넘어서는 미래의 식탁을 제시하며, 두 가지 특성을 보인다. 하나는 푸드 소비자가 단순 소비자로서 머무는 것이 아니라 자기 삶의 터전, 특히 도시에서 직접 생산에 참여하여 먹거리를 만들어낼 뿐만 아니라 이를 통해 공동체 문화를 지향한다. 이 특성은 도회지 텃밭 운동에 잘 반영되어 있다. 인류세 환경의 특징으로 인간에 의한 자연의 지나친 간섭과 통제, 이로 인한 자연의 자정 능력 상실과 인간의 자연으로부터의 유리 현상은 전 지구적 차원에서 발생하고 있지만, 특히 도회지에서 두드러진다. 도회지의 가든이라는 것도 엄밀히 보면 인간의 의도와 디자인에 따라 자연의 통제를 통해 인위적으로 구조화된 결과물인 경우가 대부분이다. 다른 관점에서 보자면, 가든·텃밭이야말로 도회지에서 시민들이 텃밭 가꾸기를 통해 가장 손쉽게 자연과의 관계성을 회복할 수 있는 장소다.

동시에 텃밭 가꾸기는 공동체 의식을 불어 넣어준다. 가든·텃밭은 흙과 물, 식물, 동물, 광물 등이 함께 생태계를 이루는 곳으로, 우리는 이곳에서 활동을 통해 자신도 이와 같은 생태계라는 자연공동체의 일원임을 깨닫게 되고, 공동의 작업과 나눔을 통해 인간공동체 구성원으로서의 의식과 책무를 갖게 된다. 특히, 전 세계적으로 도회지에서 실천되고 있는 공동체 텃밭 가꾸기는 공동의 노동과 푸드 생산물의 나눔과 분배, 기부를 통해 지역공동체 의식과 공동체에 대한 책임감을 강화해준다. "전 지구적으로 사고하되, 지역적으로 행동에 옮긴다"(Think globally, act locally)라는 구호는 인류세 환경 상황에서 가든·텃밭 운동에 정확하게 어울린다. 인간의 자연에 대한 간섭과 통제로 인해 전 지구적으로 환경변화와 훼손이 초래되었다는 인류세 환경론을 제대로 이해하기 위해서는 '전 지구적으로 바라보고 사고'할 필요성이 있다. 이러한 전 지구적 규모에서의 시각과 사고의 와중에 자칫 간과하기 쉬운 우리의 주변 자연과 환경을 생각하고 자연과의 관계를 가장 손쉽고 편의적으로 맺을 수 있는 곳은 바로 우리 집안 혹은 이웃 공동체 가든·텃밭인 것이다. 더불어, 인류세 환경에서 푸드는 사회계층과 빈부격차를 드러내는 지표가 되고 있다. 텃밭 가꾸기 운동이 애초에 소외된 계층의 식량부족과 영양부족 문제를 해결하기 위한 수단으로 시작되었다는 사실은 이점을 드러내 준다.

도시 농업이 활성화되면서 이를 다루는 주목할 만한 푸드 서사 작품들도 근래 들어 적지 않게 등장했다. 소설가인 노벨라 카펜터(Novella Carpenter)의 『팜 시티』(*Farm City*, 2009)는 캘리포니아 오클랜드 도심 슬럼가에 있는 자신이 거주하는 허름한 아파트 뒤 쓰레기로 뒤덮인 버려진 땅을 개간하여 채소와 가축을 길러 도시에서도 자급자족할 수 있다는 점과 생산한 것을 이웃과 나눔으로서 버려진 슬럼가의 재생 가능성과 공동체 재생의 가능성을 탐색한다. 캐런 야마시타(Karen Tei Yamashita)의 소설 『오렌지 열대』(*Tropic of Orange*, 1997)에서는 인종에 따른 주거공간이 구분된 LA라는 미국 거대도시에서 거주할 공간조차 쉽게 찾지 못하는 노숙자들이 대형사고로 고속도로에 버려진 많은 차를 차지하고 엔진실에 채소를 재배함으로써 일종의 도시 텃밭을 만든다.

지속가능한 푸드의 두 번째 특성은 지속가능한 지구를 위한 실천으로 요리사와 식당이 친환경 메뉴를 새롭게 개발하고 새로운 식문화를 선도해 가는 푸드 리버브(Food Reverb), 푸드 업싸이클링 운동이다. 이들 운동은 새로운 미래의 대안 푸드 운동으로 지금까지 음식 재료로 거들떠보지도 않던 녹조류나 곤충과 같은 재료와 생선 머리나 꼬리, 껍질 등 버려지던 부위를 이용하여 새로운 친환경 메뉴를 개발하여 제공하며 이러한 운동은 전문 요리사와 식당이 주도한다. 뉴욕의 대표적인 대안 식당의 주인이자 요리사인 댄 바버(Dan Barber)는 『제3의 요리접시』(*The Third Plate*, 2014)에서 자신의 식당에서 셰프로서 실천하고 있는 이 새로운 푸드 운동을 자세히 소개하고 있다.

지속가능한 지구를 위한 푸드 담론에서 지속적인 논쟁 주제가 되는 것이 푸드테크(foodtech)다. 푸드테크 찬성론자들은 환경 이용을 최소화하고 자연을 보전하기 위한 방식으로 푸드를 생산하는 데 과학기술을 적극적으로 이용해야 한다는 태도고, 반대론자들은 배양육과 같이 푸드에 유전자 조작 등의 과학기술 이용은 윤리적으로 신중해야 한다는 태도를 견지한다. 푸드테크가 미래의 지속가능한 지구를 위한 축복인지 아니면 저주인지의 문제는 미래소설에서 살펴볼 수 있다. 지구온난화의 영향으로 자원이 고갈된 23세기를 다루는 파올로 바치갈루피(Paolo Bacigalupi)의 『와인드업 걸』(*The Windup Girl*, 2009)에서 인류는 거대 종자회사가 독점적으로 공급하는 유전자 조작 종자 재배 푸드에 의존한 삶을 살아가면서 이로 인한 온갖 역병과 질병에 노출된 채 생을 이어가고 있다. 마거릿 애트우드(Margaret Atwood)의 『오릭스 앤 크레이크』(*Oryx and Crake*, 2003) 역시 자원이 고갈된 미래의 지구에서 인류가 의존하게 될 유전자 조작 푸드, 특히 실험실에서 배양하는 유전자 조작 닭고기를 미래의 푸드로 섭취하는 것을 둘러싼 문제를 다루고 있다.

본 저서에서는 이들 푸드 서사중 푸드이력서의 예로 폴란과 모리슨의 작품을 제1부에서, '농장에서 식탁으로'의 예로 베리와 나반의 작품을 제2부에서, 지속가능한 푸드 운동의 예로 바버와 카펜터의 작품을 제3부에서 다루고, 푸드테크 주제의 예로 애트우드의 작품을 에필로그에서 다룬다.

코로나19 상황 속 대중소통과 인식 고취를 위한 과학계의 내러티브 관심

"또 다른 독감 팬데믹 대비에서 무사 안일한 태도는 가장 경계해야할 점이다. 감정을 잘 담아 설득력 있게 이야기를 전해주는 이들 스토리는 ... 독감으로 초래된 엄청난 파괴적인 손상에 대해 정신이 바짝 들도록 상기시켜주며, 공공의료에 관련된 분야에 종사하는 사람들은 반드시 읽어야 할 스토리다."

미국의 질병통제센터(CDC)에서 출간한 스토리 북의 의미에 대해 소장이었던 줄리 게르버딩(Julie Gerberding)의 말이다.

코로나19가 전 세계적으로 여전히 맹위를 떨치고 있는 상황에서 각국 정부는 확산을 줄이고 사회를 안정화하려는 필사의 노력을 기울이면서 바이러스 확산 억제와 퇴치 방안을 관련 의학 및 보건 분야에 의존하고 있다. 긴박한 상황이 지속되는 상황에서 보건의료적 접근과 처방은 당연하고 합리적이다. 동시에, 코로나19의 발생과 확산이 인간 활동에 의해 초래된 인류세 기후변화와 환경파괴에 연계되어 있다는 사실은 코로나19에 대한 처방과 대책에 더 근본적인 관점에서 인간 활동과 인간중심적 가치관, 삶의 태도에 대해서도 재고가 필요하다는 점을 말해준다. 인류세 기후변화와 환경변화 그리고 코로나19와 같은 글로벌 팬데믹은 그 발생 원인과 확산, 대처에 사람들의 삶의 방식과 윤리, 가치관과 밀접하게 연관되어 있기 때문이다. 인간 활동과 삶의 태도, 가치관 재고는 과학적 규명과 데이터에 의한 머리로서의 객관적 실체 인식만이 아닌 인간의 정서와 심리, 윤리, 책임감과 같은 마음으로부터의 인식과 깨달음, 행동 변화

에 달려있다. 일반 대중을 이와 같은 인식 고취와 실천적 행동으로 효과적으로 이끄는 것은 다름 아닌 대중 내러티브다. 팬데믹 내러티브를 통해 사람들은 이 유행병의 속성과 자신이 처한 현실을 더욱 잘 이해하게 되고 개인적 그리고 사회적 차원에서 팬데믹 상황에 어떻게 행동하고 실천하는 것이 옳은지 알게 된다.

일반의 상식과는 달리, 기후변화와 팬데믹 문제를 다루는데 일부 과학계에서도 환경인문학적 내러티브(narrative) 요소와 내러티브적 접근에 관심을 가져왔다. 과학계의 권위지인 『네이처』(Nature) 홈페이지에는 '인문학과 사회과학 커뮤니케이션즈' 항목에 "코로나19: 인문학과 사회과학 관점"이라는 제목 아래 인문학이나 사회과학 관점에서 코로나19를 다루는 연구를 모아 놓고 있다는 사실은 코로나19 역시 인문학적 관점에서 살펴볼 필요가 있다는 점을 시사해 준다. (인)문학이 인류세 환경론과 푸드 이슈에 꾸준한 관심을 가져야 할 명분을 아이러니하게도 코로나19가 다시금 일깨워준 셈이다.

글로벌 팬데믹에 대한 이해와 인식, 대처의 방법으로 과학계에서 내러티브 방식에 진지하게 주목하는 현상은 2000년대 들어와 두드러진다. 이는 1990년대 이후 전 세계에 걸쳐 더욱 빈번해지고 규모가 커진 유행병이 지속해서 그리고 반복적으로 발생 되자, 엄청난 희생자와 혼란을 야기했던 1918년 스페인 독감과 같은 전 세계적인 유행병이 도래할지도 모른다는 우려 속에 일반인들에게 경각심을 불어넣으려는 방편이다. 미국 질병통제센터(CDC, Centers for Disease Control)에서 출간된 2008년도 『팬데믹 유행병 스토리북』(Pandemic Influenza Storybook)은 좋은 예다. CDC 홈페이지에 이 책에 대한 소개가 다음과 같이 나와 있다.

> 질병 센터의 팬데믹 독감 스토리북은 팬데믹 독감 사태가 생존자 및 사
> 망자의 살아남은 가족과 친구들에게 가해졌던 충격을 독자에게 전해준다.
> 이 책에 소개된 이야기는 지어낸 옛날이야기가 아니라 개인들의 회고록이
> 다. 이 이야기 모음집은 1918년 스페인 독감 발생 90주년을 기념하기 위해
> 2008년도에 첫 출간 되었다.[8]

　미국 내 독감과 같은 유행성 질병을 연구하고 예방하고 발생 시 대처를
총괄하는 질병통제센터에서 팬데믹에 대한 스토리의 중요성을 인식하
고 자체적으로 출간한 사실에서 보듯, 팬데믹의 예방과 대처에 일반인들
의 인식과 경계심, 대비가 무엇보다도 중요하며 일반인들은 그러한 인식
을 스토리, 즉 내러티브적 제시를 통해 효과적으로 얻게 된다.

　팬데믹의 내러티브적 제시의 중요성에 대한 관련 의과학계의 인식을
보여주는 또 다른 예는 의학저널『란셋』(The Lancet)이다. 전 세계에서 가
장 오래되고 최대 규모의 의학저널로 알려진『란셋』은 2005년도 12월 출
간된 제366호의 "퍼스펙티브(Perspectives)"란에 그해에 출간한 미국 소
설가 마일라 골드버그(Myla Goldberg)의 1918년의 스페인 독감을 다룬
회고록 형식의 소설『위켓의 치료』(Wickett's Remedy)를 자세한 분석을
실어 소개하고 있다.「인플루엔자와 사랑, 삶, 죽음에 대한 감동적 소설」
("An inspirational novel of influenza, love, life, and death")이란 제목의
이 글은 첫 문단에서 이 소설의 시의성에 주목한다.

> 　조류 인플루엔자가 전 세계로 퍼질지 모른다는 팬데믹에 대한 우려와
> 불안이 팽배한 현시기에 마침 출간된 마이라 골드버그의 소설에는 그래서

---

8)　"Pandemic Influenza Storybook." CDC 19 Sept. 2018, https://www.cdc.gov/publi
　　cations/panflu/stories/index.html. Accessed 10 August 2019.

마음을 불안하게 하는 현시기에 딱 들어맞는 내용이 들어있다. 그 내용이
란 1918년 발생했던 엄청난 인플루엔자 팬데믹으로, 이 소설에서는 당시
의 팬데믹을 전면에 다루지는 않지만, 경험에 근거하여 그 사건의 일면을
감동적이고 애절하게 담아냄으로써 그 치명적인 전염병의 의미를 온전히
담아내고 있다. (A C Grayling par. 1)

『란셋』이 전문 의학저널임에도 불구하고 골드버그의 소설을 자세히
소개하는 이유는 반복적으로 발생하는 팬데믹이 사람들의 삶에 미치는
영향을 소설만큼 생생하게 그려내는 것은 없다는 점을 인식했기 때문이
다. "전염병의 본질적 특성과 인간사회에 미치는 결과를 구체적으로 드
러내는데 논픽션은 아무리 애쓴다 해도 소설만큼 잘 해 낼 수 없다. 골드
버그가 그려내는 장면은 … 더없이 생생하다." 이 소설에서 팬데믹으로
희생된 남편의 "극도로 부풀고, 색이 변색되었으며, 물이 가득차 육중해
진 폐"를 검시관이 여주인공에게 보여주는 장면에서 독자는 그 생경한
사실적 표현으로 충격을 받는다고 이 글은 소개한다. 팬데믹 주제 관점에
서 『란셋』이 골드버그의 작품에서 주목하는 또 다른 점은 과학적 분석과
객관적 사실을 다루는 논픽션과는 달리 스토리와 내러티브에서는 사람
들의 마음을 움직이고 다가서는 공감을 중시한다는 점이다. 소설의 제목
인 "위켓의 치료"는 소설 속 의사 위켓의 대안적 치료방식으로 자신을 찾
아오는 환자에게 정체를 알 수 없는 액체가 담긴 유리병과 자신이 환자에
게 정성껏 쓴 손편지다. 사실 유리병 속의 액체는 환자의 질병 치료와는
전혀 무관한 일종의 플래시보 효과를 위한 단순한 물로 환자를 향한 의사
자신의 마음이 담긴 편지가 진정한 치료제였다.

코로나19가 대중의 일상과 행동, 생각에 직접적으로 관련되어 있으며
영향을 주듯, 푸드 역시 사람들의 일상과 삶에 필수적 요소이며 가치관을

반영한다. 코로나19로 인해 사람들은 평소 막연하게 인지하고는 있었지만 '나'의 문제로 앓아왔던 기후변화의 심각성을 깨닫고 자신의 문제와 행동에 연관시키는 데는 스토리로 구성된 푸드 서사가 효과적이다. 과학계에서조차 대중의 인식 고취와 행동유발을 위해 스토리를 사용한 것처럼, 우리가 매일같이 섭취하는 푸드에 담긴 그러나 간과했던 인간-자연 관계성에 대한 가치관이나 저렴한 가격과 편리함에 기대어 의존해 왔던 푸드 산업시스템과 같은 복잡한 이슈 역시 대중의 관점에서 구체적으로 자신의 가치관과 삶의 문제로 인식하고 보다 크게는 지속가능한 지구를 위한 책임 있는 행동으로 발전하는 데는 푸드 서사가 효과적인 역할을 할 것이다.

제1의 식탁

미국산 대형 스테이크와
몬산토 감자 식단

글로벌푸드시스템과
푸드 식민화 재고

"회사 운영자들은 건강과 환경에 도전이 되고 있는 시급한 문제 해소를 위해 혁신적인 방안을 개발하고 있다. 퍼펙트데이(Perfect Day)와 리뉴얼밀(Renewal Mill), 더베터미트(The Better Meat Co.)는 차세대 푸드 재료 제조업체로서 푸드 공급 체인에서 선도적으로 변화를 이끌어내고 있다. 이들 회사는 시장에 영양학적으로 우수한 제품을 내놓으면서 동시에 지구온난화를 유발하는 요인들을 해소하기 위한 노력을 기울이고 있다." (Watrous par.1)[1]

2021년도 3월 3일자 미국의 <푸드 비즈니스 뉴스>지에 「푸드시스템을 바꾸기 위해 출범한 세 스타트업」이란 제목의 기사 문구다. 현재 전 세계가 의존하고 있는 가공식품 중심의 푸드산업 시스템이 소비자의 건강과 환경에 심각한 악영향을 끼쳐왔다는 점을 고려할 때, 이들 세 신생 벤처기업은 소비자의 건강과 환경문제 해소에 도움이 되는 대안적인 푸드 재료 제품으로 주목을 끌고 있다.

2014년도에 설립된 캘리포니아주 버클리에 있는 퍼펙트데이는 동물질이 포함되지 않은 밀크단백질을 만들어내는 회사로 이 원료는 맛과 질감이 좋고 영양가가 높으며 기존의 낙농업으로 인한 환경파괴에서 자유롭다. 공동창업주인 라이언 판야(Ryan Pandya)와 페루말 간디(Perumal Gandhi)는 각각 생명공학자와 과학자로서 자발적 채식주의자가 된 이후로 환경보전에 대한 명분은 얻었지만, 식물기반 대체 유제품 맛에 아쉬움

---

1) Monica Waterous. "Three startups setting out to transform the food system." *Food Business News*, 3 March 2021, https://www.foodbusinessnews.net/articles/18072-three-startups-setting-out-to-transform-the-food-system. Accessed 10 March 2021.

을 가져왔다. 이들은 그 맛의 차이가 동물성 우유에 들어있는 단백질에 있다는 점을 알아냈고, 대형 발효 탱크 안의 미생물총(micro flora)에 젖소의 유전자코드를 주입했다. 이렇게 해서 만들어진 밀크단백질은 동물성 우유의 맛과 질감, 영양소까지 갖추게 되었으며, 젖소사육에 수반되는 에너지 소비와 땅 사용, 온실가스 유발, 물 소비와 같은 환경문제까지 해소할 수 있게 되었다. 현재 퍼펙트데이 단백질은 유제품을 원료로 하는 기존의 아이스크림이나 치즈 크림과 같은 적지 않은 푸드 제품에서 원료로 사용되고 있으며, 앞으로 이 원료를 활용할 푸드 영역도 무한하다.

> "우리는 지금껏 세상에 알려진 그 어느 단백질보다 뛰어난 단백질을 만들어내는 데 필요한 플랫폼을 구축해냈습니다. 이 플랫폼은 확장 가능성이 크고 비용이 적게 듭니다. 어떠한 단백질도 만들어 낼 수 있는 이 플랫폼이 구축되어서 가능성은 무한하다는 것이 우리 생각입니다. 우유 성분의 단백질 생산이 주력제품입니다만, 여기서 머물 이유는 없습니다. 그 밖의 다른 단백질도 만들어 낼 수 있습니다. 앞으로는 최적의 영양을 공급하는 단백질을 디자인해 낼 수도 있습니다."

판야의 확신에 찬 비전이다.

리뉴얼밀은 푸드 생산 과정에서 생기는 부산물을 푸드 원료로 업사이클링하는 회사다. 두유와 두부 생산과정에서 나오는 부산물인 콩비지는 섬유질이 풍부하지만, 그동안 버려지거나 기껏해야 가축 먹이로 활용되어 왔다. 리뉴얼밀은 콩비지를 쿠키와 토르티야, 유아식 제품 생산에 활용할 수 있도록 가루 형태의 원료로 만들고 있다. 또 다른 주력 원료 가루 제품인 오트밀 가루는 귀리를 우유로 만드는 과정에서 나오는 부산물인 펄프를 업사이클링한 것이다. 오트밀 가루는 콩비지 가루보다도 단백질이 풍부하고 알레르기도 일으키지 않는다. 쓰레기로 버려지는 재료를 영양가 높은 원료로 업사이클링 시킴으로써 퍼펙트데이와 마찬가지로 소비자의 건강과 환경보호란 두 마리 토끼를 잡고 있다. 리뉴얼밀의 출범은 창업자의 개인적인 문제의식에서 시작되었다. 공동창업자이자 CEO인 클레어 슐레메(Claire Schlemme)는 이전에 유기농 주스 사업을 하면서 주스로 만들어지는 과정에서 영양가 많은 과일 및 채소 펄프가 쓰레기로 버려지는 점이 늘 마음에 걸렸다. 이것을 활용할 방안에 대한 고민이 회사 설립으로 이어지게 된 것이다. 리뉴얼밀의 업사이클링 원료는 많은 푸드 회사 제품에 활용되고 있으며 자신들의 업사이클링 방법을 다양한 푸드의 생산과 제품화, 음식으로 만드는 과정에서 나오는 부산물에 적용해 영양가 많고 맛도 좋은 원료로 만들 계획을 하고 있다. 이 회사는 업사이클링 제품 생산만이 아니라 '업사이클드 푸드 연대'라는 단체를 만들어 푸드 쓰레기를 줄이는 것이 기후변화에 도움이 된다는 점을 소비자들에게 교육하고 업사이클링 제품 간의 동반 관계를 구축하는 데도 노력한다.

푸드 네트워크가 최근 실시한 설문조사에서 슈퍼마켓에서 판매하는 치킨 너겟 중 최고의 제품은 사육조류 가공업체인 퍼듀팜스 제품으로 드러났다. 이 회사의 치킨 너겟은 100% 치킨 살이 아니라 닭 가슴살에 채소와 식물단백질을 섞은 것으로 이 특별한 제조법을 만든 곳이 더베터미트라는 벤처기업이다. 이 벤처기업은 보다 건강에 유익하고 지속가능한 제품을 만들 수 있도록 육류가공업체와 협력하는데 주안점을 둔다. 창업자이자 CEO인 폴 샤피로(Paul Shapiro)는 가공육에 닭고기와 채소를 절반씩 섞어 만드는 방식이 소비자의 건강과 지속가능한 환경에 기여할 수 있다는 점에 자부심을 느낀다.

"미국에서 가장 맛난 냉동 치킨 너겟에 닭고기가 50%만 들어간다는 사실에 대해 조금만 깊이 생각해 봅시다. 미국의 모든 치킨 제조업체가 우리 회사 제조법을 활용한다면, 우리가 이바지할 수 있는 점은 쉽게 상상할 수 있을 것입니다."

샤피로가 이에 못지않게 강조하는 점은 자신의 제조법으로 만들어진 치킨 너겟의 맛과 식감이다. 일반적으로 대체육이 소비자들로부터 외면받는 이유가 맛이 없기 때문이라는 점을 잘 알고 있기 때문이다.

"우리는 식물의 단백질과 섬유질, 지방, 향미를 적당한 비율로 조합해서 맛을 더하는 방식으로 고기에 바로 섞습니다. 이것이 바로 우리 제조법의 핵심이죠. 고기의 맛과 식감이 절대 줄어드는 것이 아니라 오히려 이러한 방식에 의해 더 좋아지게 됩니다."

더베터미트 제조법을 활용한 퍼드팜스의 살코기와 햄버거용 패티, 너겟 제품은 미국 전역에 걸쳐 7100여 개의 슈퍼마켓에서 팔리고 있으며, 이 회사에서는 소고기와 돼지고기, 칠면조고기, 생선 제품에도 활용할 제조법을 개발하여 제공하고 있다.

위에 소개한 세 푸드 벤처기업의 특별함은 현재 전 세계에 걸쳐 푸드의 생산과 유통, 소비를 장악하고 있는 푸드산업시스템에 편승하지 않고 오히려 이 시스템이 초래해온 가공식품으로 인한 건강 훼손과 환경파괴 문제 해소에 대안을 제시하고, 가공식품으로 잊혔던 푸드의 맛과 식감, 영양을 소비자들에게 되돌려주는 역할을 한다는 점이다. 이들 벤처기업이 새로운 기술과 방식으로 소비자의 건강증진과 환경보전을 염두에 두고 극복의 대상으로 삼는 가공식품 위주의 글로벌푸드시스템이 제1단원 주제다.

　　제1부의 "제1의 식탁"은 대형 스테이크와 마트 샐러드 메뉴로 상징되는 글로벌푸드시스템과 가공식품 음식문화에 대한 재고를 다룬다. 글로벌푸드시스템이란 단순화해서 말하자면 농업활동과 푸드의 유통과 소비에 적용된 세계화와 산업화의 결과다. 푸드시스템이 과거에는 각 지역 단위 내지는 국가 단위로 작동되어 왔다면, 글로벌푸드시스템은 세계화의 영향으로 그 규모가 전 세계로 확장되어 글로벌 차원에서 작동되는 것을 말한다. 즉, 푸드의 생산과 유통, 소비의 네트워크가 초국가적으로 이뤄지고 있다. 글로벌푸드시스템은 규모 면에서 초국가성과 더불어 작동원리로서 산업화라는 특징을 갖는다. 모든 산업화의 기제가 최소비용으로 최대효과에 맞춰진 것처럼, 글로벌푸드시스템의 산업화 역시 생산의 극대화와 생산비용 최소화라는 효율성과 소비 극대화에 맞춰져 있다. 여기에 국가 간 그리고 국제간 자유무역에 관한 협정이 글로벌푸드시스템을 단단히 지탱시켜주는 역할을 하고 있다. 이러한 푸드산업 시스템에 의존하는 소비패턴이 전 세계에 걸쳐 자리 잡아 푸드 문화로 정착 되었다.

　　글로벌푸드로 차려진 제1 식탁에서 제기되는 푸드 이슈는 푸드이력서와 푸드 및 문화 식민주의다. 푸드이력서는 푸드의 생산과 유통, 소비에서 일반 소비자에게 잘 알려지지 않은 글로벌푸드시스템이 어떻게 작동되는지에 관한 내용이다. 특히, 오늘의 인류세 환경에서 우리 식탁에 오르는 푸드는 대부분 글로벌푸드시스템에 의한 생산과 유통을 통해 저렴한 가격으로 대량으로 소비자에게 전달된다. 주로 대형 슈퍼마켓이나 다국적 대형 식품점, 인터넷상에서 시장을 보는 소비자들은 자신들이 섭취하는 푸드가 누구에 의해 어떤 방법으로 길러졌으며 이 푸드가 어떤 과정을 거쳐 자신들의 식탁에 오르는지는 대개 관심도 없으며, 관심이 있는 경우에도 쉽게 알아낼 수가 없다. 푸드이력서는 우리가 섭취하는 푸드가 어느 곳에서 어떻게 생산되고 어떤 유통과정을 통해 소비자에게 전달되는지 다루는 것을 의미한다. 제1부의 Chapter 1에서는 세계화 시대의 푸드 이슈에 주된 관심을 두는 폴란의『잡식동물의 딜레마』를 중심으로 개개인의 섭생방식 선택과 밀접하게 연계된 글로벌푸드시스템과 푸드이력서 이슈를 집중적으로 살핀다.

"제1의 식탁"에서 제기되는 또 다른 푸드 이슈는 푸드식민주의와 문화 식민화다. 과거 선진 강대국에 의한 아프리카 및 중남미, 아시아에서의 식민지화의 주된 목적이 그 지역의 풍족한 푸드 자원을 강제로 점유하여 자국민에게 싼 가격에 공급하고 자원을 가공하여 세계에 팔아 이윤을 추구하는 데 있었다. 그 결과 식민지배 지역에서는 푸드 주권 상실과 환경 파괴, 전통문화 상실이 초래되었다. 푸드 식민주의는 현재에도 다양한 방법으로 합법적인 과정을 통해 여전히 행해지고 있다. 저렴한 가격과 풍족한 푸드 공급을 내세운 선진국 주도의 글로벌푸드시스템은 여전히 후진국에서 값싸게 확보하는 푸드 자원에 의존하고 있다. 후진국 역시 글로벌푸드시스템에 편입되면서 또 다른 형태의 푸드 주권 상실을 겪고 있고, 이로 인해 푸드 식민 상태로 전락해 왔다. 제1부 Chapter2에서는 미국 흑인 여성 소설가 토니 모리슨은 소설『타르 베이비』에서 카리브 제도에서 자행되어온 푸드 식민 문제를 다룬다.

1 글로벌푸드시스템과 섭생
– 마이클 폴란의 『잡식동물의 딜레마』와 푸드이력서

| 프롤로그 |

전 세계 패스트푸드의 대명사인 맥도날드가 2021년도 2월에 덴마크와 스웨덴에서 동물고기 대신 식물성 대체육을 사용한 햄버거 맥플랜트 (McPlant)버거를 출시했다. 이번 출시는 대체육 버거에 대한 고객의 반응을 알아보기 위한 것이다. 맥플랜트 버거는 대체육에서 실제 고기의 질감과 맛을 살려내는 노하우를 갖고 있는 미국의 대표적인 대체육 회사인 비욘드미트(Beyond Meat Inc.)와 함께 맥도날드가 공동으로 개발한 것으로 콩과 쌀의 단백질을 주원료로 하고 있다. 맥도날드는 이들 두나라에서 우선 고객의 반응을 고려하여 다른 지역으로 이 대체육버거 메뉴를 출시할 계획에 있으며, 햄버거 외에도 치킨메뉴와 샌드위치 메뉴에도 대체육을 활용할 계획도 세우고 있다.

맥도날드의 대체육 활용과 맥플랜트 메뉴의 테스트 출시 장소로 북유럽 선택은 최근의 소비 경향을 반영한 결과다. 덴마크와 스웨덴과 같은 스칸디나비아는 채식주의가 세계 어느 지역보다 활발하며 육고기나 유제품 대신 식물단백질을 활용하는 제품이 많은 관심을 받는 곳이다. 다국적 푸드회사인 유니러버(Unilever)가 비건 매그넘 아이스크림의 테스트

출시 장소로 스웨덴과 핀란드를 선택한 것도 우연이 아니다. 다른 패스트 푸드 체인에 비해 다소 보수적인 맥도날드의 맥플랜트 출시 결정은 채식에 대한 세계적인 추세를 더는 패스트푸드 분야에서도 외면할 수 없다는 사실을 말해준다. 맥플랜트버거는 맥도날드가 식물성 대체육을 햄버거에 사용한 첫 사례는 아니다. 이미 2019년 9월에 비욘드미트와 협력으로 'P.L.T.'(Plant. Lettuce. Tomato) 햄버거를 캐나다에서 시범 출시한 뒤, 일부 매장에서 메뉴로 한동안 판매되었지만, 다음 해 4월에 모든 매장에서 조용히 자취를 감췄다. 맥도날드에서는 그 이유에 대해 밝히고 있지 않지만, 시장에서의 반응이 기대에 못 미쳤던 것 같다. 그런데도 맥도날드에서 그 후속으로 맥플랜트버거를 다시 시범 출시한 것을 보면 소비자들의 건강과 환경을 고려한 채식 위주의 식생활 패턴은 갈수록 커지고 있다는 방증이다. 맥도날드의 경쟁 패스트푸드인 버거킹은 더욱 적극적으로 식물성단백질을 사용한 햄버거를 출시해왔다. 버거킹은 대체육 개발 회사로 비욘드미트와 경쟁 관계인 임파서블푸드(Impossible Food)와의 협력으로 2019년 여름에 미국 전역에 걸친 7천여 개의 매장에서 임파서블와퍼를 출시하였고 고객의 호의적인 반응에 힘입어 뒤이어 일부 유럽 매장으로 이 메뉴를 확대했으며, 2021년도 상반기에는 캐나다 전역으로 이 메뉴를 출시할 계획을 갖고 있다.

맥도날드로 대표되는 패스트푸드 프랜차이즈는 글로벌푸드시스템과 가공식품 음식문화의 상징이자 첨병역할을 해왔다는 점에서 패스트푸드 업계의 대체육 사용은 글로벌푸드시스템과 가공식품 음식문화의 한계를 스스로 드러낸 셈이다.

1 글로벌푸드시스템과 섭생, 푸드 이슈

푸드 이슈는 푸드의 생산과 분배, 유통, 조리, 소비, 처리와 같은 푸드의 라이프 사이클 전 영역에 걸쳐 발생되는 문제이다. 푸드는 어떻게 길러지고 생산되어야 하며, 푸드는 어디에서 생산된 것을 소비해야 하는가? 어느 푸드는 먹고 어느 푸드는 먹지 말아야 하나? 푸드 생산과 공정에 어느 기술이 적용 가능하고 가능하지 않은가? 푸드 정책은 어떠해야 하는가? 등등 푸드와 관련된 논쟁과 이슈는 세계화와 산업화의 영향으로 과거와 비교하면 훨씬 다양하고 복잡하고 복합적이다. 이들 푸드와 연관된 이슈를 망라하는 개념이 글로벌푸드시스템에 고스란히 담겨있다.

1.1 글로벌푸드시스템

푸드와 농업에 적용된 산업화와 글로벌화의 결과인 글로벌푸드시스템의 특징을 로날드 샌들러(Ronald L Sandler)는 『푸드 윤리의 기초』(*Food Ethics: The Basics*)에서 다음과 같이 구체적으로 정리하고 있다. 첫째, *글로벌 소싱*. 재료와 노동, 가공은 전 세계 어느 곳이 되었든 비용이 최소로 드는 곳에서 구한다. 둘째, *규모의 경제*. 생산과 가공, 제조의 모든 단계에서 수직적 통합과 대규모 생산이 생산 단위당 비용을 줄이기 때문에 선호된다. 셋째, *대단위 관여자*. 글로벌푸드시스템의 영향력 있는 주요 당사자는 업계와 국제기관, 국가 정부로서, 이들은 경제의 주체이자 글로벌 규모로 활동할 수 있고 정책을 만들거나 정책에 영향을 미치기 때문이다. 넷째, *기계화와 혁신*. 효율성을 높이고 비용을 낮추는 데 도움이 되는 한 기계화 및 새로운 기술과 가공법은 적용된다. 다섯째, *표준화*. 공급망과 더불어 투입과 공정의 표준화를 함으로써 생산효율은 높아지고 노동자나 원료확보에서 대체가 쉬워진다. 여섯째, *상품화*. 글로벌푸드시스템의 모든 요소는 무엇보다도 경제적 효용성 면에서 가치가 매겨지며 언제든 대체될 수 있다. 일곱째, *비용 외주화*. 소비자 가격을 낮추고 이윤을 높이기 위해 생산과정에 따른 환경파괴나 사회와 대중의 건강 폐해에 들어가는 비용을 타자나 사회 전체에 지운다. 여덟째, *대규모 인풋의 필요성*. 집약적인 대규모 생산과 글로벌 규모의 공급을 위해서는 생산에 필요한 화학비료와 공정에 필요한 기계, 수송에 필요한 화석연료가 대규모로 사용된다(5-6).

글로벌푸드시스템이 푸드의 생산과 유통, 소비에서 전 세계에 걸쳐 주된 시스템으로 작동되고 있으며, 인간의 건강과 영양, 환경, 윤리, 문화 등 다양한 측면에 영향을 미쳐왔기 때문에 이 시스템을 둘러싼 논쟁은 지속되어 왔다. 특히, 인류세 환경이라는 현재의 특수한 상황에서 소비자의 의식 있고 책임 있는 푸드 선택과 섭생습관, 푸드 윤리는 그 어느 때보다 중요하며, 글로벌푸드시스템을 둘러싼 이슈에 대한 이해 역시 중요하다.

1.2 글로벌푸드시스템 옹호

글로벌푸드시스템은 주로 두 방향에서 정당성이 주장돼 왔다. 하나는 전 세계 인구를 먹여 살린다는 명분이고, 다른 하나는 개인의 푸드 선호를 보장해준다는 점이다. 우선, 세계 인구를 먹여 살리는데 글로벌푸드시스템이 필요하다는 주장을 살펴보면, 2021년 현재 전 세계 인구수는 약 79억 명으로, 현재보다 출산율이 감소한다고 하더라도 앞으로 인구수는 지속해서 증가할 것으로 예견된다. UN에 따르면, 앞으로 출산율이 추정치인 2.24로 떨어진다는 가정 아래 2050년도의 전 세계 인구는 96억, 2100년도에는 109억 명으로 추산된다. 식량 지원재단인 '액션 어겐스트 헝거' (Action Against Hunger)에 따르면, 전 세계적으로 영양결핍 인구는 전 세계 인구의 10%가 넘는 약 8억 1천5백만에 이르며 약 23%의 어린이들이 영양결핍으로 저성장 증세를 보인다. 프랑스에서 출범한 국제 인도주의 전문가 집단 네트워크인 IARAN(Inter-Agency Regional Analysis Net-work)의 글로벌푸드시스템 보고서에 따르면, 인구증가를 감안하고 영양결핍 해소를 위해 요구되는 곡물 수요는 2050년까지 현재보다 적어도 50%, 많게는 두 배에 달하는 것으로 추정된다.[2] 이렇게 지속해서 증가하는 식량 수요를 맞추기 위해 전 세계적으로 식량 생산을 위한 자원 활용을 극대화하고 생산과 가공, 공급에서 지역성을 넘어 전 세계를 단일시장화함으로써 효율성을 지속해서 높일 필요성에서 글로벌푸드시스템의 정당성이 주장되어 왔다. 덧붙여, 푸드 생산을 위한 활용 가능한 자원의 한계 역시 글로벌푸드시스템의 정당성 이유로 거론된다. 인간의 자연자원 활용은 이미 지속가능성을 넘어섰다고 보기 때문이다. 유엔식량농업기구(UNFAO)에 따르면, 이미 지구 표면적의 38%가 식량 생산에 이용되어 왔으며(FAOSTAT, 2014a), 이중 인도는 약 60%의 땅을 농업 용도로 활용해 왔다. 해양자원도 예외는 아니다. 해양자원의 87%가 이미 식량 공급을 위해 활용돼왔으며, 앞으로 지속적으로 활용할 수 있는 자원은 13%를 넘지 않는다(FAO, 2012a). 결국, 기술을 바탕으로 한 푸드 생산의 효율적인 산업화가 요청되는 이유다.

실제로 식량 생산을 위해 활용 가능한 자원은 한계에 달했음에도 불구하고 근래의 농업생산량은 오히려 증가한 것으로 보고되고 있다. 유엔식

---

2) IRIS. 'Global Food Systems: An Outlook to 2050.' February 2019, https://www. iris-france.org/wp-content/uploads/2019/02/Food-Systems-2019-compressed. pdf. Accessed 1 March 2021.

량농업기구에서 매년 발표하는 연례보고서에 따르면, 근래 들어 전 세계 농업 생산 잠재력은 인구향상을 웃돌며, 1인당 식량 공급은 1980년대까지 정체상태를 보이다 1990년대 초부터 의미있는 증가세를 보여왔으며 단백질과 지방섭취도 과거와 비교하면 증가한 것으로 드러난다. 이러한 현상에 대해 글로벌푸드시스템 옹호자들은 농업과 푸드 분야에서 진전되어온 기술발전의 결과로 본다. 아시아를 일례로 들어보면, 1970년에서 1995년 사이 아시아 인구는 60% 증가 속에 유용경작지 증가는 단지 4%에 그쳤지만, 전체 곡물 생산량은 배로 늘었다(27).[3] 새로운 다품종 개발과 비료산업, 관개시설에서의 농업기술 발달의 결과다. 최근에는 IT기술이나 바이오기술의 발달로 농업생산량 증가와 푸드시스템의 지속가능성에 기여하는 새로운 기술이 계속 개발되고 적용되어오고 있다. 예를 들어, GPS와 드론을 이용한 작물 생육상태의 지속적인 모니터링을 통해 제때에 즉각적으로 대처함으로써 농작물 폐해를 최소화하고 농산물 품질 향상과 생산량 증가를 도모한다. 유전자조작 기술은 지속해서 개발되고 있으며 이를 통한 GMO농산물의 비율도 높아지고 있다. 전 세계 30여 나라에서 GMO가 길러지고 있으며 전 세계 농산물의 약 12%를 차지하고 있다. 소비자의 건강과 환경에 미칠 영향에 대해서는 여전히 논란이 지속되고 있지만, 과거에 비교하여 농민들이나 소비자들의 GMO에 대한 불신과 우려는 다소 완화된 것도 사실이다.[4]

효율적인 생산방식과 더불어, 푸드의 유통방식에서의 산업화 역시 글로벌푸드시스템의 장점으로 옹호되어 왔다. 자연자원의 고갈과 이용한

---

3) M. Eggersdorfer et al, eds. "Good Nutrition: Perspectives for the 21st Century". Karger, 2016, doi:10.1159/isbn.978-3-318-05965-6

4) *ibid* 28.

계에도 불구하고 푸드 생산과 공급, 유통에서의 기술혁신과 산업화, 세계화로 인해 이러한 진전이 가능했던 것으로 믿어진다. 따라서 이들 옹호자에 따르면, 앞으로 전망되는 인구증가 시대에 전 세계 인구를 먹여 살리는 유일한 방법은 식량 생산과 가공, 공급에서의 지속적인 산업화에 기반을 둔 기술발전과 효율의 극대화를 추구하는 글로벌푸드시스템에의 의존이다.

글로벌푸드시스템 옹호의 또 다른 방향은 소비자들의 푸드 선호 보장에 두어진다. 글로벌푸드시스템 지지자들에 따르면, 이 시스템이야말로 소비자들이 원하는 푸드를 적기에 적정가격으로 제공해준다고 강조한다. 즉, 소비자의 푸드 선택과 기호를 가장 효과적으로 그리고 편리하게 만족시켜주는 것이 가능한 이유는 글로벌푸드시스템이 있기 때문으로 본다. 사실 소비자의 관점에서 푸드의 선택을 높이고 자신이 선호하는 푸드를 절기를 가리지 않고 구매할 수 있다는 사실은 매력적이며, 이는 글로벌푸드시스템 덕분이라는 사실을 부인하기는 어렵다. 세계 각 지역의 마트 식품 진열대마다 자국 푸드만이 아니라 세계 각지에서 생산되어 배송된 농수산물과 축산물로 넘쳐난다.

글로벌푸드시스템은 소비자의 푸드 선택의 폭을 넓혀주고 기호만을 충족시키는 것이 아니라, 가격 면과 편리성에서도 장점을 갖고 있다는 것이 지지자들의 주장이다. 장거리 운송비용을 고려하더라도, 글로벌푸드시스템은 글로벌 소싱과 생산비용 절약, 표준화, 규모의 경제 등을 통해 비용을 최소화함으로써 저렴한 가격에 소비자들이 원하는 푸드를 절기에 무관하게 공급할 수 있다. 더불어, 글로벌푸드시스템은 현대인들의 간편식 선호를 만족시키고 있다. 과거와 비교하면 현대인들이 집에서 직접 식사를 준비하는 횟수는 현저하게 줄어들었으며, 대신 가공식품이나 조리 식품을 구매하여 데워먹거나 패스트푸드나 테이크아웃, 배달 식품으로 해결하고 외식의 횟수도 늘어났다. 글렌 드닝(Glenn Denning)과 제시카 판조(Jessica Fanzo)는 글로벌푸드시스템을 가능하게 하고 유지하는 데 중요한 요인으로 소비자 행동을 든다. "소비자의 수입과 라이프스타일, 선호도의 변화가 특정 푸드에 대한 수요에 영향을 미친다. 전체적으로 볼 때, 글로벌 식단은 고기와 유제품처럼 양질의 영양가 많은 푸드와 가공식품으로 바뀌고 있다. … 소비자들은 현대의 푸드시스템에 더욱 현저한 역할을 행사해오고 있으며 …. 자신들이 소비하고자 하는 푸드 선호도를 점점 더 분명하게 하고 있다"(24).

1.3 글로벌푸드시스템에 대한 우려와 비판

글로벌푸드시스템이 가져온 이점만큼이나 이 시스템에 대한 우려와 비판 역시 지속해서 제기되어 왔다. 푸드시스템은 푸드의 생산과 유통, 소비자의 선택과 식습관을 망라한 복합적인 네트워크로서 푸드와 연관된 개인의 선호나 선택, 습관뿐만 아니라 그 자체로 사회적이고 환경론적인 이슈와 밀접하게 연관되어 있기 때문이다. 샌들러는 이 관계성을 다음과 같이 정리한다.

> 푸드와 관련된 이슈는 대부분 푸드에 대한 개개인의 선호도와 선택, 식습관이 개개인 차원을 넘어 지속가능성과 생물다양성, 인권, 글로벌 정의, 동물복지와 같은 사회적 그리고 생태학적 고려와 겹칠 때 발생한다. 개인의 푸드 선택을 사회적·생태학적 이슈에 연결하는 것이 푸드시스템이다. 푸드시스템이란 푸드가 생산되는 곳에서 소비되는 곳으로 이동하는데 관여되는 모든 과정과 기반시설, 요인들로 구성된 복잡한 네크워크를 가리킨다. (4)

글로벌푸드시스템은 그 두 축인 세계화와 산업화란 특성으로 인해 푸드시스템 네트워크 그 자체로 적지 않은 문제점을 안고 있으며 푸드시스템의 기제와 이에 의존하는 섭생과 연관된 윤리적 차원의 문제가 제기되어 왔다. 글로벌푸드시스템에 내재된 우려를 자연환경과 소비자, 지역성이란 3가지 관점에서 간략히 정리하면 다음과 같다.

1) 자연환경

늘어나는 전 세계 인구를 먹여 살리고 선진국형 식습관에 맞춘 식량 생산 증산을 위한 글로벌푸드시스템이 초래한 자원 고갈과 환경파괴는 심각하다. 오늘날 전 세계 인구 79억 명이 지구 자연자원이 공급할 수 있는 양의 1.6배를 소비하고 있으며, 2050년까지는 세계 인구는 90억 명으로 늘어날 것이고 이로 인한 식량 소비는 두 배로 증가할 것으로 전망된다. 산림자원을 보면, 전 세계적으로 행해져 온 산림벌목 중 가장 많은 벌목은 농업용지 확보를 위한 것이었다. 지구상 가장 큰 열대우림인 아마존에서는 지난 50여 년간 약 17%의 열대우림이 잘려나갔으며 가장 주된 이유는 농지와 농장을 마련하기 위한 것이었다. 물 자원 고갈 역시 심각하다. 전 세계 물 중 사용할 수 있는 담수는 채 1%에도 못 미치며, 전 세계 담수의 약 70%가 농업용수로 이용되면서 심각한 물 부족 사태를 맞고 있다. 해양자원의 경우, 식량을 위한 어류자원의 1/3이 남획되었고, 해마다 수백만 마리의 상어와 수십만 마리의 해양포유류와 바다조류, 바다거북 등이 지속해서 남획되고 있다.[5] 식량 생산을 위한 토양의 과도한 이용 또한 심각한 수준이다. 1cm 두께의 토양이 형성되는 데는 100만 년이라는 세월이 필

---

5) 미래의 전 세계 자연보존을 위해 결성된 World Wildlife Fund의 홈페이지를 참고.
https://www.worldwildlife.org/

요하지만, UN에 따르면, 인간의 과도한 사용으로 전 세계 토양의 1/3이 손상되었고 특히 지난 150년간 표토의 절반이 유실되었다.[6]

이처럼 식량 생산을 위한 자연자원의 남용은 자연환경에 심각한 영향을 끼쳐왔다. 농업용지 확보를 위해 산림과 동식물의 자연 서식지는 지속해서 파괴되어 왔으며, 이는 생물다양성 감소와 온실가스 방출의 문제로 이어져 왔다. 효율적인 식량 생산을 위한 화학비료와 농약 사용 역시도 환경에 치명적인 영향을 끼쳐왔다. 산출의 극대화를 통한 이윤추구를 목적으로 삼는 글로벌푸드시스템은 보다 많은 산출을 위해 무분별하게 화학비료와 제초제, 살충제를 남용해 왔으며, 이로 인해 토양은 산성화되고 잔유물이 물에 쓸려 강과 바다에 흘러들어 바다의 산성화와 사막화 결과를 초래했다.

이 중 육류 생산을 위한 집약적 기업 축산농의 폐해는 특히 심각하다. 전 세계적으로 육식과 유제품 소비가 늘어나면서 식용을 위한 대규모의 경제적이고 효율적인 동물사육이 급격하게 증가했다. 공장형 집중가축사육시설(CAFO)이 대표적인 예다. 미국에만 이러한 시설은 50여만 개나 되며, 중남미와 아시아 그리고 유럽에서도 이러한 시설은 급격히 늘고 있다. 이들 시설에서 배출되는 엄청난 양의 폐기물은 제대로 처리되지 않음으로써 토양과 하천에 흘러들어 각종 병원균과 항생제, 호르몬, 유기물질로 오염되고 있다.

축산업의 환경 폐해 중 온실가스 배출로 인한 기후변화는 심각하며, '피크 미트'(Peak Meat)와 '기후 비상'(climate emergency)이란 용어가

---

6) "Spotlighting humanity's 'silent alley,' UN launches 2015 International Year of Soils", *UN News*, 5 Dec. 2014. https://news.un.org/en/story/2014/12/485462-spotlighting-humanitys-silent-ally-un-launches-2015-international-year-soils#.WfjbrhiZNmA

잘 대변해 준다. 이들 용어는 소득증가로 전 세계에서 육류소비가 계속 증가하면서 2030년대에 정점(peak)을 찍게 되고, 그 결과 심각한 기후 비상사태를 맞게 될 것이라는 경고다. 옥스퍼드 사전의 '2019년 올해의 단어'로 선정될 정도로 현실로 다가온 '기후 비상'은 육류 생산을 위한 농지확보를 위해 대규모의 열대우림이 태워지면서 급격히 증가한 온실가스 배출이 큰 원인이 되어왔다. '피크 미트' 도달 시기인 2030년대가 되면, 축산업을 위한 농지비율이 전체 농지의 80%를 넘어설 것으로 예상하고 있다. 급기야는 153개국 과학자들 1만 1000명이 2019년에 '기후 비상사태 경고(Warning of a Climate Emergency)' 보고서를 '바이오사이언스'에 게재하고 파리기후협정에 '피크 미트'를 포함할 것을 요구하고 나섰다.[7]

2) 소비자

글로벌푸드시스템에 대한 소비자들의 우려는 흔히 건강과 음식 미학이란 두 관점으로 요약된다. 우선 건강이슈 관점에서 살펴보면, 가장 우려스러운 점은 화학물질이다. 생산량을 최대한 높이는 것이 목적인 산업농업은 곡물생산 과정에서 다량의 농약과 제초제를 사용하고 CAFO와 같은 대형 공장형 사육시설에서는 성장촉진을 위한 호르몬제와 가축 질병을 막기 위한 항생제를 무분별하게 사용한다. 이러한 화학물질은 우리 식탁에 오르는 음식에 일정 부분 잔류하게 됨으로써 이를 섭취하는 소비자들의 건강문제를 야기한다. 글로벌푸드시스템이 자아내는 또 다른 건강이슈는 영양이다. 산업 농업에 의해 길러진 채소나 과일은 흔히 유기농과 비교하면 비타민과 영양소가 적은 것으로 드러나며, 현대인들이 더욱

---

7) William Ripple and et all. "World Scientists' Warning of a Climate Emergency 2021." *Bioscience* vol. 71, issue 9, 28 July 2021, pp.894-898. doi:10.1093/biosci/biab079.

더 의존하는 가공식품은 영양가는 적고 열량은 높으므로 비만의 주범으로 지목되고 있다.

음식 미학은 소비자 관점에서 건강 우려에 비해 관심을 덜 가는 요소다. 동시에, 음식 미학은 소비자들의 가공식품에의 의존도가 높아짐에 따라 그 존재가 점점 더 희석되고 있다는 점에서 의식적으로 관심을 가져야할 주제다. 전통적인 음식문화에서 음식은 단순한 섭생 이상의 복합적인 의미를 지녀왔다. 가족이나 부족, 넓게는 특정 지역, 민족, 나라의 정체성은 음식에 담겨있으며 음식 맛은 공동체를 한데 엮어주는 매개였다. 산업형 푸드와 글로벌푸드시스템은 전 세계의 음식선택과 맛을 표준화시키고 동일화시킴으로써 이러한 고유한 음식문화의 전통은 퇴색되었으며 이로 인한 음식 미학 상실은 소비자의 관점에서 우려되는 대목이다.

음식 미학의 상실은 간편하고 편리한 것을 추구하는 현대인의 삶의 양태와도 연관되어 있지만, 산업화로 인한 소비자와 식량·음식 생산과정의 단절이라는 푸드이력서 상실이 큰 원인이 되고 있다. 식량이 어디에서, 누구에 의해, 어떻게 만들어지는지는 소비자에게 철저히 가려져 있으며, 식품점에서 사들이는 식재료와 식당에서 사먹는 음식은 소비자에게는 돈을 주고 구매하는 '상품'에 불과하다. 이럴 경우, 푸드 생산과정에서 문제가 될 수 있는 푸드 윤리나 이슈에 대해 소비자는 무지하며 자신의 선택이 가져올 결과에 대해서도 무책임할 수밖에 없다.

3) 지역성

지역성의 관점에서도 글로벌푸드시스템은 적지 않은 우려를 초래한다. 이 중 푸드주권 위협과 푸드 관련 전통문화와 공동체의 해체가 가장 심각한 문제다. 푸드주권이란 한 지역에서 지역주민들이 소비하기에 충분한 분량의 식량을 생산해낼 수 있는 능력인 푸드자립(food autonomy)

과 한 지역이 자신들의 푸드와 농산물생산과 관련하여 스스로 결정을 내리는 능력인 푸드주권(food sovereignty)을 의미한다. 글로벌푸드시스템은 다양한 방식으로 전 세계 지역의 푸드자립과 푸드주권을 해체시켜왔다. 국제무역협정으로 정부는 농민과 농어촌 지역을 보호하는데 제약을 받고 있으며, 대부분의 종자 특허가 다국적 기업에 귀속되고 있어서 지역 농민들은 종자를 저장하거나 이웃과 나눌 수 없게 되었다. 기업농과의 경쟁에서 살아남기 위해 지역 농들은 집약농업을 선택하고 이에 드는 생산비용으로 빚더미에 앉게 되고 결국에는 자신의 농지를 빼앗기게 되는 상황이 빈번하게 발생한다. 생산비를 절감하고 높은 소출을 위해 선택한 단일작물 재배방식으로 지역의 생물다양성은 감소하고 농산물은 질병에 취약하게 된다. 글로벌 유통 체인이 물량과 가격경쟁력에 우위를 점함으로써 지역의 소규모 농업은 시장판로 확보마저 어렵게 된다(Sandler 20).

글로벌푸드시스템에 의한 지역 단위의 푸드 생산과 유통의 어려움과 푸드자립과 푸드 주권의 약화내지는 해체는 지역공동체와 푸드 관련 전통문화의 붕괴로 이어진다. 왜냐하면, 각 지역공동체와 전통문화는 고유의 푸드 공동생산과 소비와 밀접하게 연관되어 있기 때문이다. 농업이 주요 업이었던 한국을 비롯한 아시아의 국가들의 경우, 모든 절기와 절기에 따른 전통행사와 놀이는 대부분 농업생산 활동과 직접 연관을 맺고 있었으나, 산업화와 글로벌푸드시스템 편입 이후 이러한 절기는 달력에 이름으로만 남게 되었다. 행사와 놀이는 실재 삶의 현장이 아닌 공연장에서나 그 모습의 재현을 목격할 수 있다.

또 다른 측면에서 글로벌푸드시스템은 지역공동체와 문화를 해체하고 있다. 글로벌푸드시스템의 대표주자인 패스트푸드에 의한 영향이 좋은 예다. 다국적 기업의 패스트푸드는 그 편의성으로 인해 개발도상국의 각 지역까지 파고들어 지역민들의 식습관과 식생활을 변화시켜왔다. 패스트푸드에의 의존이 커질수록, 가족 내에서 그리고 공동체 단위에서 함께 음식을 준비하는 기회가 줄어듦으로 전통적인 푸드 관련 지식과 요리법이 잊혀지고, 함께 모여서 음식을 즐기던 기회가 줄어듦으로 관계성마저도 변화를 겪고 있다. 지역에서의 푸드 생산과 소비의 획일화 역시 글로벌푸드시스템이 지역사회에 끼친 우려스러운 결과다. 곡식이나 채소, 과일, 가축은 생산의 효율성을 위해 종 다양성이 동질성으로 대체되었고, 지역민들이 패스트푸드나 가공식품에 의존도가 높아짐에 따라 스스로 요리하는 푸드의 종류도 확연히 줄었다.

글로벌푸드시스템에서 제기되는 자연환경과 소비자, 지역성 관점에서의 문제의 공통적인 원인은 푸드이력서의 상실과 연계되어 있으며, 대중의 인지도가 높은 폴란은 푸드 서사를 통해 글로벌푸드시스템과 푸드이력서 주제를 구체적으로 짚어내고 있다.

2 글로벌푸드시스템과 섭생
- 마이클 폴란의 『잡식동물의 딜레마』

현대의 푸드 서사에서 마이클 폴란만큼 일반인으로부터 진지한 관심과 인기를 끌어온 작가는 드물다. 미국의 저널리즘 학자이자 논픽션 작가인 폴란의 대중적 인기와 관심은 자연과 환경, 푸드, 음식과 같은 일반인들이 관심을 가질만한 문제를 전문가적 식견으로 다루면서도 학술적 글쓰기 틀과 방식, 문체를 탈피하여 일반 독자의 상식적인 수준과 관점에서 이들 문제를 다루고 있다는 점에 기인한다. 더불어, 폴란은 주제를 다루고 논점을 전개하는 방식에서도 이론과 데이터에 의존하기보다는 현장을 찾아 직접 목격하고 체험함으로써 체화된 내용을 전해준다. 이 점으로 인해 그의 글과 주장이 과학적 데이터만큼이나 독자들로부터 신뢰를 얻고 있다.

폴란은 자연과 환경, 푸드를 주된 주제로 다루면서 심층생태론적 관점보다는 이들 주제를 현대인의 실재 삶과 연관하여 다룬다. 푸드를 다루는 글에서 폴란은 현대 미국 사회에서 미국인들의 주요 섭생행태와 습관을 개인적인 차원이 아닌 현대 미국사회의 식문화를 규정시킨 푸드시스템의 관점에서 비판적으로 진단한다. 폴란의 『잡식동물의 딜레마』는 대표적인 예다. 이 책에서 폴란은 현대인의 삶의 방식과 음식문화와의 상관관계를 다루면서 현 세계화 시대의 가공식품 푸드산업 시스템에 대해 성찰한다. 인간은 애초에 잡식동물로서 무엇을 먹을까 하는 지속적인 선택의 고민을 해왔으며, 특히 현대에 들어서 미국과 같이 가공식품과 패스트푸드가 넘쳐나고 이에 대한 의존도가 높은 사회에서 푸드 선택의 고민은 더욱 가중되었다고 본다. 글로벌화된 경제와 푸드산업 시스템이 선택의 폭을 비약적으로 넓혀왔기 때문이다. 폴란은 현대의 푸드시스템 내에서 미국인들의 푸드 선택이 갖는 의미를 근본부터 파헤친다. 폴란은 논지 전개를 위해 그의 푸드 서사의 전매특허인 두 가지 틀에 의존하고 있다. 첫째는, 현장탐사와 직접 경험이다. 이슈를 객관적인 현상이나 데이터, 이론으로만 다루는 것이 아니라 자신이 직접 그 이슈의 현장으로 들어가 실체험으로 다룬다. 둘째는, 스토리 활용이다. 자신이 다루는 이슈를 구체적으로 부각하고 현실감을 주기 위해 폴란은 구체적인 사례를 스토리로 엮는다. 스토리 속에는 자신이 현장에서 목격하고 체험한 이야기만이 아니라 이슈와 직접 관련된 사례로서의 현실 사회에서의 실재인물들의 이야기가 등장한다. 이러한 폴란의 푸드 서사 특징은 일반 독자들이 사회적 이슈에 관심을 두도록 해주고, 복잡한 이슈를 쉽게 이해하도록 이끌어주며, 동시에 이들 이슈가 바로 독자 자신의 이웃에서 그리고 자신의 삶 속에서 벌어지고 있다는 사실을 인식하도록 이끌어 준다.

2.1 푸드산업 시스템과 푸드이력서

『잡식동물의 딜레마』에서 패스트푸드로 대표되는 푸드산업시스템을 다루는 1부 '산업 옥수수'에는 폴란의 푸드 서사의 특징이 잘 반영되어 있다. 폴란은 이 책에서 푸드 서사를 통해 독자에게 현대인들의 푸드 웨이와 연관된 핵심 이슈인 푸드이력서 상실 문제를 두 방향으로 정리한다. 하나는 현대인들이 예외 없이 의존하고 있으면서도 복잡성으로 인해 제대로 인식하지 못하고 있는 푸드산업체인(industrial food chain)이다. 다른 하나는 푸드산업체인에 의존한 푸드 웨이가 가져오는 다양한 부정적 결과다.

복잡한 푸드산업 체인을 설명하기 위해 폴란은 데이터를 동반한 학술이론을 들이대는 대신 독자를 슈퍼마켓으로 안내한다. 우리에게 친숙한 슈퍼마켓은 푸드와 관련된 주제와 이슈를 가장 구체적이고 현실적으로 보여주는 장소기 때문이다. 우선, 폴란은 슈퍼마켓을 일종의 자연경관으로 새롭게 정의함으로써 슈퍼마켓에 대한 일반의 상식에 도전을 제기하면서 이 단원을 시작한다.

> 냉방이 잘되고, 냄새가 나지 않고, 윙윙거리는 형광등 빛으로 환하게 밝혀진 슈퍼마켓은 자연과는 별다른 관계가 없어 보인다. 하지만 이곳이 식물과 동물로 그득한 자연경관(물론 인위적인 경관이 맞다)이 아니라면 도대체 이곳은 어떤 곳이란 말인가? (15)

폴란이 슈퍼마켓을 '자연경관'으로 인식하는 이유는 가게 안에 진열된 상품 중 대다수가 자연 속의 동식물을 원료로 한 것이기 때문이다. 슈퍼마켓 안을 걸으면서 폴란은 자신이 생각했던 것보다 훨씬 다양한 동식물이 원료가 된 제품을 목격하면서 그 사실에 자신도 놀라움을 드러낸다.

폴란이 슈퍼마켓을 자연경관으로 상정하는 의도가 있다. 하나는, 슈퍼마켓의 제품 중 대다수는 자연에서 원료를 취한 것임에도 불구하고 자연과는 무관한 단지 '상품'으로만 여기는 소비자들의 몰이해를 깨우치기 위함이다. 책에서 폴란은 슈퍼마켓에서 쇼핑하듯 각 섹션별로 독자를 안내하면서 진열된 상품들이 자연과 어떻게 관계를 맺고 있는지 친절히 설명해준다. 폴란이 슈퍼마켓을 자연경관으로 상정하는 또 다른 의도는 현대인의 푸드 웨이가 글로벌푸드시스템에 의해 지배되고 있다는 점을 지적하기 위함이다. 폴란이 안내하는 슈퍼마켓에 진열된 아주 다양한 푸드 상품은 현대의 소비자들이 글로벌 푸드산업 시스템에 의해 과거보다 더 많은, 더 다양한 푸드 선택의 기회를 부여받고 있다는 사실을 말해주며, 푸드 선택의 폭이 늘어난 현대인들은 그 어느 때보다도 더 큰 '잡식동물의 딜레마'에 직면하게 되었다는 사실이다. 거의 대다수 푸드 상품은 애초에 자연에서 그 원료를 취하고 있지만 푸드의 생산과 유통, 소비에 작동하는 글로벌 경제 체제와 푸드산업 시스템으로 인해 푸드와 원료와의 관계성을 추적하는 일이 대단히 복잡해졌으며, 그 시스템에 의존하여 푸드를 소비하는 현대의 소비자들은 그 관계성에 대해 알 수도 없으며 그럴 의도도 없기 때문이다.

폴란이 푸드-원료관계에 관심을 갖게 된 동기는 '무엇을 먹을 것인가?'라는 질문과 자신이 먹는 식품이 '어디서 유래한 것인가?'라는 개인적인 사소한 질문에서 출발했다고 밝힌다. 그런데도 폴란이 이 문제를 『잡식동물의 딜레마』에서 핵심으로 다루는 이유는 푸드이력서에 대한 개인적인 의문이 자신만의 문제가 아니라 이 의문은 결국 모든 현대의 소비자들에게도 근본적인 질문으로서 대단히 중요한 의미를 지니고 있으며, 이를 인식하는 것이 필요하다고 생각하기 때문이다. "그 출처가 대단히 복잡하고 모호해서 밝히는데 전문가의 도움이 필요한 푸드"(17)라고 폴란이 슈퍼마켓 푸드에 대해 실용정의를 내리는 점에서 드러나듯, 일반인들에게는 자신이 먹는 푸드의 출처를 파악하는 것은 대단히 어려워서 자신과 같은 전문 저널리스트의 도움이 필요하다는 점을 잘 인지하고 있다. 푸드이력서에 대한 자신의 개인적인 의문에서 시작된 이 책이 일반 소비자들을 위한 안내서로 발전된 셈이다. 결국, 폴란이 이 책에서 시도하는 것은 현대의 소비자인 일반 독자에게 자신들이 섭생하는 푸드가 어디서 왔으며 어떻게 만들어져 식탁에 올라오는지 그 복잡한 과정과 관계성을 인식하도록 안내함으로써 독자들을 윤리적 푸드 선택으로 이끄는 것을 목적으로 한다.

2.2 아이오와 주 나일러 옥수수 농장: 푸드이력서 길을 잃다

푸드이력서 탐색을 위해 폴란은 우선 옥수수 농장으로 탐방을 떠난다. 현대인들의 푸드 웨이를 점령한 거의 모든 가공식품과 패스트푸드에 주원료로 사용되는 단일 곡물인 옥수수가 어떻게 다양한 푸드의 산업적 생산에 관련되는지 살피기 위함이다. 옥수수가 다른 작물과의 경쟁에서 '초기-자본주의 식물'(protocapitalist plant)의 위치를 점할 수 있었던 이유는 북미의 다양한 토양에서의 적응능력과 풍부한 수확량, 다양한 용도에의 활용성에 있었으며, 바로 이러한 특성으로 옥수수는 푸드 산업에서 가장 선호되는 곡물로 활용되어 왔다. 옥수수는 단순히 사람들이 먹는 하나의 곡물로서만 활용된 것이 아니라, 동물의 먹이로서 적극적으로 활용되어 왔다. 더욱 중요한 점은 옥수수에서 얻어지는 포도당과 시럽은 슈퍼마켓에서 구입하는 거의 모든 종류의 식품에 활용되어 왔다는 사실이다.

결국, 현대인들은 자신들이 인지하는 것보다 훨씬 많은 양의 옥수수를 섭취하고 있으며 전 세계에서 가공식품 푸드산업에의 의존도가 가장 높은 미국인들을 폴란이 "옥수수 국민"이라 부르는 이유이기도 하다. 일반 소비자들은 옥수수의 이러한 활용에 대해 무지하며 푸드 산업계에서는 고의로 이러한 관계성을 감추어 왔다.

푸드산업계는 원가가 저렴한 옥수수를 푸드 제품의 원료로 활용하기 위해 다수확의 GMO 품종으로 꾸준히 개량해왔으며, 이들 품종에 대한 특허를 독점해왔다. 그 결과 소규모 농민들은 비용을 지불하고 이들 품종을 사용하면서도 규모면에서 경쟁력을 상실하여 더욱 어려운 처지로 내몰리고 있다. 폴란은 현대 푸드산업시스템에 의한 산업적 옥수수 재배와 푸드재료 및 산업용 사료로의 활용, 이로 인한 소규모 농민들의 처지란 상호 연관된 복잡한 실상을 구체적으로 파악하기 위해 대표적인 옥수수 재배 지역인 아이오와주의 한 농가를 방문한다. 현장탐사와 직접 경험 그리고 스토리 활용이라는 폴란의 푸드 서사의 특징은 이 부분에서 가장 잘 드러난다.

폴란이 방문한 조지 나일러라는 농부는 아이오와주에서 할아버지와 아버지의 뒤를 이어 옥수수를 재배해온 전형적인 농부다. 할아버지와 아버지 시절에는 다양한 곡식과 가축을 함께 길러 나일러 가족의 생계뿐만 아니라 이웃의 12가구, 129명에게 공급해서 이들 모두가 자급자족할 만큼 충분했다. 과거와 다른 점은 현재는 옥수수와 콩만을 재배하고 있으며, 129명을 먹여 살릴 만큼 수확량은 충분하지만, 농사만으로는 생계를 유지하지 못하고 있다는 점이다. 기계화와 화학비료, 단일 종 재배, 효율성 추구라는 농업의 산업화에 참여한 나일러 농장도 수확량은 과거와 비교하면 늘었지만, 전체적인 수확량 증가에 따른 가격하락이란 산업 농업과 글로벌푸드시스템의 역설로 인해, 수입은 오히려 과거보다 줄게 되었고 부족한 수입을 국가의 보조금으로 충당 받는 처지가 되었다. 과거와 또 다른 점은 나일러의 옥수수가 과거에는 이웃주민들의 소중한 식량자원으로 쓰였지만, 현재는 푸드산업체인에 의해 공급되다 보니 나일러 자신이 생산한 옥수수가 최종적으로 누구에 의해 어떻게 소비되는지 알 길이 없다는 것이다. 폴란이 현장에서 확인한 점은 나일러 농장에서 생산한 옥수수 중 상당량이 소비자의 식탁에 오르는 것이 아니라 '상품 옥수수'(commodity corn)로 팔리고 있다는 사실이다. 즉, 나일러 농장의 옥수수가 가공식품의 재료로써 사용되거나 가축의 사료로서 공급된다는 사실이다. 폴란이 슈퍼마켓에서 확인한 그 많은 가공식품의 원료로서 옥수수가 사용된다는 사실에 대해 소비자만큼이나 무지하기는 공급자인 나일러 농부 역시 마찬가지였다. 그의 곡물이 복잡한 푸드산업시스템에 의해 유통·소비되기 때문이다.

농장에서 생산된 옥수수가 어떤 과정을 거쳐 소비자의 식탁에 오르는지 푸드이력서를 추적하는 것이 나일러 농장을 방문한 목적이었던 만큼, 폴란은 나일러와 같은 인근의 농부들이 수확한 옥수수를 구매하여 비축하는 지역 대형 곡물 창고(grain elevator)를 방문한다. 이 대형시설은 옥수수 재배 농가에서 가져온 곡물을 비축한 후 버킷 엘리베이터나 공압 컨베이어를 통해 타워로 이동시키면서 분류하여 저장한 후, 화물차나 기차에 실어 내보내는 곳이다. 폴란이 이 시설 방문하여 관계자들을 만나고 제한된 범위나마 내부 시설을 살펴보았지만, 나일러가 생산한 옥수수의 소재 파악에 실패했다. 이곳에서는 인근 농장에서 내어오는 옥수수를 구별이나 분류과정 없이 모두 한 군데 섞어서 처리하기 때문이다. "상품으로서의 한 뷰셀 분량의 옥수수가 어느 곳에서 어떻게 생산되었는지를 추적하는 일이 강물에 부어진 한 동이의 물을 추적하는 것만큼이나 중요하다는 사실을 알았어야만 했다"(63). 폴란의 비유처럼, 이 대형시설에서는 나일러의 옥수수는 그 지역만이 아니라 아이오와주의 동부와 남부지역에서 재배된 옥수수가 전부 집결되어 함께 섞여 '상품 옥수수'로 반출된다. 추적이 더욱 어려운 점은 이렇게 모인 옥수수는 카길이나 ADM과 같은 곡물 유통을 독과점해온 소수의 대형 기업에 의해 구매되고 이들 기업은 유통과정을 철저하게 감추고 있기 때문이다. 나일러와 같은 농민의 처지에서 자신이 재배한 옥수수를 어느 곳에서, 누구에 의해, 어떻게 소비하게 될지 알 수 없다. 더더구나 자신의 옥수수가 소비자의 식탁에서 1차 푸드로서가 아닌 가공식품의 원료나 가축 사료의 원료로 사용된다는 사실을 인지한 경우, 푸드 생산에 수반되는 윤리의식이나 책임감을 농민에게서 기대하기 힘들게 된다. 자신은 "군·산업 복합체"에 공급해주기 위해 옥수수를 키운다고 자조적으로 말하던 나일러의 말을 폴란은 이 대형곡물창고에서 확인하게 된다.

2.3 캔자스주 포키피더스 공장형 사육장

나일러 농장 방문에서 자신이 의도했던 옥수수농장-슈퍼마켓 간 푸드 체인의 푸드이력서 추적이 불가능하다는 점을 깨달은 폴란은 범위를 축소하여 나일러와 같은 농장에서 생산된 옥수수가 어떻게 가축 먹이로 그리고 종국에는 육류로 바뀌게 되는지를 추적한다. 이를 위해 폴란은 사우스다코타주의 방목장과 캔자스주 가든시티의 포키피더스라는 사육장을 차례로 방문한다.

사우스다코타주의 블레어랜치는 소 방목장이다. 이곳에서는 송아지들이 태어나고 너른 초지에서 자유롭게 풀을 뜯어 먹으며 지내는 전통적인 방목장 모습을 하고 있다. 블레어렌치가 전통적인 방목장과 다른 점은 이곳 소들은 태어난 후 6개월 동안만 머물고 그 이후에는 CAFO로 옮겨진다는 점이다. 송아지들은 생후 6개월 정도 성장한 후에만 가축사육장의 시스템에 적응할 수 있기 때문이다. 폴란은 블레어랜치에서 전통적인 방식의 방목과 가축사육장의 푸드산업체인에 의한 사육방식의 차이를 확인한다. 블레어랜치에서의 가축사육방식을 폴란은 "지속가능한, 태양에너지에 의한 푸드 체인"으로 규정한다. 소들이 풀을 먹이로 삼는 것은 진화론적으로 대단히 유의미한 것으로, 소똥은 땅을 비옥하게 해주며 소가 섭취한 풀은 소의 독특한 소화기제로 인해 고품질의 단백질 덩이인 고기로 만들어진다. 이와 같은 방식은 자연 친화적인 방식으로 부산폐기물도 발생하지 않고 인공사료나 성장호르몬과 항생제와 같은 화학첨가제를 먹이지 않기 때문에 자연뿐만 아니라 소비자의 건강에도 해롭지 않다. 그렇다면 이러한 자연 친화적 환경의 목장에서 소가 도살장에 보내지기까지 전 과정 동안 길러지지 않는 이유는 무엇인가. 사육시간이 너무 길기 때문이다. 블래어랜치의 주인인 리치의 말대로 전통적인 방식으로 소를 기르던 자신의 할아버지 시절에는 송아지로 태어나서 도축장으로 보내지기까지 살을 찌우는데 4년 내지 5년이 걸렸다면, 공장식 가축사육장으로 보내지는 소는 태어나서 14주면 충분하다. 그렇다면, 무엇이 이러한 큰 차이를 가져오는가?

　폴란은 송아지 한 마리의 삶의 과정을 추적하면 이에 대한 답을 명확하게 규명할 것으로 판단하고, 블레어랜치에서 나중에 공장형 가축사육장으로 보내질 송아지 중 한 마리를 사들여 이 송아지를 통해 살펴보기로 한다. 폴란의 '수송아지 534'는 이곳 농장에서 태어나서 폴란이 방문했을 당시에는 '백그라운딩 우리'에서 길러지고 있었다. 백그라운딩 우리는 자유 방목으로 길러진 송아지가 가축사육장으로 보내지기 전에 새로운 환경에 적응하기 위한 단계로, 이곳에서는 갇힌 상태에서 먹이도 풀이 아닌 옥수수가 제공된다. 폴란의 송아지는 생후 6개월 뒤 캔자스주의 가든

시티에 있는 포키피더스라는 가축사육장으로 보내진다. 폴란도 시차를 두고 포키피더스를 찾는다. 낭만적인 이름과는 달리 가든시티가 위치한 서부캔자스는 1950년대 미국에서 가장 먼저 시작된 공장형 가축사육시설(CAFO, Concentrated Animal Feeding Operation)이 들어선 곳이다.

가축사육장으로 옮겨져 사육되고 있는 자신의 송아지에서 폴란의 눈에 가장 두드러지게 달라진 점은 크기였다. "당신은 이곳에 정말 멋진 소고기를 키우고 있군요"(81)라는 사료를 관장하는 멧진박사의 말대로, 폴란의 송아지는 이곳으로 보내진 지 단 3개월에 불과하지만, 그동안 2백 파운드가 넘게 살이 붙은 성인 수소의 모습을 하고 있던 것이다. 이러한 속성성장의 이유는 값싼 잉여 농산물인 옥수수를 소의 신진대사 메커니즘을 통해 값나가는 소고기라는 상품으로 변화시키는 공장식 사육시스템이었다. 이 사육시스템으로 폴란의 소는 6개월 뒤 도축될 시기가 되면 지금보다도 더더욱 몸집이 커진 상품성 있는 소로 성장해 있을 것이다. 멧진박사의 설명과 안내로 폴란은 이곳 시설을 돌아보면서 공장형 가축사육장의 사육시스템을 제대로 인지하게 된다. 이곳 사육시설에 있는 3만7천 두의 소먹이가 준비되는 사료분쇄 시설에서는 매일 백만 파운드의 먹이가 만들어지며, 주요 먹이인 옥수수에 다양한 액상비타민, 지방, 단백질 보충 사료에 성장촉진제와 항생제가 첨가되어 사료로 만들어진다. 바로 이 사료가 가축을 속성으로 살을 찌우는 것이다. 이 합성사료는 소비자들이 즐겨 찾는 마블링이 잘 된 소고기 육질을 만드는 데도 도움이 된다.

애초부터 공장형 가축사육장의 문제점을 미디어와 각종 자료를 통해 인지하고 있던 폴란은 포키피더스 사육장 방문을 통해 문제의 심각성을 보다 구체적으로 목격한다. 이런 환경에서 사육되고 있는 자신의 송아지를 통해 그의 문제점에 대한 인식은 객관적 사실을 넘어 개인적인 삶과 가치관의 영역으로 들어온다. 폴란은 가축사육장에서 길러지는 자신의 소를 일반의 인식대로 단순히 가공식품 푸드의 상품이나 공장 안의 부품으로 받아들일 수가 없다. '나의 소'가 푸드로 키워지고 있다는 점에서 푸드 체인을 형성하는 한 개체에 지나지 않을 수 있지만, 살아있는 동안에는 엄연히 한 생명체로서 존재하며 푸드 체인을 넘어선 생태학적 관계망의 가닥을 형성하고 있는 것으로 인식한다. 자신의 소와 같이 이 가축사육장에서 길러지는 가축을 생태망의 관점에서 보게 되면, "이곳 가축우리에서 벌어지고 있는 모든 것들이 아주 다르게 보이며, 땅이 온통 동물분뇨로 두텁게 쌓인 캔자스의 외떨어진 이곳이 우리 삶과 무관한 곳이 아님을 알게 된다"(81)고 강조한다.

포키피더스 사육장 방문 경험을 통해 폴란은 공장형 가축사육장과 이러한 사육을 조장하는 푸드산업시스템의 문제점, 푸드산업이 우리 삶에 초래하는 여러 문제점과 부정적 영향에 대해 진지하게 살핀다. 우선, 폴란은 공장형 사육시설의 불결한 환경과 가축의 질병, 가축 사료의 문제점을 짚는다. 수송아지 534가 '수용된' 언덕배기 우리에서 폴란은 언덕 아래로 펼쳐진 일견 낭만적으로 보이는 호수에 감탄하지만, 실은 그 물은 각종 화학물질로 범벅된 가축 배설물이 흘러내려 형성된 분뇨웅덩이란 점을 깨닫게 된다. 자세히 보니 언덕 우리에서부터 웅덩이 주변으로 흘러내린 분뇨가 말라붙어 회색 석고처럼 굳어있으며, 바람이 불면 분뇨 가루가 사방으로 날리곤 했다. 폴란이 처음에는 이곳 소들이 한결같이 눈이 충혈된 모습에 대해 의아해했지만, 그 원인이 바람에 날린 분뇨 가루가 소 눈에 들어갔기 때문이란 점을 이내 알아차린다.

아이오와주 옥수수 농장에서부터 추적해온 옥수수가 이곳 사육장에서 가축의 주요 먹이로 사용되고 있으며 자신의 수송아지 534를 살찌우는데 주된 역할을 하고 있다는 사실을 확인한 폴란은 동시에 옥수수와 각종 화학물질 배합 사료는 소의 소화기관에 이상을 초래하고 건강을 해치게 된다는 점 역시 인지한다. 그 영향은 소에만 머무는 것이 아니라 소고기를 소비하는 소비자에게까지 미친다. 사육장에서 길러진 소에서 나온 고기를 섭취하는 소비자들은 소화기관이나 심장병과 같은 건강문제를 안게 될 수 있으며, 사료에 다량으로 사용된 성장호르몬과 항생제와 같은 화학물질은 소고기에 그대로 축적되어 인간에게도 건강문제를 일으킬 소지가 다분하다는 요지다.

폴란이 자신의 수송아지 사육환경에서 숙고하게 된 또 다른 문제는 사육과정에서 수반되는 에너지 소비다. 이 수송아지를 짧은 시간에 살을 찌우는 사료인 옥수수는 생산과정에서 많은 화석연료를 사용하며, 나일러의 아이오와주 옥수수 농장에서부터 캔자스주의 가축사육시설에 이르기까지의 운송과 사료제조공정에서도 눈에 보이지 않는 막대한 양의 화석연료가 태워진다.

결국, 폴란이 사육시설 방문을 통해 직접 독자에게 전하고 싶은 점은 공장형 가축사육장의 환경이 대단히 불결하고 이들 소가 육류로 길러지기까지 막대한 양의 화석연료가 소비되어 환경에 악영향을 주며, 그러한 환경에서 각종 호르몬과 항생제가 섞인 옥수수 사료로 생산된 소고기를 소비하게 되면 소비자에게 건강문제가 야기될 수 있다는 점이다. "공장형 가축사육장과 같이 산업시스템으로 생산된 고기를 먹는 것은 이러한 사실을 알고 싶어 하지 않거나 나처럼 알고 있는 사실조차 잊어버리고자 하는 용감무쌍한 행동이 요구된다"(84).

2.4 맥도날드 매장

가공식품 푸드산업으로서의 옥수수 활용은 가축사육장에서의 가축사료에 그치지 않고 현대인들이 소비하는 다양한 푸드 제품의 원료로 광범위하게 활용된다. 푸드 원료로의 활용범위는 우리의 상식을 훨씬 넘어선다. 우리가 소비하는 정도와 빈도가 너무나 높아서 현대인의 정체성을 규정할 정도이며 이로 인한 건강 역시 우려할 정도임을 폴란은 지적한다.

> '자신이 먹는 것에 의해 당신이 누군지 결정된다'는 말은 반박하기 어려운 진리다. 하지만, 가축사육장 방문에서 목격하듯, 이것만으로는 부족하다. 왜냐하면, 우리에게 고기를 제공하는 소의 먹이만으로도 우리가 누군지 말해주기 때문이다. 우리가 누군지, 혹은 어떤 사람이 되는지는 단순히 고기만이 아니라 가축이 먹는 넘버2 옥수수와 오일을 우리가 먹음으로써 결정된다. (84)

폴란이 주목하는 것은 현대인들은 자신도 모르게 다양한 형태로 옥수수를 섭취하며 이로 인해 건강이 위협받고 있다는 점이다. 가공식품과 패스트푸드 산업계가 과잉 생산된 옥수수를 처리하고 자신들의 이익을 극대화하기 위해 소비자에게 옥수수를 원료로 만든 제품을 더 많이 먹고 마시도록 교묘하게 조종하며, 그 결과 현대인들의 비만과 당뇨병 급증과 같은 문제가 급격하게 진행되었다는 관점이다. 소비자들은 가공식품과 패스트푸드를 통해 당분과 지방을 과도하게 섭취하게 되는데 이들 식품에는 옥수수가 주원료가 되는 설탕과 지방이 많이 들어있기 때문이다. 소비자들이 이들 성분이 좋지 않다는 점을 알면서도 가공식품과 패스트푸드를 끊임없이 찾고 섭취하는 이유는 생존을 위한 인간의 진화론적 생물학에서 찾아진다. 인간은 언제 닥칠지 모를 기아에 대비하기 위해 기회 있을 때마다 이들 성분을 되도록 많이 섭취함으로써 에너지를 몸에 저장해두는 방향으로 진화해 왔으며 이 경향은 푸드가 남아도는 현대에도 그대로 남아 있다. 푸드 산업은 바로 이러한 인간의 진화생물학을 교묘하게 이용해 왔다는 것이다.

폴란은 옥수수를 주원료로 하는 가공식품 푸드산업의 실상과 패스트 푸드 산업의 전략, 소비자들의 패스트푸드 선호 경향을 구체적으로 알아보기 위해 가족과 함께 맥도날드 매장을 찾는다. 남녀노소 가리지 않고 미국인들에게 가장 친숙한 맥도날드 매장은 "가공식품 푸드산업이 온통 우리 주변에 산재해 있는 대표적인 예이며, 우리 내나수가 때를 가리지 않고 먹는 가공식품 푸드산업체인"(110)을 상징한다. 아이오와주의 옥수수 농장에서 자신이 추적을 시작한 옥수수가 복잡하고 푸드산업체인을 거쳐 종착점인 맥도날드에서 최종적인 결과물로 만들어진 햄버거와 소다를 직접 소비함으로써 폴란은 자신의 긴 여정을 마무리하는 셈이다. 맥도날드 매장에서 자신과 아들, 아내가 각기 선호하는 메뉴를 주문하면서 폴란은 연령과 남녀 성 차이를 고려한 맥도날드의 메뉴에서 고객들을 끌어들이기 위한 빈틈없는 마케팅 전략을 읽어낸다. 하지만, 이러한 마케팅 전략은 실제로는 수사학에 지나지 않는다. 왜냐하면, 아내가 주문한 콥 샐러드는 음식 이름과는 달리 하루 섭취 권장량을 초과하는 열량이 들어 있으며, 아들이 주문한 맥너겟에는 실제로 닭고기 성분은 거의 없고 건강에 해로운 다양한 가공물질들로 만들어지기 때문이다.

그렇다면, 왜 어른이 되어서도 미국인들은 건강에 해로운 것을 알면서 패스트푸드를 여전히 즐겨 먹는 것일까? 폴란은 패스트푸드를 탐닉했던 자신의 어린 시절을 떠올리며, '어린 시절의 냄새와 맛'에 대한 향수에서 그 해답을 찾는다. 패스트푸드를 먹으며 아주 행복했던 어린 시절의 향수를 어른이 되어서도 햄버거를 통해 다시 느끼고 싶다는 욕망이 거의 모든 성인에게 있다는 것이다. 하지만 어린 시절 즐겨 먹었던 맥너겟이나 햄버거 역시 실제 고기가 아닌 대부분 첨가물로 이뤄진 가공식품이라는 점에서 그 향수는 '환상'에 지나지 않는다고 본다. 푸드이력서 관점에서 보자면, 폴란에게 패스트푸드는 실재 음식이 아닌 '개념'으로만 존재한다. 자신이 주문한 치즈버거의 소고기 패디에서 소비자는 동물로서의 소를 떠올리지는 않는 이유다. 소비자 입장에서 소에서 소고기로 그리고 햄버거 패디란 가공식품으로 만들어지는 과정에 관해 관심도 없고 알 수도 없기 때문이다. 푸드 산업은 고의로 그러한 과정이 소비자에게 알려지지 않도록 교묘하게 조정한다. 더불어, 맥도날드에서 판매되는 모든 메뉴는 실은 옥수수가 주재료가 되고 있음에도 (소다는 100%, 치킨너겟은 56%), 어떤 메뉴에서도 옥수수의 흔적은 읽히거나 인식되지 않고 있다.

폴란이 옥수수의 지나친 활용이 가져오는 부정적인 영향을 다루면서 『잡식동물의 딜레마』 1부를 마무리하는 것은 자연스럽다. 값싼 산업 옥수수를 전 방위적인 가공식품 푸드산업 원료로 활용함으로써 푸드 산업계는 수익구조와 영향력을 키워왔으며, 미국 소비자들은 이에 점점 더 의존하게 됨으로써 비만과 당뇨와 같은 건강문제에 노출되었다. 옥수수의 과도한 가공식품 원료 활용이 미치는 영향은 여기서 그치지 않는다. 옥수수의 상당량이 가공식품 재료로 사용됨으로써 (그리고 최근에는 화석연료를 대체할 바이오 연료로 활용도가 높아짐에 따라) 일부 후진국의 경우 식량으로 사용할 옥수수를 공급받지 못해 만성적인 기아문제에서 벗어나지 못하고 있다. 옥수수를 경작하는 소규모 농부들 역시 어려움을 겪기는 마찬가지다. 소농들은 거대기업농과 경쟁에서 밀릴 수밖에 없으며 소출증대와 판로를 위해 가공식품 푸드산업체인시스템에 의존하지만, 소출에 비해 가격이 낮아 생활은 더욱 곤궁해져 가고 있다. 자연환경 역시 영향에서 벗어나지 못한다. 산업 농업과 소농 모두 소출증대와 이윤창출만을 목적으로 삼는 경작방법에 매달림으로써 자연환경은 점점 더 핍진해지고 있다.

폴란의 맥도날드 일화는 현대 사회에서 가공식품 푸드산업의 만연과 가공식품 푸드산업체인에 예속된 현대미국인들의 식습관 행태와 건강에의 영향이란 문제를 제기한다는 점에서 푸드를 다루는 대부분의 사회과학적 글과 일견 크게 다르지 않다. 하지만 그의 내러티브는 독자에게 '나의 이야기'로 여기게 만드는 폴란식 푸드 서사의 좋은 예다. 데이터와 분석, 이론으로 무장한 사회과학적 글이나 뉴스에 반복적으로 노출되면 일반 독자들은 무감각해지거나 경고와 위협을 느끼게 되고, 심리적 압박감을 벗어나기 위해 고의로 이러한 문제에 대해 눈을 감거나 회피하는 습성을 보이기도 한다.8) 폴란의 푸드 서사 수사학은 사회과학적 글과는 달리 독자에게 익숙한 '나의 이야기'로 친근하게 다가간다. 독자들은 위협을 느끼지 않고서도 이러한 문제를 자신의 문제로 인식하기 쉽다. 폴란이 가족과 함께 맥도날드에서 익숙한 메뉴를 주문한 뒤, 차에서 함께 '즐기는' 일화는 미국의 독자들에게는 너무나도 익숙한 일상이다. 폴란이 패스트푸드의 폐해를 고발하는 글임에도 '어린 시절의 냄새와 맛'을 실감나게 기술하는 것도 이러한 이유 때문이다.

> 패스트푸드라면 그 모든 것이 매우 좋았다. 마치 선물처럼 한 사람 분량의 음식이 낱개로 포장되어 있는 거며 (패스트푸드가 개인의 소유여서 3명의 여자 형제와 내 몫을 나눌 필요가 없었다는 점은 대단히 좋았다), 차 안을 가득 메우는 프렌치프라이의 익숙한 냄새도 좋았고, 버거를 베어 물면서 차례로 입안에 전해오는 부드럽고 달콤한 빵과 아삭한 피클, 고기의 풍미 있는 촉촉함에 행복했었다. (111)

폴란은 한 인터뷰에서 이 부분 묘사에 대한 질문을 받고 다음과 같이 밝힌다.9)

---

8) 바버라 킹솔버의 소설『도피습성』(Flight Behavior)는 기후변화로 인한 환경파괴에 대해 일반인들이 보이는 이러한 습성을 다루고 있다.

9) Pamela Demory, "It's All Storytelling: An Interview with Michael Pollan." *Writing*

독자와의 만남 행사에서 내가 자주 읽어주는 구절입니다. 패스트푸드를 좋게 묘사하려고 정말 정성을 기울였습니다. 중요한 것은 우리 모두 패스트푸드를 좋아한다는 점이지요. 우리는 패스트푸드를 지독한 악마처럼 취급하는데, 과연 패스트푸드가 그런 건가요? 패스트푸드는 많은 사람들에게 추억의 옛 맛이고 우린 어려서부터 패스트푸드를 먹으면서 자랐습니다. 그래서 저는 패스트푸드의 좋은 면을 떠올리게 하고 싶었던 것입니다. 물론 저 같은 사람한테서 자주 들을 수 있는 말은 아니지만요.

독자에게도 익숙한 어린 시절의 즐거운 추억이자 성인으로서 여전히 탐닉하고 있는 패스트푸드와 미국인들의 패스트푸드 선호를 일방적으로 매도하거나 비판하기보다는 하나의 문화로 인정하고 작가 본인도 그런 부류에 속한 사람으로 그림으로써 독자들을 무장해제 시키고 있다. 폴란의 의도는 자신을 포함하여 많은 미국인이 품고 있는 패스트푸드 맛과 선호가 실제로는 패스트푸드의 실상에 근거해볼 때 실체가 없는 환상에 기반을 둔 것이라는 점을 지적함으로써 독자의 패스트푸드에 대한 일반적인 인식에의 의문 제기로 폴란식 푸드 서사를 맺는다.

아마도 우리가 이 패스트푸드를 재빨리 먹어치우는 이유는 향유 할 건덕지가 없기 때문일 수도 있다. 맛에 집중해서 먹을수록 패스트푸드는 맛을 느낄 수 없다. 일전에 이렇게 이야기한 적이 있다. 맥도날드 매장의 푸드는 추억의 음식으로, 몇 입 먹고 나면 실제의 푸드라기보다는 추억의 푸드를 상기시켜 주는 기호라는 생각이 든다고. 그래서 치즈버거나 프렌치프라이에 갖는 애초의 생각이 사라져버리기 전에 우리는 그 생각을 잡아두기 위해 더더욱 빨리 먹게 된다. 이런 식으로 한 입 한 입 먹게 되고 결국에는 원하는 맛을 느끼지 못하고 다만 배만 부른 상황에 처해서는 괜히 먹었다는 후회회만 남게 된다. (119)

---

on the Edge, 1 Nov. 2006, https://michaelpollan.com/category/media/writing-on-the-edge. Accessed 1 April 2018.

> "우리 사회에서 코로나19 팬데믹은 역사적 균형의 썰물, 즉, 평소에는 가려서 보이지 않던 취약성과 불평등이 바닷물이 빠지면서 확연히 드러내 보여주는 썰물을 상징한다. 이러한 현상은 미국의 푸드시스템에서 가장 명백히 드러난다."10)

마이클 폴란이 2020년 5월 12일자 <뉴욕 북 리뷰>(*The New York Review of Books*)에 기고한 "푸드 공급의 병폐"란 글이다. "조수가 빠지고 난 뒤에야 누가 발가벗고 헤엄쳤는지가 드러난다"는 워렌 버핏의 말을 인용하며 시작한 이 글은 코로나19로 드러난 육류공급을 포함한 현 푸드 산업 시스템의 취약성에 대한 지적이다.

코로나 상황에서 삶의 영역 중 팬데믹에 의해 영향을 받지 않은 곳은 없으며 식단 역시 예외가 아니다. 팬데믹이 시작된 이후로 식단변화에서 두드러진 현상에는 대체육 소비증가도 포함된다. 코로나19와 대체육 소비 증가는 크게 관련이 없는 것처럼 보인다. 코로나19는 광우병이나 돼지열병, 조류독감과 같이 가축에 직접적인 대규모의 피해를 가져온 유행병이 아니기 때문이다. 그럼에도 2020년 5월 15일 자 <블룸버그>(*Bloomberg*)는 닐센보고서를 인용하여 미국 내에서 사회적 거리두기를 실시한 3월 이후 일반가정에서의 푸드 소비에서 가장 큰 변화로 대체육의 급격한 증가를 들고 있다. 이 보고서에 따르면, 코로나 방역 조치 이후 각 가정에서의 콩과 통조림 제품의 증가는 두 배로 늘었으며, 단연 괄목할 만한 증가

---

10) Michael Pollan. "The Sickness in Our Food Supply." *The New York Review of Books*, 12 May 2020, https://michaelpollan.com/articles-archive/the-sickness-in-our-food-supply. Accessed 1 June 2020.

는 비욘드미트와 임파서블푸드와 같은 회사 제품인 대체육으로 264%의 소비증가를 기록한 것으로 보고한다. 이 기간에 전체적인 소비가 급격하게 줄어든 가운데 나타난 현상이어서 대체육에 대한 소비급증이 더욱 두드러진다.

코로나19로 인한 대체육 소비증가에는 아이러니하게도 푸드시스템이 자리 잡고 있다. 육류의 생산과 공급이 전적으로 의존하는 푸드산업 시스템이 팬데믹에 의해 차질을 빚고 있기 때문이다. 미국 내 육류 생산의 99%를 차지하는 대규모의 공장형 사육장에서 육류공급이 줄었으며, 가축 가공 시설에서는 수천 명의 인부들이 코로나19에 감염되어 시설이 잠정적으로 폐쇄되기도 했다. 이동제한 조치로 유통 또한 원활하지 못했다. 그 결과 육류공급이 평소보다 30% 정도 줄었다. 덧붙여, 팬데믹으로 인한 소비자들의 육류에 대한 부정적인 인식도 추가되었다. 가축과 야생동물 고기를 파는 중국 우한의 야시장이 코로나19 발생지로 지목되면서 공장형 사육장 육류의 위생문제와 동물 학대 및 환경오염과 같은 윤리문제가 다시 주목받으면서 육류가공 시설에서의 감염사례는 육류소비에 대한 욕구를 감소시켰다.

육류공급 감소와 소비자들의 육류에 대한 부정적인 인식이 대체육 소비의 급격한 증가로 이어진 것이다. 미국에서 코로나 방역 조치가 취해진 지 2개월 만에 임파서블푸드는 자사 대체육인 임파서블버거의 판매 스토어를 기존 150개에서 미국 전역에 걸쳐 1700개로 늘렸으며, 2020년도에만 제품판매가 50배로 증가할 것으로 예측했다. 팬데믹으로 인한 온라인 위주의 쇼핑 패턴 변화 역시 대체육 소비 증가로 이어졌다. 택배 배송이 어려운 신선육 대신 소비자들은 가공식품인 대체육을 선호하게 된 것이다. 임파서블푸드는 미국 전역에 스토어를 운영하고 있으며 배달을 전문으로 하는 유통업체인 크로거와 협력하여 온·오프 판매를 늘리면서, 특히 자체 제작한 요리책 제공이나 소비자 맞춤 픽업서비스와 같은 다양한 방법으로 소비자와 직접 연결하는 온라인 판매에 집중하고 있다.

이들 대체육 회사들은 소비자들에게 윤리적 관점에서 어필하는 것도 잊지 않는다. 미국 소비자들은 고기를 도축하고 가공하는 대규모시설에서 수천 명의 작업자가 코로나19에 감염된 뉴스를 들으며 이들 시설이 비위생적이고 거리두기를 실천할 수 없는 안전하지 않은 작업환경이라는 사실을 인지하게 되었다. 대체육 회사들은 자신들의 제품이 위생적이며 작업자들은 충분히 사회적 거리두기가 가능한 쾌적하고 안전한 환경에서 제품을 다룬다는 점을 부각함으로써 소비자들이 자사의 대체육 제품을 안심하고 구매하도록 유도한다. 더불어, 실재 육류 대신 대체육 소비는 기후변화나 생물다양성 감소와 같은 환경문제 해결에 이바지하는 실천임을 강조하는 것도 잊지 않는다. 임파서블푸드의 홍보책임자인 레이첼 콘라드는 이 점에 대해 다음과 같이 말한다.

> "사람들은 자신들이 기후변화와 생물다양성 감소, 팬데믹 발생에 원인이 되는 것을 싫어한다. 하지만, 유축농업의 섬뜩한 현실이 사람들의 의식 속으로 뚫고 들어오는 것은 코로나19와 같은 사태로 인해 현실에 제대로 눈뜨는 바로 지금과 같은 때다."[11]

---

11) Sigal Samuel. "Demand for meatless meat is skyrocketing during the pandemic." *Vox*, 27 May 2020, https://www.vox.com/future-perfect/2020/5/5/21247286/plant-based-meat-coronavirus-pandemic-impossible-burger-beyond. Accessed 1 June 2020.

2 푸드 식민화와 글로벌푸드 웨이
– 토니 모리슨의 『타르 베이비』

| 프롤로그 |

"우리 부족 고유의 많은 수의 푸드가 자메이카 전 지역의 식도락 문화를 형성하는 데 큰 기여를 해왔다. 원주민으로서 우리 부족은 대지에 생계를 의지하는 방법을 습득했다. 수확한 푸드를 보존하고 요리하는 우리만의 방식을 지녀왔으며, 우리 부족의 방식이 로컬푸드 문화에 영향을 끼쳐왔다. ... 우리 마룬족 자치주는 현 자메이카의 식량 안전 보장을 되찾아 정착시키는데 필요한 모델이 될 수 있다고 생각하며 그 원천적 모델의 역할에 대해 진지하게 숙고하고 있다."

카리브 제도 마룬족의 특별함과 우월성, 자부심을 자연과의 지속가능성을 바탕으로 한 전통적인 로컬푸드 문화 복원에서 찾고, 이를 통해 자메이카의 상실된 푸드 주권 회복 운동을 전개하고 있는 마룬족의 젊은 추장의 꿈이다. 카리브 제도는 1492년 콜럼버스가 발을 내디디고 스페인 영토임을 선언한 이후 서방 열국의 식민 각축장이 되어왔으며 20세기 들어와 독립을 되찾기까지 서구열강의 약탈적 자연자원 공급지가 되어왔다. 천혜의 풍부한 자연자원의 보고로서 카리브 제도는 식민화되기 이전에는 자급자족이 이뤄지던 곳으로, 각 원주민 부족과 아프리카 이주 부족에게 농사와 푸드는 부족의 정체성을 상징하던 중요한 요소였다. 하지만 서구에 의한 식민화 과정에서 원주민들은 푸드 주권을 상실했으며 생계에 필요한 푸드를 외부에 의존함으로써 서구의 푸드산업 시스템에 편입되었다. 21세기 지금 이 시기에 자메이카의 마룬 부족은 식민화 이전의 카리브 제도의 푸드 주권 회복을 위한 마중물 역할을 기대하고 있다. 미국『포브스』지 2021년 2월 28일 자에 실린 글을 정리한다.[12]

카리브 제도의 대표적 섬나라인 자메이카의 중북부에 있는 칵핏칸투리(Cockpit Country)는 아콤퐁 자치주다. 이곳은 식민시절 서부 아프리카에서 농장 노예로 끌려왔던 리와드 마룬족(Leeward Maroon)의 후예들이 힘들고 가혹한 농장 생활로부터 도망친 뒤 식민주의자들로부터 목숨을 걸고 지켜낸 곳으로, 이들은 마침내 1739년 당시 자메이카 통치권을 갖고 있던 영국 총독으로부터 자치권과 경제적 자유를 얻어낸다. 서구에서 아프리카 부족이 자치권을 획득한 최초의 사례였다. 이곳에 최근 리차드 커리(Richard Currie)라는 40세의 젊은 마룬족 후예가 추장이 되면서 이 자치주는 더욱 확고한 푸드 주권을 위한 긴 여정을 시작했다.

아콤퐁 자치주는 현재 자메이카에서 가장 넓은 산림지대로 남아있는 곳으로 우거진 푸른 언덕이 이어지고 물이 풍부한 강과 하천이 흐르고 자메이카에서도 독특한 생물다양성이 보존된 천혜의 자연환경을 지니고 있다. 이 천혜의 땅은 푸드를 얻고 농사짓기에도 유리하기 때문에 아콤퐁

---

12) Daphne Ewing-Chow. "Sovereignty and Soil: Chief Richard Currie and the Rising of Maroon Nation in Jamaica." *The Forbes*, 28 Feb. 2021, https://www.forbes.com/sites/daphneewingchow/2021/02/28/sovereignty-and-the-soil-chief-richard-currie-and-the-rising-of-the-maroon-nation-in-jamaica/?sh=4bf809553cb6. Accessed 1 March 2021.

주민들은 전통적으로 농사 관련 일을 해왔다. 이들은 고향인 아프리카의 전통적인 농사법을 활용하여 얌과 바나나, 빵나무열매, 생강, 강황, 토마토, 양배추, 고추 등을 재배하며 자급자족하는 소농들이다. 이들은 여전히 자연농법에 의존하기 때문에 특히 가뭄과 같은 자연재해에는 취약하다는 문제점도 안고 있다. 커리 추장이 최우선으로 해결하고자 하는 것도 원활한 물 공급을 위한 인프라 구축이다. 자메이카 전역에서 필요한 용수 중 40%가 이곳에서 공급되고 있지만, 이곳 마룬족은 가뭄이 닥치면 생활용수 부족과 농사에 필요한 물을 확보하지 못하는 아이러니를 겪고 있다. 물 공급을 위한 인프라 구축은 정부의 가장 기본적인 역할이지만, 아콤퐁은 자치주로서 정부의 도움을 기대할 수 없으므로 스스로 해결해야만 한다.

자력에 의한 물 확보를 위한 인프라 구축과 안정적인 식량 확보를 위해 젊은 추장이 선택한 방식은 현대의 산업기술이 아닌 마룬족의 전통적인 자연친화적 방식이다. 카리브 제도에서 자행되어 온 식민통치하에서 노예 신분에 있던 다른 부족에게 해방의 기폭제 역할을 해왔던 점에 자부심을 가져온 마룬족은 식민통치에서의 해방 조약이 지속가능성과 영속성에 기반을 두었던 점에 근거하여 현재의 관점에서 부족에게 발전이라는 개념도 이러한 원칙에 기반을 두어야 한다고 추장은 강조한다.

> "대지는 우리 주인으로서, 우리의 주권은 대지의 자유로부터 나오며, 따라서 우리의 대지 활용은 한 부족으로서 우리의 안전과 존속에 필연적인 가치다. 추장으로서 나는 우리 부족의 경제를 지속가능한 방식으로 변화시킬 것이며, 이로써 우리 부족의 문화와 전통과 유산을 지켜낼 것이다."

Chapter 2에서 다루는 미국 흑인 여류소설가 토니 모리슨의 소설 『타르 베이비』는 카리브 제도에서 마룬족과 같은 원주민에게 서구의 식민주

의가 끼친 식민화와 푸드 주권 상실의 관계성을 푸드 서사로 잘 그려내고
있다.

1 토니 모리슨(1931~2019)

"토니 모리슨, 흑인의 삶을 주제로 금자탑을 세운 소설가가 88세의 일
기로 별세하다"(뉴욕타임스).

"『빌러브드』의 작가이자 노벨상 수상자인 토니 모리슨이 88세로 타계
하다"(CNN).

"미국 흑인의 삶을 경이롭게 연대기화한 영향력 있는 작가 토니 모리
슨이 88세로 타계하다"(타임스).

"비극적이면서도 유쾌한 삶과 인종의 복잡성을 그려낸『빌러브드』의
저자, 토니 모리슨이 88세로 별세하다"(LA 타임스).

"노벨상 수상 작가인 토니 모리슨의 죽음에 전 세계가 애도하다"(AP).

"미국 문학을 일신시킨 노벨상 수상 작가 토니 모리슨이 88세로 타계
하다"(워싱턴포스트).

미국의 저명한 소설가 토니 모리슨의 2019년 8월 5일 타계 소식을 전하
는 미국과 영국의 주요 방송과 신문에 실린 제목이다. 모리슨의 타계 소식
이 방송 뉴스에서는 헤드라인으로 전해지고, 일간지에서는 1면에 일제
히 실린 것을 보면, 소설가이자 수필가, 북에디터, 대학교수로서의 모리
슨의 명망과 위치를 짐작하게 해준다.

오하이오주 로레인에서 태어난 모리슨은 하워드대학을 졸업하고 코넬대학에서 대학원을 마친 뒤, 모교인 하워드대학에서 영문학을 가르쳤다. 말년에는 프린스턴대학에서 문예창작 프로그램을 이끌기도 했다. 1960년대 후반에는 유명한 출판사인 랜덤하우스에서 흑인으로서 처음으로 소설분야 편집장이 되었으며, 1970년대와 80년대에 작가로서 자신의 위치를 공고히 한다. 첫 소설『가장 푸른 눈』(The Bluest Eyes)이 1970년도에 발표된 이후, 평단의 주목을 받았던『솔로몬의 노래』(Song of Solomon, 1977)을 통해 국제적인 관심을 얻고 전미 도서 비평가 협회상(National Book Critics Circle Award)을 수상한다. 1988년 출간된 대표작으로 인정되는『빌러브드』(Beloved)로 퓰리처상을 받고, 1993년에는 노벨문학상을 수상한다.『빌러브드』는 1998년 영화로도 만들어진다.

모리슨의 개인적인 삶과 작품세계에서 주요 주제는 인종과 흑인 여성이다. 미국 사회에서 인종 문제는 정치적 이슈로서, '예술은 아름답고도 정치적이어야 한다'는 소신대로 모리슨의 예술관은 정치적 색채를 지닐 수밖에 없었으며, 흑인작가로서의 자신의 명성과 입지가 더욱 커짐에 따라 인종에 대한 자신의 정치적 입장도 더욱 분명히 해왔다.

버락 오바마가 대통령에 당선되자, 모리슨은 자신이 처음으로 미국인처럼 느껴졌다면서 오바마 취임식에 초대받아 참석한 뒤에는 "내가 아주 깊은 애국심을 느꼈다. 마치 아이처럼"이라고 고백한다. 미국 사회에서 백인에 의한 흑인차별 사건들이 불거지곤 할 때면, 모리슨은 가감 없이 분노를 표출하기도 했다. 2015년에 백인 경찰에 무고한 흑인 젊은이들이 총격으로 사망에 이르는 일련의 사건이 이어진다. 백인 경찰에 의한 이들 3건의 흑인 사망 사건에서 희생된 흑인들이 실제로 백인경관들에게 위해를 가하지도, 위법 행위를 저지르지도 않았지만, 백인경관들이 흑인에 갖는 선입관이 작동된 결과라고 여기는 모리슨은 다음과 같이 반응한다.

> "사람들은 '우리는 인종에 관해 대화가 필요하다'고 지속해서 말한다.
> 내가 생각하는 대화란 이런 것이다. 무기를 소지하지 않은 10대 백인을 경
> 관이 등 뒤에서 쏘는 것을 나는 보기를 원한다. 흑인 여성을 성폭행한 죄로
> 백인 남성이 유죄를 선고받는 것을 보기를 원한다. 이런 경우 당신이 내게
> '이젠 됐나요?'라고 물으면, 나는 그렇다고 대답할 것이다."13)

도널드 트럼프도 모리슨의 비난을 당연히 피해 가지 못했다. 2016년도
에 트럼프가 대통령에 당선되자, 모리슨은 뉴욕커지에 "백색임에 대한
애도"(Mourning for Whiteness)란 글을 기고한다. 이 글에서 모리슨은
백인들이 트럼프를 대통령으로 뽑은 이유는 백인 인종으로서 자신들이
그동안 누려온 특권을 잃을 수도 있다는 점이 두려웠기 때문이라면서, 백
인 우월 사상을 지속해서 유지하기 위해 쿠 클럭스 클랜으로부터 트럼프
는 공개적인 지지를 받았다고 본다.

모리슨은 인종만큼이나 여성, 특히 흑인 여성의 처지에 마음으로부터
그리고 창작 소재로서 관심을 기울여 왔다. 모리슨 작품에서 흑인 여성이
한결같이 주인공으로 등장하는 것을 보면 이 점이 분명해진다. 모리슨이
흑인 여성에 관심을 기울이는 이유는 흑인 여성이 이중으로 차별과 압박
을 받는 상황에 놓여있기 때문이다. 한편으로는 흑인으로서 주류 백인사
회로부터의 인종적 차별과 압박이고, 다른 한편으로는 여성으로서 가정

---

13) Toni Morrison. "Mourning for Whiteness." *The New Yorker,* 21 November 2016,
   https://www.newyorker.com/magazine/2016/11/21/aftermath-sixteen-writers-
   on- trumps-america. Accessed 1 April 2010.

과 흑인사회에서 남편과 남성으로부터의 성적인 학대와 차별이다. 하지만, 모리슨은 자신이 페미니스트로, 자신의 작품이 페미니즘 계열의 작품으로 분류되는 것을 거부한다. 한 인터뷰에서 그 이유를 다음과 같이 밝힌다.

> "나 자신의 상상력 안에서 최대의 자유로움을 위해서는 상상의 자유를 제한시키는 어떠한 입장도 나는 취할 수 없다. 창작에서 지금껏 내가 해온 모든 것은 표현을 좁히는 것이 아니라 확장하기 위함이었으며, 문을 개방하기 위한 것이었으며, 책의 결말에서조차도 재해석과 다시 읽기, 약간의 모호함을 위해 오픈 엔딩으로 처리한다."

모리슨은 덧붙인다. "이렇게 함으로써 내가 페미니즘적 글쓰기를 하고 있다고 생각하는 독자는 당혹감을 느낄 것이다. 그렇다고 내가 가부장제를 지지하지도, 가부장제가 모계제로 대체되어야 한다고 생각하지도 않는다. 이는 기회의 공평성에 대한 문제이며 모든 것에 문이 열려있어야 한다는 점이다."14) 더불어, 모리슨은 흑인 여성에게 있어서의 페미니즘의 의미는 백인 여성의 의미와는 다르다는 점을 분명히 한다. "흑인 페미니스트들은 스스로를 워머니스트(Wamanist)라고 불렀다. 페미니스트와 워머니스트는 다르다. 남성과의 관계의 성격 역시 다르다. 역사적으로 흑인 여성들은 자신의 남성에게 대피처가 되어왔다. 그 이유는 남성들은 밖에 나가 활동했고 언제 죽임을 당할지 모를 삶을 살았기 때문이다."15)

---

14) Zia Jeffrey, Interview, "The Salon Interview—Toni Morrison." *Salon*, 2 Feb. 1998, https://www.salon.com/1998/02/02/cov_si_02int/. Accessed 1 December 2018.

15) Christopher Bollen, Interview, "Toni Morrison's Haunting Resonance," *Interview*. 7 May 2012, https://www.interviewmagazine.com/culture/toni-morrison. Accessed 1 December 2018.

1981년에 출간된 소설『타르 베이비』는 모리슨의 대표작으로 언급되는 경우는 드물지만, 인종 문제와 흑인 여성의 처지라는 모리슨의 두 핵심 주제를 담아내면서 동시에 탈식민주의 관점에서 환경과 푸드 주제를 다루고 있다는 점에서 모리슨의 다른 작품과 구별되는 독특성을 지닌다. 푸드와 환경은 모리슨의 많은 작품 중 이 작품에서만 유일히게 중심주제로 다뤄지고 있다.

2 카리브 제도 푸드 자원 식민화 간략사

1492년 콜럼버스가 카리브 제도에 처음 발을 내디딘 이후로 스페인을 필두로 유럽 열강과 이후 미국에 의해 전개된 중남미와 카리브 제도의 식민화 과정에서 카리브 제도가 그 자체로 식민지로서 큰 관심을 끈 것은 아니다. 스페인과 포르투갈 그리고 뒤이어 식민쟁탈전에 가담한 영국과 프랑스, 네덜란드가 중남미의 거대한 영토인 멕시코와 페루, 브라질 등을 식민화하기 위해 카리브 제도의 작은 섬들을 전략적으로 활용했다. 즉, 지리적으로 카리브해는 유럽이 대서양을 통해 중남미에 진출하고 교역을 하는데 교두보 역할에 최적의 장소였다. 카리브 제도는 유럽과 중남미 사이에 자원의 교역이 본격적으로 이뤄졌던 1600년대 이후로 교역 장소로서 중요한 역할을 해왔다. 19세기 초부터는 스페인제국에 맞서 쿠바와 푸에토리코를 제외하고는 스페인령의 섬들이 독립을 쟁취했다. 유럽 열강의 영향력이 줄면서 지역적으로 근접거리에 있는 미국이 이 지역에 영향력을 키워왔으며 현재는 미국이 이 지역에서 생산되는 푸드의 최대 수입국으로서만이 아니라 정치적, 군사적, 경제적으로 절대인 영향력을 행사하고 있다.

이 지역이 규모는 작지만, 천혜의 자연환경과 자원을 지니고 있던 만큼 이곳 역시 식민역사 초기부터 서구 열강의 자원 식민정책의 손아귀에서 벗어나지 못했으며, 중남미 대륙 진출의 교두보만이 아닌 푸드 자원 역시 서구 열강의 중요한 착취 대상이 되었다. 식민지 초기에 스페인에 의한 이 지역에서의 금 채광 시도가 별 소득 없이 끝나자, 이들 열강은 이 지역의 천혜의 자연환경을 활용한 푸드 재배에 집중한다. 콜럼버스가 스페인 제국에 보낸 보고서에 이들 섬은 햇볕과 강수량이 풍부하므로 사탕수수를 재배하기에 가장 적합하다고 적어 보낸 이후, 설탕 자원을 확보하기 위해 스페인을 필두로 프랑스와 영국, 네덜란드는 이 지역을 대규모 사탕수수농장으로 앞다투어 일구었다. 유럽에서는 18세기 이전에 설탕은 대단히 귀한 푸드 재료였으며 19세기에 오면 필수품이 되었을 정도로 귀한 대접을 받았다. 18세기 중반 영국의 수입품 중 설탕이 가장 큰 비중을 차지했다는 사실을 보면 당시 사탕수수 농장으로 가장 적합했던 카리브 제도가 중남미 진출의 전략적 교두보로서만이 아니라 푸드 자원의 식민지로서 얼마나 매력적인 곳이었는지 알 수 있다. 사탕수수 농장이 서구에 의한 식민지 자원수탈의 전형적인 예로 자리 잡은 것이다.

푸드 자원을 확보하는 것이 주목적이었던 유럽 열강의 카리브 제도에서의 플랜테이션건설은 이 지역의 인적 구성과 자연환경에 커다란 변화를 초래했다. 플랜테이션에는 많은 노동력이 필요했고 노동력 충원을 위해 노예제가 수반되었다. 카리브 제도의 원주민들은 푸드를 자급자족하던 자신의 땅을 빼앗기고 식민 농장의 단순 노동자로 전락하였으며, 플랜테이션의 수가 늘어나고 규모가 커짐에 따라 이에 수반되는 노동력을 보충하기 위해 아프리카의 흑인들이 노예로 유입되었다. 카리브 제도에서의 식민지 플랜테이션 농업이 활발하던 16세기 초반부터 18세기 말까지 스페인을 비롯하여 프랑스, 영국, 네덜란드에 의해 아프리카로부터 흑인 노예 유입은 지속적으로 이뤄졌다.

카리브 제도에서의 식민주의에 따른 자연환경 변화 역시 충분히 예견된다. 카리브 제도는 강수량과 햇볕이 풍부하여 식물이 성장하기에 최적인 아열대 자연환경을 갖고 있지만, 섬 지형 특성상 자연생태계는 환경변화에 취약하다. 최대의 생산과 최대의 이윤이라는 중상주의 정책을 신조로 삼았던 식민지 플랜테이션 농업에는 지속가능한 환경이란 개념은 존재하지 않았다. 그 결과 이 지역의 자연환경과 생태계는 회복하기 어려울 정도로 고갈되고 손상을 입게 되었다. 외부인에 의해 들여온 전염병이 원주민들의 삶에 끼친 영향은 자연환경 파괴만큼이나 치명적이었다. 실제로 많은 수의 카리브 제도 원주민들이 유럽 식민주의자들과 접촉이 빈번해지면서 전염병으로 목숨을 잃게 되었다. 『생태학적 제국주의』(*Ecological Imperialism*)에서 저자인 빌 크로스비(Bill Crosby)가 호주의 사례를 들면서 호주 원주민의 1/3이 유럽인들과 함께 들어온 천연두에 의해 목숨을 잃었다고 지적하듯, 카리브 제도에서의 유럽인들에 의한 원주민 전염병 감염의 폐혜도 호주 못지 않은 것으로 알려졌다.

장기간에 걸친 자원 식민정책은 원주민의 삶과 자연환경만이 아니라 이 지역의 사회구조에서부터 문화특성에 이르기까지 전반적으로 철저하게 영향을 끼쳐왔다. 특히, 중소규모의 섬들로 이루어진 카리브 제도에서의 식민지배가 끼친 사회문화적 영향은 더욱 컸다. 콜린 클라크(Colin Clarke)는 전염병으로 인한 결과를 포함하여 카리브 제도에서의 식민지배가 끼친 전방위적 영향을 간략히 정리한다.

> 영국이 노예제도를 폐기한 지 150년이 흐른 시점에서 카리브 제도와 인근 중앙아메리카에서 자행된 식민주의가 끼친 영향을 평가하는 것은 타당할 듯하다. 유럽이 카리브 제도에 눈독을 들이기 시작한 이후로 이 지역에 끼친 유럽의 영향은 실로 막대하다. 그곳 원주민의 상당수는 유럽 정복자들과의 접촉과 그들의 착취로 목숨을 잃었으며, 식민주의 설탕 농장으로 대표되는 중상주의로 인해 이곳 애초의 경제활동 모습은 아예 자취를 감추거나 겨우 흔적만 남아있을 뿐이었다. 사회 질서는 흑인 노예를 부리는 백인 우월주의에 기초한 인종 간 신분 차별을 당연시하는 식민주의 방식으로 재편되었다. (491)

3 『타르 베이비』
- 푸드 식민화와 글로벌푸드 웨이, 푸드 정의

소설『타르 베이비』에서 토니 모리슨은 카리브 제도에서 유로 아메리카 식민열강에 의해 자행되어온 식민화와 그 정신적 유산이 현대의 카리브 제도에서 어떻게 답습되고 있는지를 푸드를 주제로 담아낸다. 서구에 의한 카리브 제도에서의 식민화와 그 영향을 보여주기 위해 이 소설에서는 1970년대 카리브 제도의 가상 섬을 작품의 무대로 삼고 있다. 모리슨은 작품에서 과거에 자행되었던 식민주의 역사를 비판적으로 소환하여 스토리 라인의 배경으로 삼고는 있지만, 작가가 이 작품에서 더욱 관심을 기울이는 점은 푸드 식민화의 결과로 이곳 현 원주민들이 의존하게 된 글로벌푸드 웨이 실상과 이에 담긴 푸드 정의 문제다. 능숙한 이야기꾼으로서 모리슨이 이들 주제를 등장인물들의 스토리 라인 서사구조 속에 담아 간접적이고 상징적인 방식으로 다루고 있어서 세심한 읽기가 요구된다.

3.1 카리브 제도 식민의식과 유산

카리브 제도에서의 식민화 주제는 이 소설의 '프롤로그'에서부터 상징적으로 제시된다. 프롤로그는 나중에 주요 등장인물인 썬(Son)으로 밝혀지는 흑인 청년이 카리브 제도의 어느 섬 외항에 정박한 배에서 탈출하여 인근 범선에 몸을 숨겼다 섬으로 탈출하는 장면을 그리고 있다. 프롤로그에서 식민역사와 영향은 썬이 타고 온 배 이름과 섬 이름, 섬에 정박 중인 크루즈, 범선 안의 백인 여성들을 통해 제시되고 있다. 썬이 타고 온 배 이름 'H.M.S. 스토르 쾌니스가르텐'(Stor Konigsgaarten)에는 식민의 역사와 다국적 무역이 함축적으로 담겨있다. 'H.M.S.'는 '여왕폐하의 함선'(Her Majesty's Ship)의 약어로 영국 해군을 타나내며 '스토르(Stor)'는 '위대한' 혹은 '거대한' 뜻을 가진 스웨덴어로 '왕의 정원'을 뜻하는 독일어 '쾌니스가르텐' 앞에 붙어 '위대한 왕의 정원' 혹은 '왕의 거대한 정원'이란 의미로, 카리브 제도가 유럽제국에 자원을 공급해주는 장소임을 담고 있다.

썬이 배 난간에 기대어 바라보고 있는 섬의 이름 '프랑스 여왕섬'(Queen of France)은 소설 속 도미니크(Dominique)로 실재 프랑스령이었던 마르티니크(Martinique) 섬을 모델로 카리브 제도에서 벌어진 식민역사를 고스란히 담고 있다. '프랑스 여왕섬'의 항구에 비좁게 정박 중인 '소녀처럼 하얀 7척의 유람선'은 카리브 제도가 이제는 서구인들이 즐겨 찾는 여행지가 되었음을 보여주고 있다. 카리브 제도의 식민역사의 어두운 면은 프롤로그 마지막 장면에 암시되고 있다. 썬이 보트 선판에 서서 어둠 속 희미하게 보이는 섬을 바라보는 장면에서 내레이터는 300년 전 이곳에 끌려온 흑인 노예의 식민역사를 소환한다. "갑판에 서서 썬은 별을 바라보고 달빛과 시선을 교환했지만, 섬은 아주 희미하게만 보일 뿐이었다. 어쩌면 당연한 일일 수도 있다. 300년전 흑인 노예들이 이 섬을 바라보는 순간 장님이 되었던 점을 생각해 보면"(8). 여기서 모리슨은 중남미 소설의 특징인 '매직 리얼리즘' 기법을 채용하여 식민역사를 되살린다. 작품에서 이들 장님이 된 흑인 노예들은 여전히 이 섬의 밀림 속에서 숨어 지내는 존재로 그려지며, 이들의 모습이 실제로 목격된 적은 없지만, 작품 전체를 통해 이 섬의 진정한 주인으로서 이들의 존재는 지속적으로 환기되고 있다. 소설 끝에 이 작품의 주인공인 썬이 이들과 '합류'하기 위해 섬의 원시림으로 들어감으로써 카리브 제도에서 행해졌던 식민화의 어두운 역사가 재차 소환되고, 이러한 역사가 현재에도 지속되고 있다는 점을 작가는 분명히 한다.

본격적인 스토리가 시작되는 Chapter 1에 오면 '프롤로그'와는 달리 서두에서부터 서구에 의한 카리브 제도에서의 식민화 주제가 직접적으로 제시된다. 다만, 표현방식은 은유적이다. 소설 속 가상의 쉐발리에 섬 자원의 약탈과 이로 인한 자연환경 파괴와 변화, 여기에 대신 들어선 서구식 저택들에 관한 기술이 처음 두 페이지에 걸쳐 자세히 전개된다.

> 세상의 끝은 발리에 섬에 있는 일군의 웅장한 별장들이었음이 드러났다. 하이티섬으로부터 노동자들이 이 섬을 개간하기 위해 들어오자, 구름과 물고기들은 세상은 이제 끝났으며 바다의 초록빛과 창공의 스카이블루 색상은 더 지속되지 않을 것임을 확신하게 된다. (9)

이 섬의 대표적인 푸드 자원인 아보카도, 라임, 바나나, 코코넛 나무들은 개간이 어려운 극히 일부 언덕과 계곡 숲에서만 명맥을 유지하고 있으며, 이들 나무가 베어나간 자리에는 대신 식민주의 유산인 저택들이 들어섰다. 이 중 가장 규모가 크고 오래된 저택은 라브 드라 크르와로 소설 속 주 무대인 발레리언 스트릿 소유의 집이다. 발레리언은 필라델피아에서 가업으로 물려받아 캔디회사를 운영하였다. 발레리언의 가문은 대대로 캔디 회사를 운영하면서 카리브 제도의 식민자원으로 재배된 사탕수수와 코코아와 같은 캔디 원료를 저렴한 가격에 지속해서 공급받은 덕분에 사업을 크게 확장할 수 있었으며, 그가 캔디 사업을 물려받음으로써 그도 식민역사의 직접적인 수혜자가 되었던 셈이다.

발레리언은 회사경영에서 손을 떼고 4년 전 이 섬으로 이주해 왔지만, 이 섬에서 그의 삶과 인식은 여전히 식민주의 의식에 머물고 있다. 필라델피아에서 집안일을 맡아 하던 흑인 부부와 두 하인의 시중을 이곳에서도 받으면서 자신은 풍족하고 여유있는 삶을 영위한다. 소일거리로 발레리언은 필라델피아에서 자신이 아끼고 즐기던 서구문화를 그대로 옮겨와 여전히 안락하고 풍족한 삶을 이어간다. 챙겨온 축음기로 온실에서 바흐와 모차르트, 쇼팽을 들으며, 샹들리에로 집안을 장식하고, 집 안에 있으면서도 멋진 테니스용 셔츠를 차려 입는다.

발레리언의 식민주의는 섬에서의 삶의 양태에서 만이 아니라 그의 의식에서도 강하게 남아있다. 그의 식민의식이 가장 잘 드러나는 것은 집안에 직접 조성하여 애지중지하며 대부분을 시간을 보내는 온실이다. 실제로 온실은 서구에 의한 식민의식과 관련된 중요한 장소다. 자연 요소의 통제를 통해 인간이 원하는 방식으로 자연을 조절하고 관리하는 곳이 온실이듯, 온실이나 식물원은 그 자체가 실은 서구 식민주의의 산물이다. 유럽 열강이 전 세계에 걸쳐 식민지를 개척한 가장 큰 이유가 자국에서의 점점 거대해지는 산업화에 필요한 자연자원의 확보에 있었던 만큼, 주로 열대지방의 식물을 지속적인 자원으로 활용하기 위해 식물의 생태를 연구하고 보급하기 위해 온실과 식물원이 세워졌다. 발레리언이 발리에 섬에 만든 온실은 뒤틀린 식민역사를 상징적으로 보여준다. 이 온실에는 카리브 제도 토종식물이 보존되는 것이 아니라 이 섬에서는 생소한 수국이 자라고 있다. 발레리언이 이곳으로 옮겨와 살면서 필라델피아의 삶에서 가장 그리워했던 것은 수국으로, 그 그리움을 달래기 위해 그는 이곳 열대 섬에 온실을 만들고 그 안에 수국을 비롯해 달리아와 같은 북반구의 화초를 기르고 있다.

발레리언에게 그의 온실은 서구 문명을 향유하는 장소이기도 하다. 온 종일 온실 속 화초들을 돌보면서 그는 필라델피아에서 공수해온 또 다른 서구 문명의 상징인 고전음악을 듣고, 온실에 설치한 와인 냉장고에서 와인을 꺼내 마신다. 온실은 그만의 피난처이자 안식처로 자신만의 세계에 빠져 지내도록 해준다.

> 발레리언은 온실을 매우 신경 써서 돌보았다. 이곳에선 식물을 이식하고, 비료 주고, 공기를 갈아주며, 뿌리를 내리게 하고, 물을 주고, 식물을 납작하게 말려 보관하는 일을 하면서 동시에 마음 편하게 자신의 유령에게 말을 걸 수 있는 곳이기 때문이다. (14)

가업인 캔디 회사 운영 시절 이곳 카리브 제도에서 나오는 코코아와 설탕 같은 캔디 재료를 가져다 사용했던 인연으로 카리브 제도로 이주하여 정착하고 있음에도 그의 마음과 정신은 여전히 필라델피아의 삶에서 벗어나지 않고 있다. 카리브 섬은 그에겐 식민의식 속에 상징으로서만 존재할 뿐이다.

카리브 섬에 대한 식민의식은 발레리언만이 아니라 인종을 떠나 이 작품의 다른 등장인물들의 의식에도 깊이 내재되어 있다. 흑인으로서 이 집의 하인 격인 집사 시드니와 주방을 맡은 온딘 역시 예외가 아니다. 발레리언이 이 섬기후에 맞게 샌들을 신어도 좋을 것 같다는 생각을 말하자 집사인 시드니는 신사의 격에 어울리지 않는다는 이유로 반대한다든지, 마가렛이 아침 식사로 망고를 주문하자 주방을 담당하는 온딘이 망고는 이곳의 가난한 사람들이나 먹는다는 이유로 짜증을 내는 태도가 그렇다. 시드니나 온딘은 집안 허드렛일을 도와주는 이 섬 원주민인 기드온이란 인물을 이름 대신 '야드맨'으로, 집안일을 도와주러 가끔씩 들르는 원주민 두 여성을 통칭인 '메리'라고 부르는 것은 같은 이유다. 카리브 제도에서 '야드맨'이나 '메리'라는 이름은 식민잔재다. 식민지 시절 이 지역의 흑인 남자들은 '야드맨,' 흑인 여성들은 가톨릭으로 개종 되어 통칭으로 '메리' 라고 불렸던 것이다.

3.2 자연환경 개발과 착취, 그 영향

1) 카리브 제도 개발과 자연환경 변화

『타르 베이비』의 1장은 발레리언이 거주하는 슈발리에 섬의 개발에 의한 환경파괴의 역사가 은유적인 방식으로 전개된다. 이 섬에 대대로 터를 잡아 온 물고기와 앵무새들이 먼저 환경변화를 예견하고 반응한다. 인간의 탐욕에 의한 개발행위로 자신들이 거주지인 섬 상공과 주변 바다가 푸르른 상태로 지속하지 않으리라 확신하고는 주변 섬으로 거주지를 옮긴다. 지난 2천 년 이상 온갖 자연 재난 속에서도 열대림에서 살아남은 챔피언데이지 나무만큼은 새나 물고기와는 달리 처음에는 동요하지 않고 의연했다. 하지만 개발이 진행됨에 따라 강의 흐름이 바뀌는 것을 보고는 섬의 자연환경 변화가 심각하다는 점을 깨닫는다.

정말로 세상은 변했다는 점을 [챔피언데이지 나무에게] 깨우쳐준 것은 강이다. 비도 전과 같지 충분히 내리지 않을 것이라는 점을 깨닫고 이내 뿌리를 더욱 깊숙이 내려, 잃어버렸다 되찾은 아이를 꼭 껴안듯, 땅을 꼭 붙들었지만 때는 이미 늦었다. 땅 주름이나 구덩이가 없던 이 섬에 사람들은 땅을 주름지게 만들고 구덩이를 팠다. 이로 인해 강의 모습이 변한 것이다. 강은 구겨져 길을 잃었고 마침내는 수원지까지 사라졌다. 강은 원래 있었던 자리에서 보이지 않는 곳으로 쫓겨나 웅덩이나 폭포를 이루지도 못하고 사방으로 흩어졌다. (9)

오랜 세월 온갖 자연의 풍상에서도 꿋꿋하게 살아남아 열대우림을 만들었던 챔피언데이지 나무조차 허무하게도 전기톱에 하릴없이 동강이 나버리고 만다.

물고기들이 흩어져버린 강 이야기를 언덕 꼭대기와 챔피언데이지 나무에게 전하려고 급히 달려가다가 챔피언데이지가 내는 비명소리를 들었다. 너무 늦은 것이다. 챔피언데이지가 분노에 불타는 눈으로 비명을 지르며 두 동강이 나 땅에 '쿵' 하고 넘어질 때까지 인간들은 톱질해댔다. 뒤따른 정적 속에 난초도 나선을 그리며 땅에 쓰려졌다.
그 뒤로 집들이 대신 언덕에 생겨났으며 운 좋게 살아남은 나무들은 사라진 나무 친구들을 오래도록 그리워하며 악몽을 꾸었다.... 이 후로 비는 예전 같지 않았다. 매일 한차례 정기적으로 내리던 비가 이제는 우기에 한꺼번에 내리는 바람에 강은 더욱 힘들어졌다. 가엾게도 모독당하고 상처 입은 강. (9-10)

챔피언데이지 나무가 베어져 나간 언덕에는 외지인을 위한 호사스러운 집들이 가지런히 들어섰다. 이 중 가장 오래되고 인상적인 주택은 발레리안의 소유다. 이 섬에 있는 어느 것도 '정글'로 불리는 것을 싫어했던 발레리언은 자신의 집 이름도 프랑스 식 이름인 라브 들라 크루아(L'arbre de la Croix)로 지었다. 카리브 해안에서 가장 멋들어지게 설계된 집으로 인정받는 이 주택은 사실은 이곳 섬과는 어울리지 않는 구조와 모양을 하고 있었다. 이 집의 외형이 카리브 섬과는 이질적인 모습만큼이나, 집에 거주하는 사람들 역시 이 섬에서는 이질적인 존재다. 발레리언의 젊은 부인은 이 섬을 떠나겠다는 말을 달고 살 듯, 라브 드라 크르와에서의 생활은 정착 생활이라기보다는 잠시 머물다 언제든지 떠날 곳이라는 분위기를 담고 있다. 이들은 언제라도 미련 없이 떠날 준비가 된 느낌, 즉, 호텔에서 투숙하고 있는 사람들의 분위기를 자아낸다. 4년 전 이 집으로 이주해 올 때 챙겨온 물건 중 한두 그림만이 조명 없이 벽에 걸렸으나, 대단히 섬세하고 아름다워 귀하게 여기는 도자기는 여전히 상자에 담긴 채 기약 없이 밖으로 나올 날을 고대하고 있다.

열대우림인 원래의 정글이 파괴되고 거주지로 변화된 슈발리에 섬의 자연은 애초의 생태학적 습성을 잃고 무기력하다. 이 섬의 벌들은 방어수단인 침도 없고 꿀도 모으지 않으며, 살찌고 게을러져 호기심조차 없다. 그늘을 마련해 주던 나무들이 베어져 나가 숲조차도 뜨거운 햇볕에 노출되어 앵무새도 낮에는 잠이 들고 다이아몬드 무늬거북은 더위를 피해 나무에서 내려와 보다 깊은 숲의 바닥으로 숨어들었다.

카리브 제도의 자연환경은 과거 식민지 시절만이 아니라 현재에도 개발에 의한 지속적인 변화를 겪고 있다. 식민지 시절에는 대규모의 사탕수수농장 등이 조성되는 바람에 열대우림이 파괴되었지만, 현재는 서구인들에게 인기 관광지가 됨으로써 자연환경은 여전히 개발로 인한 변화를 겪게 되었다. 슈발레리 섬 인근의 도미니크 섬에는 1927년 돌고래 석상이 정문을 지키는 웅장하고 거대한 올드 퀸 호텔이 들어섰다. 이 섬의 열대우림을 구경하기 위해 찾아오는 손님들은 이 호텔에 머물며 호텔이 제공하는 버스를 이용하여 열대우림으로 몰려들었다. 도미니크의 아름답고 무성한 언덕과 숲 사이로 이들을 위한 자동차도로가 건설되었고 교통이 편리해진 이 섬에는 더 많은 관광객이 몰려들어 열대우림은 본래의 모습을 잃게 되고 만다(274).

작품 속에서 배경인 1970년대 카리브 제도의 모습은 경제활동이 식민지 플랜테이션에서 관광산업으로 바뀌었지만, 원주민들의 삶은 식민지 시대와 크게 달라지지 않았다. 외형적으로는 시내 중심지에 자리 잡은 식민시대의 성처럼 우아했던 집들이 이제는 레스토랑이나 오피스와 같은 관광객들을 대상으로 한 상업시설로 바뀌었고, 식민시대 행정관청과 같은 큰 규모의 집들이 새롭게 자리 잡았다. 하지만, 이 경제활동의 주역은 원주민이 아니라 여전히 서구자본과 서구인들이다. 작품에서 이 섬을 방문하여 둘러본 썬의 눈에 들어온 모습은 백인구역과 흑인원주민 구역의 분리다. 썬은 시내 주변을 돌아다니면서 도심을 중심으로 백인 지역과 흑인원주민 구역이 확연히 나누어져 있는 것을 목격한다. 시내에서 북쪽과 동쪽으로는 "경사진 도로를 따라 열대 꽃 울타리 안에 감추어진 백인들의 집"이 들어서 있고, 흑인들은 서쪽 언덕이나 바다가 소화하지 못하는 쓰레기를 토해 놓는 좁은 도로를 따라 오밀조밀 자리 잡은 판잣집과 시멘트 블록집에서 살고 있다(294).

2) 자연자원 착취의 역사와 유산

발리에 섬을 비롯한 카리브 제도에서 자행된 식민주의의 주된 동기가 푸드 자원 확보에 있었던 만큼 이 작품에서도 자원의 식민착취 역사와 유산은 중요한 주제가 된다. 이 주제는 주로 등장인물 썬을 통해 원주민의 처지에서 비판적으로 지적되고 제기된다. 비록 썬은 카리브 제도의 원주민은 아니지만, 식민착취로 인해 가장 고통받아온 인종이 자기와 같은 흑인이었던 만큼 이곳 원주민 못지않게, 오히려 식민사상에 일정 부분 동화되어 생각 없이 살아가는 원주민보다도 더욱 이 문제에 민감한 반응을 보인다. 탈식민주의 관점에서 썬의 비판의 주요 대상은 발레리언이다. 두

가지 이유에서다. 첫째는 발레리언 가문을 세운 가업인 캔디 사업의 주재료인 설탕과 코코아는 바로 카리브 제도에서 원주민과 자연환경의 착취를 통해 얻어졌다는 점에서 발레리언의 존재는 이 작품에서 식민역사를 상징하는 인물이다. 둘째는, 현재의 탈식민 시대에 발레리언의 사고와 태도는 여전히 서구인들이 카리브 제도를 바라보는 식민의식을 대표한다.

크리스마스를 목전에 두고 명절 준비에 바쁜 와중에 발레리언은 그동안 종종 집안일을 도와왔던 원주민 부부를 해고한다. 식사자리에서 주방일을 책임진 온딘이 일손이 부족하게 될 것이라며 주인의 결정에 대해 불평하자 발레리언은 그들이 사과를 훔쳤기 때문이라며 아무 일도 없었다는 듯 식사를 이어간다. 발레리언의 답변과 태도에서 썬은 이곳의 식민역사를 되살리며 그의 행동이 뻔뻔하다고 여긴다.

> 발레리언은 손끝 한 번 까딱하는 것으로 이 두 사람을 해고하고도 동전에 새겨진 인물상처럼 만족한 표정으로 햄 조각을 맛있게 먹고 있었다. 이 모습을 지켜보는 썬은 입이 마르는 것을 느꼈다. 이들이 누구인가. 이들 원주민의 설탕과 코코아 덕분에 발레리언 자신의 말년이 이렇게 윤택하고 편하지 않은가. 원주민들이 사탕수수를 자르고 코코아 열매를 따는 것이 아이들 놀이만큼이나 쉽고 하찮게 생각했기에 그들의 노고에 정당한 대가를 지급하지 않았지만, 그가 설탕과 코코아를 이용하여 캔디를 만들어 부를 축적할 수 있었던 것은 그들 덕분 아닌가. (202-203)

은퇴 후에는 이곳 카리브 제도 섬으로 이주해 와서는 원주민들의 노동으로 궁궐 같은 집을 짓고는 그들을 싼 임금으로 고용해 부려먹어 왔으면서도, 그들이 크리스마스를 위해 사과 몇 개를 가져갔다고 해서 도둑이라는 이유로 해고한 발레리언 이야말로 썬은 진짜 도둑이라 생각한다. 발레리언은 카리브 제도와 아프리카에서 원주민 흑인들을 착취하여 그들 소유의 풍부했던 푸드 자원을 착취하여 부를 일궈왔다고 보기 때문이다.

썬의 분노의 대상인 발레리언은 서구 산업자본주의의 표상으로 썬의 분노는 한 사람보다는 식민주의를 추동한 이 제도 자체에도 향하고 있다. 발레리언이 자연환경만이 아니라 자연과 더불어 살아가며 원주민들을 사람으로 귀하게 여기지 않듯, 산업자본주의는 자연과 인간 둘 다를 도구로 삼는다. 탈식민주의 관점에서 발레리언을 향한 썬의 분노는 백인에 의한 착취가 원주민에게만 가해진 것이 아니라 산업자본주의 식민지 자원 착취로 인해 파괴된 자연환경 때문이기도 하다. 산업자본주의를 추종하는 백인들의 식민지 수탈 행위는 오물을 배설하는 것으로 묘사된다.

> 백인은 야생동물의 위엄도 갖추지 못하고 있다. 식사할 장소에서는 배설하지 않는 것이 야생동물의 기본 양식인데, 백인들은 사람 사는 곳을 가리지 않고 배설해대더니 자신이 배설했던 곳으로 살러 들어와서는 그나마 남은 대지를 조각내며 더더욱 오염시키고 있다. 이것이 백인들이 땅 소유를 그렇게 좋아하는 이유다. 그들은 땅을 못 쓰게 만들었고 오염시켰고 그 위에 배설했다. 자신들이 배설하는 장소를 그들은 그 어떤 것보다 좋아했다. 자신들이 만들어 놓은 오물 구덩이를 차지하기 위해 서로 싸우고 죽인다.... 언젠가는 자신들이 전 세계에 만들어 놓은 쓰레기 속으로 그들은 함몰될 것이며, 그때가 되어서야 평생을 끊임없이 찾아 헤매던 진정한 평화와 행복을 알게 될 것이다. (203-204)

작품 말미에 썬이 도미니크 섬 해안에서 목격한 것도 (백인)문명의 이기로 인해 오염된 바다가 토해낸 쓰레기다. 그는 바닷가 루 만델린의 돌담 위에 앉아 해변을 바라보고 있었다. 그의 눈에 들어온 백사장은 오염물로 줄무늬가 나 있었으며, 백사장에 흩어져 있는 쓰레기는 대부분 종이와 병이었다. 관광객들이 이용하는 가게나 음식점에서 멀리 떨어져 있고 음식물 쓰레기가 없는 것으로 보아 이들 쓰레기는 바다 조류가 지나면서 소화할 수 없는 것들을 토해낸 것으로 보인다. 백사장 위에 있는 생명체는 어느 것 하나 절망적이지 않은 것이 없었다. 이 오염물질로 가득한 인근의 선박 정착장에서 흑인원주민 아이들은 아랑곳없이 서로 장난질하며 자맥질하기에 바쁘다(293).

3.3 『타르 베이비』와 푸드 웨이

메리암-웹스터 사전에 따르면, 푸드 웨이(foodway)란 "한 민족과 지역, 혹은 역사적 시기에 행해지는 먹는 습관과 음식관습"을 의미한다. 어반 사전(*Urban Dictionary*)에는 좀 더 구체적인 정의가 내려진다. "푸드 웨이란 섭생관습을 통한 한 민족의 문화에 관한 연구나 예를 말한다. 푸드 웨이는 사람들이 먹거나 혹은 먹기를 회피하는 푸드만을 지칭하는 것이 아니라 왜 그런지에 대한 이유, 그리고 음식문화를 정의하는 데 도움이 되는 전통과 역사이기도 하다." 어반 사전의 정의는 인문학과 사회과학에서 푸드 웨이를 설명하는 방식으로 사람들이 먹는 푸드 그 자체에 관한 연구보다는 특정 푸드를 왜 먹는지 혹은 먹지 않는지 이유를 따지고 그것이 의미하는 바를 살핀다. 예를 들어, 『푸드의 의미』(*The Meaning of Food*, 2005)에서 저자들은 푸드 웨이를 다음과 같이 정의한다. "우리가 무엇을 음식으로 소비하고, 그것을 어떻게 구하고, 누가 요리하고, 누구와 함께 먹는지와 같은 먹는 일은 한결같이 많은 의미를 지닌 일종의 소통이다. 푸드를 둘러싼 우리의 태도와 먹는 일상적 실천, 푸드 의례는 세상과 우리 자신의 가장 기본적인 가치관에 접근하는 창이다"(VIII-IX). 『타르 베이비』에서 푸드 웨이는 서구와 카리브 제도의 사회와 문화의 기본적인 가치관을 드러내는 창이 된다.

1) 카리브 제도에서의 백인 푸드 웨이

『타르 베이비』에서는 식사 장면을 포함한 푸드와 연관된 장면과 주제가 자주 등장한다. 이들 푸드 관련 장면과 주제는 탈식민주의 시대임에도 서구 및 원주민들의 푸드 섭생에서 식민주의적 푸드 웨이 주제를 직접 그리고 상징적으로 드러낸다. 이 작품의 프롤로그에서부터 푸드와 푸드 웨이는 상징적으로 제시되고 있다. 썬이 조수에 밀려 숨어들어 간 범선 '바닷새 Seabird II'에는 일몰을 바라보며 배에서 저녁 식사를 즐기기 위해 인근 바다로 나온 두 백인 여성이 타고 있다. 썬은 배 저장고에 몸을 숨기면서도 무엇보다도 강한 허기를 느껴 분재 오렌지 나무에 달린 작은 쓰디쓴 오렌지로 우선 허기를 채워보려고 한다. 배가 다시 선착장에 정박하고 이들 여성이 내리자, 썬은 서둘러 주방으로 가서는 여성들이 먹다 남긴 카레 음식과 오래되어 퀴퀴하고 딱딱한 노르웨이 빵, 겨자, 라임, 병에 든 생수를 발견하고 허겁지겁 배를 채운다. 이들이 남긴 음식은 이 지역에서 생산된 재료로 만들어지거나 직접 조리된 것이 아니다. 현대 문명인들이 슈퍼마켓에서 구입하는 글로벌푸드시스템에 의해 조달되는 상품이다. 한때 푸드 자원을 제공했던 카리브 제도가 이제는 글로벌 푸드산업 시스템에 의존하는 현실을 상징적으로 보여준다. 한편, 식민수탈을 위해 노예로 동원되었던 흑인의 후예는 배고픔을 달래기 위해 몰래 보트에 숨어들어 식품저장고를 뒤지는 신세다. 썬이 선상에서 어둠 속에 희미하게 보이는 섬을 응시하는 장면에서 중첩되는 3백 년 전 카리브 제도의 흑인 노예의 이미지는 카리브 제도의 과거의 식민역사의 잔재가 푸드 웨이를 통해 현재에도 지속되고 있다는 점을 상징적으로 보여준다.

푸드 혹은 푸드 웨이가 이 작품의 중요한 주제임이 본문 1장 시작 부분에서도 발레리안의 집 라브드 라 크루아(L'Arbe de la Croix)에서 주방이 차지하는 의미를 통해 제시되고 있다. 이 집은 보금자리로서의 사생활이 보장되고 편안하고 아늑한 집이 아니다. 거주자들이 임시거처인 호텔같이 여기는 이 집은 그 구조 역시 불안정하며 주변 환경과도 어울리지 않는다. 반면, 이 집에서 유일하게 햇볕이 잘 들고 아늑하며 편안한 장소는 다름 아닌 널따란 주방이다. 주방 일을 책임지는 온딘과 집사 역할을 하는 남편 시드니는 주방에서 거의 대부분 시간을 보내며 어느 등장인물보다도 이곳 섬에서의 생활에 편안함을 느낀다.

이 작품에서 푸드는 인종 정체성을 드러내는 현실체이자 상징계로서, 서구의 푸드 웨이와 원주민의 푸드 웨이 주제가 등장인물들의 푸드에 대한 태도를 통해 자주 제시된다. 카리브 제도에 머물거나 정착한 백인들의 경우 서구식 푸드 웨이를 유지하면서 푸드를 자신들의 백인으로서의 우월성을 드러내는 수단으로 삼는다. 카리브 제도에서 백인들의 서구식 푸드 웨이는 문명인으로서의 정체성을 유지하는 방식이자 원주민과의 차별성 및 이들에 대한 우월성을 드러내는 방편이 된다. 발레리언 집에 커피와 초콜릿, 포도주가 떨어지지 않는 이유이며, 발레리언과 아내 마가렛이 슈발리에 섬에 이주해 와서도 서구식 푸드를 구입해 먹는 이유이기도 하다. 이들 부부는 열량을 따지며 음식을 선택하고 주방에서 정성껏 준비해 나오는 푸드에 대해서 때로는 변덕을 부리거나 까다롭게 굴기도 한다. 그 지역에서 나는 파인애플이 어느 날 아침 과일로 나오자 마가렛은 싱싱한 생 파인애플의 섬유질이 이빨에 끼는 것이 싫다며 섬유질이 제거된 통조림 파인애플을 원한다. 이들의 아침 식사는 필라델피아에서 먹던 서구식 식단 그대로 은쟁반에 담겨 나오는 계란반숙과 햄을 끼운 토스트와 크루아상, 파슬리 줄기, 토마토다.

발레리언의 경우, 사람에 대한 판단조차 피부색과 푸드 색과의 연관에서 내릴 만큼 푸드는 그에게 상징으로 존재했다. 그가 마가렛을 아내로 선택한 단순한 이유는 그녀의 하얗고 고운 피부가 자신의 이름을 딴 캔디 색깔과 비슷했기 때문이었다. 마가렛이 어린 아들을 학대했던 전말이 밝혀지고 난 이후에야 발레리언은 아내를 현실 속 실체로 보게 된다. "아내는 진짜처럼 보였다. 발레리언 캔디 한 알이 아니라 버스 안의 한 승객 같았다. 이미 사람의 모습으로 살집도 있었고 삶의 연륜이 쌓인 사람으로 더 이상 당신 소유도 아니고 당신이 쉽게 받아들이지 못할 사람이다"(239). 오랜 세월을 함께 살아온 아내조차도 현실 속의 여인이 아닌 캔디라는 일종의 푸드 이미지로 그에게는 존재해 왔던 것이다.

작품 속 크리스마스 디너 준비 장면은 푸드 웨이가 얼마나 문화와 밀접하게 관계를 맺고 있는지를 잘 보여준다. 평소 주방에는 얼씬도 안 하는 마가렛은 크리스마스 디너만큼은 자신이 유일하게 주도적으로 준비하는 이벤트다. 이국땅에서 크리스마스 디너는 그녀에게 자신의 미국인 정체성을 확인시켜주는 일로 여겨지는 만큼 전통적인 미국식 디너를 고집한다. 크리스마스가 다가오면서 마가렛은 미국식 전통에 따라 칠면조요리와 사과파이, 호박파이를 준비할 계획이다. 칠면조는 카리브 제도에서는 구할 수 없기에 남편은 칠면조 대신 이미 거위를 주문해 뒀다고 하자, "만약에 칠면조와 사과파이, 호박파이를 크리스마스 만찬에 준비할 수 없다면 우리는 이곳에 있어서는 안 되죠"(32)라는 것이 마가렛의 생각이다. 미국식 푸드를 선호하는 온딘이지만, 비현실적인 마가렛의 요구에는 동의할 수 없다. "마가렛이 그 메뉴를 원한다면 주방에 들어와서 본인이 직접 요리하라고 해요. 헤엄쳐 뉴욕까지 가서 재료를 구해 와서 말이죠. 도대체 마가렛은 자신이 어디에 있는지 알고나 있는 거예요?"(34).

백인 등장인물들은 말할 것도 없고 발레리언 집에 함께 머무는 흑인 등장인물들, 예를 들어, 미국인 썬이나 프랑스에서 모델 생활을 해온 제이딘, 발레리언 집에서 오랫동안 요리사와 집사로 생활해온 온딘과 시드니 역시도 자신들의 서구식 푸드 웨이에 대한 우월감을 드러낸다. 이들은 서구사회에서 서구 푸드 문화를 자연스럽게 누려왔기 때문이다. 이들은 백인들과 마찬가지로 카리브 제도에 머물면서도 자신들과 인종적 뿌리가 같은 카리브의 흑인원주민 푸드에 대한 관심보다는 서구푸드 문화를 고집한다. 발레리언 집안의 주방을 맡은 온딘이 마가렛이 망고에 집착하는 것을 못마땅해하는 것도 바로 그 이유다. 망고가 몹시 가난한 사람이나 거지들 말고는 이 섬의 유색인종들도 먹지 않는 과일이기 때문이다.

2) 푸드 웨이 식민화와 원주민 푸드 웨이

발레리안 부부와 그리고 함께 그의 집에 머무는 일부 서구 문명권의 삶에 익숙한 흑인들이 카리브 제도에서조차 자신들의 서구식 푸드 웨이를 지속하는 이유는 익숙한 푸드 웨이가 주는 편안함 때문이기도 하지만 원주민들과 차별화되고자 하는 식민의식이 깊이 자리하고 있음은 자명하다. 반면, 원주민들의 경우, 과거 식민시대부터 자신들의 푸드 자원과 로컬푸드 문화를 백인 식민자본주의에 약탈당하고 이로 인해 자신들의 삶의 터전과 문화, 고유한 푸드 웨이를 상실했으며, 탈식민시대에도 그 결과는 지속되고 있다. 이 점에서 원주민 관점에서 푸드는 과거 식민시대나 탈식민주의 시대에 식민화의 수단이자 그 영향을 말해주는 가장 구체적인 예다. 작품에서 이곳 원주민 흑인이면서 발레리언 집에 잡역부로 고용된 기드온과 테레사의 삶이 그 좋은 예다.

기드온은 청년 시절 대다수 섬 사람들과 마찬가지로 일거리를 찾아 고향을 떠나야 했다. 프랑스식민지였던 섬에는 더이상 그들이 할 일이 없었기 때문이었다. 기드온은 밀항하여 캐나다의 농장에서 일하다가 미국으로 건너가 20여 년을 살다가 테레사의 끈질긴 설득으로 다시 고향 땅으로 돌아오게 된다. 테레사는 자기 가족 사업을 운영하는데 그의 도움이 필요하다고 15년 동안이나 편지로 설득했다. 마침내 기드온이 돌아왔을 때 그녀에게 남아있는 것이라곤 아무것도 없었고 이 섬의 모든 것이 프랑스인들에게 넘어가 있었다.

> 땅도 커피나무 숲의 언덕도 그녀에게 남아 있지 않았다. 일 년에 4차례 태풍이 쓸고 지나갈 때마다 수리해야하는 지붕이 얹힌 시멘트 집만이 그보다 두 살 연상인 테레사에게 남아있을 뿐이었다. 에메랄드 언덕 위에 널찍이 자리 잡았던 십여 채의 집이 딸린저택에 살았던 테레사의 집과, 그가 어린 시절부터 기억하던, 130아르팡(프랑스 단위로 1아르팡은 1에이커에 해당; 저자주)의 땅은 에메랄드 언덕과 마찬가지로 과델루프에 거주하고 있는 프랑스인의 소유가 되었고 키친 가든과 강둑에 조성된 빌리지 가든을 빼놓고는 그녀가 가꿀 땅덩이는 전혀 없다는 사실을 알게 되었다. (108-109)

카리브 제도 원주민들은 어려서 먹던 과일이나 채소 조차도 이제는 구하기 어렵게 되었다. 무분별한 개발로 과수나무와 경작지가 사라졌으며, 이곳을 실질적으로 지배하는 식민주의 법 때문이기도 하다. 기드온과 테레사가 태어나고 자란 도미니크는 여전히 프랑스 통치를 받는 섬으로 이 섬에는 오직 프랑스산만이 수입과 판매가 허용된다. 섬사람들은 한 달에 한 번만 프랑스로부터 수송되는 시든 상추와 물컹한 당근, 곰팡이 핀 콩과 같은 신선하지 않은 푸드에 의존한다. 그마저도 기드온과 테레사와 같은 가난한 섬 원주민들은 비싼 수입 푸드를 구매할 여력이 없어서 직접 텃밭을 일구고 바다에서 물고기를 잡고 나무에서 아보카도를 따서 하루하루 연명하고 있다. 테레사가 사과에 집착하는 이유도 푸드 식민화 결과다. 미국에 거주하던 기드온에게 테레사가 귀국을 종용하는 편지를 보낼 때마다 사과를 보내줄 것을 재촉하고, 귀국하는 기드온에게 부탁은 오직 사과뿐이었다. 테레사가 그간 해오던 발레리언의 집안일을 그만둘 수밖에 없던 이유도 그녀가 종종 사과를 몰래 챙겨왔기 때문이었다. 어려서 먹어본 사과맛을 30년이 지나도록 잊지 못하고 발작을 일으킬 정도로 집착하고 있지만, 프랑스에서 수입되는 사과만 들여올 수 있도록 법으로 정해졌기 때문에 이곳에서의 사과는 테레사의 형편으로는 사먹을 수 없기 때문이었다.

서구의 지속적인 식민지화로 인한 섬 원주민들의 푸드 웨이 상실은 어느덧 식민근성으로 이어졌다. 섬 원주민들은 푸드 웨이와 같은 고유했던 삶의 방식과 문화 상실에 분노 내지는 저항한다거나 회복하려는 노력보다는 서구에서 온 사람은 왕처럼 받들고 대접한다. 자신들과 같은 흑인 인종인 썬 조차도 섬 원주민들은 그가 단지 미국인이라는 사실만으로 떠받들고 후하게 대접한다. 발레리언의 요구로 기드온은 썬을 이발시키기 위해 자신의 섬으로 데려온다. 기드온과 테레사는 "미국 니그로 썬을 마치 왕인 양 앞세우고 거리를 행진"하며 자신들이 미국에서 온 손님을 맞이하는 중이라고 떠벌렸다. 이 소식은 온 동네에 퍼져 원주민들은 호기심과 부러움에 저녁 내내 테레사의 집 문 앞을 서성거렸고 이런저런 구실을 대면서 그녀의 집 안으로 들어오기도 했다.

썬의 식민주의 의식과 기드온-테레사 부부의 식민근성은 푸드를 통해 잘 드러난다. 기드온과 테레사는 기본적인 음식 재료조차도 평소 갖추지 못할 정도로 열악한 삶을 살고 있음에도, 썬을 대접하기 위해 평소 엄두도 못내는 염소고기와 훈제생선, 푸드 요리의 기본 재료인 흑설탕 등을 시장에서 구매한다. 이발이 끝나고 썬과 기드온은 테레사가 요리한 염소고기와 훈제생선, 그레비가 얹힌 쌀밥으로 식사를 한다. 테레사와 딸은 식사에 참여하지 않고 식사 시중만을 들면서 식사가 끝나기를 기다린다. 형편상 남자 두 사람이 먹을 분량의 재료만을 사서 요리했기 때문이다.

기드온과 테레사는 썬에게 음식을 극진하게 대접하지만, 오히려 썬은 그들의 처지를 이해하기보다는 자신이 그들의 주인인 양 대접을 당연히 여기는 식민통치자의 모습을 보인다. 아이러니하게도 자신이 비판했던 발레리언의 식민의식이 자신에게도 깊게 내재된 모습이다. 썬은 기드온이 이발해주는 동안 초콜릿을 먹고 병에 든 생수를 마시면서 자신은 이곳 섬 원주민들과 같은 흑인이지만 이들과는 다른 문명인임을 과시한다. 테레사가 준비해준 음식도 감사의 마음보다는 그녀의 대접을 당연한 듯 먹고 마신다. 식후에는 손님 대접에나 내놓는 비싼 설탕 넣은 진한 커피를 마시고 기드온의 담배를 피우면서 그의 럼주를 마신다. 마지막 럼주는 이곳 섬 전통에서는 주인 몫이지만 썬은 개의치 않고 자신이 마저 따라 마시면서 "다리를 쭉 뻗고 자신에게 난롯가의 편안함과 자세의 자유로움을 취하면서"(150) 정말 왕과 같은 대접을 즐기고 있다.

카리브 제도의 푸드 원료는 서구의 식민주의로 인해 약탈당했으며 그 영향은 그 뒤로도 지속해서 이어져 왔다. 그로 인해 섬의 원주민들은 푸드 및 푸드 재료를 외부에 의존해야 하는 처지에 빠졌고 자신들의 고유한 푸드 웨이를 상실하게 되었다. 자신들의 푸드 자원과 고유 푸드 웨이 상실로 인한 글로벌푸드시스템에의 의존은 원주민들에게 서구 문명(인)에 대한 동경을 키워 온 셈이다. 카리브 제도의 자연환경 파괴와 원주민들의 푸드 웨이 상실이 결국 서구에 의한 식민주의 역사로 귀결되는 만큼, 원주민들의 푸드 웨이와 로컬푸드 문화 회복은 섬의 자연 질서 회복과 운명을 함께한다.

3.4 푸드 웨이 회복과 자연 질서 회복

1) 흑인(원주민)정체성 회복과 푸드의 역할

흑인으로 대표되는 원주민들의 푸드 웨이 양상은 이 작품에서 양면성을 지니고 있다. 한편으로는 식민시대 이후 사회가 서구화됨으로써 그들 고유의 푸드 웨이를 상실하고 글로벌푸드 웨이에 편입되는가 하면, 다른 한편으로는 푸드가 자신들의 민족적이고 인종적, 문화적 정체성이었던 만큼 흑인원주민 푸드 문화에 대한 자의식적 태도를 보이기도 한다. 이 작품에서 푸드 웨이가 인종적 정체성과 밀접하게 연관되어 있다는 점이 서구 혹은 글로벌푸드 웨이와 흑인원주민 푸드 웨이의 대조를 통해 상징적으로 제시된다. 보다 보편적 의미에서 푸드는 특히 흑인으로서의 인종 정체성 인식과 회복을 이끌어주는 중요한 수단으로 제시되며, 작품에서 제이딘과 썬이 그 예다.

　제이딘 차일즈(Jadine Childs)는 흑인고아로서 발레리언의 후원, 온딘과 시드니의 보살핌으로 성장하였다. 성인이 되어서는 발레리언의 후원으로 프랑스 소르본 대학에서 미술사를 공부하고 파리에서 유명 모델로 활약 중이며 프랑스의 많은 남성으로부터 구애를 받고 있다. 제이딘은 흑인으로서의 자의식은 약하며, 어려서부터 같은 흑인인 온딘과 시드니의 보살핌을 받아왔지만 가족이라는 유대감 역시 약하다. 그녀의 이름에도 이 점이 잘 담겨있다. '제이딘'은 전형적인 미국인 여성에게 붙는 이름으로 '옥과 같은'(Jade-like)이란 뜻처럼 깨지기 쉽고 겉모양만 화려하다는 점, 성 '차일즈'(Childs)는 철이 덜 든 아이의 특성을 부각시킨다. 흑인으로서의 정체성에 대해 진지한 고민이 없는 대신 제이딘의 관심은 예술과 문화, 코스모폴리턴 적인 도시 생활에 있다. 이러한 성향은 그녀의 별명인 '구리 비너스'(Copper Venus)에도 반영되어 있다. 구리는 검은색이 아니며 동시에 흰색보다 이국적인 느낌을 준다. 제이딘은 흑인이지만 서양인에게 검은색이 주는 위협적인 느낌보다는 이국적 느낌의 비너스의 매력을 지닌 모델로서 관심과 인기를 끄는 여성이다. 그런 제이딘에게 흑인으로서의 정체성과 푸드 웨이를 포함한 자기 삶의 양식과 태도를 돌아보게 해주는 극적인 경험이 음식 준비를 위해 푸드 재료를 구입하던 슈퍼마켓에서 일어난다.

파리에서 모델로서 연이은 행운이 이어지고 이에 보답하고자 제이딘은 몇몇 지인들을 자신의 집으로 저녁식사에 초대한다. 손수 이들을 위한 음식을 만들 재료를 사기 위해 제이딘은 전 세계의 모든 푸드와 재료를 갖춘 파리의 최고급 슈퍼마켓에 들러 장을 본다. 물건을 고르는 중, 제이딘에게 한 아프리카 흑인 여성의 모습이 눈에 확 들어온다. 이 여성은 큰 키에 큰 입과 큰 가슴을 지녔고 샌들부터 머리까지 온통 노란색으로 휘감은 모습을 하고 있어서, 제이딘만이 아니라 그 상점 안에 있던 사람들 모두가 그 모습에 홀린 듯 숨이 멎은 채로 그녀를 쳐다본다. 그 노란 드레스의 흑인 여성은 진열된 달걀 상자를 열고 낱알 세 개만 골라 오른 손바닥에 올려놓고 오른 팔꿈치를 왼손으로 받치고 천천히 걸음을 옮겨 계산대로 가져간다. 점원은 달걀을 낱개로는 팔지 않는다고 말하려 했으나 자신을 쳐다보는 시선이 너무나도 강렬해 머뭇거리는 사이 그 여인은 주머니에서 돈을 꺼내 계산대 위에 올려두고는 상점 문밖으로 유유히 걸어나간다. 제이딘은 그 흑인 여성의 일거수일투족에서 눈을 떼지 못하고 그녀가 상점 밖 창가로 사라질 때까지 체면에 걸린 듯 쳐다본다. 노란 옷의 그 여성은 상점 밖 창가로 사라지기 직전 갑자기 고개를 상점 안으로 돌려 자신을 바라보고 있던 제이딘을 정면으로 응시하더니 길바닥에 침을 뱉고 사라진다.

　노란색으로 휘감은 이 흑인 여성과의 조우는 대단히 짧은 시간이었고 우연이었지만 제이딘에게 흑인으로서의 자신의 정체성을 돌아보게 해주는 강렬한 사건이었다. 그 여인의 노란 드레스와 글로벌푸드로 가득한 그 상점에서 계란 세 개만을 골라 귀하게 모시듯 높이 든 손바닥에 조심스럽게 올려두고 가져가는 모습은 옛 아프리카 원주민들의 모습이자 푸드를 대하는 태도, 푸드 웨이의 상징적 표현이다. 그녀가 같은 흑인 제이딘을 정면으로 응시하며 땅바닥에 침을 뱉는 것은 제이딘의 복장과 모습, 태도, 장바구니에 골라 담은 푸드(재료)에서 흑인으로서의 정체성보다는 서구화된 모습을 보았기 때문이다. 그 여인이 뱉은 침이 제이딘 자신에게 향한 것이란 점을 즉시 알아채지만, 제이딘은 모욕을 느낀다거나 그녀를 향한 분노의 감정이 일지 않는다. 서구문화의 한복판인 파리에서 서구인처럼 살아가는 제이딘이지만 마음 깊은 곳에서는 흑인으로서의 정체성이 강하게 자리 잡고 있었기 때문이다.

> [그녀를 향해] '암캐'같은 년이라고 중얼거려도 그 굶주림은 다른 곳으로 옮겨지거나 사라지지 않는다. 그 굶주림은 언제나 그 자리에서 열린 채 또 다른 노란색 옷을 입은 여인을 기다릴 것이며 세 개의 달걀을 집어든 숯같이 검은 손가락을 고대할 것이며 눈썹을 태울 만큼 강렬한 눈빛을 고대할 것이다. (46)

슈퍼마켓의 노란색 흑인 여성은 실재 여성으로서 보다는 푸드 웨이를 포함한 제이딘의 감추어진 흑인으로서의 정체성을 상징한다고 볼 수 있다. 제이딘에게 흑인 정체성이 드러나지 않았던 것은 사실이지만 결여된 것은 아니었다. 다만, 그녀의 깊은 내면에 잠재해 있었다. 음식 재료만이 아니라 슈퍼마켓에서 구입한 품목에 노란색 여인의 모습도 담겨있다고 느낀다.

> 이렇게 축복받은 환경에서 자신은 지적이고 행운이며 자신의 소원 리스트에 있는 모든 것이 성취될 수 있음을 알고 있다. 그 생각이 노란드레스를 입은 모습으로 구체적으로 나타나자 제이딘은 그 구현체가 코코넛과 타마린드 외에 자신의 푸드 쇼핑리스트의 일부, 라임과 피미엔토와 잘 어울리는 품목이지 아닐까 하는 생각이 들었다. (45)

제이딘이 슈퍼마켓에서 마주친 흑인여성에게서 숨이 막히고 환상에 홀린 듯 한순간도 그녀에게서 시선을 떼지 못했던 이유도 그 여성은 무의식 속에 눌러 왔던 자신의 진정한 모습이었기 때문이다. "갑작스러운 공

기의 흡입. 그 여인의 여인—어머니, 자매, 그녀 앞에서 짧게 숨을 들이켰
다. 사진으로는 담을 수 없는 그녀의 아름다움이 제이딘을 온통 사로잡았
다"(46).

이 경험 이후 제이딘은 혼란 속에 파리에서의 활동을 잠시 접고 발레리
언과 온딘, 시드니가 있는 발리에섬으로 와서 지내게 된다. 발리에섬에서
지내는 동안에도 정체성의 혼란은 정리되지 않고 있으며, 곧 파리로 돌아
가 모델로서의 활동을 지속하겠다는 생각 역시도 변함이 없다. 이러한 상
황에서 발리에섬에 갑자기 등장한 흑인인 썬으로 인해 자신의 흑인으로
서의 정체성은 또 다른 새로운 국면을 맞게 된다.

나중에 본명이 윌리엄 그린으로 밝혀지는 인물인 썬에게서도 흑인으
로서의 정체성과 푸드 웨이의 상관관계가 잘 드러난다. 썬은 흑인으로서
강한 정체성을 지니면서도 카리브 섬에서의 흑인원주민들과의 관계에
서 정체성 문제를 노출하는 이중성을 보여준다. 미국 시민인 썬은 결혼한
아내가 바람피우는 장면을 목격하고는 분노를 참지 못해 휘두른 폭력으
로 아내가 그만 사망하고 만다. 겁이 난 썬은 그대로 고향 땅을 도망쳐 군
에 입대하고 여러 해를 해외로 떠돈다. 자신이 소속된 군함이 카리브 제
도 도미니크 섬 앞바다에 정박하자 그 기회를 이용해 탈영을 결심하고 배
에서 뛰어내려 발리에 섬으로 흘러들어온 것이다.

낯선 캐리브 제도에서 썬이 그곳 사람들과 맺게 되는 관계는 한결같이
푸드를 통해서다. 구체적으로 발레리언 가족과 그리고 섬 원주민인 흑인
기드온-테레사 부부와의 관계 전개가 푸드를 매개로 이뤄진다. 썬이 발
레리언 가족과 맺는 관계에서 매개 역할을 하는 푸드는 서양 푸드 웨이다.
군함에서 뛰어내린 뒤, 파도에 떠밀려 도달한 요트에서 가장 먼저 썬의
코에 도달한 것은 카레 향이었다. 발레리언의 아내 마가렛과 제이딘이 가

져왔던 음식은 인도 카레를 비롯해 노르웨이산 빵과 프랑스산 생수와 같은 다국적 푸드로 발레리언 가족의 글로벌푸드 웨이를 드러낸다.

누구의 집인지도 모르고 숨어든 발레리언 집에서도 썬은 글로벌푸드인 초콜릿을 통해 발레리언 가족과 관계가 맺어진다. 낮에는 옷장에 숨어 있다가 밤에만 몰래 부엌으로 내려와 초콜릿을 가져다 먹는다. 결국, 발레리언 집안에서 외부 침입자의 존재를 의심하게 되는 것도 이 초콜릿을 통해서다. 초콜릿은 카리브 제도와 같은 열대지방에서 식민통치를 통해 확보한 사탕수수와 코코아를 원료로 만들어 전 세계에 판매되는 대표적인 글로벌푸드다. 그의 정체가 발각되고 발레리언의 허락으로 집 안에 머물게 되었지만, 같은 흑인임에도 온딘과 시드니는 썬을 끊임없이 의심하고 발레리언에게 그를 쫓아 내기를 계속 요청한다. 그러다 썬에 대한 감정이 긍정적으로 바뀌는 것은 썬이 부엌으로 내려와 이들과 함께 식사하면서 부터다.

원래 썬은 흑인으로서의 자의식이 강하고 백인을 흑인과 대척점에 두는 고정된 시각을 지녀왔다. 흑인으로서의 정체성을 갖지 못한 제이딘에게 끊임없이 지적하고 나무라며 정체성을 갖도록 이끌어주기 위해 노력하는 것도 썬으로, 그의 흑인으로서의 강한 자의식의 발로다. 여전히 정체를 알 수 없는 침입자로 집 안의 다른 사람들의 반대에도 불구하고 집에 머물게 허락해주고 잘 대해주는 발레리언에 대해서도 썬이 도전적 태도를 보이는 것도 그의 흑인으로서의 자의식 때문이다. 썬으로서는 한편으로는 고용된 섬의 흑인원주민들 위에 군림하는 듯한 그의 태도가 못마땅하며, 다른 한편으로는 탈식민주의 관점에서 원주민들의 자원을 착취하여 캔디 사업으로 부를 축적한 발레리언의 자본주의적 사고와 풍요로운 삶이 원주민들의 핍진한 삶과 대비된다.

백인과의 관계에서 흑인의 정체성과 관점이 두드러지지만, 썬은 정작 같은 인종인 섬 원주민들에 대해서는 아이러니하게도 다른 백인들의 태도와 다를 것 없는 우월적 태도를 보인다. 앞서 언급한 기드온-테레사 부부의 식사초대에서 썬이 그들에게 보인 태도가 좋은 예다. 썬이 단지 미국인 흑인 그리고 문명인 흑인으로서의 협소한 정체성에서 벗어나 같은 인종적 뿌리를 공유한 원주민과의 관계성을 형성할 때 그는 진정한 의미에서 흑인의 정체성을 갖게 될 것이다. 썬을 진정한 정체성으로 이끄는 것은 섬 원주민인 테레사를 통해서다. 테레사가 자신의 집을 찾아온 썬을 이웃에 자랑스럽게 소개하고 극진하게 음식 대접한 것은 썬이 미국인 손님이기 때문이기도 하지만, 손님을 극진하게 대접하는 것은 섬 원주민들에게는 전통적으로 자긍심이었으며 무엇보다도 테레사에게는 썬이 같은 흑인이었기 때문이었다. 테레사가 생계를 유지하기 위해 백인가정에서 보모로서 일할 때나 발레리언 집에서 세탁 일을 거들면서도 "미국계 흑인과는 대화를 꺼려하고 백인의 존재를 인정하지 않을"(111)만큼 원주민으로서의 확고한 정체성을 지녀왔다.

발레리언 집에서 썬의 존재를 가장 먼저 감지한 것도 테레사이며 그 단서도 푸드를 통해서다. 발레리언 집안 어느 사람도 숨어 지내는 썬의 존재를 감지하지 못하고 있을 때, 테레사는 남겨진 초콜릿 은박지 포장에서 남자의 강한 체취를 감지한다. "요리 음식을 오랫동안 먹어온 뒤 동물체취를 잃어버린 짐승처럼, 사람은 굶주리면 풍기는 체취가 바뀐다. 테레사는 이틀 전에 그 냄새를 감지했다. 금식이나 굶주림의 체취, 인간에게서 나는 체취를. 인간에게서만 나는 체취다. 먹을 것이 다 떨어졌을 때 인간에게서 나는 체취다"(105). 테레사는 그 남자가 혹시 이 섬의 전설에 등장하는 흑인 말탄 기사족이 아닐까하는 생각에 문명인의 푸드인 초콜릿과 생수 이외에 그들이 좋아할 것으로 추정되는 이 섬 고유 푸드인 아보카도를 놓아두지만, 번번이 초콜릿과 생수만 사라질 뿐 아보카도는 손도 안

댄 채 남겨진다.

작품에서 원주민의 정신을 대표하는 인물로 등장하는 테레사는 원주민 의식이 강한 만큼 자신이 섭취하는 푸드 선택도 지역 전통 푸드다. 그녀가 발레리언 집으로 일하러 가면서 챙겨가는 음식은 아보카도와 훈제생선으로 이 섬에서 대대로 이어오던 푸드며 서양 푸드나 글로벌푸드는 먹지 않는다. 그녀가 마시는 커피는 원래 이곳 섬에서 재배한 커피나무의 산물이었다. 그녀가 집착하는 사과는 어려서부터 강렬한 인상을 심어주었던 그녀에겐 소울 푸드이기 때문이다. 미국으로 돌아갔던 썬이 먼저 되돌아온 제이딘을 찾아 다시 섬에 돌아오면서 정성껏 챙겨온 비행기 기내음식을 건네지만, 테레사는 포장지만 만지작거릴 뿐 입에는 대지도 않는다.

테레사에게 이 섬의 진정한 원주민 정신은 섬에 전설로 전해 내려오는 말 탄 흑인 장님 부족에게 있다고 믿으며 결국 썬을 그들에게 인도하는 것으로 썬의 정신적 가이드로서 역할을 마친다. 이 흑인 장님들은 3백 년 전 아프리카에서 노예로 팔려온 흑인들로 타고 온 배 위에서 이 섬의 해안을 바라보던 순간 장님으로 변했으며, 이들은 백인 식민주의자들을 피해 섬의 뒤편 산속 밀림 속에서 눈에 띄지 않게 대를 이어 살아가고 있다고 전해진다. 이들의 존재를 직접 목격한 사람은 없고 다만 밀림 속에서 말을 타고 휙 지나가는 모습을 보았다는 사람들의 말이 전해질 뿐이다. 테레사는 이들의 존재를 실재로 믿고 있으며 자신이 나이를 먹어감에 따라 시력을 잃는 것도 이들의 후손이기 때문이라고 생각한다. 발레리언 집에서 초콜릿이 자꾸만 사라지자 처음에는 이들의 소행으로 생각한 것도 테레사다. 제이딘을 뒤쫓아 슈발리에 섬으로 가려는 썬에게 테레사는 자기가 그곳까지 보트로 데려다주겠다고 자청한 뒤, 짙은 안개를 이용하여 썬을 데려다준 곳은 발레리언 집으로 이어지는 선착장이 아니라 눈먼 부족이 살고 있다고 믿어지는 슈발리에 섬 정 반대편이었다.

2) 자연의 회복

작품 끝에 테레사가 썬을 인도해주는 전설 속 눈먼 말 탄 부족은 서구의 식민주의에 굴복하거나 물들지 않은 카리브 제도 원주민의 애초의 삶과 정신, 문화를 상징하며, 그러한 삶과 정신은 온전한 자연 속에서 자연과 조화로운 관계에서 가능하다는 점을 시사해 준다. 썬을 일부러 섬 반대편에 내려둔 뒤, 노를 저어 바다로 나가면서 썬에게 큰 소리로 그들의 존재를 전하는 테레사의 말에 이 점이 잘 드러난다.

> 당신은 이제 선택할 수 있어요. 제이딘에게서 자유로울 수 있어요. 그들이 언덕 위에서 당신을 기다리고 있어요. 그들은 발가벗었고 눈은 멀었어요. 내가 본 적이 있는데 그들의 눈동자에는 색이 없어요. 그들은 말을 타고 천사처럼 온 언덕을 누벼요. 열대우림이 온전하고 챔피언데이지 나무가 여전히 자라고 있는 열대우림 언덕을요. 그곳으로 가요. 제이딘이 아닌 그들과 함께 지내도록 해요. (305)

작품의 프롤로그에서 썬의 존재는 이미 말 탄 노예 장님 부족과 연결됨으로써 결말이 예견되어 있다. 썬이 영국 군함에서 뛰어 내린 뒤 조류에 밀려 도달한 발레리언 요트 선판에 서서 일몰로 어두워진 슈발리에섬 해안을 바라보는 시선이 앞서 언급한 것처럼 내레이터에 의해 300년 전 이곳에 도착한 이들의 시선과 중첩 되었다.

원주민들에게 전해 내려오는 이들 말 탄 흑인 부족은 서구식민주의에 의한 원주민의 자연환경 파괴와 그들 삶의 변화에도 불구하고 원주민들의 정신만큼은 사라지지 않고 있다는 신념과 식민주의 이전의 애초의 온전한 자연으로의 복귀에 대한 염원이기도 하다. 이들이 장님임에도 불구하고 정글 속에서 "말을 타고 천사처럼" 불편 없이 누비는 것은 자연 속에 안겨 자연과의 겸손하고도 조화로운 관계를 맺고 살기 때문이다. 이들이 노예로 팔려오기 전 아프리카 원주민으로서 자연 의존적 그리고 자연조화적 삶을 이곳에서도 유지하는 것이다.

이 작품 곳곳에는 인위적인 식민주의적 자연 개발과 착취에 굴복하지 않는 그리고 끊임없이 원래의 상태로 되돌아가려는 자연의 끈질긴 저항력과 회복력이 지속해서 제시된다. 인위적인 힘에 굴복하지 않는 이러한 자연의 힘은 프롤로그에서부터 상징적으로 제시된다. 수영 실력이 좋은 썬이 영국 군함에서 탈영하여 바다로 뛰어든 뒤 섬을 향해 물살을 거슬러 헤엄치지만, "마치 고집 센 여인의 손이 그를 밀어내듯," "가슴과 배, 넓적다리를 따라 부드럽지만 단호한 물살의 저항"을 느낀다(4). 그는 열심히 물살을 거슬러 계속 나아가려고 했지만, 오히려 "물-여인의 손에 붙들려" 꼼짝 못 하고 해안으로부터 점점 멀어져 갔고, 그가 물살에 몸을 내맡기고 나서야 보트 주변에서 "물-여인은 그를 놓아주었고" 배에 오를 수 있었다.

바다 물살이 자연의 원초적인 여성의 힘을 상징하듯, 이 작품에서 여주인공인 제이딘 역시 숲 속 습지에서 자연의 원초적 힘을 경험한다. 썬과 함께 피크닉을 떠났다가 돌아오는 길에 늪지 근처에서 차 연료가 떨어져 썬이 비상 연료를 구해오는 동안 제이딘은 따가운 햇볕을 피하고 무료를 달래기 위해 그림 도구를 챙겨 들고 관목 숲으로 들어간다. 숲속에서 잔디 덮인 그림 같은 매혹적인 짙푸른 공터가 나타나자 제이딘은 그곳으로 다가가며 발을 내딛는 순간 늪에 빠지고 만다. 그 늪은 자연의 원초적 검은 타르 색 웅덩이였다. 어린나무 잔가지를 붙들고 늪에서 필사적으로 빠져나오려는 모습을 지켜보는 것은 나무 위에 앉아 내려다보고 있는 늪의 여인들이었다. 이 늪의 정령들은 제이딘이 늪으로 들어왔을 때 마친 집 나간 자식이 돌아온 듯 그녀를 반겼으나, 제이딘이 늪에서 벗어나려고 몸부림치는 것을 보고는 실망을 금치 못한다. 이 정령들은 태곳적부터 여성성이란 신성한 속성을 지닌 채 존재해온 원시적 자연을 상징한다. "이 여인들은 자연의 변함없는 영속성과 빙하의 이동 속도, 자연의 넓은 포용력을 알고 있기에, 저 아래 자신들의 세계에서 벗어나려고 필사적인 몸짓을 하는 한 여자아이, 자신들과는 다른 존재가 되려고 애쓰는 여자아이를 보고 기이하게 생각했다"(183).

이 작품에서 자연의 복원력과 원초적 힘을 가장 상징적으로 그리고 지속해서 보여주는 것은 발레리언의 온실이다. 이 온실은 자연과 문명 간 대립을 상징한다. 발레리언이 슈발리에섬에 정착 후 이 열대우림 지역에 어울리지 않는 온실을 만든 이유는 북부의 식물을 키우기 위함이었다. 그는 온실에서 날씨와 같은 자연 요소의 통제를 통해 자신의 취향대로 그리고 자신이 원하는 대로 식물을 길렀으며, 동시에 온실은 혼자서 음악을 듣고 독서를 하고 위스키와 포도주를 마시면서 보내는 일종의 자신의 성역이었다. 하지만, 시간이 지나면서 발레리언은 온실이 자신의 의도대로 온전히 통제되지 않는다는 점을 알게 된다. 그 결정적 계기는 개미 떼로, 아무리 온실을 단속하고 화학약품으로 처리해도 개미는 사라지지 않고 지속적으로 온실 안으로 들어온다. 온실에 대한 통제력 상실은 발레리언의 삶에 통제력 및 의지 상실과 궤를 함께한다. 썬으로부터 그의 식민주의 관점은 도전을 받게 되며, 그의 유일한 아들이 오랫동안 부모와 인연을 끊고 지내온 이유가 어려서 엄마인 마가렛으로 부터 지속적인 학대를 받아왔기 때문임을 알게 된다. 이 충격적인 소식으로 그는 완전히 무너져 내린다. 어린 아들에게 무관심했던 자책 속에 삶의 의욕은 꺾이게 되고, 그동안 정성껏 돌봐왔던 온실 식물도 방치된다. 더이상 온실에서도 위안을 받거나 질서의 가치를 찾을 수 없기에 개미가 온실을 차지하도록 내버려 두었다. 아이러니하게도, 온실에서 인위적인 관리와 통제가 멈추자 자연이 질서를 회복하게 된다.

> 죽은 수국은 꽃이 피었을 때 모습만큼이나 정교하고 사랑스럽다. 잔뜩 찌푸린 하늘은 쨍쨍한 햇빛만큼이나 유혹적이고, 분재용 오렌지 나무가 꽃도 피지 않고 열매도 달리지 않는다고 해서 불량품이 아니다. 있는 대로 받아들이면 된다. 이제 온실 창은 열린 채 날씨가 안으로 들어온다. 온실 문 걸쇠는 벗겨진 채 있고, 모슬린 망은 제거되었다. 병정개미 역시 멋진 존재였고 개미들이 온실에서 무슨 짓을 하든 그 일은 자연의 일부일 것이다. (242).

발레리언의 온실만 자연의 모습으로 복구되는 것이 아니라, 슈발레에 섬 전체가 그렇다. "자연이란 그들이 원하는 곳에서 그들이 원하는 방식으로 자라고 죽는다. 슈발리에 섬의 자연은 그 섬이 애초에 있었던 공간에서 채워졌다"(242). 이 작품의 마지막 장은 1장 시작 부분에서 무자비한 개발로 인해 황폐해졌던 슈발리에 섬의 자연이 스스로 복원되는 것으로 마무리 된다. 챔피언데이지 나무들은 전투 치르듯 힘겹게 재기하고 있으며, 열대우림이 잘려나가는 바람에 서식지를 다른 섬으로 옮겨야 했던 앵무새들이 다시 섬으로 돌아와 챔피언데이지에 깃들면서 열대우림으로 힘들게 복구되고 있는 자연에 힘을 보탠다.

> 지난 30년간의 굴욕 끝에 챔피언데이지 나무들은 전투를 치르기 위해 결집하여 늘어섰다. 도미니크의 총을 피해 달아났던 야생앵무새들은 챔피언데이지 나무뿌리로 기어들면서도 위협을 느끼고 있었다. 낮이면 이 나무들은 가지를 뒤척였고 밤이면 언덕으로 진격했다. 새벽이 되면 새로운 대형을 이뤄 적의 잔꾀에 대항했다. 옆 도미니크 섬의 나무 형제들은 슈발리에 섬 챔피언데이지 나무들의 전투작전에 대해 전혀 무지했다. 도미니크 섬 나무들은 관광객들을 위해 개발된 열대우림에 살고 있기 때문이다. (274)

코로나19는 카리브 제도와 카리브해에 연한 중앙아메리카 지역의 푸드 시스템에 적지 않은 영향을 끼치고 있다. 지형적으로 태풍과 같은 자연재해에 취약한 이 지역은 콜럼버스가 이곳에 발을 내린 이후로 서구의 식민지로 전락하여 푸드 자원을 점유 당하고 푸드 주권을 상실한 채 서구의 푸드 시스템에 의존해 왔기 때문이다. 코로나 팬데믹으로 사람과 물자의 이동이 제한되면서 푸드 생산 활동이 위축되었고 외부로부터의 푸드 물자 공급 역시 원활하지 않게 되자 이 지역의 취약한 푸드시스템에 더더욱 어려움이 가중되어 왔다. 이러한 상황 속에서 이 지역에서의 푸드 주권을 되찾기 위한 노력이 새삼 주목 받고 있다.

카리브해 연안 국가인 니카라과의 원주민 여성들의 푸드 주권 회복 운동 이야기다. '슬로우 푸드 라만 라카'로 불리는 이 공동체는 니카라과의 북부 카리브해 지역의 원주민 자치주 소속 여성들의 모임으로, 이들 구성원은 건강에 유익하고 영양가 높은 전통 푸드 생산에 관심이 있거나 실제로 관여하고 있는 여성들이다. 1997년도에 출범한 이 모임의 목적은 친생태적 농사짓기와 푸드와 영양의 안정적 확보, 유기농 비료 생산, 생물학적 방제, 유기농법 실천에 있다. 이를 위해 이들 여성은 전통적인 지역 기반 농사지식을 교환하면서 푸드를 생산하고 자신들이 생산한 푸드를 지역 마케팅을 통해 판매하는 방식으로 전통적인 푸드시스템 복구를 위해 노력하고 있다.

앨버티나 솔리스라는 원주민 여성을 중심으로 운영되고 있는 이 슬로우 푸드 여성 공동체는 원주민 문화와 연관된 전통 푸드의 지속가능성 확보와 강화를 일차적인 목적으로 삼으면서 이를 통해 여성의 지위와 권리를 높이는 것에도 중요한 의미를 두어 왔다. 가부장적 원주민 사회에서 농업활동은 원주민 여성들에게 경제적 자율권을 높여주기 때문이다. 자치주 당국과 국제지원기구의 도움으로 이 공동체는 유기농 생산에 필요한 교육과 기술을 전수해오고 있으며, 자신들이 생산한 푸드를 피클이나 젤리, 소스로 가공하여 상품성을 높여왔다. 동시에, 자신들이 생산한 전통적인 푸드 재료가 지역에서 널리 소비될 수 있도록 함으로써 자신들만의 로컬푸드시스템을 구축하여 푸드 주권을 확보하는 데 노력해왔다. 대부분의 원주민 공동체가 그렇듯이, 솔리스가 속한 키살라야 원주민 공동체는 이 슬로우 푸드 공동체를 통해 원주민 고유의 미식 문화를 되살리고 보전함으로써 푸드를 통한 부족의 자부심과 정체성을 높이고자 한다. 지속가능한 방식의 안정적인 푸드 생산과 푸드 확보, 지역민의 건강, 생물다양성 보전 외에도 이 공동체는 지역시장과 음식점, 식품점, 지역행사, 관광을 통한 지역의 비즈니스 활성화로 지역의 경제적 소득 증대에도 관심을 갖는다.

이와 같은 방식으로 외부의 푸드시스템에 의존하지 않고 안정된 자체 푸드시스템으로 이 원주민 공동체와 인근 지역이 푸드의 생산과 공급, 소비가 원활하게 이뤄지는 푸드 주권을 확보함에 따라, 코로나19의 발생에도 불구하고 이 원주민 공동체의 푸드시스템과 푸드 주권은 아주 제한적인 범위에서만 영향을 받고 있다.

제1부 에필로그

코로나19와 지속가능한 푸드시스템에의 도전

코로나 팬데믹은 전 세계인의 일상의 모습을 바꿔놓았다. 특히, 일상에서의 푸드 확보의 어려움을 겪어온 사람들에게는 더욱 우려스러운 상황이 초래되고 있다. 최근 유엔식량농업기구(FAO: Food and Agriculture Organization)는 코로나19로 인한 식량수급 문제가 가중되고 있다는 점에 대해 우려하고 나섰다. 이미 국가 간, 지역 간, 계층 간 불평등과 기후변화로 인한 푸드 확보 및 공급 문제로 기아를 겪고 있는 사람들에게 이번 팬데믹이 상황을 더욱 악화시키고 있다는 것이다. 기아문제가 일차적으로는 식량부족으로부터 유래되지만, 보다 근저에는 현 글로벌푸드시스템이 자리 잡고 있다.

유엔세계식량계획(WFP, World Food Programme)에서 발간하는 2021년 7월 21일자 「2020년도 세계 식량 안전과 영양 상황 보고서」("State of Food Security and Nutrition in the World (SOFI) Report 2020")에 따르면[16], 팬데믹에 의한 경기 후퇴로 인해 기존의 6억9천 만 명에 달하는 세계 기아인구 수에 2020년도에만 8천3백만에서 1억3천2백만의 인구가 새롭게 추가될 것으로 예상된다. 유엔세계식량계획의 「2020 글로벌푸드 위기」("2020 Global Food Crises") 보고서에 따르면, 당장 조치를 취하지 않으면 심각한 기아에 빠질 인구만 해도 1억3천5백 만 명에 이르며, 2019년도에만 7천5백 만 명의 어린이들이 영양부족으로 성장장애를

---

16) WFP. "The State of Food Security and Nutrition in the World (SOFI) Report 2020." *World Food Programme*, 21 July 2020, https://www.wfp.org/publications/state-food-security-and-nutrition-world-sofi-report-2020. Accessed 1 August 2020.

겪고 있고 버려지는 푸드만 낭비되지 않는다면 1천7백 만 명은 기아상태에서 벗어날 것으로 계산하고 있다. 유엔식량농업기구와 유엔세계식량계획이 공동으로 조사해서 발표한 자료(2020년 7월)에 따르면[17], 이미 식량부족을 겪고 있던 나라 중 코로나19로 인해 상황이 아주 심각해진 나라는 27개국에 달하는 것으로 나타났다. 이들 "핫스팟 나라"에는 만성적인 식량부족과 기아를 겪고 있는 아프리카 국가만이 아니라 본 저서의 Chapter 2에서 다룬 캐리비언 제도의 섬나라들도 포함된다. 섬이라는 지형적 특성상 열악한 농사 환경과 과거 식민역사로 인한 푸드주권 상실로 인해 이들 섬나라도 푸드 수급을 거의 전적으로 글로벌푸드시스템을 통한 수입에 의존하기 때문이다.

코로나19가 이들 나라에 큰 영향을 끼친 것은 전 세계적으로 푸드의 총량이 줄어든 영향도 있지만 보다 큰 요인은 푸드산업시스템에의 의존 때문이다. 코로나19가 푸드 생산 자체에 준 영향은 사실 그리 크지 않은 것으로 보고되고 있다. 오히려 팬데믹 상황 발생과 같은 사태로 전 세계적으로 공급과 유통, 소비가 영향을 받을 경우 글로벌 푸드시스템이 제대로 작동되지 않는다는 점이 더 큰 영향을 끼친다. 식량자급률이 낮고 식량 수급을 글로벌푸드시스템에 의존하는 경우 자국의 경제상황 악화와 더불어 식량수급에 더욱 어려움을 겪을 수밖에 없다. 이러한 문제 해결을 위한 방법으로서의 식량 원조는 응급 처방에 불과하다. 더욱 근본적인 방안은 외부의 충격과 영향에 견딜 수 있고 지속가능한 지역 단위의 푸드시스템을 갖추는 일이다.

---

17) FAO. "New report identifies 27 countries heading for COVID-19-driven food crises." *Food and Agriculture Organization of the United Nations*, 17 July 2020, http://www.fao.org/news/story/en/item/1298468/icode. Accessed 1 August 2020.

아이러니하게도 코로나19는 그동안 표면에 드러나지 않았거나 크게 관심을 두지 않았던 글로벌푸드시스템의 취약성과 한계를 드러내 주면서 외부의 영향에 견딜 수 있는 지역 단위의 지속가능한 푸드시스템에 대해 진지하게 고려하도록 이끌어주고 있다. 예들 들어, 세계 식량 안전 보장위원회(CFS: Committee on World Food Security)[18])에서 현재 마련하고 있는 「영양을 위한 푸드시스템 자발적 가이드라인」("Voluntary Guidelines for Food System for Nutrition"[19])은 지속가능하고 외부 영향에 보다 잘 견딜 수 있도록 푸드시스템의 방향을 바꾸고 내용을 수정하는 다양한 방안을 제시하고 있다. FAO에서도 코로나19와 같은 글로벌 팬데믹에 대응할 수 있도록 새로운 푸드시스템을 적극적으로 모색하는 노력을 기울이고 있다.

---

18) 1974년 국제 연합체로 포럼을 구성하여 세계적 식량 안전 보장 및 물리적, 경제적 접근을 포함한 세계 식량 안전 보장에 관한 정책을 검토하기 위한 정부 간 기구로 설립되었다.

19) CFS. ""Voluntary Guidelines for Food System for Nutrition (VGFSyN): Drafts for Negotiations," *Committee on World Food Security*, 10 February 2021, http://www.fao.org/cfs/workingspace/workstreams/nutrition-workstream/en.Accessed 1 March 2021.

제2부

제2의 식탁

지역 농가 돼지고기와 흙감자 식단

전통 푸드 공동체로서의 푸드유역권 복원

"미국 전역에서 가장 큰 농산물 직거래장: 팜매치는 여러분 거주 지역에 있는 지역 농장에서 온라인으로 농산물을 구매하도록 도와 드립니다."

온라인 웹사이트 팜매치닷컴(FarmMatch.com) 홈페이지 문구다. 주말에 지역 단위로 운영되던 오프라인 파머스마켓, 즉, 지역 단위의 농산물 직거래장이 온라인으로 진화하고 있다. 이 홈페이지의 "푸드 찾기"를 클릭하여 '우편번호 넣기—농장선택—푸드 주문'이란 3단계의 절차를 거치면 선택한 농장에서 주문한 물품이 소비자에게 배달되거나 소비자가 원하면 직접 농장을 방문하여 찾아간다. 소비자 자신의 건강을 위한 고려에서 유기농의 신선한 푸드에의 관심과 푸드 탄소발자국을 줄이기 위한 소비자의 환경윤리 의식이 확산되면서 지역농산물 이용 운동 차원에서 지역마다 활성화되어왔던 파머스마켓(농산물 직거래장)이 이제는 온라인 매장에서도 활성화되고 있다. 팜매치와 같은 온라인 플랫폼이 등장하면서 소비자들의 지역농산물 이용 관심은 더욱 활성화될 것으로 보인다.

팜매치를 만든 맥스 케인(Max Kane)이 밝힌 동기는 두 가지다. 하나는 자신의 건강문제로 인한 지역농산물 의존이었다. 케인은 대다수의 미국인과 마찬가지로 평소 소금과 기름, 설탕 함량이 많은 미국식 식사를 해오면서 자가면역질환을 얻게 되었다. 이 질환이 자신의 식습관과 관련이 있다는 결론에 도달하자 그는 치료를 위해 식단변화 결심한다. 전문영양사의 도움으로 자신이 거주하던 지역에서 생산되는 신선한 푸드와 푸드 재료만으로 완전히 식단을 바꾼다. 그 결과 자가면역질환은 치료되었을 뿐만 아니라 체지방의 현격한 감소 등 여러 면에서 건강이 개선되었다. 식단변화를 통해 건강과 삶의 활기를 되찾은 자신의 경험을 다른 사람들과 나누고 싶은 마음에서 온라인을 통한 농산물 직거래를 구상하게 된 것이다.

두 번째 동기는 지역농산물 소비로 소비자들이 건강을 유지할 뿐만 아니라 좋은 먹거리를 생산하는 지역 농민들에게 경제적으로도 도움이 되어 지역의 경제와 문화, 공동체의 활성화에 이바지 하고자 함이었다. 케인은 팜매치 플랫폼이 단순히 생산자와 소비자를 연결해주는 데서 그치는 것이 아니라 가공식품과 글로벌푸드시스템에의 의존으로 희미해진 지역공동체 의식과 문화의 회복에 도움이 되기를 기대한다. 이를 위해 그는 플랫폼을 이용하여 소비자들이 구매하는 물품 목록이 커뮤니티 데이터베이스에 업로드 되는 앱을 구상 중이다. 가난한 지역에 사는 사람들 중 차가 없어 주문한 물건을 직접 찾아가지 못하면 이 앱을 통해 차를 가진 사람들이 대신 가져다줄 수 있도록 하기 위해서다.

"효과적이고 실질적인 방식으로 운영되는 팜매치는 우리가 의존하는 글로벌푸드시스템이 얼마나 취약한지를 드러내준다"는 케인의 지적대로 대안푸드시스템으로서 팜매치는 이미 그 역할을 톡톡히 해내고 있다. 미국 전역에 걸쳐 4만여 소규모 농가들이 이 팜매치 플랫폼을 활용하여 푸드를 팔고 있으며, 2020년 12월 기준 60만 건의 구매가 이뤄졌다.

글로벌 푸드산업과 푸드시스템 대한 대안푸드로서의 로컬푸드와 푸드유역권를 통한 지역공동체 문화의 회복이 [제2부]의 주제다.

글로벌 푸드산업 시스템의 대안으로 여러 방안이 제시되어 왔다. 푸드 생산과 소비에서 이들 방안은 각기 다른 초점과 지향점을 제시하지만, 이들의 주장은 한 가지 공통된 토대에 기초한다. 푸드유역권(foodshed)이다. 푸드유역권은 글로벌푸드시스템과 푸드산업이 초래하는 환경파괴의 문제를 극복하고 소비자들이 책임 있는 푸드 소비를 유도하기 위한 대안적인 지역 기반 푸드 생산과 소비 운동이다. 푸드유역권은 기본적으로 소비자들이 자신이 거주하는 지역에서 생산된 푸드를 소비하는 것을 기본으로 한다. 지역 생산물 기반 소비는 장거리 유통에 따른 탄소발자국을 줄이고, 소비자는 자신이 소비하는 푸드가 누구에 의해 어떻게 길러졌는지 관심을 갖게 된다. 푸드의 생산 이력이 지역소비자의 관심 영역에 들어옴으로써 생산자 역시 자신의 농산물이 누구에 의해 소비되는지를 알 수 있게 되고 그럼으로써 생산 과정에서 더욱 책임 있게 그리고 지속가능한 방식으로 푸드를 길러내게 되는 선순환 구조가 형성된다.

"농장에서 식탁으로" 운동으로 일반에게 인식되는 푸드유역권 실천은 규모나 중요성에서 푸드 유통에서 차지하는 비율은 아직은 미미하지만 이미 다양한 방식으로 생산자와 소비자를 연결해주고 있다. 생산자가 직접 푸드를 갖고 나와 판매하는 파머스마켓과 도로변 스탠드, 소비자가 농장이나 과수원과 같은 생산지를 방문하여 일정 금액을 내고 직접 수확하는 체험식 수확, 소비자가 생산자에게 미리 돈을 내고 안정적으로 재배할 수 있도록 하는 일종의 생산자-소비자 경제 파트너십인 '구독농업'(subscription farming)이 푸드유역권의 구체적 실천 예다. 소비자가 특정 농장의 수확에 가입할 수 있도록 하여 푸드시스템 내 생산자와 소비자를 보다 밀접하게 연결함으로써 생산자와 소비자가 농사에 따른 위험을 공유하는 '지역사회 지원 농업'(Community-supported agriculture, CSA) 역시 확장된 형태의 푸드유역권 실천이다.

이 푸드유역권 실천에는 목가주의적 삶의 태도가 담겨있다. 푸드유역권이 특정 지역에서 생산되는 푸드가 지역 내의 소비자에게 전달되는 푸드의 '흐름'을 지칭하는 지형학적 개념이라면, 목가주의는 계절 변화와 물과 초지를 따라 가축을 이동시키며 방목하던 자연에 맞춘 단순한 삶을 지향하는 생활양식으로서 한편으로는 은유로 다른 한편으로는 지역공동체에 기반을 둔 현대인의 섭생 실천과 삶의 구현방식으로 기능한다. 푸드는 전통적으로 지역공동체 정체성과 유지, 문화에도 중요한 역할을 해왔다는 점에서 푸드유역권에 담긴 목가주의 사고와 삶의 태도는 푸드의 생산과 소비, 이를 통한 로컬푸드 문화를 되살리고 글로벌푸드시스템에 의해 위기에 처한 지역공동체를 활성화하는 역할이 기대된다.

목가주의가 좁게는 개방된 초지에서 가축을 이동시키며 돌보는 자연의 절기에 따른 목동의 자연에서의 단순한 삶의 방식을 의미했지만, 자연과 소원해진 현대인들의 산업화 틀에 갇힌 삶과는 정반대의 자연의 질서와 순환에 따르는 삶의 양태를 지칭하는 이미지로서 문학과 예술에서 더욱 활발하게 제시되어 왔다. 자연과의 조화로운 공존과 시골 삶과 섭생의 행복을 다루는 푸드 서사에서도 유기농이나 텃밭 가꾸기, 푸드유역권은 목가주의 생활방식을 구현하는 실천방법으로 제시되고 있다. 목가주의 삶의 태도가 실제로 과거로의 자연회귀를 주장하는 것은 아니다. 자연과 단절된 현대인의 삶과 글로벌푸드시스템에 의존하는 섭생을 돌아보는 은유로써 기능하면서 특히 섭생과 관련하여 과거에 실제로 실천했던 경험을 되살리는 경우라면 회고조의 목가주의는 푸드 서사에서 현시대에 중요한 메타포가 된다. 『식품저장실 정치학』(*The Politics of Pantry*)에서 마이클 미쿨라크(Michael Mikulak)은 현대 푸드 서사에서 목가주의의 의미를 다음과 같이 지적한다.

> 노스탤지어어를 조건 없는 퇴행으로 간주하여 무시되어서는 안 된다는 점이 자명하듯이, 목가주의 역시 현대성으로부터 가상의 과거로 물러나는 것으로 간주하여서는 안 된다. 노스탤지어와 목가주의의 기능은 중요하며, 푸드와 관련된 문학스토리를 다루는 아주 많은 작품 속에 목가주의는 거의 예외 없이 자리 잡고 관심을 끌고 있다는 점에서 목가주의는 단지 이론적 근거로 배척되어서는 안된다. (101)

제2부의 Chapter 1 <섭생의 농업적 행위 – 웬들 베리의 농경살림 문화 회복하기>에서는 켄터키의 농장에서 그 지역 푸드유역권에 기반을 두고 목가주의 '농경살림' 경제란 신념과 철학을 일상의 삶 속에서 구현해온 삶의 철학자이자 작가, 영적 지도자로서 많은 존경을 받아오고 있는 웬들 베리(Wendell Berry)를 다룬다. Chapter 2 <푸드 로컬리티 회복과 실천 운동 – 게리 폴 나반의 푸드유역권 자서전 『섭생의 홈커밍』>에서는 애리조나의 소노마 사막에서 푸드 로컬리즘을 실천하고 푸드 로컬리티 회복 운동을 펼치고 있는 민속식물학자이자 작가인 게리 폴 나반(Gary Paul Nabhan)을 다룬다.

1 섭생의 농업적 행위
– 웬들 베리의 농경살림 문화 회복하기

| 프롤로그 |

"섭생은 농업적 행위다."

웬들 베리의 유명한 명제다. 농업을 의미하는 영어단어 'agriculture'가 '푸드에 관한 문화'를 의미한다는 점에서 보면 우리의 섭생은 본질적으로 문화적 행위다. 언제부턴가 섭생 행위에서 문화가 분리되었다. 가공식품 위주의 푸드산업 시스템이 생산과 유통, 소비를 지배하면서부터다. 이로 인해 푸드를 기반으로 지속되던 지역공동체 의식과 문화는 서서히 사라졌으며, 사람들의 건강문제와 온갖 환경문제가 수반되었다. 푸드의 생산과 유통, 소비를 지역에 기반을 두는 푸드유역권을 통한 전통 푸드 문화와 공동체 의식의 회복은 중요하며 환경보전과 인간의 건강유지 역시 푸드 유역권 실천과 깊은 관계가 있다. 베리의 명제가 지시하는 의미다. 다행히도 현대의 일부 농부들에게서 그 희망이 보인다. 뉴욕주 소재 에섹스팜(Essex Farm)의 크리스틴 킴볼(Kristin Kimball)이 좋은 예다. 『보그』지에 소개된 내용을 정리한다.1)

2003년도에 킴볼은 남편과 함께 낡은 농장을 사들여 시설을 직접 수선하고 80에이커의 땅에 가축과 각종 채소를 기르면서 에섹스팜을 시작했다. 지금은 자신들 소유의 500에이커의 땅과 인근의 임대한 800에이커의 땅에 가축과 채소만이 아니라 곡물도 기른다. 이에 그치지 않고 농장에서 나는 푸드 재료를 가공하고 단풍나무에서 시럽을 생산하며, 가축 사육 부산물인 지방을 이용하여 비누까지도 생산한다. 농지를 확장하여 생산을 늘리고 품목을 다양화하고 푸드 재료를 가공하여 제품으로 만들어내는 데는 이들 부부가 추구해온 온전한 지역사회 지원 농업 실천을 위해서다. 지역생산 푸드 공유를 기반으로 하는 지역사회지원농업이란 소비자가 특정 농장의 생산과 수확, 소비에 직접 참여하거나 후원을 통해 생산-소비 간 푸드시스템을 구축하여 지속가능한 농업활동과 공동체 문화의 형성에 기여하는 지역 기반 시스템이다.

대부분 지역 기반 CSA 농장이 가입한 회원들에게 자체 생산한 과일과 채소를 농사시즌 동안 주 단위로 제공하는 것과는 달리, 킴볼의 CSA 농장은 300명의 회원 가족에게 '풀다이어트'(full-diet)를 제공한다.

> "회원들은 농부들이 먹는 식단으로 먹게 된다. 두 세대 전 대부분 사람들이 먹던 방식이다. 제철에 특정 농지에서 재배된 가공하지 않은 유기농식품인 홀 푸드(whole food)를 철에 따라 일 년 내내 제공받아 감사와 풍성한 마음으로 섭생하게 된다."

---

1) Stephen Heyman. "Is Farming the Most Interesting Job in America? Kristin Kimball Makes a Case," *Vogue*. 4 Jan. 2020, https://www.vogue.com/article/kristin-kimball-good-husbandry-farming-memoir. Accessed 1 March 2020.

'풀 다이어트'에 대한 킴볼의 설명이다. "사람들에게 먹거리를 공급하고 친절하게 대하고 대지에 해를 가하지 않기"를 목적으로 삼는 킴볼의 농장은 이곳 지역사회에 푸드를 중심으로 새로운 공동체 문화를 가꾸어 가고 있다. '풀다이어트'에 회원으로 가입한 지역민 외에도 에섹스 팜은 에섹스 지역의 푸드뱅크와 학교식당에 식재료를 지원하고 있으며 일자리 창출에도 이바지하고 있다. 가공식품 과 글로벌푸드시스템이 디지털 문명이 지배하고 있는 작금의 시대에 농업과 푸드는 여전히 지역사회를 한데 모으고 사람들의 건강과 자연환경의 지속가능성에 이바지하는 지역 문화를 존속하는데 핵심적인 역할을 해왔던 과거의 전통이 여전히 유효하다는 점을 킴볼이 보여주고 있다.

현대 사회에서 "섭생은 농업적 행위다"의 명제 실천을 이끄는 데는 꼭 전문농부이어야 할 이유는 없다. 킴볼은 원래 뉴욕시의 미디어업계에서 활동하던 전형적인 도시인으로 농부였던 현재의 남편을 취재하던 중 사랑에 빠져 남편을 따라 농부의 길을 가게 된 경우다. 농장에서 일하고 농장을 가꾸면서 보람과 행복을 느끼지만, 도시인으로 살아오던 그녀로서는 시련의 시간이 없었던 것은 아니다. 끊임없이 이어지는 농장일과 경제적인 압박, 새로 태어난 아이를 위한 양육 환경에 대한 고민, 매년 발생하는 작물피해로 인한 손실과 허탈감 등으로 인해 농장 일을 그만두고 싶은 유혹 역시 반복적으로 일었다. 농장일과 경영에 따른 그와 같은 스트레스 요인이 지금이라고 크게 나아진 것을 아니지만, 이제는 자신의 인생을 관조할 수 있게 되었다.

"가장 중요한 것은 농장에서 일어나는 이 모든 상황을 피하지 않고 받아들이며 살아가야 한다는 점을 익히는 일이다. 이제는 농장이 가져다주는 보상만이 아니라 도전 역시도 즐기려고 하며, 아낌없이 주는 대지와 태양이 가져다주는 풍성함 속에서 유영하는 느낌인 균형 상태를 찾아가고 있다."

농장에서의 삶의 중간 회고록인 킴볼의 2019년도 책『굿 허스번더리』 (*Good Husbandry: A Memoir*) 제목의 본질적이고 미국문화 속에서 확장된 개념 적용이 Chapter 1에서 다루는 웬들 베리의 허스번더리, 즉, 농경 살림문화의 주제다.

1 오래된 미래 - 웬들 베리(1934-)의 삶과 농경사상, 작품

> 누구에게나 삶의 노정에서 바위투성이 해협을 건너가는 데 도움과 가르침을 주는 선지자가 있게 마련이다. 내 경우 가장 힘든 가시밭길이란 너무나 물질적인 세상에서 영적으로 가족을 부양하는 일이다. 그래서 나는 자신에게 이런 질문을 자주 던진다. '이 경우 웬들 베리라면 어떻게 할까?' (Peters 288)

미국의 대표적 자연작가이자 소설가 바버라 킹솔버의 말이다. 킹솔버가 애리조나주 투산에서의 도시 생활을 정리하고 남편과 두 딸과 함께 웨스트버지니아주의 가족농장으로 돌아가 푸드유역권에 기대어 온 가족이 함께 텃밭을 일궈 자급자족하고 그 밖의 필요한 푸드는 로컬푸드에 의존하며 지내면서 불편함과 번민, 어려움을 마주할 때마다 마음속에 베리를 소환하여 스스로 답을 구한다.[2] 베리는 자신의 신념과 철학을 일상의

---

2) 이때의 경험은 푸드유역권 자서전인『동물, 식물, 기적: 일 년 간의 푸드 삶』

삶 속에서 구현해온 삶의 철학자이자 작가, 문명비평가, 영적 지도자로서 킹솔버가 멘토로 삼듯 많은 존경을 받아온 인물이다.

베리는 켄터키주 헨리카운티란 농촌에서 태어나 생 대부분을 그 지역에서 지낸다. 그의 집안은 5대 째 그곳에서 농사를 지어왔으며 아버지도 변호사이면서 담배 농사를 지었다. 베리가 평생을 농사일과 농경문화에 관심을 두게 된 것은 어려서부터 집안의 농사 일을 도우면서 농촌의 삶과 가치, 농사일, 농경문화에 익숙했기 때문이다. 그는 켄터키 대학에서 학부와 대학원 과정을 마친 뒤, 뉴욕에 있는 대학에서 창작을 가르치던 3년 여를 제외하면 평생을 자신이 태어나고 성장한 지역에서 보낸 셈이다. 1965년 뉴욕에서 켄터키로 귀향하면서 고향 인근에 농장을 구입한다. 켄터키 대학에서 잠시 가르치기도 하지만 지금까지 직접 농장을 일구며 살고 있다.

베리는 직접 농사 일을 하면서 자신의 경험을 바탕으로 농본문화의 중요성을 글로 전도하는 명성 높은 작가다. 지금까지 25편의 시집과 16권의 수필집, 11편의 소설을 써온 다작가로서 이 글들은 거의 대부분 자신의 삶과 장소와 이웃에 관한 내용이다. 작품 수만이 인상적인 것은 아니다. 그는 월레 스테그너가 이끈 스탠포드대학의 유명한 창작 프로그램에서 전문 작가로서의 훈련을 받았던 만큼 글의 내용과 문체 또한 훌륭하다. 작가로서 만큼이나 베리는 시민운동 지도자로서도 인정받고 존중받고 있다. 시골 농촌에서 농사짓고 시간을 쪼개 글쓰기에 몰두해왔지만, 그의 사회에 관한 관심은 어느 사람 못지않았으며 글을 통해 자기 생각을 피력하거나 필요할 경우 직접 운동을 이끌거나 참가하기도 하였다. 물론 사회운동가로서 그의 관심은 다양했다. 켄터키 대학 재학시절 베트남전쟁 참

(*Animal, Vegetable, Miracle: A Year of Food Life*, 2008)으로 출간되었다.

전에 반대하는 성명서를 직접 작성하여 발표한다거나, 9.11사태 이후 부시 행정부의 국수주의적 국가안보전략을 비판하는 글을 뉴욕타임스에 전면광고 형태로 싣기도 했다. 하지만, 그의 주된 관심은 농경과 환경과 관련된 이슈에 집중되었다. 1979년에 인디아나주에 들어설 예정이던 핵발전소 건설 반대시위에 참여하고 핵발전소가 들어서는 안 될 이유를 「원자로와 가든」이란 글로 밝힌다. 2009년에는 D.C. 있는 석탄발전소 정문을 가로막는 시위에 참여하고, 여러 환경단체를 연합하여 켄터키주에 들어설 예정이던 석탄발전소 계획을 무산시키기도 한다. 그다음 해에는 주에서 추진하는 석탄광산 계획을 무산시키기 위해 주지사 집무실에서 시민단체 회원들과 연좌 농성을 벌이기도 한다.

베리가 가장 지속적이고 크게 관심을 가져온 것은 농경문화를 위한 시민활동으로 최근까지도 열정을 갖고 참여해 왔다. 2009년에 '랜드인스티튜트'(The Land Institute) 대표인 웨스 잭슨, '지속가능 농업 리오폴드 센터'(The Leopold Center for Sustainable Agriculture)의 프레드 커쉔만과 함께 베리는 D.C에 모여 농촌의 표토 상실과 환경파괴, 오염, 화석연료 의존, 농촌공동체 붕괴와 같은 문제 해결을 위한 농촌보호법 제정을 촉구하고 뉴욕타임스에 의견을 싣는다. 당시 75세의 나이인 2009년에 켄터키 루이빌에서 열린 '동물식별 시스템'을 둘러싼 청문회에서 베리는 농가를 대변하여 단호하게 견해를 밝히기도 한다.

그러잖아도 이미 허덕이고 있는 소농들에게 이 프로그램을 채택하도록 여러분이 강요한다면, 여러분은 먼저 경찰에 연락해서 나를 잡아가라고 해야 할 것입니다. 올 내 나이 75살로 가족 부양의무를 마친 사람입니다. 당신들의 프로그램을 반대하다 감방에 갇힌들 잃을 게 없는 사람입니다. 그러니 나는 그리 할 것입니다. 할 수 있는 모든 방법을 동원하여 나는 비협력자가 될 것입니다.[3]

베리의 삶과 글, 사회운동의 근간이 되는 핵심 사상은 농본주의다. 농업적 삶과 가치가 우리 문화의 근간이 되어야 한다는 점에서 그는 전통적인 농본주의를 따르면서도, '자연으로 돌아가자'식의 낭만적 이상주의에 함몰되지는 않는다. 그의 농본주의는 현대인의 삶에서 단절되고 결핍된 농경 실천과 올바른 푸드 문화, 섭생 실천을 회복하여 산업푸드시스템에 의해 초래되어온 온갖 생태환경 문제, 예를 들어, 단일 경작에 의한 농작물 다양성 감소, 거대 자본의 푸드 독과점, 농약과 비료의 과다사용에 의한 지력감소와 토양상실, 하천오염과 같은 문제 해결에 도움이 되고자 한다. 또한, 현대인들이 가공식품 푸드에 의존함으로써 초래되는 온갖 종류의 문제들, 예를 들어, 비만이나 당뇨병과 같은 건강문제와 유전자 조작 식품에 의한 건강 이상, 전통 푸드 문화 상실에 따른 공동체 상실과 붕괴 등이 그의 관심사다.

일견 원시 복고적인 것으로 보이는 베리의 농경살림에 기반한 삶과 사상은 현대 문화와 현대인들의 삶을 되돌아보게 해주며 앞으로 나아갈 방향에 대해 혜안을 보여준다. 폴란이 베리를 "이 시대의 예언자"라고 부르는 이유다. 베리의 글 중 먹거리와 농사, 농부, 농업에 관한 글을 모은 『온 삶을 먹다』(*Bringing It to the Table*) 서문에서 폴란은 자신의 여러 저서를 포함하여 오늘날 농사와 먹거리에 대해 전 국민적으로 전개되고 있는 대화의 주제와 통찰, 제시된 해결책 가운데 베리가 이미 70, 80년대에 힘주어 얘기하지 않았던 것은 거의 없다면서 독자에게 큰 관심을 받아온 본인의 글이 얼마나 초라한지 모른다고 고백한다. 폴란은 특히 베리에게서 자연과 문화를 이분법으로 보는 소로우식의 미국 자연사상 전통이 범한 오

---

3) Kristen Michaelis, "Wendell Berry Picks Jail over NAIS." *Food Renegade*, 18 June 2009, http://www.foodrenegade.com/wendell-Berry-picks-jail-over-nais. Accessed 1 December 2015.

류가 극복되었다고 진단하는 데서 이 시대의 예언자로 그를 추앙한다.

> 내가 직면한 이러한 소로우의 문제를 해결하는 데 도움을 준 이는 웬들
> 베리였다. 그는 미국인이 갈라놓은 자연과 문화 사이에 튼튼한 다리를 놓
> 아 주었다. 베리는 야생자연보다는 농장을 교재로 삼아, 나와 자연의 갈등
> 이란 언제나 화해가 가능한 연인사이의 사랑싸움 같은 것임을 가르쳐 주었
> 고, 대포를 동원하지 않고도 해결할 수 있는 싸움임을 알려주었다. 그는 야
> 생성을 '저 밖', 즉, 울타리 너머 숲으로부터 텃밭의 한 줌 흙이나 콩의 싹으
> 로 옮겨다 주었다. 그가 옮겨다 준 야생성은 보존만이 가능한 게 아니라 경
> 작도 가능한 것이었다. 그는 우리에게 더는 방관자가 아닌 어엿한 참여자
> 로서 자연으로 돌아갈 수 있는 길을 알려주었다. 나는 그의 글을 대부분 찾
> 아 만끽했는데, 나에게 그의 발언은 전혀 골동품 같지 않았다. 그 어떤 글보
> 다도 생생하고 유익했다. (12-13)

현대의 도회지 소비자들도 이 시대에 왜 농업적 행위가 여전히 필요하
며, 왜 자신들이 선택한 섭생방식이 정치적이자 환경적, 문화적 행위인지
폴란처럼 베리를 통해 깨닫게 될 것이다.

2 웬들 베리의 현대농본주의

2.1 섭생의 즐거움과 농경문화의 회복

웬들 베리는 음식이나 먹는 행위 그 자체에 대해서 큰 관심을 보이지는
않는다. 다작임에도 불구하고 섭생에 관한 글은 「섭생의 즐거움」("Plea-
sure of Eating")이라는 에세이가 거의 전부이다시피 하다. 그렇다고 베
리가 먹는 것의 중요성에 대해 무관심한 것은 아니다. 다만, 먹는 행위와

연관된 보다 크고 근원적인 문제, 즉, 먹거리는 어디서, 어떻게, 누가, 왜 기르는지, 소비자는 어떤 푸드를 어떻게 선택할 것인지와 같은 농업활동과 푸드 소비문화에 연관된 문제에 관심을 둔다. 푸드 소비자 관점에서 무엇을 어떻게 섭생할 것인지에 의식적인 관심을 기울이는 것은 베리가 말하는 현대적 의미의 농경문화를 이해하는 데 도움이 된다.

"섭생은 농업적 행위다"라는 그의 명제처럼, 베리는 우리가 음식을 먹는 행위가 단순히 배고픔을 해결하고 식도락으로서의 음식을 즐기는 데서 그치는 것이 아니라 그보다 훨씬 넓고 깊고 다양하고 포괄적인 의미를 지닌다는 점을 설파한다.「섭생의 즐거움」에는 위 명제에 대한 설명이 잘 나타나 있다.

> 섭생의 즐거움은 단순히 식도락의 즐거움이 아니라 **포괄적인** 즐거움이어야 한다. 채소가 자라는 자신의 텃밭이 건강하다는 점을 아는 사람은 커가는 작물의 아름다움, 예를 들어, 새벽 첫 햇살이 이슬에 비칠 때 텃밭의 아름다움을 기억할 것이다. 이런 기억은 푸드와 분리되지 않으며 분명 섭생하는 즐거움에 속한다. 텃밭이 건강하다는 점을 알게 되면 먹는 이는 마음이 편안해지고 자유를 느낀다. 육식의 경우도 마찬가지다. 좋은 초지와 송아지가 만족스럽게 풀을 뜯고 있는 장면을 떠올리는 것만으로도 스테이크 맛이 좋아진다. 직접 어려서부터 키워온 가축을 잡아먹는 일이 잔인한 짓이라고 생각하는 사람도 있을 것이다. 하지만, 그렇게 함으로써 우리가 먹는 고기가 어떤 동물에서 나온 것인지를 알게 되며 그 동물에 감사한 마음을 갖게 되는 것이다. 섭생의 즐거움에서 중요한 점은 음식으로 만들어지는 동식물의 삶과 그들의 세계를 정확하게 의식하는 일이다. 이 경우 섭생의 즐거움은 우리 건강의 가장 유용한 기준일 수도 있다. (*The Art of the Commonplace* 326)

현대적 개념에서 일반인들이 생각하는 먹는 즐거움과는 결이 확연히 다르다. 우리는 흔히 먹는 행위의 즐거움은 푸드의 맛에 달려있다고 생각한다. 하지만, 베리가 규정하는 섭생의 "포괄적 즐거움"은 푸드와 재료의 생산 환경과 어떻게 길러지는지 아는 데서 온다. 식물이든 동물이든 우리가 먹는 음식 재료가 누구에 의해 어디에서 어떻게 길러져 우리 식탁에까지 올라오는지, 즉, 푸드의 이력을 알고 먹는 것이 베리에게는 먹는 즐거움이다.

푸드 이력에 관심을 두는 것은 소비자 관점에서 단순한 먹는 즐거움을 넘어 정치적이자 윤리적 행위임을 베리는 지적한다. 그 이유는 소비자가 수동적인 입장을 벗어나 "책임 있게 먹는" 능동적 소비자가 되어 자신이 소비하는 푸드가 어떻게 만들어지고 어떻게 소비되어야 하는지 성찰하도록 해주기 때문이다. 푸드 소비가 안고 있는 문제점은 소비자의 푸드 소비 행태와 현대의 산업 푸드시스템에 있다고 베리는 지적한다. 현대의 소비자들은 다른 제품 소비와는 달리 먹거리에 대해서는 자신을 '소비자'로 생각하지 않고 있으며 그 점에 대해 인식조차도 못한다는 것이 베리의 진단이다. '수동적인' 푸드 소비자들은 사들이는 푸드가 어느 농장에서 누구에 의해 어떤 식으로 길러지거나 공장에서 어떤 방식으로 만들어지는지에 대해 거의 무관심하다. 이들 소비자에게 음식으로 만들어져 식탁에 오르기까지 먹거리는 "추상적 관념"에 불과한 대상일 뿐이다.

현대 푸드 소비에서 수동적이고 무비판적이고 의존적이며 먹는 일이 땅과 연결되어 있다는 단순한 이치를 망각한 소비자의 "문화적 기억상실증"은 식품산업의 의도와 맞아 떨어진다. 식품산업은 공장에서 기계를 이용하여 각종 약품과 화학물질을 첨가하여 만든 제품화된 먹거리를 편리하고 위생적이고 영양가 많은 식품으로 선전하면서 소비자들을 점점 더 가공식품에 의존적으로 만든다. 식품산업은 먹거리와 농사 사이의 연관성을 흐리거나 아예 단절시키는 방향으로 소비자들을 유도해왔다.

소비자들에게 자신들이 섭취하는 스테이크가 배설물과 성장호르몬, 항생제로 뒤범벅된 공장형 사육장의 비좁은 우리에 갇힌 비육우에서 나온 것임을 연상하지 못하도록 해왔으며, 식탁에 오른 양배추 샐러드가 독성 농약을 흠뻑 뒤집어 쓴 채 거대규모의 단일경작 방식으로 길러진 것임을 알아채지 못하도록 해왔다.

베리에게 먹거리의 정치학은 이와 같이 식탁에 오른 푸드와 푸드 자원 사이의 고의로 감춰진 연결고리를 들춰내어 소비자들에게 푸드 선택에서 그 연결고리를 의식하도록 하는 데 목적이 있다. 푸드 소비자로서 수동적인 입장을 벗어나 능동적인 태도를 보인다는 것은 먹는 일에 관련된 의식을 회복하고 "책임 있게" 먹는 것을 의미한다. 책임 있는 푸드 소비를 위해 베리가 제시하는 구체적인 실천 방안에는 먹거리 생산에 직접 참여하기와 음식 조리하기, 지역 생산물 구입하기, 농부와 직거래하기, 텃밭 관찰하고 가꾸는 법 배우기 등이 있다.

베리는 궁극적인 섭생의 즐거움은 푸드의 정치학과 윤리학, 실천 방안을 뛰어넘는 생태학적 원리와 종교적 심성에서 찾아진다고 한다. 이로써 푸드의 소비 운동이 단순한 사회운동 차원을 넘어 자연-인간 사이의 조화로운 관계라는 더욱 본질적인 심층생태학적 심성 회복까지도 염두에 둔다.

> 가장 충만한 즐거움을 누리는 섭생은… 우리가 천지만물과 연결되어 있다는 점을 심오하게 실천하는 데 있는 것이 아닌가 한다. 이 즐거움 안에서 우리는 의존적 존재임을 느끼고 감사를 체험하고 복으로 누린다. 우리는 신비로움과 이해할 수 없는 존재와 능력에 둘러싸인 채 삶을 영위하기 때문이다. (*The Art of the Commonplace* 326)

자신이 푸드의 의미를 생각할 때마다 떠올리는 시의 구절이라며 베리

가 미국의 시인 윌리엄 칼를로스 윌리엄스(William Carlos Williams)의
「더 호스트」("The Host")란 시로「섭생의 즐거움」을 마무리하는 것은 이
때문이다.

> 먹을 것이란 아무것도 없네
> 하느님의 몸 이외에는
> 원하면 찾아보아요.
> 은총 받은 식물과
> 바다, 그분 몸을
> 상상에 맡기네
> 온전한

2.2 생태공동체로서의 농경살림

베리식 섭생의 즐거움에 담긴 정신을 가장 잘 표현하는 개념은 그의
'농경살림'(husbandry)이란 용어다. 농경살림의 의미는 그의 『지상의 한
장소』(A Place on Earth)에서 잘 설명되고 있다. 이 책에 실린 「농경살림
새롭게 하기」("Renewing husbandry")란 글에서 베리는 어린 시절 그동
안 농사에 활용해 왔던 전통적인 방식인 노새 부리리던 일에서 트랙터를
직접 몰던 일을 떠올리며 농경살림의 개념을 끌어낸다. 농촌이 산업 농업
으로 전환되면서 높은 생산성만이 강조되는 기계화로 인해 생태계와 인
간공동체 간의 균형에 기초한 농장 본연의 성격이 변했으며, 가족과 장
소, 지역사회의 독립적이고 성실한 "대리인"으로서 농부의 의미가 퇴색
되었다고 지적한다. 그렇다고 베리가 기계화를 배척하고 옛날 방식으로
돌아가자고 주장하지는 않는다. 현실적인 방법도 아니기 때문이다. 다
만, 베리는 농촌이 기계화되었다 해도 농부는 자신이 다루는 자연 생명을
돌보는 태도를 여전히 유지할 수 있어야 하며, 그런 자세를 유지하려면

각별한 의지력이 필요하고 그 의지력을 지탱해줄 문화적 재원으로 든 것이 농경살림이다. 베리는 우선 농경살림의 어원을 밝힌다. '농경살림'이란 영어단어 'husbandry'의 어원을 '집 일을 돌보는 남자'(domestic man)가 하는 일에 둔다.

> 농경살림은 먼저 가정과 관계된 일로 가정과 농장을 이어준다. 농경살림은 아내의 일인 가사와 결부된 정교한 일이기도 하다. 농경살림을 이끈다는 것은 세심하게 이용하고 지키고 모으고 아끼고 보존하는 일이다. 옛날 방식을 돌아보면, 땅을 돌보는 것은 땅 농경살림, 흙을 돌보는 것은 흙 농경살림, 집안의 동식물을 돌보는 것은 동물 농경살림과 식물 농경살림으로 표현이 가능하다. 이들 살림은 가정을 꾸려 가는데 대단히 중요한 것들이다. 이전에는 가정이나 사람이 돌보는 동식물이 야생자연에 의존하고 있다는 인식이 있었기 때문에 야생자연의 길들지 않은 생명체를 대상으로도 인간이 일정 정도 농경살림을 행하거나 보살핌을 제공하려 했던 예가 있었다. 지금이라고 달라진 것은 아니다. 농경살림은 우리를 우리 주변의 장소와 세계에 연결해줌으로써 생명을 지탱시키는 모든 활동을 일컫는 용어다. 농경살림은 우리를 지탱시켜주는 생명의 그물망을 구성하는 모든 가닥을 지속적으로 연결된 상태로 유지해주는 일이다. (*A Place on Earth* 1104)

농경살림의 행위가 연결해주는 행위이고 농경살림이란 농경에 관련된 모든 요소가 이어져 있음을 가리키는 용어라는 베리의 지적처럼, 농경살림은 인간과 그들이 거주하는 장소를 연결해주고, 그들이 활동하는 농장, 더 나아가서는 인간을 부양해주는 자연의 모든 생명체와 전 자연계와 이어준다. 『지상의 한 장소』에서 아내와 가족, 농장, 공동체 그리고 대자연에 충실하게 농경살림을 실천하는 농부인 맷 펠트너가 "남편(husband)으로서의 인간"으로 불리는 이유다. 그는 자신이 키우는 가축을 공장형 사육시설과는 전혀 다르게 마치 가족을 돌보듯 온갖 정성으로 기르고 생명체로 존중해주는 농장 농경살림을 실천하고 있으며, 이러한 농경살림실천을 통해 자신은 마음의 평온과 큰 기쁨을 누린다.

　농경살림은 예로부터 농업에서 가장 핵심적인 요소였다. 농산물과 가축만이 아니라 농업의 토대인 땅 역시도 가정의 연장선상에서 돌봄과 보살핌, 정성으로 농부에 의해 존중되어 왔으며, 농사는 땅의 비옥함을 유지하기 위해 정성을 다해왔다. 하지만, 언제부터인지 유구한 농경살림의 전통이 농업에서 축출되어 버렸다. 농업에서 농경살림행위가 멈추고 농경살림 개념이 사라진 가장 큰 이유는 산업 농업의 도입 때문이다. 기계를 통한 대량생산만을 추구하는 산업 농업에는 땅에 대해서도 가축에 대해서도 농산물에 대해서도 농경살림 행위는 존재하지 않는다. 유기농업의 선구자인 영국의 앨버트 하워드(Albert Howard)경이 말하는 "흙과 식물과 동물과 사람의 건강을 하나의 큰 주제"로 인식하는 '흙 농경살림'은 산업 농업의 '토양과학'으로 대체되었다. 토양과학은 흙을 "생명 없는 모태," 즉 "토양화학이 작용하고 영양분이 이용 가능해지는 모태"로 대한다.

　객관적 실체를 규명하고 파악하려는 과학과는 달리 농경살림은 언제나 그 궁극적 대상이 신비의 영역에 속한 것임을 베리는 지적한다. "농가의 가장은 '관리자'나 객관성을 지향하는 과학자와는 달리, 본래 농경살림의 대상이 되는 복잡성과 신비의 영역 안에 있으며, 그래서 농경살림에 임하는 자세는 조심스럽고 겸손하다"(*A Place on Earth* 32). 예를 들어, 토양을 비옥하게 만들고 유지해주는 땅속 온갖 미생물과 식물 사이의 상호작용에 의한 생명공동체는 토양과학에 의해 온전히 밝혀질 수 없는 여전한 신비의 영역으로 농업의 과학적 접근과 기계화에 의존하는 산업 농업에서는 이해는커녕 관심이나 고려의 대상도 되지 않는다. 베리에게 농경살림이란 인간공동체와 자연의 생명공동체 양쪽에 관여하는 것으로 농부에게는 인간과 자연 사이를 중재하고 연결시켜주는 역할이 의무로 주어진다고 본다.

베리는 농부에 의한 농경살림이 이룬 가장 탁월한 두 가지 성취로 지역적 적응과 지역에 맞는 농장형태를 든다. 농경살림의 지역적 적응이란, 모든 야생동식물이 지역적 적응 과정의 산물이듯, 생존에 필요한 우선순위 전략으로 농사를 농장과 농토, 농가의 필요와 여력, 지역경제에 맞추려는 노력으로 본다. 지역 기반 농장형태는 지역적 적응과 매우 밀접한 관계를 맺고 있는 것으로 농장의 형태는 규모면에서 특정 장소에 어울리고 농장에서의 일과 그 장소의 생명체에 대해 농부가 갖는 마음에 호응할 수 있는 농장이다. 동물의 생명과 번식주기를 고려하며 작물과 가축이 균형과 상호부조의 관계에 놓이게 하며 생태와 농업경제, 가족과 이웃을 모두 고려하는 포괄적이고 통합적이고 지속가능한 것을 의미한다.

현시대에 와서 농경살림을 회복하는 일이 중요한 이유는 산업 농업에 의해 단순화되어버린 대상을 본래의 모습으로 되돌려 생태계의 건강과 농장, 인간공동체를 농업의 궁극적인 기준으로 다시 받아들여야 하기 때문이다. 베리에게는 농경살림 회복은 문화적인 도전이다. 농경살림회복 없이는 우리 사회의 붕괴를 막을 수 없기 때문이다. 붕괴를 피하기 위해서는 농경살림이 부여하는 모든 책무를 우리 각자가 자기 일의 맥락으로 받아들여야 함을 베리는 애써 강조한다.

2.3 생태주의와 개량 농본주의

생태주의와 농본주의는 일견 유사한 듯 보이지만 다르다. 두 관점 사이의 유사성은 도시 문명이나 과학에의 의존보다는 자연생태계의 이치와 원리를 우선시한다. 그런데도 둘 사이의 차이점은 유사점보다도 더욱 명확하다. 생태주의가 인간사회 구조에 대한 고려 없이 자연의 순환과 질서, 지속가능성을 최우선으로 두는 생태계 원리를 이상적 가치로 삼지만,

농본주의는 <인간세계 대 자연세계>의 이항구 조보다는 <도시문명 대 농촌문명>의 사회적 대립 항에서 시골의 사회·경제·문화적 구조와 농업행위, 농부의 신분과 삶을 이상적인 사회적 가치로 여긴다. 농본주의에 서는 자연환경과의 물리적 연결과 자연과의 조화를 중시하면서도 인간 의 삶과 양식이 우선되지만, 생태주의는 인간을 자연을 파괴하는 원흉으로 여기면서 탈인간중심주의 내지는 심지어는 인간혐오의 성격을 띠기까지 한다. 생태주의가 농업을 싸잡아서 반생태적 활동으로 규정하는 데는 이와 같은 각기 다른 방점 때문이다.

베리는 기본적으로 농본주의 입장을 견지하며 현대의 가장 대표적인 농본주의 사상가이자 실천가다. 그런데도, 베리의 농본주의는 배타성보다는 포괄적이며 생태주의와 상호보완적 특성을 보인다. 베리의 농본주의 특징과 그의 생태주의에 대한 생각은 「자연보존주의자와 농본주의자」("Conservationist and Agrarian," 2002)란 글에 잘 나타나 있다. 베리는 자신의 견해 선언으로 이 글을 시작한다.

> 나는 자연보존론자이면서 농부이며, 야생자연 옹호론자이면서 농본론 자다. 내가 세계의 야생자연을 지지하는 것은 야생의 생명을 좋아하기도 하거니와 그것이 세상의 생명체와 우리 인간에게도 필요하다고 생각하기 때문이다. 같은 이유로 나는 세계의 농림축산지의 건강성과 온전성을 지키기를 바란다. 달리 말해 세계의 농림축산 종사자들이 안정적이고 각자의 지역에서 잘 적응하고 자원이 보존되는 지역공동체에서 생활하기를 바란다. 그들이 진정으로 번영하기를 바란다. (『온 삶을 먹다』108)

베리는 자연보존과 농본주의 두 입장이 서로 갈라서서 계속 싸우기보다는 그들을 똑같이 패배시켜온 공동의 적인 제3의 세력, 즉, 땅을 착취하는 기업과 같은 자본주의에 대항해 힘을 합치는 것이 필요하다고 강조한다. 베리의 이러한 입장은 농림축산지와 인간공동체의 건강성을 고려하지 않는 지역 내 야생자연 보존 프로젝트에 대한 지지 철회에서도 드러난 다. 이로 인해 그가 관여해왔던 야생자연 보호 단체들로부터 비판과 오해 를 사기도 했지만, 베리로서는 자신이 지지해온 두 편이 사실 경쟁 관계 나 대립 관계가 아니라 상호 밀접하게 연관되어 있으며 공존 관계내지는 하나의 입장일 수 있다는 사실을 깨닫지 못해 안타깝게 여긴다. 그는 어떻 게 이 두 입장이 연결되어 있고 하나의 입장으로 정리될 수 있는지를 쌍방 향으로 정리한다. 베리가 둘 사이의 연관성을 철학적 명제나 당위성 관점 에서가 아니라 인간의 경제 관점에서 어떻게 하면 적절히 유지할 수 있느 냐의 질문에 둠으로써 현실적이고 실천 가능한 접근 태도를 보인다.

첫째 질문은 자연보존론자가 왜 농사에 관심을 가져야 하는가 이다. 그 가 제시하는 답은 단순하며 명확하다. 즉, 보존론자도 먹지 않고서는 살 수 없다는 사실로서 자신이 먹는 먹거리 생산에 관심이 없다는 것은 명백 한 부조리라고 본다. 도시에 사는 보존론자라고 해서 예외는 아니며 먹거 리 생산은 자신과는 무관한 농민의 일이라고 치부해도 책임을 면제받을 수는 없다는 것이다. 직접 생산에 관여하지 않는 사람들은 누구든 남을 시 켜서 농사를 짓고 있는 셈이기 때문에, 먹거리에 대해 똑같이 책임이 있 다고 본다.

> 보존론자는 먹거리에 대해 똑같은 책임이 있다는 사실을 인정하고 함께
> 책임을 지려고 할 때, 먹거리 문제가 자연의 안녕이라는 보존론자들의 본
> 연의 관심사와 직결됨을 확인하게 될 것이다. (『온 삶을 먹다』 111)

보존론자가 자신의 먹거리에 대해 무관심하고 아무 생각 없이 마트 제 품을 구매해서 먹는다면 푸드 산업의 먹거리 생산방식에 일조하는 행위 이며, 결국에는 푸드 산업시스템에 의한 각종 환경오염과 파괴에 가담하 는 셈이다. 역으로, 우리가 먹는 푸드의 이력을 따지고 친환경으로 기르는

로컬푸드에 관심을 두고 이용한다면 푸드를 재배하는 농민은 자연히 환경친화적인 방법으로 푸드를 생산해 낼 것이다. 농사를 땅에 맞추어 짓는 친환경적 농업은 지역의 생태계에 토대를 두며 이러한 농업활동은 지역 생태계와 환경에 도움이 된다는 점에서 보존론자를 포함한 도시소비자들의 먹거리에의 관심과 실천은 그 자체로 중요한 자연보존 운동이 된다. 이러한 관심과 실천으로의 변화는 유행처럼 그저 닥쳐오는 것이 아니다. 대규모 환경파괴가 진행될 때까지 마냥 기다린다고 해서 변화가 이뤄지는 것도 아니다. 관련자들의 공동 관심과 공동의 노력이 수반되어야만 가능하다.

> 이 변화는 소비자와 생산자, 도시 사람과 농촌 사람, 보존론자와 땅을 이용하는 자 등 많은 사람이 그 변화를 위해 차분하게 힘을 모으지 않으면 일어날 수 없는 일이다. 그런 면에서 보존론자는 농업에 관심을 가져야 하며, 건실한 농민들과 연대해야 한다. (『온 삶을 먹다』 116)

자연보존론과 농본론의 두 입장이 밀접하게 연결되기 위한 두 번째 질문은 농민은 왜 보존론자가 되어야 하는가이다. 농민은 인간의 경제가 자연과 만나는 접점에서 살아고 일하는 존재로, 이 접점은 보존의 필요성이 가장 명백하고 시급한 장소라고 베리는 설득력 있게 주장한다. 건실한 농민이 왜 형편없는 대가에도 농사를 건전하게 짓고, 좌절과 난관과 경제적 역경을 겪으면서도 자연의 청지기 노릇까지 하는 이유를 베리는 농부의 농사에 대한 사랑과 즐거움에서 찾는다. 즉, 농민은 노력에 대한 보상과는 별개로 "좋아서" 농사를 마다하지 않고 농장 생활이 마련해주는 독립을 좋아한다고 한다. 더불어, 농부들은 농한기나 시간적 여유가 있을 때 수렵과 채집 활동에서 즐거움을 느끼며, 이 즐거움은 보존론자나 야생자연 애호가가 추구하는 즐거움과 유사하다고 본다. 이 점에서 농민에게도 야생자연보존은 중요한 가치가 있다고 베리는 주장한다. 이 두 번째 질문에 대한 베리의 답변은 첫 번째 질문에 대한 답변보다는 현실성이나 설득력은 떨어지는 것이 사실이다. 농사짓는 것 자체를 즐기는 농민도 있을 것이며 수렵과 채집에서 여전히 만족을 느끼는 농민도 있을 것이다. 그러나 대다수 농민의 경우 농사로 인한 좌절과 난관, 경제적 역경을 겪게 된다면, 그 와중에 농사에 애착과 즐거움을 느끼고 농사를 통한 자연보존까지 마음을 쓰기란 쉽지 않을 것이다. 직접 농업활동을 해온 베리로서도 이 이외의 더 나은 답변은 내놓지 못하는 현실적 이유로 보인다.

중요한 점은 베리가 미국문화와 사고, 사회에 보편화한 자연보존론과 농본론 사이의 단절과 대립을 극복할 필요성을 절감했으며 스스로 양 진영에 발을 디뎌온 그로서는 그 간극을 교정할 현실적이고 실질적인 방법을 제시하지는 못한다 하더라도 문제를 지적하고 두 진영 간 상호이해와 접점의 필요성을 제기했다는 사실이다.

3 베리와 푸드유역권

3.1 푸드유역권

경제적인 측면, 즉 푸드의 생산과 유통, 소비라는 경제적 삶(economic life)의 관점에서 우리가 어느 위치에 있는지 제대로 알기 위해서는 먹고사는 경제적 삶의 영역을 좁히고 공급 라인을 줄여야 한다. 우리가 의존하는 먹거리가 나오는 곳에 가까이 살수록, 우리 자신의 경제적 삶에 대해 더 많이 알게 될 것이고, 자신의 경제적 삶에 대해 더 많이 알수록, 우리는 더욱 책임을 갖고 그 삶을 영위할 것이다. ("Conservation is a good work" 35)

베리는 푸드유역권이란 용어를 쓰지 않았지만, 자신의 근본적인 사상과 삶의 태도인 경제적 삶으로서의 농경살림을 요약하고 있는 위 인용문은 푸드유역권의 개념과 정신을 잘 요약하고 있다.

푸드유역권이란 용어는 최근의 로컬푸드 운동과 더불어 주목을 받아왔지만, 이 용어가 처음 사용된 것은 1929년 헤든(W.P. Hedden)에 의해서다. 뉴욕항만 통상국장이었던 헤든은 『대도시에서는 어떻게 푸드가 제공되는가』(*How Great Cities Are Fed*)란 저서에서 분수계에 견주어 푸드유역권을 설명한다. 분수계가 자연지형에 의해 물 흐름이 결정되는 것과는 달리 푸드의 흐름을 안내하고 조정하는 것은 주로 경제적인 요인으로, 푸드가 어느 곳에서 생산되고 어떻게 소비자들에게 전달되는지는 경제적 측면에 의해 결정된다고 한다. 헤든의 푸드유역권 개념은 별로 주목을 받지 못하고 잊혀 있다가 1991년 영속농업학자(permaculturist)인 아더 게츠(Arthur Getz)에 의해 재차 소개된다. 「도시 푸드유역권」("Urban Foodsheds")에서 게츠는 푸드유역권을 "공급구조에 의해 정의되는 영역"으로 정의하면서 현대도시에서의 푸드유역권은 과거의 지역 단위를 넘어 전 지구적 차원으로 확대되었다는 점을 지적한다. "현재의 푸드유역권의 뼈대를 표시하는 지도는 전 지구를 포함한다"(26).

'푸드마일리지'나 '탄소발자국,' '100마일 다이어트,' '로컬푸드 운동'과 같은 용어와 게츠의 '글로벌푸드유역권'이 잘 보여주듯, 푸드의 생산과 유통, 소비가 전 지국적으로 이뤄지고 있으며 이로 인한 사회경제적, 문화적, 환경적 문제가 더욱 가중되고 있는 현시대에 푸드유역권이란 개념과 의미는 진지하게 새겨볼 필요가 있다. 이 시대에 베리를 푸드유역권 관점에서 다시 소환하는 이유이기도 하다. 푸드생태학자인 잭 클로펜버그(Jack Kloppenburg)와 그의 동료들이 푸드유역권에 주목한 점도 같은 이유다. 「푸드유역권으로 들어서다」("Coming in to the Foodshed")란

논문에서 이들은 푸드유역권이란 용어가 지니는 즉각적이고 내재적인 매력을 다음 3가지 측면에서 제시한다. 첫째, 이 용어는 푸드가 어느 특정 지역으로 흘러 들어간다는 구체적인 이미지로 푸드시스템과 같이 복잡한 내용을 눈에 보이듯 간결하게 설명해준다는 점에서 대단히 유용한 용어다. 둘째, 분수계의 '물'이 '푸드'로 대체되는 이 용어는 문화 요소인 푸드가 자연 요소인 '권역'(shed)에 접합되어 장소와 인간, 자연과 사회의 통합이라는 개념 전개를 보여주는 중요한 은유로 작동한다. 푸드유역권 개념에서 이들이 가장 중요하게 생각하는 세 번째 매력은 이 개념이 "사고에서 실천으로, 이론에서 행동으로 이어지는 교량 역할"을 해준다는 점이다(34). 게츠의 푸드유역권 개념이 전 지구적 차원에서 푸드의 생산과 유통, 소비가 이뤄진다는 점에서 글로벌푸드유역권 현상을 밝혔다면, 클로펜버그는 글로벌푸드유역권의 문제점을 지적하면서 로컬푸드유역권의 필요성에 방점을 둔다.

베리가 푸드유역권이란 용어와 개념에 대해 인지하고 있었는지는 알수 없으며 그의 글에서도 이 용어가 발견되고 있지는 않지만, 베리의 농본문화에는 헤이덴과 게츠, 클로펜버그가 전개하는 푸드유역권 개념과 관점이 다 같이 들어있다. 헤이덴이 푸드유역권이 경제적 요인에 좌우된다고 본 것처럼, 베리의 로컬에 기반을 둔 '홈 경제학'은 로컬푸드 실천에 토대를 둔 개념이며, 게츠의 '글로벌푸드유역권'은 베리가 새로운 농본문화 극복하고자 하는 대상이다. 지역 기반 연결인식과 지역에 대한 책임인식을 중시하는 클로펜버그의 '로컬푸드유역권' 실천은 그 자체로 베리의 농경문화의 기본사상이자 실천 강령이다. 새로운 농경문화에 드러난 베리식 푸드유역권 개념과 실천을 푸드의 흐름인 생산으로서의 농경 활동, 분배와 유통으로서의 지역 먹거리 자급자족과 나눔, 그리고 소비로서의 생태적 섭생과 환경이란 세 관점에서 고찰한다.

3.2 생산의 도덕경제 - 푸드유역권 농경

클로펜버그는 푸드유역권이 실천되고 있는 지역 커뮤니티에서 나타나는 여러 특징을 설명하면서 그 첫 번째 특징 혹은 원칙으로 도덕경제 (moral economy)를 든다. 도덕경제란 영국의 역사학자인 톰슨(E.P. Thomson)이 제시한 용어로 "자유 시장 체제에 맞서 사회적 혹은 도덕적 측면에서 의미를 지니는" 교환을 의미한다. 클로펜버그는 푸드 생산과 연관하여 이 용어를 "'효율성 추구'라는 일반적인 좁은 의미의 경제학적 정의가 아닌 인간의 필요성 내에서의 푸드 생산"으로 재정의한다(7). 이 도덕경제는 지역커뮤니티의 이상적인 작동원리인 상호성과 상호호혜, 공정성에 기반을 두며, 도덕경제에서 푸드 생산의 주된 목적은 이익의 극대화가 아닌 푸드유역권 지역민에게 푸드를 제공하는데 있다. 푸드유역권 도덕경제는 푸드가 단순히 먹고사는데 필요한 소비품목의 하나가 아닌 지역민들을 하나의 공동체로 모으고 서로서로 관계를 맺어주는 중요한 수단이며, 자급자족적 푸드의 생산과 유통, 소비를 통해 지역공동체를 재활시키는 역할을 한다. 톰슨이나 클로펜버그의 도덕경제 개념에서 '도덕'은 인간사회에만 적용되지만, 푸드유역권 내에서 도덕경제의 도덕은 인간과 더불어 자연환경에도 적용된다. 즉, 푸드유역권 내에서 경제활동은 지속가능성을 고려하여 자연환경에 최대한 피해가 가지 않는 방식으로 행해진다는 점에서 자연에 대한 배려와 존중이 중시되며 자연 역시도 '도덕적' 대상이 된다.

푸드 생산 활동에서 지역 커뮤니티의 자급자족과 자연환경에의 배려 정신을 담고 있는 도덕경제 개념은 베리의 농본경제 사상에서 가장 잘 드러나며, 기계화와 과학화, 산업화가 점령한 현시대의 농경 조건과 환경에서 그의 농본경제 사상은 이미 살펴본 농경살림과 더불어 생태공동체라는 개념에 잘 담겨있다. 농촌 지역경제와 삶, 문화를 이해하는 데 핵심이 되는 베리의 두 개념에 대해 이영현은 다음과 같이 정리한다.

> 베리가 말하는 생태공동체는 농촌 지역에 근간을 둔 자영농 중심의 공동체이며, 그 공동체는 인간은 물론 자연과 비인간 동물을 모두 포함한다. 이 공동체의 주된 운용원리가 바로 농경살림이다. 본래 남편(husband)이 하는 일을 뜻하는 '허스번더리husbandry'의 의미는 '가정 경제'(domestic economy)로서 낙농과 양계 등 농업, 경작, 절약, 관리를 포함한다. 이 사전적 의미에 잘 나타나 있듯이 공동체의 농경살림에 관한 논의는 결국 경제문제로 귀착된다. (1)

생태공동체가 자영농 공동체의 특징이고 농경살림은 그 공동체의 운용원리로서 푸드유역권에 기반을 둔 영농활동, 즉 푸드의 생산 활동에 적용된다. 생산의 극대화에만 초점을 맞추는 산업 농업으로 인해 생태공동체의 토대가 되는 농경살림 전통은 대개 사라졌으며 장소와 가족과 지역 사회의 독립적이고 성실한 대리인이었던 자급자족적 농부는 이제는 산업 농업의 "경제 대리인"으로서 전락하고 말았다고 베리는 한탄한다.

베리가 산업 농업이 지배하는 현시대에 농경살림을 다시 꺼내 든 이유는 농경의 기계화와 산업화 속에서도 농부로서 건실하게 농사를 짓고 자신이 대하는 생명을 돌보는 농경살림의 의미를 되살리는 것이 중요하며 농부가 의지력만 갖는다면 되살릴 수 있다는 신념에서 비롯된다. 농경살림을 되살린다는 것은 무엇을 의미하는가? 농경살림은 농업의 자연적이고 인간적인 모든 수단을 본래의 모습으로 되돌리는 것을 의미하며, 이를 위해서는 생태계의 건강과 농장과 인간공동체를 농업의 궁극적인 기준으로 다시 받아들이는 것이 필요하다고 베리는 강조한다.

농경살림은 되살리는 것만으로 충분하지 않고 지속가능해야 한다. 어렵게 되살린 농경살림이 참된 농경살림으로 지속하기 위한 방법으로 베리는 지역적 적응과 기역 기반 농장형태를 제시한다. 앞서 살펴보았듯이, 지역적 적응이란 "농사를 농장과 농토에, 농가의 필요와 능력에, 지역경제에 맞추는" 일이며, 지역 기반 농장형태란 "장소와 그곳의 생명과 일에 농부가 마음으로 대하는" 방식으로 작물과 가축, 생태계와 지역 커뮤니티 간의 유기적 연결과 관계성을 고려한 농장이다(『온 삶을 먹다』35-36).

베리는 「농업문제는 농업으로 풀자」("Agricultural Solutions for Agricultural Problems," 1978)에서 보다 구체적으로 농업에서 농경살림 정신을 되살리는 4가지 방법을 제시한다. 인간의 건강과 생태계를 해치고 농촌경제와 문화를 붕괴시키는 산업 농업에 맞서 "먹거리 생산의 건강성을 지키고 증진할" 베리의 접근법은 시장이나 정책과 같은 내용이 아니라 농사 본연에 관한 것으로 농장에서의 실천에 초점이 맞춰져 있다. 첫 번째 방법은 규모다. 산업 농업의 온갖 폐해가 이익의 극대화를 위해 기계화에 기반을 둔 최대의 생산을 추구하는데서 오기 때문으로, 농경살림 정신에 기반을 둔 농업에서 농토의 크기는 농업적으로 매우 중요한 문제다. 농토가 너무 크면 농부의 관심과 애정과 돌봄이 미칠 수 있는 한계가 있으므로 적절한 규모가 요구된다. 둘째는 균형이다. 관리가 생산을 따라갈 수 있도록 사람과 땅 사이의 적절한 비율이 요구되며, 식물과 동물 사이의 적정 균형도 필요하고, 생산을 감소시키지 않으면서 생산할 수 있는 농장의 수용력을 고려한 균형이 중요하다. 셋째는 다양성이다. 자연과 실용성의 한계 내에서 다양한 종류와 종을 기르는 것이 필요하며, 농촌과 도시와 같은 인간 커뮤니티에서 그에 걸맞은 지역 자급력이 이뤄지도록 다양한 형태의 맞춤식 농업이 필요하다. 넷째는 농산품의 질이다. 푸드의 질은 소비자의 신체적 및 정신 건강과 문화에 중요한 요소로 농경살림에서 반드시 되살려야 할 요소다. 베리가 제시하는 위 네 가지 방법은 농경살림 정신에 기반을 둔 농사의 방법과 태도로 결국 푸드유역권에 근거한 생산의 도덕경제를 반영한다. "건실한 생산은 건실한 농사의 결과일 뿐이니 말이다"(『온 삶을 먹다』63).

산업 농업이 농촌의 전통적인 농법을 대체하고 농촌경제와 문화를 탈바꿈시킨 현 시대적 상황에서 베리의 농경살림에 기반을 둔 농본경제 부활 주장은 다소 낭만적으로 보이기도 한다. 얼핏 보면 이러한 옛 방식은 산업 농업의 효율성 및 생산성과 경쟁은커녕 공존할 수 없어 보이기 때문이다. 베리도 이점을 충분히 인지한다. 그가 지역적 특수성과 생태적 조건을 고려하는 지속가능한 농업을 강조하면서도 농민들의 생계 지속가능성을 함께 강조하는 이유다. 전문가와 정치인만이 아니라 일반 대중과 농민단체들도 이제는 지속가능 농업의 중요성에 대해 상당히 인식이 높아졌지만, 베리에 따르면, 정작 농장과 농민, 농가와 농촌 지역사회의 경제적 지속가능성 문제는 충분히 주목받아오지 못했다고 지적한다. 「집중의 어려움」("Stupidity in Concentration," 2002)에서 베리는 이 점에 대해 다음과 같이 말한다.

> 분명히 해야 할 것은, 지속가능한 농업을 실현하자면 농사짓는 사람의 생활과 생계가 지속가능해야 한다는 점이다. 땅을 이용하고 돌보는 사람이 번영하지 못하면, 땅도 번영할 수 없다. 생태적으로 지속가능한 환경을 조성하기 위해서는, 필요한 지식과 기술을 보존해줄 복잡한 '지역' 문화가 있어야 한다. 그러기 위해서는 그 지역에 자리 잡고 어려움 없이 안정된 생활을 누리는 농민이 충분히 있어야 한다. 분명한 것은, 경제적 어려움으로 농민인구가 계속 줄어들고 이주노동자 인구는 계속 늘어나는 추세 속에서는 농업이 지속가능해질 수 없다는 점이다. (『온 삶을 먹다』47)

농촌의 전통적인 소농들이 생활을 영위하고 생계를 꾸려나가는데 어려움을 겪는 이유는 단순히 산업 농업과의 경쟁에서 밀렸기 때문만이 아니다. 그들의 전통적인 삶의 가치와 양식이 산업적 가치로 대체되었기 때문으로 베리는 본다. 농민이 산업경제라는 "사기도박장"에서 헤어나는 길은 농촌에서 이웃과 공동체를 되살리는 일이며, 이렇게 될 때 농민들의 생활과 생계 역시 나아질 것으로 본다. 「가족 농을 옹호한다」("A Defense of the Family Farm," 1986)에서 베리는 그 사례를 국가적으로 어려운 시기에도 꿋꿋하게 버텨내며 번창해온 소농들의 공동체인 미국 내 아미시 부족4)에서 찾는다. 아미시 공동체의 중요한 원칙들은 베리식 농경살림 경제를 실천하는 전통 농업의 특징과 겹친다. 이웃과 함께 농사짓는 방식 고수하기와 요리, 농사, 가사, 주택에 관한 기술전수, 기술이용을 제한하여, 이용 가능한 인력이나 태양광, 풍력, 수력 같은 무료 에너지원 이용, 농장을 작은 규모로 제한하여 이웃과 의좋게 농사짓기, 실용적인 기술이자 영적인 수양으로의 존중하기 등이다(『온 삶을 먹다』85).

베리는 이와 같은 아미시의 농경살림 경제 모습을 「엘머 랍의 터전」("Elmer Lapp's Place," 1979)에서 구체적으로 그리고 있다. 이 글은 베리가 펜실베니아주 랭커스터 아미시 마을에 있는 농부 엘머 랍의 농장을 직접 방문하여 대화하고 목격하고 체험한 내용이다. 랍은 83에이커 면적의 농장에 장남과 함께 집을 직접 짓고 장남 가족과 함께 살면서 젖소와 말을 기르고 농지를 가꾸며 살고 있다. 베리는 랍 농장과 그들의 생활을 지켜보면서 이 농장이 소규모 농장으로서 번창하는 데 필요한 패턴을 발견하여 구체화한 사실을 알게 된다. 그 패턴은 다음과 같이 정리된다. 첫째, 영

---

4) 아미시(Amish)는 독일에서 미국으로 이주해 온 기독교 한 종파로 주로 펜실베니아주에 정착해서 현대 문명인 전기나 수도, 자동차를 사용하지 않고 옛날 방식으로 생활하며 주로 농사를 지어 자급자족적인 공동체 삶을 영위한다. 필자가 공부했던 펜실베니아주 인디아나에도 아미시 마을이 있어서 가끔 방문하여 그들의 생활을 엿볼 기회가 있었다.

리상의 패턴이다. 농부 랍은 자신의 마을이 '관광지'로서 농장에 관광객을 견학시키면서 수입을 얻기도 하지만 주업인 젖소와 말, 그 밖의 소규모 가축을 제대로, 그리고 제때에 활용하여 농장의 주 수입을 지속해서 올리는 패턴을 활용한다. 둘째, 자급자족 패턴이다. 랍은 전통농부로서 그의 농장은 집이자 삶이자 생활양식이다. 그의 가족은 전통에 따라 농장에서 채소와 곡식, 꿀, 계란, 과일, 육고기 등 생계에 필요한 거의 모든 푸드를 직접 길러 자급자족하며 우유도 직접 생산해 마신다. 랍의 가족 단위의 자급자족 패턴은 그의 마을 단위의 패턴이기도 하다. 이 마을에서는 마트에서 물건을 사야할 경우도 도시의 대형 슈퍼마켓이 아닌 마을의 작은 가게를 이용한다. 셋째, 땅 농경살림 패턴이다. 농장 생산력에서 가장 기본은 땅을 잘 돌보는 일로 랍의 농장에서는 작물 돌려짓기와 축분거름 사용을 통해 토양을 비옥하게 유지하고 보전한다. 넷째는 친생태학적 패턴이다. 자연을 모방하며 자연의 다양성을 사랑하는 것이 최고의 농부라는 하워드 경의 말대로 랍은 농장 땅을 최대한 효율적으로 이용하면서도 자연의 순리에 따르며 생명다양성을 존중한다. 그가 가능하면 트랙터 대신 말을 이용하여 농사를 짓는 이유이기도 하다. 그는 천성이 자연의 생명체들을 좋아해서 자신의 농장을 찾아오거나 농장에서 서식하는 동식물, 곤충, 조류 등 모든 생명체를 소중하게 다루기에 그의 농장은 풍부하고 다양한 생물로 가득하다. 베리의 말대로, 랍이 훌륭한 농부인 이유는 자연을 좋아하는 마음 덕분에 그의 지혜로움과 그의 장소가 "절묘하게 만났기" 때문이다.

그의 삶터가 사리에 맞는 장소가 된 건 그런 까닭이다. 이 농장의 모든 패턴은 결국 하나의 생태적 패턴으로 모인다. 이 패턴은 한 '집안'과도 같이 여러 구성원이 서로 이어져 있으며, 전체는 자연 및 세계와 이어져 있다. 그가 좋아하기 때문에, 그가 즐거워하고 애정을 느끼면서 이치를 알기 때문에

가능한 일이다. 생태적 패턴은 즐거움의 패턴이다. (『온 삶을 먹다』 215)

결국, 엘머 랍의 농장이 보여주듯, 거대한 산업 농업이 생산과 유통을 지배하는 현시대에 소규모 농장이 살아남아 경쟁력을 갖출 수 있으려면 푸드의 생산과 삶의 패턴에서 푸드유역권에 기반을 두고 베리식 농경살림 경제를 실천하는 것이 중요하다는 점이다. 푸드유역권농경살림 경제는 푸드 생산만이 아니라 푸드의 유통과 분배, 소비와도 밀접한 연관을 맺고 있다.

3.3 유통·분배의 지역경제 - 푸드유역권 조달과 음식나눔

푸드의 유통과 분배 차원에서 푸드유역권은 지역공동체의 자급자족을 장려한다. 진정한 의미에서의 식량의 안정적 확보와 유지를 보장하는 방법은 지역공동체 내에서 자급자족하는 것만이 유일하다. 이를 위해서는 공동체 내에서 푸드를 생산할 수 있는 충분한 경작지를 유지하는 것과 더불어 생산한 산물을 최우선으로 공동체 구성원들에게 충분히 공급하는 일이다. 이렇게 공동체 내에서 생산과 분배, 소비가 이뤄짐으로써 푸드 자급자족에 기반을 둔 지역경제가 가능해진다.

베리에게 지역경제(local economy)란 그의 농본사상과 농본문화를 가능하게 해주는 개념으로 경제의 구성요소인 생산과 분배, 소비 영역을 모두 포함하고 있으면서도 지역 기반 생산이 소비와 별개로 존재할 수 없다는 점에서 푸드의 유통과 소비 측면에서의 지역경제를 강조한다. 베리에 따르면 자본주의 시장경제인 토탈경제(total economy)로부터 사람들이 경제적 안전과 자유를 지키기 위해서는 정부에 의존하지 않고 스스로 방법을 찾아야 하며, 지역경제 개념을 익히고 실천하는 것만이 유일한 방법이라고 본다. 그는 지역경제가 이미 일부에서 실천되고 있다면서 다음과 같이 그 특징을 설명한다.

사람들은 생산자와 소비자 간의 거리를 좁히고, 직접 연결하고 지역경제 활동이 지역 커뮤니티에 도움이 되는 방법을 모색하고 있다. 이들은 지역 소재 타운과 도시의 소비경제를 활용하여 지역 농가와 농촌공동체의 생계를 유지시키고자 한다. 소비자들은 자신들이 소비할 푸드의 질과 종류에 관심을 가짐으로써 영향력을 행사하고 지역 자연경관을 보호하도록 지역경제를 사용하기를 원한다. 지역 커뮤니티의 모든 사람에게 자신들이 사는 지역의 발전과 건강, 아름다움에 직접적이고 장기적인 관심을 두도록 한다. 이러한 방식이 현재의 토탈경제를 덜 토탈스럽게 만드는 유일한 방법이다. (*The Art of Commonplace* 259)

지역경제 아이디어의 두 가지 원칙인 '이웃공동체'(neighborhood)와 '자경자급'(subsistence) 개념은 푸드유역권의 로컬푸드 유통과 분배 실천을 보여준다.

독자 생존 가능한 지역 이웃공동체에서는 지역민들은 자신들이 공동체를 위해 할 수 있는 일이나 제공할 것이 무엇인지 스스로 묻고, 자신들과 장소가 제공할 수 있는 것이 무엇인지 답을 찾아낸다. 바로 이것이 이웃공동체의 실천이다. 이 실천은 일정 부분 자선적 성격을 지니기는 하지만 동시에 경제적인 일이어야 한다. 경제적인 부분은 공정해야 하며 온당한 가격 매김에 의미 있는 자선요소가 들어있는 것이다.

지역에서 필요한 모든 것이 지역에서 생산될 수는 없다. 하지만 독자 생존 가능한 이웃이란 커뮤니티이며, 이 커뮤니티는 공통적인 가치를 중시하고 지켜나가는 사람들로 구성된다. 이것이 자경자급의 원칙이다. 독자 생존 가능한 농장처럼 독자 생존 가능한 커뮤니티는 스스로 생산할 수 있는 양과 수용력을 유지한다. 스스로 생산할 수 있는 것은 외부에서 들어오지 않으며, 생산해 낸 것은 지역에서 수요가 다 채워질 때까지는 외부로 팔지

도 않는다. (*The Art of Commonplace* 260)

지역에서 생산한 푸드를 지역 내에서 소비하는 푸드 자급자족은 건강한 커뮤니티의 조건임을 베리는 내세운다. "지역 기반 커뮤니티가 건강하기 위해서는 지역농산물에 가치를 부여하고 지역에서 필요한 푸드를 자체 공급하며, 푸드와 에너지, 즐거움, 기타 기본적인 필요성을 충분히 자급할 필요가 있다"(2011; 203). 건강한 커뮤니티에 요구되는 조건으로 이와 같은 인간의 삶에 요구되는 요소의 자급적 충족과 더불어 베리는 자연환경 역시 중요한 조건으로 본다. 푸드유역권 커뮤니티가 푸드 자급자족에 기반을 두고 있는 만큼 푸드를 생산하는 땅과 지역 기반 삶을 영위하는 사람들에게 자연환경은 대단히 중요하기 때문이다. "한 장소가 잘 보존되고, 그곳에 소속된 사람들과 자연환경이 그 장소를 기반으로 삼고 있고, 인간 경제가 그 장소의 자연과 실질적인 조화를 이루고 있다면, 그 커뮤니티는 건강하다.... 건강한 커뮤니티는 지속가능한 커뮤니티이며 자급자족율이 상당한 정도에 이른다"(*The Art of Commonplace* 202).

푸드 자급자족과 자연환경을 고려하는 건강한 푸드유역권 커뮤니티의 모습은 베리의 소설에 자주 등장하며, 이러한 커뮤니티에서 공통으로 드러나는 특징은 음식 나눔 문화다. 2004년 작 『그 먼 땅』(*That Distant Land*)은 산업화로 농촌공동체가 무너지기 이전의 옛날식 가족생활을 이어가고 있던 시절의 농촌 삶을 다룬 소설이다. 이 소설에 실린 「자리를 보다」란 이야기는 프라우드풋 집안의 푸드 이야기를 다룬다. 가장인 앤트니와 아내 모오는 연로한 나이에도 불구하고 가을이면 직접 기른 가축을 잡아 훈제 저장고에 가득 보관하고 밭에서 기른 농작물은 절이고 말리고 밀봉하여 보관한다. 이들 노부부가 먹거리로 만드는 양은 "일개 부대를 먹일"만큼 넉넉하다. 가족 모임 뿐만 아니라 이래저래 찾아오는 사람들에게 후하게 대접하기 위해서다.

> 프라우드풋 집안의 가족 모임은 유명했다. 진수성찬으로나, 귀한 것들이 두루 푸짐한 것으로나 어디 비할 데가 없었다. 특히 여름에는 더 그랬다. 그즈음이면 충분히 오래 저장한 햄과 닭튀김과 그레이비, 두세 종류의 생선, 뜨거운 비스킷 빵과 세 종류의 옥수수빵, 감자와 콩과 구운 옥수수와 당근과 사탕무와 양파, 옥수수 푸딩과 볶아서 크림에 버무린 옥수수, 삶아서 소스 섞어 구운 양배추, 익혀서 저민 토마토, 식초에 막 절인 싱싱한 오이, 서너 종류의 피클이 있고 늦여름일 경우 수박과 멜론도 있으며, 각종 파이와 케이크와 과일 푸딩도 있고 우유와 커피도 넉넉했다. 게다가 큼지막한 대여섯 개의 도자기 주전자가 스파이들 사이에서 오가듯 은밀하게 한 어른에서 다른 어른에게로 옮겨 다니고는 했다. 그 시절, 냇가에 있는 너른 옥수수밭을 가진 프라우드풋 부부의 집은 뛰어난 맛의 위스키로도 유명했다.
> 그러니 이 집에 모임이 있으면 오는 사람도 참 많았다. 일가족에게 모임이 있다는 소식을 전하면 소문을 듣는 사람이 있기 마련이었고, 프라우드풋 집안의 피가 한 방울이라도 흐르는 사람이면 찾아오고는 했다"(『온 삶을 먹다』251).

베리의 작품 중에서 아마도 음식묘사가 이만큼 장황하게 나열된 예를 찾기 드물 만큼, 프라우드풋 부부는 가족 친척만이 아니라 지나가는 낯선 사람들을 보게 되면 집으로 데리고 와서 자신들이 직접 농사지은 재료로 진수성찬을 대접하는 자급 자족적 푸드유역권의 환대를 보여준다.

2006년 작 『앤디 캐틀럿』(*Andy Catlett*)에서도 자급자족 시절의 옛 농촌의 음식 문화가 소개된다. 이 작품은 앤디 캐틀럿이 어린 시절 할머니 댁을 방문했던 이야기를 다룬다. 당시 농가의 옛날식 자급 자족적 경제는 "여전히 탄탄"했고 "필요한 먹거리는 닭장이나 텃밭에서, 지하 저장실이나 훈제 저장고에서, 농경지나 목초지에서 부엌으로 바로 조달"되었다(2011; 267). 어린 손자를 위해 할머니는 진수성찬을 차려주었다. 2차

세계대전 중임에도 전시의 내핍이 할머니의 마을에는 영향을 주지 못했다. 자급자족 덕분이었다.

> 커피와 설탕 배급 말고는, 그런 농가에서는 경제적인 압박을 별로 못 느꼈다. 돼지를 잡은 지 얼마 안 되었던 때라 신선한 소시지가 큼직한 접시에 담겨있을 뿐 아니라 식초에 절인 돼지머리 고기도 한 대접 있었다. 소시지에 뿌려 먹을 그레이비 한 대접 있고, 으깬 감자와 깍지 콩과 사과 소스도 한 대접 있었다. 버터나 그레이비를 곁들여 먹을 따끈한 비스킷도 한 판 있었고, 또 다른 한 판은 오븐에서 구워지고 있었다. 새로 만든 버터를 넣어 만든 멋지게 보이는 케이크도 있었다. 케이크 표면은 버터 주걱으로 반듯하게 격자무늬를 새겨 놓았다. 버터밀크 한 주전자와 원액 우유도 한 주전자 있었다. 그리고 파이가 있었는데, 여전히 따뜻했고 설탕 녹은 겉은 바삭바삭하고 노릇 했다.(『온 삶을 먹다』271)

2008년 발표된 단편「비참」("Misery")에서는 푸드유역권의 자급자족적 농본주의 질서가 서서히 해체되어 가고 있던 농촌의 현실을 다루고 있다. 화자인 앤디 캐틀릿의 할머니는 이제는 나이가 들어 예전처럼 품앗이 추수를 해주는 마을 사람들에게 음식을 차려낼 수가 없다. 마을에서 돌아가며 마을 사람들이 품앗이로 추수를 하는 일은 노동이라기보다는 오히려 축제로서 으레 푸짐한 음식이 차려지곤 했다. 하지만 콤바인이란 기계가 인력을 대체하면서 옛 전통은 서서히 쇠퇴하고 있었다. 화자의 할머니 댁에서 치루는 품앗이 추수도 이번이 마지막이 될 듯했고 음식도 할머니 대신 화자의 아버지가 서툰 솜씨로 햄버거를 만들고 음식을 기다리는 일꾼들도 음식에 대한 기대는 이미 버린 듯했다. "부엌에서는 아버지가 요리하고 있었는데 내가 보았던 여느 요리사처럼 하는 게 아니라 아버지 당신처럼 하고 있었다. 치러야 할 큰일을 해결하기 위해 몹시 집중하고 서두르지만, 다감한 마음은 없었다. 밖에는 일을 도와준 이웃들이 앉아 있었는데, 마땅한 추수 성찬이 아닌 햄버거를 기다리고 있었다. 나와 마찬가지로 그들에게도 도시 생활과 햄버거 간이매점을 연상시키는 그 햄버거를 말이다"(『온 삶을 먹다』281)

"푸드는 문화적 산물이다"(*The Unsettling of America* 43)라는 베리의 주장대로, 베리의 소설에서는 농촌에 산업화가 닥치기 이전의 자급 자족적 농경문화와 푸드를 중심으로 성립된 농촌의 문화와의 관계를 잘 드러내 보여주며, 산업화 이후 농촌 역시 농업활동의 변화와 더불어 전통문화도 바뀌는 실상을 그려내고 있다. 동시에, "섭생은 농업적 행위다"는 명제를 통해 베리는 현대 사회에서 푸드를 통해 지역 중심적이고 인간-자연 친화적 관계의 전통 회복을 역설한다.

3.4 소비의 공생경제 - 생태적 섭생과 환경

푸드로 인한 환경파괴 이슈는 그동안 주로 푸드 생산 활동에 초점을 맞춰왔다. 하지만 푸드 생산 못지않게 푸드의 유통과 소비 활동 역시도 환경 훼손에 직간접으로 관련이 크다는 사실이 근래 들어 새롭게 인식되기 시작했다. 푸드유역권 내에서의 섭생 실천을 판단하는 일반적인 공통된 기준은 '푸드마일리지'다. 푸드마일리지는 푸드가 생산된 곳으로부터 식탁에 오르기까지 이동한 거리를 의미한다. 미국에서의 평균 푸드마일리지는 1,500마일(약 2400km)에 달할 정도로 미국인들의 식탁에 오르는 푸드는 상당한 거리를 이동하여 소비자들의 장바구니에 담긴다. 푸드마일리지가 환경과 연결되는 이유는 푸드마일리지가 높을수록 푸드를 이동시키는데 드는 에너지와 이동과정에서 배출되는 온실가스 배출이 환경에 폐해를 주기 때문이다. 전체 온실가스 배출의 약 15%가 푸드 생산과 유통 과정에서 발생하는 것으로 알려져 있으며, 이렇게 발생된 온실가스는 기후변화를 더욱 악화시켜왔다. 유통과 분배라는 것도 결국 소비를 위한 과정이며 소비자들의 선호와 요구에 달려있다는 점에서 푸드의 소비 행위 방식에 따라 환경에의 영향 정도가 달라진다는 사실을 일반 소비자들이 온전히 깨닫고 지역의 푸드유역권내에서 생산된 농산물의 소비 실천은 대단히 중요하다. 푸드유역권 내에서의 소비활동이 요청되는 이유는 지역에서 생산된 푸드를 소비할 경우 글로벌푸드시스템에의 의존도를 줄이면서 푸드의 이동과 유통에서 발생하는 환경 폐해를 줄일 수 있기 때문이다. 장기적으로는 환경 폐해가 줄어들면서 지속가능한 생산 역시 가능해지는 선순환 구조 역시도 가능하게 된다.

베리의 핵심 사상인 농본주의 경제와 문화는 푸드산업과 글로벌푸드 시스템을 지탱시켜주는 포괄적 자본주의 경제 질서의 대안이다. 베리가 자신의 글에 경제학이란 용어를 자주 사용하는 이유는 이 용어가 단순히 학술용어만이 아니라 이론과 실제가 통합되는 영역이며, 그의 농본주의 정신과 문화를 설명하는 데 유용하기 때문이다. 베리의 농본주의 경제에는 효율성과 이득 추구라는 협의의 자본주의 논리와는 달리 자연계에의 배려가 핵심 내용을 이룬다. 즉, 자연계를 보존하고 보전하는 방식의 지속가능한 이용이야말로 장기적인 관점에서 인간의 경제활동을 지속할 수 있는 전제가 된다. 자연환경과 자원을 무분별하게 이용하고 남용하는 현재의 경제활동은 지속될 수 없다는 점은 자명하다. 인간의 경제활동이 지속가능하게 유지되기 위해서는 경제활동의 원천이자 인간 삶의 원천인 자연을 보전하는 것은 전제조건이 된다. 자연을 보전하는 방식으로 경제활동을 영위하는 데는 자연에 대한 인간의 책임감과 돌봄 정신이 요청되며, 이 책임감과 돌봄은 푸드유역권에 기초한 농경과 소비를 통해 실천된다는 것이 베리의 생각이다.

자연에 대한 책임감과 돌봄에 근거한 인간 경제활동은 생태학적 용어를 빌리자면 '공생'(commensalism)에 해당한다. 엄밀히 말하자면 편리

공생으로, 편리공생이란 생태계에 존재하는 종들 사이의 상호관계에서 한 종이 다른 종으로부터 도움과 이익을 취하고 다른 종은 상대 종으로부터 특별한 이익이나 도움을 받지 않으며 그렇다고 해를 받지도 않는 관계를 의미한다. 인간종과 자연의 관계에서 그동안 인간이 자연으로부터 많은 혜택과 이익을 취하면서도 자연에 막대한 해를 끼쳐왔다. 책임감과 돌봄에 근거한 경제활동은 자연에 특별히 이익을 주는 행동이라기보다는 경제활동으로 인한 자연의 부담을 줄임으로써 앞으로 끼칠 수 있는 해의 정도를 줄이고 이미 초래된 해로부터 자연이 회복되어 지속가능하도록 만드는 활동이다. 클로펜버그는 공생이라는 용어를 푸드유역권 개념에 적용하면서 공생 커뮤니티의 조건으로 자연에의 배려를 든다.

> 공생 커뮤니티에 요구되는 윤리에는 대지와 인간 이외의 종에 대한 존중과 배려가 있다. 인간이 대지와 다른 종들과 근본적인 관계를 맺고 있다는 점이 표현되고 완성되는 것은 푸드를 통해서다. 공생 커뮤니티에서는 생산과 가공, 공급, 소비, 쓰레기 처리가 자연자원을 보호하고 재생하는 방식으로 이뤄진다. 책임 있는 돌봄 정신이 지속가능한 곡물 생산과 가축 사육...에 적용되는 것이다. (8)

푸드소비와 자연보존이 공생관계라는 점은 앞서 살펴본 왜 자연보존론자가 농사에도 적극적인 관심을 가져야 하는가의 질문에서 자연보존론자도 푸드 소비자이기 때문이라는 베리의 대답에 잘 담겨 있다.

결국, 일상의 푸드 소비 행위에는 환경에 대한 책임이 따른다는 점을 베리는 강조한다. 모든 개개인에게 섭생은 생존을 위해 피할 수 없는 일이며, 우리가 생각 없이 푸드를 소비하는 행위 그 자체가 환경에 부담을 지우기 때문이다. 우리가 한 잔의 물을 마실 때마다, 푸드를 한 입 베어 먹을 때마다 우리는 환경에 고통을 일으킨다. 더욱 심각한 점은 낭비가 제1원칙이 되어버린 현 경제시스템에 의존할 때마다 우리는 환경위기를 자초하고 있다. 우리의 일상적인 푸드 소비는 지구 행성에 직접 해를 끼치는 행위가 된다. 따라서 지구를 보호하기 위한 환경운동은 집회를 통해 주범자를 성토하는 일이 아니라 각자가 죄책감을 느끼고 환경에 대한 책무의식을 갖는 일이다(*The Art of Commonplace* 83).

개개인의 이 책무의식 실천에서 가장 현실적이며 합당한 것은 푸드 생산에 직접 참여하고 생산한 푸드를 소비하는 일임을 베리는 지적한다.

> 텃밭을 유기농 방법으로 가꾸는 사람은 세상의 일부분을 개선하는 행위를 하는 셈이다. 먹거리를 생산해내는 일은 푸드 산업으로부터 자신을 벗어나게 해주며 동시에 푸드의 의미와 먹는 즐거움을 자신의 힘으로 확장하는 일이다. 스스로 길러내는 푸드는 식품점에서 구입하는 푸드보다 신선하고 영양가 있으며 농약이나 화학보존제를 사용하지 않기 때문에 오염되지 않는다. 텃밭에서 버려지는 농작물은 유기질 비료로 재활용된다. 따라서 쓰레기 문제도 발생하지 않는다. (*The Art of Commonplace* 88).

푸드 생산에의 직접 참여와 생산한 푸드의 소비는 베리가 「먹는 즐거움」에서 강조하는 '책임 있게 먹기' 혹은 '먹거리의 윤리학'의 실천이다. 책임 있게 먹는 먹거리의 윤리학은 '섭생은 농업적 행위다'라는 명제에서 출발해야 한다고 강조하면서 사람들은 무엇보다도 스스로 푸드 소비자임을 자각해야 한다고 베리는 강조한다.

> 먹는다는 건 씨를 뿌리고 싹이 트는 것으로 시작되는 먹거리 경제의 한 해의 드라마를 마무리하는 일이다. 하지만 먹는 사람들 대부분 그런 사실을 더이상 인식하지 못한다. 그들은 먹거리를 농산물이라 생각할지는 몰라도, 자신을 '소비자'라 생각하지는 않는다. (『온 삶을 먹다』 298).

베리가 제시하는 푸드 소비자로서 먹는 일에 관련된 인식 회복과 책임 있게 먹으려는 실천방법으로는 먹거리 생산에의 직접 참여, 직접 음식 조리, 지역 생산물 소비, 농산물 직거래 이용, 가공식품 푸드산업의 문제점 인식, 텃밭 가꾸기 배우기 등이 있다. 베리에게 먹는 즐거움은 식도락가로서의 즐거움이 아니라 이러한 실천을 통한 "먹거리의 원천인 생명과 세계를 정확히 인식"하는 데 있으며, 진정한 의미에서 먹는 즐거움은 "우리와 천지만물이 이어져 있다는 사실을 가장 심오하게 표현하는 일"이 된다(『온 삶을 먹다』 307).

"우리 농장에서 생산되는 좋은 품질의 농산물이 신선한 지역 채소를 구
매하려는 여러분의 의지와 결합하여 지속가능한 가족운영 농장을 일구어
낼 수 있었습니다. 우리는 앞으로도 오랫동안 여러분의 기대에 부응할 것
입니다."5)

<래핑스탁 팜> 농장의 웹사이트 문구다. 이 간략한 문구에는 농장과
지역주민 및 지역 비즈니스와의 신뢰를 바탕으로 한 지속적인 관계가 이
농장의 지속가능성의 원동력이 되었다는 점이 잘 표현되어 있다. 미국 동
북부 메인주의 프리포트에서 1996년에 랠프와 리사 터너 부부는 약 250
평에 불과한 조그마한 땅에서 유기농 농장을 시작한다. 미국 기준에서 이
정도 소규모의 땅에 농장이라는 이름을 붙이는 것은 웃음거리가 될 수 있
다는 사실 때문이었는지 농장 이름을 "래핑스탁 팜"(Laughing Stock
Farm: 래핑스탁이란 말도 안 되는 우스꽝스러운 것을 진지하거나 중요
하게 여기는 일이나 사람을 뜻함; 저자 주)으로 작명한다. 시행착오를 겪
으면서도 이들 부부의 진지한 태도와 정직함, 성실함으로 이곳 농장을 이
용하는 지역민들이 꾸준히 늘어났고 이에 따라 농장 규모도 커져 현재는
약 13헥타르(약 4천 평)에 달하게 되었다.

견고하고 지속가능하게 보이던 로컬푸드시스템이 코로나19 팬데믹
으로 도전을 받게 되면서 이 농장도 운영위기에 처한다. 팬데믹 발생으로

5) Judy Cole, "Family Farm in Maine Couldn't Make it After Restaurants Close—
Until the Neighbors Showed Up." *Good News Network*, 8 Jan. 2021, https://www.
goodnewsnetwork.org/laughing-stock-farm-maine-helped-by-neighbors-pand
emic. Accessed 1 March 2021.

이 농장에서 푸드 재료를 공급받아오던 식당들이 문을 닫고 개인 소비자들의 이동이 제한됨에 따라 래핑스탁 팜에서 생산된 농작물은 갈 곳을 잃고 폐기 처분될 운명에 처하게 된다. 일순간 지역 기반 푸드시스템의 한계가 노출되는 듯싶었다. 하지만, 팬데믹으로 닥친 이 농장의 위기는 오히려 로컬푸드시스템 덕분에 극복되고 있다. 둘 다 엔지니어 출신인 이들 부부가 당면한 위기극복으로 선택한 것은 온라인 활용이었다. 수확한 농산물을 농장 앞 도로변 가판대에서 판매하기로 하고 이 소식을 농장 온라인뉴스레터에 올리고 농장 단골손님들에게 이메일을 통해 알렸다. 소식을 접한 고객들은 자기 일처럼 이 소식을 지인들에게 열심히 퍼 날랐다. 그 결과 평소의 농장 고객들뿐만 아니라 이들로부터 소식을 전해 들은 지역민들이 가판대에 몰려들면서 이들 부부가 준비한 농산물은 오히려 모자랄 정도였다.

> "가판대 첫날, 와우, 정말 많은 사람이 찾아 왔어요. 달걀은 날개 돋친 듯 팔려나갔죠. 이틀 만에 12개들이 달걀이 130다스나 팔렸죠. 제정신이 아니었죠."

리사의 회고다. 역경 속에서 서로를 돕고자 하는 지역주민들의 마음과 의지를 확인한 이들 부부는 이번에는 팬데믹으로 판매의 어려움을 겪고 있는 인근 가축농장에 연락하여 자신의 가판대에서 그들의 소고기를 대신 판매해 줌으로써 푸드를 통한 지역공동체의 상생을 도모한다.

리사와 랠프 부부가 지역주민들에게 더욱 감동한 일은 자신들이 구입하는 농산물 가격에 더하여 많은 사람들이 후한 팁까지 놓고 간 배려였다. 코로나19 상황이 해소되고 다음 수확기까지 이들 부부의 농장이 지금의 어려운 시기를 잘 넘기기를 진정으로 바라는 마음에서다. 이는 단순한 자

선의 태도라기보다는 자신들이 신뢰하고 의존하는 로컬푸드시스템이
지속하기를 바라는 희망의 표현이다.

리사와 랜프 부부는 지역공동체의 도움으로 팬데믹 상황을 무사히 넘
기고 있으며, 다행히 경상 이득에서도 흑자를 기록하고 있다. 이들 부부
가 이 과정을 통해 깨달은 더욱 중요한 점은 지역사회의 공동체 의식이다.
이들 부부는 예전의 방식으로 자신들의 농산물을 길러 단골손님에게 제
공하는 것 이외에도 농장 가게를 오픈하여 자신들의 농산물만이 아니라
지역의 축산농장과 낙농장에서 생산되는 푸드를 위탁받아 대신 판매해
줌으로써 이들 농장에 도움이 될 수 있기를 기대하고 있다. 물론 새로운
시도가 꼭 성공할 것이라는 확신이 들지는 않지만, 이들 부부는 팬데믹
상황에서 지역민들로부터 받은 신뢰와 사랑만으로도 충분하다는 생각
이다.

"감사할 일이 너무나 많지요. 두려움에 대한 해독제란 이런 게 아닐까
요?"

2

푸드 로컬리티 회복과 실천 운동
– 게리 폴 나반의 푸드유역권 자서전『사막의 전설』과
『섭생의 홈커밍』

| 프롤로그 |

"저는 사람들에게 항상 이렇게 말해왔죠. 우리 섬나라 사람들이 먹고 마시는데 필요한 모든 푸드는 이 섬에서 자체적으로 생산할 수 있다고요. 우리가 이곳에서 필요한 모든 푸드를 실제로 이 섬에서 길러낼 수 있다는 제 믿음에는 변함이 없으며, 이 점을 지속해서 사람들에게 주지시킬 것입니다."

규모가 크지 않은 섬의 경우 식량 자급자족은 쉽지 않다. 무엇보다도 잦은 태풍이나 강한 바람, 강수량 부족, 빈약한 지하수, 척박한 토질 등 섬의 기후와 지형적 조건이 농사에 적합하지 않기 때문이다. 섬 주민들은 대부분 바다에 의존하여 생계를 유지하고 필요한 농축산물은 육지에서 조달한다. 지중해의 한 섬에서 젊은 부부가 이러한 '상식'에 도전한다. 10월 한 달 동안 섬에서 생산하는 농작물로만 살기로 한 것이다. 이탈리아 시칠리아 바로 아래 작은 섬나라인 몰타에 사는 카산드라 스트라우브와 케인 벨라 부부농부 이야기다.6) 섬 주민들은 외부에서 들여오는 푸드에 의존

---

6) Jessica Arena. "Young farmers challenge consumers to eat local food only, for a month." *Times Malta*, 5 Oct. 2020, https://timesofmalta.com/articles/view/young-farmers-challenge-consumers-to-eat-local-food-only-for-a-month.822319. Accessed 1 Nov. 2020.

이 높지만, 그 푸드와 재료가 어디에서 생산되고 어떤 경로로 자신들에게 도달되는지 무관심하다. 섬사람들의 푸드 이력에 대한 무관심 경향에 문제의식을 느끼고 있던 이들 부부는 카산드라의 말처럼 섬 로컬푸드에 대한 인식 고취를 위해 주민들이 한 달 동안 섬에서 생산되는 푸드로만 생활하는 섭생 운동을 전개한다.

이들 부부는 로컬푸드 운동에 자신들이 경작하고 운영하는 유기농 농장인 바이오메 문시(Biome Munch)를 적극적으로 활용하여 농장에서 생산되는 농산물을 지역주민들에게 직접 공급해줌으로써 지역생산 농산물이 정체불명의 수입농산물 보다 맛도 좋고 품질이 우수하다는 점을 직접 경험하도록 해준다. 동시에 교육을 통해 지속가능한 소비행위가 어떤 점이 좋은지 섬사람들에게 인식시키기 위해서도 노력한다.

> "몰타에서 농사짓는 일에는 적지 않은 어려움이 있어요. 우리가 시도하는 로컬푸드 운동은 젊은이들이 지역농산물을 선택하도록 이끄는 일이지요. 지역농산물을 섭취하면 좋은 점이 많잖아요. 영양가도 높고, 맛도 좋고, 신선하니 건강에 좋죠. 이 외에도, 지역경제에도 보탬이 되며 환경에도 유익하지요."

카산드라의 말이다.

이들 부부의 로컬푸드 운동은 노력만큼 결과를 이끌어내는데 어려움을 겪는다. 이곳 섬 주민 대부분이 가공식품에 익숙해 있기 때문이다. 사람들은 슈퍼마켓에서 판매되는 이미 만들어진 가공식품의 편리함에 길들어 있어서 지역농산물을 재료로 직접 요리를 하는 수고를 꺼린다. 기꺼이 불편함을 감수하고 지역농산물을 선택하는 의식 있는 소비자들에게 필요한 것은 자신들이 섭취하는 지역농산물에 대한 신뢰로, 이들 부부는 소비자들과의 지속적인 신뢰 관계를 쌓고 유지하기 위해 최선을 다한다. 소비자들로부터의 신뢰는 이들 부부에게는 자신들의 농사일이 지역사회를 위한 일임을 확인시켜주며 자긍심을 갖도록 해주기 때문이다.

> "우리에게 어려운 일만 있는 것은 아니죠. 긍정적인 마음으로 격려도 많이 받아요. 농장에 나가 일을 하면서 이 일이 지역사회에 보탬이 되는 일이라는 것과 사람들에게 건강에 유익한 유기농 푸드를 제공해준다는 생각을 하면 제가 하는 일이 정말 멋진 일이라는 생각이 들지요."

지중해의 작은 섬 몰타의 이야기는 모든 나라의 이야기이며, 특히 푸드산업 시스템을 주도하고 가공식품과 글로벌푸드시스템에 크게 의존하는 미국에서는 카산드라-케인과 같은 실천운동의 목소리가 지속해서 존재해 왔다. Chapter 2에서 다루는 게리 폴 나반은 그 대표적인 예다.

1 게리 폴 나반 - 푸드유역권 전도사

미국의 민속식물학자이자 자연작가인 게리 폴 나반(Gary Paul Nabhan, 1952~현재)은 미국의 남서부 애리조나주와 멕시코 북서부의 국경지대에 걸쳐있는 소노라 사막(Sonoran Desert)지대의 자연생태계 및 그곳 원주민의 삶과 문화에 지속적인 관심을 두고 연구와 탐사 및 작품 활동을 해왔다. 특히, 민속식물학자로서 그는 사막원주민들의 전통적인 삶과 푸드로 이용해 왔던 민속식물에 대해 관심을 집중해왔으며, 자연과학자로서의 관심과 탐방, 연구결과를 학문적으로 만이 아니라 자연작가로서의 감수성으로 살피며 그 결과를 푸드 서사로 출간해 왔다. 식물생태계와 사막원주민들의 푸드와 연관된 삶과 문화를 다루는 나반의 푸드 서사는 노소라사막 원주민들조차도 가공식품과 글로벌푸드시스템에 의존함으로써 푸드 로컬리즘의 상실로 초래된 문제를 다루며, 푸드 로컬리즘의 회복이 단순히 인간의 건강만이 아니라 생태계 건강과 원주민들의 문화 회복 및 보전에 얼마나 중요한지를 잘 보여준다. 나반은 식물을 연구하는 자연과학자로서 단순히 관찰자의 입장을 넘어서 스스로 푸드 로컬리즘에 참여하고 실천하며 그 일의 중요성을 지역사회에 열렬히 전도하는 대표적인 푸드 운동가이기도 하다.

나반이 푸드에 학문적 관심과 작가로서 문학적 관심을 두게 된 것은 미국에 정착한 이민자 가족 출신이라는 문화적 배경이 크게 작용했다. 나반은 1952년 미국 인디애나주에서 레바논계 이민자의 가정에서 태어났다. 자신의 작품 곳곳에 밝히고 있듯이, 그는 미국에서 자라고 교육을 받았지만 어려서부터 부모와 조부모, 레바논 이민자 커뮤니티에 둘러싸여 레바논 전통 푸드와 문화에 지속해서 노출되었고 영향을 받아 왔다. 『사막의 전설』(Desert Legends)에서 그는 자신이 인디애나주의 '홈'을 떠나 아무 가족이나 친척도 없는 낯선, 그것도 '황량한' 소노라 사막 지역을 거주지로 정해 지금껏 살아오고 있는 점에 대해 그의 가족 친지들에게 해명하는 것으로 첫 장을 연다. 자신이 태어나서부터 대학 초년시절까지 지내온 인디애나주의 커뮤니티가 이국땅이지만 얼마나 민족적 정서와 강한 유대감을 유지하고 있는지 가족친지관계를 통해 드러난다. "'저 애는 뭐가 잘못됐다니?' 친척들은 의아해한다. '쟤가 어려서 우리와 함께 지내면서 자랄 때는 여기서 지내는 것을 그저 좋아했던 것 같은데, 소파 위에 이모들하고 사촌들 열 댓 명 틈서리에 끼어 입이 귀밑까지 찢어지게 웃던 애가 아니냐. 우릴 사랑하는 마음이 여전하다면, 왜 지 혼자 집에서 멀리 떨어져 여

태껏 방랑하고 있다냐? 도대체 지 가족 친지들한테서 떨어져서 지낼 만큼 가치 있는 것을 찾았다니? 내 참, 쟤가 저 사막에 내려가 지낸지 스무 해가 다 되가는구나!'"(14). 어려서부터 그가 자라온 레바논 이민자 가족의 강한 유대감은 그에게 소노라 사막의 생태계를 '가족'으로 여기는 인식으로 발전하며 어려서 친척들과의 대화는 자연 생명체들과의 대화로 연결된다.

> 이제 내겐 소노라 사막의 동식물이 네가 내 사촌이듯 내 가족의 일원으로 여겨져. 그래서 이들 동식물의 목소리를 듣는데 많은 시간을 보내지…. 우리가 어려서 훼니 이모와 함께 살 때 이모 이야기에 귀를 기울였듯 말이야…. 이모 이야기에서 이해되지 않는 단어가 나와도 개의치 않았고 대신 이모 목소리 톤과 음색, 그 목소리로 인해 떠올리던 건조하고 먼지 날리는 장소에 관심을 두었지. (14)

레바논 이민자의 후손으로 강한 공동체적 정서 속에서 자라면서 나반의 기억 속에 가장 깊게 새겨지고 영향을 준 것은 푸드였다. 성인이 되어서도 나반에게는 어려서부터 할머니와 어머니가 만들어 주셨던 레바논 음식에 대한 기억이 뚜렷하게 남아있으며, 나중에 레바논을 자주 방문하며 친지들과 만나고 현지 문화를 직접 체험하면서 자신의 민족적 뿌리가 푸드에 있음을 알게 된다. 한 민족의 고유한 삶의 양태와 문화는 전통 푸드와 깊은 연관이 있다는 점을 자신의 삶을 통해 온전히 인지하고 있는 나반에게 이 주제가 그의 학문적 관심거리가 된 것은 하등 놀라운 일은 아니다. 자신의 민족적 뿌리인 레바논이 위치한 아랍의 사막과 자신이 반평생을 살아오면서 삶의 터전이자 학문적 연구대상인 미국의 소노라 사막의 식물과 생태계, 문화의 유사성을 탐색 발견하는 저서인『아랍/미국: 두 거대 사막의 경관, 문화, 조리법』(*Arab/American: Landscape, Culture, and*

Cuisine in Two Great Deserts, 2008)에서 나반은 자신이 푸드를 포함한 민족적 뿌리에 얼마나 깊이 자리를 내리고 있는지 새삼 깨달았다는 점을 밝힌다.

> 곧이어 나는 늦게나마 이해하게 되었다. 아라비아 사막의 이미지와 경관, 푸드, 작물 식물, 잡초, 가축 종자, 문화전통 등 이 모든 것들이 미국 사막에서의 내 삶에 영향을 미쳐왔다는 점을. 지난 10여년에 걸쳐 할아버지께서 "옛 조국"이라 부르셨던 레바논에서 보낸 시간이 많아졌다. 그 과정에서 이전에는 전혀 생각지도 못했던 방식으로 미국의 건조사막지대의 나의 거주지인 홈에 대해 깊이 이해하게 되었다. (3)

나반은 애리조나에 있는 프레스콧대학(Prescott College)에서 환경생물학으로 학위를 마친 뒤 민속식물학자로서 줄곧 애리조나에 살고 있다. 애리조나대학에서 식물학으로 석사학위, 사막건조지대의 민속식물학과 농업생태학을 접목시킨 학제적 연구로 박사학위를 받는다. 그 과정에서 나반은 애리조나의 건조사막지대를 오랫동안 거주지로 삼아온 토호노 오드햄(Tohono O'odham) 인디언 부족의 전통적인 식용식물에 관심을 갖고 원주민들과 깊은 관계를 맺어온다. 나반은 1982년 애리조나대학의 박사과정 중에 미국 남서부 인디언 원주민들이 식량으로 이용했던 식물을 보전하기 위해 <토종씨앗/탐색>(Native Seeds/Search)이란 비영리단체를 공동으로 설립하여 1993년까지 이끌었다. 1993년부터 2000년까지는 <애리조나-소노라 사막 박물관>(the Arizona-Sonora Desert Museum)에서 과학부서 선임연구원, 2000년도에서 2008년까지 플래그스태프에 소재한 북애리조나대학교의 <지속가능 환경 센터>(the Center for Sustainable Environments)의 초대 센터장, 2008년부터 애리조나대학의 교수 및 미국-멕시코 국경지대의 식량과 물자원 보호와 연구에 집중하는 <남서부 국경지대 식량과 물 안보>(Southwestern Borderlands Food and Water Security)의 소장으로 지내오면서 건조사막지대의 민속 식물에 관심과 연구를 지속해왔다. 그의 관심은 학문적 영역에만 머물지 않고 자신의 삶 속에서 실천하고 있다. 현재 아내와 함께 살고있는 애리조나의 파타고니아에서 그는 5에이커의 땅을 경작하면서 1500, 1600년대 이 지역에 들어와 스페인 선교사들이 재배했던 그리고 자신의 조상들이 비슷한 환경조건인 레바논에서 재배해왔던 다양한 종류의 과일과 견과류를 재배하고 있으며, 건조기후에 적응한 전통 곡물과 콩과식물을 기르고 있다.

민속식물학자로서 나반은 특히 생물다양성 감소와 문화적 다양성 상실의 연관성에 깊은 관심을 둔다. 식용으로서의 민속식물과 푸드는 자연과 문화의 접점 지대로 두 영역을 아우르는 관점과 관심이 요구된다는 점에서 민속식물학자이자 자연작가인 나반에게 가장 적합한 학문적 연구와 문학적 글쓰기의 주제다. 나반은 특히 사막지대의 식물, 그것도 사막지대의 원주민들이 전통적으로 식용으로 활용해온 식물 연구를 통해 식물과 인간의 푸드 이용 방식과 음식문화가 밀접하게 연계되어 있다는 점에 관심을 가져왔다. 자연작가로서는 그의 글쓰기 역시 식물에 대한 과학적 사실과 접근에 푸드와 음식을 포함한 인간 삶의 문화적 요소, 특히 시적 감수성을 접목하고 있다. 지금까지 출판된 15권이 넘는 책에서 그는 민속식물학자로서의 식물의 자연사적 관심에 인간의 푸드 이용 방식과 음식문화 요소를 접목해왔으며, 이 두 영역을 시적 감수성으로 연결하고 있다.

나반의 연구 방식과 글쓰기 작업은 과학적 접근과 인문학적 감성이란 '두 문화'의 경계 허물기 실천이다. 자연 접근에서 기존의 두 문화적 접근, 즉, 자연과학과 인문학적 접근의 영역 구분과 단절은 각기 한계를 지닌다고 본다. 자신이 편집한『양의 수 세기—사막 큰 뿔 양을 바라보는 20가지 방식』(*Counting Sheep: Twenty Ways of Seeing Desert Bighorn*)에서 나반은 사막의 큰 뿔 양(bighorn)에 관한 과학계의 글과 인문학적 글을 함께 실으면서, "작가들의 자연에의 접근은 제한된 범위 내에서만 반응을 끌어내며 그들이 하는 소리란 새로운 것이 없고 다 거기서 거기다"(xvi)라고 지적한다. 자연사를 다루는 글에서는 "새로운 과학적 발견을 위해 먼 이국의 색다른 장소를 찾았던 20세기 초기의 탐험가로서의 과학자들이 사용한 내러티브 저널리즘 스타일과 교훈적인 톤"(xi)을 사용하지 않고서도 자연사는 다뤄질 수 있다고 강조한다. 나반이 과학적 접근과 인문학적 관점을 접목하는 이유는 소노라 사막과 같은 미국의 서부 건조지대는 자연뿐만이 아니라 문화적 측면에서도 놀라울 만한 다양성을 지닌 경이로운 곳이며 두 요소는 밀접하게 연결되어 있기 때문이다.

과학적 소재와 연구를 (인)문학적 관심과 상상력, 스타일로 옷 입혀낸 그의 책은 자연히 일반 독자들에게도 가독성과 독서의 재미, 지적 호기심을 제공해준다. 그의 작품이 대중들로부터 꾸준히 관심을 끌어왔던 이유다. 나반에게 시란 단순히 수사학적 기교나 감정전달에 그치지 않는다. 나반은 식물학자로서 자신의 중요한 과학적 연구 성과에 시가 중요한 촉매재로서 역할을 한 경우가 적지 않다고 강조한다.『타화수분』(*Cross Pollination*)에서 들고 있는 예를 보자. 나반은 평소 가깝게 지내던 토호노 오드햄 원주민 지도자로부터 부탁을 받는다. 20세기에 들어 이들 원주민 사이에 발생률이 급격하게 높아진 당뇨병과 부족이 전통적으로 식용과 약용으로 이용해온 식물과의 연관성을 규명해달라는 부탁이었다. 인디언 원주민들이 전통적으로 이용해온 식물이 자신의 주된 연구주제이긴 하지만, 이와 같은 원인규명은 자신이 밝혀내기에는 난제였던 만큼, 과학적으로 규명해내는 데 한계에 부딪히곤 했다. 그러던 중 어느 날 읽고 있던 에이미 클램핏(Amy Clampitt)의 시집에 나오는 「항아리 매장과 나비의 이동」("Urn-Burial and the Butterfly Migration")이란 시에서 과학적 접근법과는 전혀 다른 시적 상상력에서 단서를 발견한다.

> 클램핏의 시에서 충격적으로 인상적이었던 것은 시의 직유(simile)가 죽은 동생과 나비 간에 쌍방향으로 진행된다는 점이었다. 즉, 시에서 양방향으로의 비유를 통해 독자는 번데기 고치에서 휴면상태의 애벌레와 장식 항아리 속에 담긴 시인 동생의 태워진 유골이라는 두 가지 요소에서, 한 요소를 희생시켜 다른 요소에 대해 깨닫는 것이 아니라 두 가지 내용 모두에 대해 더욱 잘 이해하게 된다.... 제니의 수수께끼[원주민들이 왜 높은 비율의 당뇨병에 걸리는가?]를 해결하기 위해서 내게 필요했던 것은 바로 이 쌍방향적 인식이었다. 사막식물의 화학물질이 사막의 열악한 환경에서 식물이 스트레스에 노출되는 것을 어떻게 막아주는지 분석한 뒤, 이들 화학물질이 인간 몸에 일어나는 신진대사에서 어떻게 당뇨병 스트레스를 줄여줄 수 있는지 적용시켜보는 한 방향으로의 탐색 대신에, 내게 필요했던 것은 이전에 간과했던 패턴이 분명히 드러날 때까지 양방향으로의 동시적인 직유였다. 문제 접근법을 이런 식으로 수정하자, 과학적 문헌을 새로운 시각에서 읽게 되고 곧바로 해답이 드러나게 되었다. (53)

『사막의 전설』과 『섭생의 홈커밍』은 소노라 사막에서의 푸드유역권 실천을 통해 민속식물학으로 접근하고 문학적으로 기록한 나반의 대표적인 푸드 서사로서의 자서전이다.

2 『사막의 전설』(Desert Legends)
- 소노라 사막의 푸드유역권과 원주민 문화

　민속식물학자 겸 작가로서 나반이 자신의 연구와 경험, 삶을 담아내고 있는 대표적 저서인 『사막의 전설』(*Desert Legends*)은 소노라 사막의 자연과 환경, 생태계와 그곳 원주민들의 푸드와 섭생, 문화의 깊은 연관성을 다루고 있다. 애리조나주의 소노라 사막 언저리에 살면서 오랫동안 미국남서부사막의 식물과 곡식, 원주민의 섭생에 관한 연구를 해온 나반은 이 책에서 소노라 사막이 국경 철책으로 갈라지면서 초래된 사막생태계의 파편화와 그로 인한 원주민들의 섭생 및 전반적인 삶과 문화의 변화, 특히 원주민들에게서 급격하게 발생한 당뇨병과 같은 건강문제와 전통적인 푸드 경작 방식과 지혜, 푸드 조리법과 같은 전통문화의 상실을 다룬다. 소노라 사막 원주민들의 삶과 문화의 버팀목이었던 푸드유역권의 모습과 특성을 이해하고 이들 원주민들이 현재 처한 상황을 제대로 파악하기 위해서 나반은 먼저 소노라 사막을 가르는 국경선의 의미와 인식이 소노라 사막 생태계 및 원주민의 푸드 웨이를 포함한 삶과 문화에 끼친 영향을 살핀다.

2.1 미국-멕시코 국경선과 인식의 파편화

　"소노라 국경지대 이야기 재구성하기"(*Re-storying the Sonoran Borderlands*)란 부제에서 드러나듯, 『사막의 전설』에서 나반은 소노라 사막을 가르는 미국-멕시코 국경이 그동안 자신을 포함한 일반인들의 뇌리에 이 지역 자연생태계와 원주민들의 삶과 문화에 대해 어떻게 각인시켜 왔는지를 먼저 다룬다. 「사막에 대한 어리석은 생각과 국경선 장난질에 속아 넘어간 사람들」("Desert Follies and Borderline Fools")라는 제목의 서언에서 나반은 인위적인 국경선이 사람들의 인식에 미친 영향을 다루면서, 소노라 사막이 과연 일반인들의 생각이나 사막에 대한 관습적인 정의대로 "황폐해진 불모의 버려지거나 포기한" 땅, 혹은 "사람이 살지 않는 경작되거나 조성되지 않은 지역"에 해당하는지 따진다.

소노라 사막의 언저리 산등성이에 서서 사방을 둘러보면 아무런 생명체도 보이지 않고 인간 삶의 흔적도 눈에 띄지 않기 때문에 자연히 '사막'이라는 단어가 머릿속에 그려지지만, 사실은 아주 오래전부터 이 지역은 동식물의 서식지이자 인간 거주지였다는 점을 나반은 강조한다. 나반에 따르면, 소노라 사막은 어느 사막보다도 다양한 선인장류를 비롯하여 2500여 종에 달하는 식물의 서식처가 되어왔으며, 이들 식물은 사막의 기후와 환경에 잘 적응함으로써 이곳을 자신들의 "천국"으로 삼아왔다고 한다. 대부분의 사막 동물들은 야행성이어서 흔히 낮에는 눈에 잘 띄지 않지만 밤이 되면 이곳 사막은 많은 동물의 활동무대가 된다고 한다. 그럼에도 소노라 사막 역시 불모의 땅으로 잘못 인식되어 왔으며, 이러한 인식에는 소노라 사막을 가로지르는 국경선이라는 경계가 영향을 끼쳐왔다.

소노라 사막을 통과하는 200마일이 넘는 국경선은 지난 150년 이상의 세월에 걸쳐 소노라 사막의 생태 및 국경 양편의 사람들과 문화에 대해 잘못되고 뒤틀린 인상을 남겨왔다. 국경펜스가 자연생태계와 인간 삶과 문화에 실질적인 장벽 역할을 해왔음은 자명하지만, 나반에게는 국경이 실질적인 장벽 역할로서 보다도 국경이 사람들의 의식에 미친 영향은 더욱 중요하고 심각한 문제로 본다.

터무니없는 점은 바로 이것이다. 펜스로 인해 '생태학적 엣지'(ecological edge)가 보다 분명하게 형성되기 시작했다는 점이다. 카우보이들이 기를 써서 가시철사 다발을 팽팽히 잡아당겨 펜스를 세운 뒤로 사람들이 이 사막을 대하는 방식은 경계를 사이에 두고 양편으로 분기되었다. (33)

나반 자신 역시도 국경선에 의해 사막에 대한 생각이 지배당해왔음을 고백한다.

지금 돌아보니 지난 18년 동안 내 의식은 국경이라는 존재로 인해 내가 사막을 그 자체로 완결된 하나의 온전한 장소로 제대로 인식하지 못했다. 어떻게 해서 국경이 내 의식을 지배하게 놔뒀는지 나도 모르겠다. 이런 것이 아닐까. 우리는 땅을 조각으로 갈라 구분해서 이야기하는 것에 익숙하다. 선인장 과실 채집, 약용식물, 사막방랑자(cimarrones), 사막 바니시, 노르테노 음악, 진홍빛 석양은 국경의 한쪽에서만 존재한다고 말하는 것처럼. (86)

나반의 '편협한' 시각은 『사막의 전설』에 소개된 영국 작가 그래함 그린(Graham Green)의 국경 너머 멕시코 땅을 향한 이국적 동경에 드러난 태도와 다름없다. 그린이 미국에서 멕시코로 국경을 넘으면서 국경 너머의 자연과 삶에 막연한 동경을 피력한다.

국경이란 세관과 여권을 검사하는 직원, 총을 든 경비원만을 의미하지는 않는다. 국경 너머는 모든 것이 달라질 것이다. 여권에 스탬프를 받고 넘어가면 당신의 삶은 이전과는 전혀 달라질 것이다.... 자연풍광을 마음에 둔 사람은 낯선 숲과 들어본 적도 없는 산을 상상할 것이고, 낭만주의자는 국경 너머 여성들이 자국 여성들보다 더욱 아름답고 상냥하리라 믿는다. (16)

그린의 생각은 나반이 과거에 막연하게 국경 너머 멕시코 땅에 대해 가졌던 인상과 다름이 아니다. 나반이 국경 너머에 대한 자기 생각이 환상일 수 있음을 의심하게 되는 계기는 사막의 신기루를 통해서다. 아침 일찍 사막으로 난 도로를 운전하고 가던 나반은 눈 앞에 펼쳐진 신기루를 목격한다. 이 신기루는 강렬한 아침햇살이 협곡바닥에 가라앉아 있던 차가운 공기막을 내리비치면서 나타났던 것이다. 이 신기루 속에 여러 개의 메사와 뷰트가 확대되어 펼쳐지더니, 마치 거울에 비친 소노라 사막의 지형 위에 겹치더니 이내 피라미드식 뷰트에서 모래시계 형상이 만들어졌고, 상층이 편편한 메사에서 모루 형상이 나타났다. 눈 앞에 펼쳐진 이 광경은 바람결에 뒤집히더니 국경 너머 멕시코 쪽으로 한순간에 사라졌다. 순식간에 벌어진 이 신기루 '환영'을 통해 나반은 자신의 왜곡되었던 생각을 돌아본다.

> 내가 깨달은 사실은 이것이다. 나는 지금껏 국경 너머의 거의 모든 것을 터무니없이 왜곡해서 보아 왔다. 멕시코 쪽의 사막에 있는 거대한 선인장과 대농장, 산정상의 사당 등 그 모든 것을 비정상적으로 과장해서 생각해 왔다. (19)

나반은 소노라 사막이 동식물만이 아닌 오랜 기간 인간의 거주지였다는 점 역시 강조한다. 자연작가인 에드워드 애비(Edward Abbey)와 같이 사막지대에 일정 기간 거주하면서 사막지대를 심미적이고 생태학적 보고로 인식했던 사람들조차도 사막이 인간 주거지였다는 사실을 간과하고 있다고 지적한다.

> 일부 사막 거주자 중에는 사막이 인간 이외의 자연 생명체들로 가득 들어찬 곳이라는 점을 기꺼이 받아들이지만, 원시 인간의 흔적 역시도 미국 사막의 스킨에 깊게 자국을 남기고 있다는 사실을 무시한다. (2)

오드햄(O'odham)이나 세리(Seri)와 같은 북미의 인디언 원주민들은 이 지역을 오랜 기간 동안 자신들의 삶의 터전으로 삼아왔다.

사막 민속식물학자로서 나반은 국경의 양편에서 식물과 원주민들의 삶과 문화에 관심을 두고 연구하면서 인위적인 국경선에 의해 사막을 파편화해서 인식하는 것이 오류임을 더욱 분명하게 깨닫고 생각을 수정한다.

> 어느 것은 오직 국경의 한쪽에서만 발견될 수 있다는 생각을 이제는 버렸으며, 이 사막은 내가 국경의 어느 편에 있든 상관없이 내 주변의 모든 것을 함께 엮고 있다는 사실을 깨닫는다. (16)

이러한 깨달음에 이르자, 나반은 정치적으로 규정된 미국 시민으로서의 자신의 정체성은 전혀 중요한 것이 아니며, '국경지대 시민'으로서 국경 양쪽에 넓게 걸쳐있는 "대 소노라(Greater Sonora) 사막과 동조하는 특정 피조물과 문화에만 충성을 맹세"(17)하겠다고 선언한다. 나반이 정치적 경계로서 인위적인 국경선과 펜스를 자신의 의식에서 제거하고 국경 양쪽에 걸쳐 존재해온 거대한 소노라 사막을 인간과 생태계의 통합적 비전으로 승화시키는 것은 자신의 직접적인 경험과 탐색을 통해서다.

> 내게 필요했던 것은 두 발로 얻어진 새로운 지도를 머릿속에 새겨두는 것이었다. 너덜너덜해진 실타래를 하나의 잘 응집된 직물로 다시 꿰맬 방법을 생각해야만 했다. 이 건조한 지역을 머리에서부터 발끝까지 온전히 덮을 거대한 세라피와 같은 직물로. (86)

『사막의 전설』의 「국경너머 왕복하기--사막 세라피 직조하기」("Shuttling Across: Weaving a Desert Serape") 장은 나반이 파편화되지 않은 온전한 소노라 사막의 모습을 '두 발로 꿰매는' 이야기다. 나반은 자신의 거처인 애리조나주의 사카톤(Sacaton)에서 국경너머 멕시코 소노라 지방의 막델레나(Magdalena) 성모상을 모셔둔 성당까지 200마일에 걸쳐 소노라 사막을 도보 순례한다. 나반이 이 힘든 여정을 통해 목격하고 경험한 것은 국경이 관통하는 소노라 사막은 실질적인 면에서만이 아니라 인식론적 차원에서도에서 정치적 경계에 의해 갇히게 되었다는 사실이었다. 즉, 이 지역 원주민과 자연환경에 대해 일반인들이 갖는 인식은 국경에 의해 분단·고착되고 강화되었으며, 원주민들의 실질적인 삶과 문화 그리고 자연생태계 역시 국경 철조망과 감시도로망 건설로 인해 더욱 이격과 고립이 심화되었다. "우리가 누구인지, 그리고 우리가 어디에 있는지를 볼 수 없도록 방해하는 그 어떤 경계도, 어떤 분할도 우리 가슴이 뛰어넘어 닿을 수 있도록 우리를 도우소서"(146). 나반이 힘들게 순례종착지인 성지에 도착하여 막달레나 상 앞에서 간절한 마음으로 올린 기도에는 그만큼 안타까움이 묻어난다.

"문화적으로 충전된 이미지 하나하나가 정치적 경계를 초월하여 바라보는 단순한 행위로 인해 신기루가 되었다"(19)는 나반의 주장처럼, 소노라 사막과 국경지대의 자연과 원주민, 더 나아가서는 미국과 멕시코라는 보다 큰 범주에서의 문화에 대한 인식론적 오류를 깨닫는 것은 국경의 의미 재고에서 시작된다. 이러한 인식론적 오류를 상기시켜 주고 드러내 보여준다는 점에서 나반에게 미국-멕시코 국경선은 "거울"이 되며, 『사막의 전설』에서 독자는 거울에 비친 자신의 모습을 보게 된다.

> 우리는 사막 유령의 집 거울 속에 바보가 되었다. 이 책에서 들려줄 이야기는 우리 자신에 대해 쉽게 포착되지 않는 진리를 볼 수 있도록 특별한 방식으로서 이 기이한 왜곡을 드러내는 이야기다.... 이런 차원에서 나는 독자 여러분에게 이들 사막의 전설을 제공해 드린다. 여러분은 이를 통해 이 종잡기 어려운 사막의 멘탈 지도를 스스로 그려보는 데 도움을 줄 수 있기 때문이다. (6)

나반 자신이 깨닫고 독자에게 일깨워주고자 하는 국경지대의 '멘탈 지도'(mental map)는 정치적 경계로서의 국경 펜스를 넘어선 국경의 양쪽 사막지대가 하나로 연결되고 확장된 애초의 소노라 사막의 모습이다. 그는 정치적 경계인 국경 펜스는 이 소노라 사막이란 거대한 생태계에 거주해온 인간과 동식물보다 생명력이 길지 못할 것이고 이들을 결코 갈라놓을 수 없을 것이라고 단언한다.

> 저 펜스는 양편에 각기 떨어져 살고 있는 우리 존재를 갈라놓을 수 없다. 우리는 서로서로 필요로 한다. 바로 이런 이유로 우리들 존재는 하늘의 철새 이동로와 지상의 동물이동 루트, 지하 철도로 모여든다. 우리는 [정부가 세운] 펜스를 우회해서 가는 방법을 알아냈다. 정부는 우리의 진로를 방해할 수 있겠지만, 우리의 도도한 흐름을 저지하지는 못한다. (17)

나반이 말하는 '우리 존재'란 자신과 같은 이 사막지대에 환경론적 의식을 가진 사람만을 지칭하는 것이 아니다. 국경 펜스에 의해 직접 영향을 받아온 소노라 사막지대의 원주민과 동식물 모두를 포함한다.

2.2 소노라 사막 생태계 파편화와 흰털선인장

미국-멕시코 국경에 펜스가 설치되고 펜스를 중심으로 양측에 각각 순찰용 도로가 건설되고 경계를 따라 감시초소와 조명과 같은 시설물이 들어서면서 국경 지역의 생태계는 단절과 파편화의 운명을 맞게 된다. 동식물 중에서 조류나 땅 밑의 동물들은 별로 영향을 받지 않지만, 지상의 동물들은 펜스 설치로 인해 생태이동통로가 막히게 되어 먹이 확보의 문제 및 계절적 이동이라는 오랜 습성이 방해받고 훼손당하게 되었다. 식물은 언뜻 생각하면 국경선에 의해 크게 영향을 받을 것 같지 않지만, 사막의 식물 연구가 주된 분야인 나반이 보여주는 식물생태계에 국경 펜스 및 국경 강화 조치와 활동이 끼치는 문제는 생각보다 심각하다.

나반은 국경지대에서 흰털선인장(Cereus)의 분포를 연구하면서 이러한 사실을 제대로 인지하게 된다. 그는 문헌에 따라, 과거부터 흰털선인장의 서식지였던 국경 양편에서 이 선인장을 찾기 위해 여러 날에 걸쳐 넓은 지역을 돌아다닌다. 결국, 이 선인장의 흔적조차 발견하지 못하게 되자 자문한다. 흰털선인장이 원래 드문 종자이기 때문에 발견이 안 되는 것인가? 아니면 소위 말하는 "경계 영향"(borderline effect)의 희생양인가? 국경철 조망은 정치적 경계로서 상징적 의미로 존재할 뿐 실제로 생태계에 영향을 끼치지 않는 것으로 판단해 왔던 나반은 직접 탐사를 통해 후자에 원인이 있다는 점을 알아낸다.

> 국경이 생기기 오래 전부터 양쪽에 생존해왔던 이 선인장은 희박한 분포를 보이기는 하지만 결국은 한 땅덩이인 양편에서 생명을 이어왔다. 하지만 이제는 국경 철책과 철책 양옆으로 나란히 난 도로로 인해 파편화되었다. (33)

그가 알아낸 사실은 흰털선인장의 생태는 국경과 같은 서식지 변화에 민감할 수밖에 없다는 점이다. 이 식물은 생존을 위해 가시가 난 다른 관목이나 나무 뒤 그늘에 깊이 몸을 숨기고 살아간다. 가시는 다른 동물의 먹잇감이 되는 것을 막아주고 그늘은 강렬한 사막의 햇빛에 노출되는 것을 막아준다. 더 나아가 이 선인장 줄기는 색깔과 형태, 굵기에서 자신이 몸을 숨기는 크레오소트 관목이나 아이언우드와 같은 나무줄기와 유사해서 더욱 눈에 띄지 않는다. 하지만, 국경에 펜스가 설치되고 나중에 더욱 강화되면서 그리고 펜스 주변으로 순찰 차량용 도로 건설과 시야 확보를 위해 관목과 나무가 전부 제거되면서, 흰털선인장도 함께 제거되거나 햇볕에 노출되면서 고사 했다.

국경의 생태계 변화는 국경 펜스와 도로망의 존재, 경계 강화와 같은 직접적인 활동에 의한 파괴만이 아니라, 국경을 사이에 두고 상호 관련된 복합적 요인에 의해 더욱 광범위하게 영향을 받고 있다는 사실 또한 나반은 인지한다.

> 나는 경계지대가 유동적임을 감지하기 시작했다. 즉, 고착된 분포 때문에 국경 한쪽이 다른 쪽으로부터 단절된 것으로 보지 않고, 양편의 각각의 상황이 서로서로 영향을 끼치고 영향을 받는지 이해하기 시작했다. (33)

이 상황에는 인간 삶과 사회적 양상, 자연생태계 요인이 복합적으로 담겨있다. 국경 인근에서 자행되어온 땔감용 장작 수집으로 인한 흰털선인장의 개체 수 감소가 그 좋은 예이다. 국경을 따라 인구가 몰리고 도시화가 진행되면서 국경 인근에서 벌목은 더욱 가중되었다. 국경 인근의 많은 멕시칸 식당들은 미국인 관광객과 손님을 끌기 위해 땔감을 이용하여 요리를 하는 전통적인 방법을 이용한다. 국경에서 멀리 떨어진 샌프란시스코와 같은 대도시의 고급음식점들조차 이러한 방식을 이용한다. 사막에서 자라는 단단한 아이언우드와 같은 나무는 그릴 요리에 선호되는 최상의 땔감으로 멕시코 국경지대에서 수집되어 이들 식당에 비싼 가격에 공급된다. 한편, 죽은 가지나 관목, 나무를 베어 땔감으로 사용해왔던 멕시코 국경의 주민들은 이제는 비싸게 팔리는 그리고 희귀해진 나무를 구하지 못해 밤에 몰래 국경 철조망을 너머 미국 쪽의 보호구역이나 관리구역에 있는 나무를 불법으로 채취하는 일까지 벌어진다. 그 결과 미국 쪽의 흰털선인장 역시도 보호수를 잃고 노출되어 동물이 먹이가 되거나 햇볕에 노출된 채 시들어 점차 사라지게 되었다.

흰털선인장과 같은 접경지대의 식물에 영향을 미치는 국경 양편에 걸친 복합적인 또 다른 원인은 이 선인장이 수집대상이 되었다는 사실에 있다. 흰털선인장은 그 자태와 향기, 희소성으로 인해 미국 및 일본, 유럽 애호가들의 수집대상이 되었다. 이 선인장이 멸종위기종 국제무역 조약(CITES, the Convention on International Trade in Endangered Species)에 의해 보호종으로 지정된 뒤에도 밀매를 통한 거래는 그치지 않았다. 규제와 감시가 덜한 멕시코에서 주로 채집된 흰털선인장은 국경을 통해 미국으로 밀반입된다. 국경 너머에 수요자가 존재하는 한, 멕시코에서의 이 식물의 불법 채취는 계속 이어질 것이고 그 개체 수는 점점 줄어들 것이다.

국경 양편 흰털선인장의 운명에 인간이 영향을 끼치는 또 다른 요인은 수분매개 곤충이다. 여느 식물과 마찬가지로, 열매를 맺기 위해서는 이 선인장 역시 수분 과정이 필요한데, 이 식물은 단지 3~4일만 그것도 밤에만 개화한다. 개체 수 자체가 적고 군집 식물이 아니어서 각 개체가 서로 멀찍멀찍 떨어져 살아가며, 개화 시기도 개체마다 조금씩 달라서 정상적인 상황에서도 수정에 성공하여 열매를 맺는 확률은 절반에도 이르지 못한다. 이러한 생태적 특성과 더불어 흰털선인장의 생존에 가중되는 어려움은 수분을 담당하는 밤나방(night moth)의 개체 수가 국경 너머 멕시코에서 삼 분의 일 가량이나 줄었다는 점이다. 멕시코의 국경 인근 면화 지대가 대규모 관개농업 지대로 바뀌면서 면화에 알을 낳는 습성을 가진 밤나방은 국경에서 멀리 떨어진 면화지대로 이동하게 되었고, 멕시코의 농부들은 면화수확을 위해 대규모로 살충제를 뿌리는 바람에 나방의 개체 수는 점점 줄어들었다. 이와 같은 상황은 결국 미국 쪽의 흰털선인장의 개체 수 감소에도 직접적인 원인으로 작용했다.

실질적인 경계 철조망과 국경관리 및 정치 경제적 의미에서 국경이 국경 생태계에 미친 영향과 더불어, 나반이 이러한 상호 연관된 복합적인 관점을 보여주는 이유는 국경과 같이 인간에 의해 인위적으로 세워진 경계를 넘어서 접경 지대의 본래의 생태계의 모습을 자연의 관점에서 인식할 필요성 때문이다. 인간의 관점이 아닌 자연의 관점에서 바라보면 국경은 인위적으로 자연에 설정된 것에 불과하다는 점이 분명하게 드러난다.

> 식물의 관점에서 누가 땅을 소유하고 있으며 이 땅이 어느 나라에 속해 있는지는 하등 중요하지 않다.... 식물은 땅에 뿌리를 내리고 성장할 때 자기들이 누구의 소유인지 알지 못한다. 자신들이 뿌리를 내린 땅이 한 세기 동안 주인이 여러 번 바뀔 수도 있다. 그들의 서식지는 의도하지 않게 두 나라로, 아니면 두 관리 주체로 나뉠 수도 있다. 하지만 누구도 식물에게 이야기 해주지 않는다. (43)

인간에 의해 인위적으로 제거되지 않는 한, 식물은 국경 펜스와 같은 인공물을 장애로 여기지 않는다. 멕시코 땅 소노라의 막달레나 성지까지 개인적인 성지순례 여정에서 국경선 펜스에 도달하여 나반이 가장 먼저 목격하는 것은 식물의 이런 특성이다. 그는 박과 식물 줄기가 미국 쪽 펜스를 감고 올라 반대편 펜스를 타고 내려가 멕시코 쪽 땅에 닿은 것을 목격하고는 위해 잎을 들추고 자세히 관찰한다. 이 식물은 원뿌리에서 줄기를 내어 뻗어가면서 그 줄기가 땅에 닿는 곳이면 그 줄기에서 또 다른 뿌리를 내린다는 점을 확인한다.

> 허리를 구부리고 두어 군데 줄기를 당겨보았다. 아니나 다를까, 이 줄기들은 순찰도로와 펜스 사이의 가장자리에 단단히 뿌리를 내리고 있었다. 자연 분수처럼 펜스 너머로 쏟아지듯 번지는 줄기를 손을 뻗어 만져봤다. 억세면서도 굳세고 단단하게 자리 내린 느낌이었다. 마치 철망에서도 땅에 뿌리를 내려 해를 거듭하면서 계속 성장하듯이, 철망이 있든 없든 상관없이 말이다. (135)

박과 식물 넝쿨이 국경 철조망을 의식하지 않듯, 나반은 소노라 사막의 자연생태계는 국경 철책과 같은 인위적 장애물과 국경이라는 인위적 경계를 넘어서 존재해 왔으며, 국경지대의 생태계 역시도 이러한 큰 그림을 전제로 인식하는 것이 중요하다는 점을 이 책을 통해 보여주고자 한 것이다.

2.3 사라진 용설란과 소노라 사막 원주민 푸드 문화 상실

우리는 흔히 자연생태계를 논할 때 인간의 존재와 문화는 배제하고 자연 요소만을 대상으로 삼는 경향이 있다. 서양문화에서 오랫동안 인간과 자연은 다른 범주로 구분되어 상대적인 개념으로 인식되어 왔기 때문이다. 나반은 국경지대를 아우르는 소노라 사막의 자연생태계에는 그 생태계에 순응하면서 자연과 조화로운 관계를 맺고 살아온 인간의 삶과 문화가 함께 공존해온 장소라는 점을 부각한다. 알도 리어폴드(Aldo Leopold)가 '대지윤리'(land ethic)라는 개념에서 인간을 자연의 거대한 공동체(community)를 구성하는 시민으로 규정하고, 그 공동체의 일원으로 공동체를 건강하고 아름답게 유지해야 할 윤리적 책임을 지닐 것을 강조한 것과 같은 맥락이다. 흔히, 소노라 지역은 사막 기후와 지형 특성상 인간이 거주하기에 대단히 혹독한 지역으로 인식되어 왔으며, 이 지역을 인간 삶 및 문화와 연관 지어 상정하는 것은 부자연스럽다고까지 여긴다. 소노라 사막 원주민들이 전통적으로 섭생해온 곡물과 식물을 전문으로 연구하는 나반으로서는 누구보다도 이 지역이 과거부터 지속해서 원주민들의 거주지가 되어왔다는 점을 잘 알고 있다. 따라서 소노라 사막의 생태계와 원주민의 밀접한 관계성은 그의 중요한 관심이다. 특히, 사막 지역은 그 지정학적 특성상 외부와의 물물교환이나 외부로부터 물자를 들여와 삶을 영위하기 어려우므로 자급 자족형 생활을 해왔으며, 사막에서의 인간의 삶은 그만큼 자연과 밀착되어 있을 수밖에 없었다. 같은 맥락에서 사막에서의 자연조건의 변화는 사람들의 삶에 직접적인 영향을 끼칠 수밖에 없으며, 역으로, 자연에 거스르는 활동과 생활은 사막의 취약한 생태계에 심각한 위협이 된다.

미국 국경 내로 국한해 보자면, 미국 남서부에 걸친 소노라 사막은 네바다주와 유타주 서부에 걸친 그레이트베이슨과 더불어 가장 대표적인 사막지대이다. 흔히 이들 사막지대는 '무주공산'(No Man's Land)이자 '쓸모없는, 황량한, 비어있는 공간'으로 인식되어 왔다. 뉴멕시코 소노라 사막과 네바다/유타주 그레이트베이슨을 미국 정부가 핵무기 시험장소로 이용해 왔고, 근래에 들어서는 네바다주 유카마운틴에 핵폐기물 저장고를 건설해온 사실은 이점을 잘 보여준다. 『사막의 전설』에서 나반도 이와 유사한 문제를 지적한다. 세계 최대의 소비국이자 개인별 소비에서 압도적으로 우위를 점하는 미국인들은 막대한 쓰레기를 배출하고, 이를 처리하기 위해 세계 최대 규모의 집약적 쓰레기 처리장을 국경사막지대에 조성했다. 이들 쓰레기 매립장에서 흘러나온 독성물질은 지하 암반층의 식수를 오염시켰으며, 하치장 인근에 사는 빈민층은 독성물질로 인해 다른 지역보다도 높은 비율의 암이나 신생아 기형 문제에 시달려오고 있다고 나반은 지적한다(58). 결국, 이 지역에 쓰레기 매립장을 만든 논리는 미국 정부가 1940년대부터 냉전이 진행되던 시기까지 '무주공산'인 사막지대에 핵무기 시험시설을 짓고 실시해온 것과 다를 바 없다. 결국, 피해를 본 사람들은 주로 이 지역에 대대로 거주해온 원주민들이다.

나반이 관심을 기울이고 애정과 존경을 보이는 것은 다름 아닌 소노라 사막의 이들 원주민이다. 이들 원주민은 부족 단위로 오랜 기간에 걸쳐 대대로 소노라 사막을 주거지로 삼고 자연과 공생의 삶을 살아왔다. 나반이 주목하는 점은 소노라 사막에서의 글자 그대로 인간과 자연의 공생 사레다. 그는 1930년대 소노라 사막을 연구했던 지질학자인 칼 사우어(Carl O. Saur)의 연구결과에 주목한다. 문명의 탄생에 관한 사우어의 "폐기-더미 이론"(dump-heap theory)에 따르면, 초기 문명 태동은 원시인들의 임시주거지였던 야영지(campsite)에서 발견되는 푸드찌꺼기나 음식물 쓰레기 등을 모아두는 생활 폐기장의 에너지와 비옥함에서 비롯되었다고 한다. 박과식물과 아마란스, 대마와 같은 원시의 인간에 의해 길든 식물이 바로 이러한 곳을 선호했기 때문이다. 이들 식물은 애초부터 인간이 길들여 재배해 온 것이 아니라, 원시 인간이 거주했던 야영지 주변에 스스로 터를 잡아 적응함으로써 인간에 의해 재배될 수 있도록 자발적 재배 식물이 되었다고 한다. 이들 식물이 푸드로 유용하게 활용될 수 있다는 점을 알게 되면서 원시인들은 식물의 씨를 받아 다른 쓰레기 더미나 집 가까이에 심어 기르면서 재배를 통해 식량을 늘릴 수 있다는 점을 깨닫게 되었다(65). 이러한 과정을 통해 원시인들은 이들 식물을 재배하여 식량을 확보할 수 있게 됨으로써 채집의존도에서 벗어나 정착 생활이 가능해졌으며, 이로 인해 원시 인간의 문명화가 앞당겨졌다는 것이 사우어의 주장이다.

나반은 사막지대에서 식물과 인간이 공존 관계를 유지하며 식물이 인간을 문명화시킨 '폐기-더미 이론'의 관점에서 소노라 사막의 용설란(Agave murpheyi)에 주목한다. 나반은 용설란 전문가인 젠트리(Gentry) 박사가 주도한 연구에 보조원으로 참여하면서 이 식물에 관심을 두게 된다. 젠트리의 가설을 요약하자면, 기원전 용설란은 중앙아메리카에 서식했으며, 고대 원주민들은 용설란을 채집만 한 것이 아니라 재배를 통해 품종을 다양화시켰고 식물 오프셋을 심어 우수한 품종을 만들어냈다. "그 보답으로 용설란은 인간에게 영양분을 제공했다. 수천 년 동안 인간과 용설란은 함께 살아왔으며 용설란은 인간에게 반복적으로 이용할 수 있는 식량과 음료, 가공품의 재료가 되어왔다." 인간이 공동체로 정착하는데 용설란은 큰 역할을 했으며, "폐기-더미 이론"을 통해 사우어가 주장한 바대로, "용설란이 인간을 문명화시켰다"(172)고도 볼 수 있다. 나반은 젠트리의 후임으로 <애리조나-소노라 사막 박물관> 관장을 맡으면서 젠트리의 가설을 바탕으로 용설란에 관한 연구를 지속한다. 그는 더 나아가 젠트리의 가정과는 달리 용설란이 북미대륙에도 존재해 왔을 것이란 가정을 세우고 혼자서 때로는 연구소 동료들과 함께 다년에 걸쳐 소노라 사막에서 용설란의 흔적을 찾아왔다. 나반이 용설란의 존재 확인을 통해 새롭게 알아낸 사실은 용설란이 발견되는 장소는 공통으로 인간이 거주했던 곳이라는 점이다.

> 용설란이 발견된 장소는 한결같이 과거 자작농장이 있던 곳이거나 선사시대의 정착지와 연관된 곳이었다. 용설란은 야생 초목 사이에서도 생존했지만, '원시 그대로의 야생자연'에서는 한 번도 발견된 적이 없다. 따라서 용설란이 발견된 곳은 예전에 그곳에 문화가 존재했었다는 점을 말해주며 아주 오래전에 인간이 조성한 사막 가든이었다는 사실을 증명해 준다. 용설란의 유전자 역사조차도 인간의 흔적이 배어 있다. (173)

미국-멕시코 국경이 생기기 이전의 소노라 사막은 단일 생태계였으며, 용설란은 그 생태계에 의존해온 원주민들은 같은 문화를 공유해 왔다는 사실을 말해준다. 하지만, 소노라 사막에 거주했던 인디언 농경문화인 호호캄(Hohokam) 문화 (450년경에서 1450년경까지 지속됨)의 쇠퇴와 더불어 용설란은 대개 그 자취를 감추었으며 의례행사에서도 그 모습은 사라진 것으로 알려져 왔다. 나반은 멕시코 인디언들이 대대로 살아온 소노라 사막의 퀴로바비(Querobabi)에서 용설란이 이들 원주민에게서 숭상의 대상으로 전해지고 있다는 사실을 목격한다. 이곳 원주민들은 대개 가톨릭으로 개종해서 자신들의 수호성인으로 성모 과달루페를 섬기며 곳곳에 작은 사당을 마련하여 성모상을 모셔놓았지만, 이 성모상 바로 옆에 나란히 모셔져 있는 것이 용설란 로제티임을 알게 된다.

> 소노라 민속전통 속에는 인근 사막에 살고 있던 선인장과 용설란이 [과달루페]성모를 모셔놓은 사당 내로 옮겨져 심겨 있다. 이는 이 성모가 사막 원주민들과 처음으로 교제했던 사막경관을 기념하기 위해서다.... 과거 호호캠 부족의 제례의식에서 귀한 대접을 받았던 이 토종식물은 민속 제례의식이 없어진 뒤에도 살아남아 소노라 지역의 민속적 가톨릭 신앙으로 부활하여 통합되었다. (176-77)

하지만, 소노라 사막에서의 원주민들의 오랜 전통과 문화의 현대적 계승은 대단히 제한적이다. 오히려, 국경선 확정과 철책으로 인해 원주민들은 여러 면에서 자신들의 전통과 문화의 단절을 지속해서 겪어야만 했다. 현재의 미국-멕시코 국경이 확정되어 국경 철책이 세워지고 통행이 점증적으로 통제 내지는 제한되면서 소노라 사막의 자연생태계만큼이나 이곳을 터전으로 삼고 살아온 원주민들의 생활과 문화 역시 단절되거나 파편화되는 등 많은 변화를 겪게 된다. 소노라 사막의 일부인 현재의 애리조나주 남부와 뉴멕시코주 일부를 1853년 미국이 멕시코로부터 사들인 개즈던 매입(Gadsden Purchase)으로 인해, 미국에 편입된 원주민들은 전통적인 방식을 서서히 잃어가기 시작했다. 1930년대 국경 펜스 설치로 원주민들이 국경을 자유롭게 드나드는 일에 제약이 가해지긴 했지만, 이 때까지는 전통적인 농법과 생활방식이 여전히 유지되었다. 국경에는 드나들 수 있는 충분한 게이트가 있었으며 철책은 폭우에 휩쓸려가기 일쑤였기 때문에 필요한 경우 국경 양쪽으로 드나들 수 있었다. 하지만 국경 지대에 구제역이 발생하면서 미국 정부는 미국의 가축 산업 보호를 위해 국경을 통과하는 가축의 방목 및 무역거래를 철저히 봉쇄했다. 이로 인해 소노라 사막의 대표적인 원주민인 오드햄 인디언 부족 중 애리조나주에 거주하는 인디언들은 대대로 행해오던 국경 너머 멕시코로의 방목을 위한 가축이동 뿐만 아니라 식용선인장 채집과 제례의식, 성지순례 역시도 차단당했다.

소노라 원주민들의 생계수단이자 삶의 양식과 문화의 핵심인 전통적인 농법 역시 소노라 사막이 국경에 의해 두 개로 갈라지면서 근본적인 변화를 겪게 된다. 나반은 나이든 원주민 농부로부터 다음과 같은 사실을 듣게 된다. 예전에는 여러 마리의 말을 매어 농사일에 활용했지만, 지금은 그럴 수 없다는 것이다. 말이 없어서가 아니라 말발굽에 박는 징이나 농기구를 만드는 대장간이 없어져서 더는 자체적으로 마련할 수 없게 되었고, 구하기 위해서는 국경너머 멕시코에 있는 자기 부족에게 가야 하는데 국경을 통과할 수도 없게 되었기 때문이다. 그러다 보니 예전에 마을에 있던 농사용 말과 노새도 더 이상 남아 있지 않게 되었다. 엎친 데 덮친 격으로 연속되는 가뭄으로 농토는 갈수록 황폐해져 주민 중 상당수는 자영농을 포기하고 마을을 떠나 백인들이 운영하는 인근 개간지의 대규모 목화농장이나 채소농장에서 이동 노동자로 살아가게 되었다. 멕시코 쪽의 오드햄 부족 마을 역시도 변화를 겪기는 마찬가지다. 이들 마을에는 전통적인 농업에 이용되는 말과 도구를 만들어내는 대장간과 대장장이가 여전히 남아있지만, 미국 쪽 원주민과는 달리 일손부족이란 문제에 봉착한다. 국경너머 미국의 풍요로움과 현대적인 삶을 동경하는 젊은이들은 기회만 있으면 마을을 떠나 이제는 거의 노인들만 남겨진 상황이다. 그런데도 나반이 이들 원주민에게 관심을 두는 이유는 국경선으로 단절된 이들의 삶과 문화가 다시 이어져야 한다는 의지를 노인들에게서 보았기 때문이다.

대부분의 젊은 풋내기들은 국경 너머 세상에 대해 이런 식의 감정을 가졌지만, 나이 든 사람은 달랐다. 갈라진 땅이 다시 하나로 합쳐지기 위해서는 푸에블로 인디언들은 국경 양편에 다 같이 가장 핵심적이고 중요한 직물 구조를 고치고 다시 한번 함께 잇대어 꿰매야 할 필요가 있다고 느끼는 것이다. 절단되고 풀려버린 그들 삶의 끈이 다시 함께 엮어질 필요가 있다. 그 일에 내가 도움이 되리라고 마음 속으로 다짐했다. (22)

국경으로 인해 단절된 소노라 사막의 옛 전통과 문화를 재차 연결하는 데 도움이 되기 위해 나반이 선택한 것은 푸드다. 그는 소노라 사막에서 원주민들이 전통적으로 행해왔던 농법과 종자를 재도입하여 그곳의 농부들에게 이를 전달하고 가르쳐왔다. 소노라 사막 순례를 통해 나반은 그동안 자신이 해왔던 노력의 결과를 확인한다. 그는 애리조나주에서 출발하여 국경 너머 멕시코의 소노라 사막을 통과해 막달레나 상이 있는 장소까지 200마일이 넘는 미국-멕시코 소노라 사막을 순례한다. 사막의 무더위 속에 도보와 때로는 자전거를 이용한 노정에서 그동안 관계를 맺어왔던 원주민들의 마을과 집에 들러 대화를 나눈다. 그가 재차 확인한 점은 국경으로 인해 이들 원주민이 전통적인 삶의 패턴과 문화의 단절 및 변화이며, 동시에 단절되고 중단된 애초의 전통적인 공동체 문화와 정신을 재차 이어야 할 필요성이었다. 나반은 순례의 마지막 단계에서 멕시코 소노라에 거주하는 오드햄 인디언 마을에 들러 원주민 지인들을 만난다. 나반는 지난 10여년 이상 이들의 마을에 들러 자신이 연구하고 이들로 부터 들은 것을 바탕으로 이들의 조상이 해왔던 전통적인 농법을 가르치고 자신이 채집한 토종 씨앗을 나누어 왔다. 한때 이들 마을 주변은 넓은 초지가 있어서 채집과 농업에 유리했지만, 19세기 말 기독교 선교사들과 함께 들여온 소와 말 방목으로 이제는 황폐해졌다. 사막화가 심해진 땅에는 농업이 더는 불가능하게 되었다. 나반은 이러한 상황에 부닥친 원주민들에게 더위와 가뭄에도 가능했던 이들 조상의 전통적인 씨앗과 농법을 전달하고 가르치면서 이들의 푸드 전통 회복을 위해 노력해 온 것이다. 나반의 도움을 받았던 한 젊은이는 순례과정에서 만난 나반에게 다음과 같이 당시를 회고한다.

당시 선생님은 우리 조상들이 사용해왔던 재래종 씨앗을 심을 것을 권유하셨죠. 어쨌든 제가 당시에 알았어야만 했던 일이었죠. 하지만, 이제야 그 사실을 알게 되었습니다. 재래종만이 날씨를 견뎌낸다는 사실을요. 제가 깨닫기 시작한 점은 과거의 유산이 현재 우리에게 큰 도움이 된다는 점이에요. 내 딸 아이도 우리의 전통 노래를 배워서 인생의 가이드로 삼아야 한다는 점도요. 이제라도 깨닫게 되어서 참 다행입니다. (102)

어찌 보면 나반이 국경을 통과하는 개인적인 성지순례 행위를 통해 그리고 『사막의 전설』를 통해 궁극적으로 전달하고 싶은 메시지는 단지 미국-멕시코 국경의 경계선만이 아니라, 우리 각자의 마음과 의식 속에 제멋대로 놓여있는 온갖 종류의 경계와 구분을 벗어 던짐으로써 각자가 거듭남인지도 모른다. 성지순례의 궁극적 목적이 그렇듯이.

우리가 지나오면서 맡았던 모든 냄새와 목격했던 장면은 철저히 소노라 사막의 것이었음에도, 이 성지순례의 마지막 노정에서 내가 느낀 것은 부인할 수 없는 인류의 보편성이었다. [내가 성지 순례한] 1989년도의 피메리아 알타[소노라 사막의 스페인식 명칭]일 필요는 없다. [미국-멕시코 국경이 생긴] 1840년도의 아시씨의 외곽이나 갠지스 강가, 에콰아도르의 바노스 (등 성지순례가 행해지는) 어느 곳이든 이러한 보편적 감정이 존재했을 것이다. 판쵸가 되었든, 아니면 어느 성자나 신성한 자, 또는 성모이든 우리를 관습으로부터 구해줄 사람을 기리는 거대한 역사적 물결 속에 우리는 단지 작은 물방울에 불과하다. 우리 주변의 대지를 둘러보고 스스로 거듭나기 위해 우리는 집이란 울타리로부터 이탈했다. (141)

3 『섭생의 홈커밍』(Coming Home to Eat)
- 푸드유역권 실천과 환경운동으로서의 로컬푸드 섭생

3.1 스토리텔링 정치학

우리는 자신의 목적이 잘 반영된 지도나 패러다임으로 여겨지는 이야기를 생각해 내고 찾아낸다. 세상이 변하여 우리의 지도가 더이상 유효하지 않게 되면, 우리의 기존 패러다임과 스토리는 의미가 없어지게 되고, 우리가 행하는 일에 이해와 명분을 다시 만들어내야 한다.... 미국서부와 미국 전역에서 가장 시급한 점은 어떻게 행동해야 할 것인가를 안내해 줄 우리의 정체성에 대한 새로운 꿈이다.... 우리의 홈은 신성하다고 말해주는 스토리, 장소를 엉망으로 해치지 않은 채 장소의 의미와 가치에 대해 올바른 인식을 다루는 스토리가 필요하다.... 장소를 파괴하면, 우리는 자신을 상실하는 것이며, 이는 정신 나간 짓이다. (53)

『서부는 누구의 소유인가?』(Who Owns the West?)에서 윌리엄 키트렛지(William Kittredge)가 소개한 '스토리텔링 정치학'이다. 어느 장소건 그 장소의 정신과 의미는 스토리를 통해 과거로부터 전해 내려오며, 장소에 관한 스토리는 인간이 자연을 어떻게 바라보고 자연과 어떤 관계를 맺어야 할지를 전해주는 귀중한 지혜다. 특히, 자연이 인간에 의해 변형되고 파괴된 현 인류세 상황에서 자연의 가치와 소중함, 자연과 올바른 관계를 제시해 주는 새로운 스토리가 필요하다. 이것이 키트렛지가 의미하는 '스토리텔링 정치학'의 핵심이다.

자연작가로서 나반의 위치와 능력은 일정부분 그의 탁월한 문학적 글쓰기에 기인하지만, 더욱 중요하게는 그의 글이 갖는 '스토리텔링 정치학'에서 나온다. 민속식물학자인 그가 손상된 생태계와 장소, 문화를 회복하는 데 스토리텔링이 중요하다고 반복해서 강조하는 이유다.

> 어떤 장소를 원래의 모습으로 복원하는 데는 그 장소에서 내려오는 이
> 야기와 축제, 절기의례의 내용을 스토리로 재차 구성해 내는 것이 필요하
> 다. 스토리란 깊이 뿌리 내린 장소의 정체성을 문화 속에 코드화 하는 방법
> 이다. ... 대지를 스토리로 채움으로써, 주변의 다양한 자연의 목소리로 하
> 여금 우리가 감당해야 할 복원작업을 이끌도록 한다. 스토리는 우리보다
> 훨씬 오래 남을 것이다. 자연의 목소리가 단단히 뿌리를 내리면, 현대의 기
> 술적 변화의 홍수 속에서도 이 대지로부터 자연의 목소리가 뿌리 뽑힐 일은
> 일어나지 않을 것이다. (*Desert Legends* 193)

나반은 사막식물학자로서의 역할과 과학적 접근에만 자신을 제한시
키지 않는다. 그는 사막 생태계에서 흰털선인장과 같은 멸종위기 식물의
서식지 복원과 같은 연구와 작업을 통해 '생태적 복원'이란 과학적 과업
을 수행하면서도 이 작업이 동시에 예술적 행위임을 강조한다.

> [생태적 복원]은 과학만큼이나 예술적 행위다. 왜냐하면, 생태학적 복
> 원은 임기응변이 필요하며, 대지에 귀를 기울여야 하며, 식물의 자연 군집
> 이 조화롭게 조성되었던 장소만이 아니라 앞으로 어느 방향으로 자연의 조
> 화가 진행될 것인지 예측하는 일에는 직관이 요구되기 때문이다. 우리는
> 이 대지에 남겨진 상처를 위로하며 노래 불러주고 치료하기 위해 노력한
> 다. 잊힌 옛 노래와 스토리를 재활용하여 제자리에 복원하여 다음 세대로
> 이어지게 해야 한다. (*Desert Legends* 192-93)

사실 나반의『사막의 전설』은 소노라 사막에서의 '스토리텔링 정치학'
을 재구축하려는 노력의 다름이 아니다. 미국-멕시코 국경에 의해 소노라
사막은 두 조각으로 분절되었고, 사막생태계에는 파편화와 변형, 단절이
란 결과가 초래되었다. 원주민들의 문화와 전통, 삶 역시 국경에 의해 파

편화를 겪어왔다. 소노라 사막의 생태계와 식물, 사막원주민들이 전통적으로 식용과 약용으로 이용해온 식물에 주된 관심을 가져온 민속식물학자로서 나반은 이 작품에서 국경 양쪽의 소노라 사막을 직접 탐사하고 원주민들과 긴밀한 교제와 교류, 협력을 통해 사막생태계의 변형과 파괴, 원주민들의 전통 단절과 삶의 변화를 스토리 형식을 빌려 기록하고 있다. 특히, 국경 분단 이전의 소노라 사막의 건강한 생태계와 원주민들의 사막생태계와의 조화로운 관계 및 지혜로운 활용은 원주민들이 들려준 조상 전래의 스토리를 통해 전달됨으로써 분단 이전과 이후의 대조적인 상황을 더욱 부각한다. 소노라 사막의 전래 스토리와 자신의 스토리를 통해 나반이 궁극적으로 소망하는 것은 국경에 의해 분단되고 변형된 소노라 사막생태계와 원주민들의 삶과 문화를 원래의 모습으로 복원하는 것이다.

하지만, 나반의 개인적 관심과 생각, 작품이 더욱 가치 있는 것은 그의 '스토리텔링 정치학'이 환경과 푸드, 섭생이란 관점에서 현대인들의 삶과 푸드 이용 방식, 음식문화에도 깊은 울림을 주고 성찰로 이끌 수 있다는 점이다. 『사막의 전설』에서 그가 주장하는 소노라 사막의 생태계와 고유의 로컬푸드 문화 복원은 그 대상이 단지 소노라 사막과 그곳 원주민들에게만 국한된 것은 아니다. 현대 문명인들과 그들이 삶을 영위하는 장소역시 예외가 아니다.

> 우리가 인지하는 것은 서식지의 물리적 환경을 복원할 필요성만이 아니다. 살아있는 집단의 야생성을 보호하고 치료하고 이 야생성이 지속해서 진화하도록 문화적 헌신의 복원 역시 필요하다. 사냥-채집했던 세리원주민이나 소노라 농부처럼, 우리 역시 자신이 사는 곳의 원주민처럼 귀 기울여 듣고, 생을 영위하고, 노력해야 하며, 이러한 노력은 다음 세대로 이어져야 한다. (*Desert Legends* 193)

3.2 『섭생의 홈커밍』 - 로컬푸드 섭생의 스토리텔링 정치학

『사막의 전설』이 소노라 사막의 생태계와 원주민들의 전통적 푸드 문화 상실과 회복을 통한 '스토리텔링 정치학'이라면, 『섭생의 홈커밍』은 나반 자신의 푸드유역권에 기반을 둔 로컬푸드 실천을 위한 '스토리텔링 정치학'이다. 나반은 과학자이자 작가로서 자연-인간관계와 생태계 회복에 적극적으로 가담하고자 하며, 그의 특별함은 이 점에 있다. 객관적 관찰자와 보고자의 자리에 머물지 않고 상처받은 지구의 생태계 복원과 인간-자연의 조화로운 삶과 전통, 문화의 복원을 위해 적극적인 참여자로서 역할을 감당하고자 한다.

> 나로서는 팔짱을 끼고 앉아 느긋하게 그 심포니를 기약 없이 듣고 있을 수만은 없다. 그런 모습을 그려보는 일조차 감당이 안 된다. 조만간 나는 인정해야만 할 것이다. 무의식적으로 발로 박자 맞추듯 두드리는 것조차도 내가 오케스트라의 일원으로 연주하는 것이라고. 그럼으로써, 내 주변 창조물들의 목소리에 내 목소리를 덧붙여 사막 합창단 소속 합창소년이 되길 선택했다. 난 방관자로 남지 않을 것이다. 난 이 유쾌한 일에 참여한 일원이다. (*Coming Home to Eat* 192; 이후 페이지만 표기함)

우리가 섭취하는 푸드와 섭생 활동이 어떻게 자연생태계와 직접적으로 연계되는지 『섭생의 홈커밍』에서 보다 구체적이고 본격적으로 다뤄진다. 나반은 이 책의 서론에서 우선 사람들이 본능적으로 가진 음식과 과거에 대한 기억의 연관성으로 시작한다.

> 우리가 살아가면서 시각적 스냅사진이 아닌 맛과 향으로 과거가 되살아나는 경우가 있다. 내가 깊이 뿌리를 내리고 있는 내 삶의 방식에서 보자면 당연하게 여겨진다. 맛과 향이 불러일으키는 회상은 내가 원한다고 억지로 되는 것이 아니라 문득 솟아나서는 나를 사로잡는다. 그러한 회상의 경험

은 재차 내 몸에 깊이 새겨진다. (17)

음식과 기억의 연관성에 대한 깨달음은 나반이 자신의 민족적 뿌리인 레바논 방문을 통해 이뤄진다. 물고기가 자신의 삶을 가능하게 해주는 물의 존재에 대해 특별한 생각 없이 당연하게 여기듯, 대다수 사람과 마찬가지로 매일 먹고 마시는 것에 대해 당연하게 여길 뿐 진지하게 생각해오지 않던 나반이 레바논에 있는 자신 조부모의 집을 난생처음 방문한다. 레바논 방문 동안 처음에는 본 친척들이 낯설고 이질적으로까지 느껴져 어울리는 것이 어색했지만, 음식을 함께 나누면서 서로 동질감을 느끼게 된다. 음식을 통해 그들과 끈이 이어짐을 경험하면서 가족으로서 애착을 공유하며 낯선 곳이 자신의 '홈'으로 다가오기 시작한다.

옛 홈으로 뿌리를 찾아나섰던 그 시기에 내가 깨달은 점은 이것이다. 정말로 미국인들 대다수가 홈을 찾아 나서야 한다는 사실을. 그것도 절실하게 말이다. 나 역시도 그런 절박한 사람이었다. 지금껏 찾아갔던 옛 고향보다도 훨씬 더 멀리 있는 홈을 찾아 갈망해왔다. 그곳에서 사냥하고 호미로 땅을 파고 낫질하고 씨를 뿌리고 고기를 훈제처리하기 위해, 더없이 훌륭하고 좋은 로컬 음식을 먹고 마시기 위해 갈망해왔다. (26)

그의 레바논 방문 결정은 자신의 민족적 뿌리를 찾고 레바논의 건조지대와 소노라 사막 환경에서 자라는 식용식물 사이의 관계를 살펴보려는 동기에서였다. 친척들과 함께 음식을 나누는 경험을 통해 나반은 자신의 민족적 뿌리에 대한 인식만이 아니라 그들을 통해 그동안 자신이 푸드와 어떤 관계를 맺고 살아왔는지도 돌아보게 된다.

푸드에는 열량이 얼마나 담겨있는지보다는 푸드가 우리와 세상 간의 관계를 나타내준다는 차원에서 그 가치를 따져야 한다는 사실을 나는 갑자기 깨닫게 되었다. 즉, 푸드가 입에 들어오기까지 이동하면서 남긴 탄소발자국이나 푸드 생산자 중 가공식품 푸드산업과 같은 일부만을 선호하는 경제적, 정치적, 윤리적 문제, 어느 특정한 맛에 생각에 잠기게 만드는 문화적 기억 등과 같은 우리와 세상 간의 관계 말이다. (18)

자신이 지난 25년간 토종 종자를 수집하고 보급해온 '시드 세이버'로서 나반은 레바논에서는 사람들이 푸드에 온갖 정성을 기울이고 푸드와 특별하고도 밀접한 관계를 맺어왔다는 점을 직접 목격한다. 이러한 점은 그에게 대단히 감동을 주었고 동시에 현시대 사람들의 푸드에 대한 무지각한 태도를 반성적으로 돌아보게 해준다. "자신들의 삶을 지탱시켜주는 푸드를 생산해내는 데 관여하지 않는 사람의 수가 역사상 지금보다 많았던 적은 없다"(26). 대신, 현대인들은 수동적인 푸드 소비자로서 가공식품 푸드산업 시스템에 의존하고 있으며, 그 결과 작물 다양성은 줄어들었고 푸드와 연관된 다양한 건강상 문제를 안고 있다. 레바논에서 미국으로 돌아오는 비행기에서 그는 자신이 더욱 적극적으로 직접 푸드를 길러내고 자신이 사는 반경 250마일 이내에서 나오는 푸드 만으로 살아볼 결심을 하게 된다.

이러한 푸드와 섭생에 대한 생각과 실천 의지를 그는 이 책의 제목인 "섭생의 홈커밍"으로 부르면서 이 책에 그 과정과 그에 수반되는 즐거움과 어려움을 상세히 기록하고 있다. 그가 의존하는 푸드유역권은 애리조나의 사막지대이기 때문에 그 지역에서 나는 푸드 만으로 지내기는 쉽지 않은 도전이다. 실제로 나반은 로드킬 방울뱀과 같이 평소 푸드로 생각하지 못했던 것들까지 푸드 재료로 삼는다. 그의 푸드유역권 실천에서 가장 주목되는 점은 민속식물학자이자 시드 세이버로서 평소 관심을 기울여왔던 소노라 사막 원주민들의 전통적 섭생 복원이다. 평소 친분이 있던 원주민 노인들을 찾아다니며 그들이 기억하고 있는 그러나 지금은 잊혀진 푸드 소스와 레시피를 수집하여 스스로 요리해 봄으로써 푸드유역권 실천만이 아니라 잃어버린 전통 푸드를 되살리는 일을 한다. 예를 들어, 원주민들로부터 습지 감자를 푸드로 먹었다는 이야기를 듣고 나반은 실제로 습지에 들어가 발로 더듬어 감자를 캐내 음식으로 활용한다든지, 특정 선인장의 봉오리를 진흙에 구워 먹어보기도 한다. 이러한 과정에서 그가 알게 된 점은 "과거로부터 북미대륙에서는 수천 종의 동식물들이 원주민들에게 푸드로 귀한 대접을 받아왔다"는 점이다. 나반은 이러한 방식으로 소노라 사막 원주민들의 전통 푸드와 섭생을 하나하나 되살리는 노력을 기울이는 동시에 이렇게 복원한 푸드 전통이 원주민 젊은이들을 통해 이어지도록 못지않은 노력을 기울인다. 이는 단순히 원주민들에게 그들의 전통을 잇도록 해주는 문화 회복 노력에 그치지 않는다. 나반의 전통 푸드와 섭생 복원은 원주민들의 건강회복을 위한 행동이기도 하다. 사실 소노라 사막 원주민들이 그들의 전통적인 섭생방식을 버리고 현대화된 가공식품 푸드에 의존함으로써 미국 내에서 가장 높은 비만율과 당뇨병을 앓게 된다. 전통 푸드의 섭생은 이들 부족의 건강 유지와 직결된 일임이 드러난 것이다. 원주민에게조차 거의 잊혀진 '사막푸드 식물'(sand food plant)을 찾아 나선 이유에 대해 그는 다음과 같이 대답한다.

> 한 노파로부터 이 식물에 대해 들었다. 이 노파는 자신이 어려서 이 식물을 먹고 자랐지만, 이제는 백인의 푸드에 의존하면서 당뇨를 앓고 있다고 했다. 내가 이 노파에게 푸드로 활용할 만큼 충분한 양의 이 식물을 확보할 수 있을지 아직은 모르겠다. 그렇게 된다면 이 노파의 당뇨도 나을 텐데. (80)

푸드유역권을 실천하고 소노라 사막 원주민들의 전통 푸드를 찾아나서 스스로 섭생하고 복원시키는 과정에서 몬산토와 같이 종자를 독점하고 있는 거대 푸드 관련 산업과 GMO 푸드, 단일경작, 글로벌푸드시스템 등과 같은 현대 푸드 산업의 실상이 책 곳곳에서 신랄하게 파헤쳐지고 비판이 가해지기도 하지만, 이 책은 로컬푸드를 실천하는 중요성과 당위성, 이에 수반되는 만족과 즐거움이 주된 내용이다.

> 사막에서 가뭄으로 온통 동식물이 죽어가는 것을 목격한 지난 몇 달 동안 우연히 야생에서 찾아낸 푸드가 나를 구제까지 해주지는 못했지만 내 주변 자연에서 생명은 지속되고 있으며 **삶은 대개는 살만하다는** 사실을 깨닫게 해주었다. (83)

나반은 자신과 이웃, 소노라 사막의 원주민들이 로컬푸드와 전통 푸드 섭생을 실천함으로써 자신의 건강을 지키고 부족의 전통을 회복하고 환경을 보존하는 데 도움이 되기를 기대한다. 그에게 푸드는 추상적인 구호가 아닌 개개인이 먹는 행위를 통해 실질적인 변화를 가져올 수 있는 가장 현실적이고 효과적인 수단이 된다.

> 각자가 매일같이 자신이 먹는 푸드가 역사적으로 생태학적으로 지형학적으로 유전학적으로 어디에서 유래하는지 온전하게 깊이 생각할 수 있다면 어떨까? 섭생을 통해 우리 각자가 자연의 다른 생명체들과 연결되어 있다는 점을 알게 된다면 어떨까? 우리가 푸드를 의식을 갖고 먹느냐 아니면 아무 생각 없이 먹느냐에 따라 다른 자연의 종이 재생할 수도 있고 아니면 오염되어 파괴될 수도 있다는 사실을 우리가 이해한다면 어떨까? 우리가 텃밭을 가꾸고 물고기를 잡고 푸드를 채집하는 방식에 따라 다른 종과 교감이 이뤄질 수도 있고 아니면 생태학적 재앙이 될 수도 있다. 우리가 섭취하는 푸드가 어디서 오는지 알면 알수록 자연계의 다양성과 풍성함이 보존될 가능성은 더 커진다. (163)

각 개개인의 로컬푸드 섭생 실천이 중요하지만, 이 실천이 문화의 변화를 가져오는 '푸드 운동'(food activism)으로 발전하기 위해서는 공동체 차원의 푸드에 대한 인식과 푸드를 함께 나누는 노력이 필요하다는 점을 나반은 강조한다. 자신의 텃밭에서 수확한 채소나 자신이 기른 가축을 잡아 손수 요리한 뒤 친구나 이웃을 초대하여 음식을 나누는 모습이 자주 등장하는 것은 이 때문이다.

> 내게 점 점 더 확신이 드는 점은 이것이다. 각 개개인의 섭생 패턴으로는 육지나 바다의 생태학적 풍요가 보존되지 않는다. 우리에게 필요한 것은 자연서식지를 보존하는 방식으로 인간서식지에서 푸드가 생산되어야 하며 이러한 방식으로 생산된 푸드를 모든 인간이 함께 가치를 존중하고 감사하는 마음으로 소비해야 한다는 점이다. 이렇게 하는 것이 사막 분수계의 자연풍요와 바다가 연한 지역의 푸드를 함께 음식으로 즐기는 것이고 자연을 보존하는 일이다. 아마도 이렇게 함으로써 공동체가 함께 즐기는 푸드는 어떤 모습인지, 다른 인접 문화는 어떻게 인식하는지를 나와 아내 로리가 목격하게 되는 기회를 얻을 수 있다. (225)

각 절기에 따른 로컬푸드 섭생을 실천하는 1년 동안 나반은 소노라 사막의 푸드유역권과 원주민들의 섭생을 살피기 위해 지속해서 이 지역을 방문하고 조사한다. 그 과정에서 그가 목격한 점은 그 지역 푸드유역권의 자연환경과 생태계, 푸드 소스, 농지 대다수는 상실되었으며, 푸드유역권의 건강성과 지속가능성은 그 지역 사람들의 로컬 푸드 섭취와 푸드를 공동체 문화의 핵심으로 여기던 전통 회복에 결정적으로 의존한다는 점이다. 이 점은 원주민에게만 해당하는 것이 아니라 21세기를 사는 모든 현대인에게 적용되는 진리다.

> 옛 전통을 간직한 공동체가 지속되는 곳에서는 ... 푸드유역권이 아직은 완전히 와해되지는 않았다. 손상을 입기는 했을지언정, 푸드유역권은 복

구되어 다시 이을 수 있을 것이다. 이러한 생태학적 복구와 농업 재생이 가능하려면 푸드가 예전처럼 신성한 대상으로 존중되어야 한다. 우리가 기려왔던 전통적인 음식 축제는 푸드에 담긴 열량을 따지는 것보다 훨씬 중요했다. 우리 꿈속에, 우리의 바람 속에, 우리의 일상에서, 풍요롭고 가치 있는 미래를 꿈꾸는 우리 문화의 비전에서 토종 푸드를 지속해서 주목하고 기억하는 일이 중요하다. (237)

코로나19는 농업생산 활동과 공급에 지장을 줌으로써 한편으로는 가공
식품 푸드산업 시스템의 취약성을 드러내어 지역에 기반을 둔 대안적인 로
컬푸드시스템의 필요성을 부각시킨 반면, 다른 한편으로는 소비감소로 인
해 로컬푸드시스템이 안고 있는 한계 역시 노출시키고 있다. 코로나19 상
황으로 인해 전반적인 지역 소비가 위축되고 로컬푸드 소비의 큰 축을 차지
하는 레스토랑과 학교식당 등이 운영을 아예 중단하거나 운영 규모가 축소
되고 있기 때문이다. 각 지역에서는 이러한 도전에 대응하고 로컬푸드시스
템과 이를 통한 지역공동체를 더욱 견고하게 유지하기 위해 나름의 방법을
찾고 있다. 캐나다의 빅토리아 섬 사니치(Saanich)에서 시도하는 지역 공
동체형 레스토랑-식품가게의 결합인 하이브리드 형 비즈니스는 이러한 시
도의 좋은 예다.[7]

코로나19의 여파는 사니치의 비즈니스와 주민들의 삶에도 적지 않은
영향을 주었다. 평소 많은 관광객이 찾던 그레이터빅토리아에 방문객 수
가 급감함으로써 지역 경제는 큰 타격을 받게 되었고 다운타운의 많은 식
당도 문을 닫는 상황이 초래되었다. 이 지역의 두 여성은 이러한 상황에서
평소에는 엄두조차 내지 못할 새로운 형태의 레스토랑을 구상하고 2021
년 봄에 오픈했다. 세리 바로우(Ceri Barlow)와 제이미 우드(Jami Wood)
의 <니체 그로세란트>(Niche Grocerant)는 식품가게와 레스토랑을 한
공간으로 가져온 형태의 하이브리드 레스토랑으로 식품도 구입하고 식
사도 할 수 있는 장소다. 이곳에서는 일반 식당처럼 자신이 원하는 음식을

---

7) Jane Skrypnek. "New restaurant, grocery hybrid brings local food and community
to Saanich." *Sannich News*, 10 Oct. 2020, https://www.saanichnews.com/busi
ness/new-restaurant-grocery-hybrid-brings-local-food-and-community-to-saa
nich. Accessed 1 Nov. 2020.

주문하여 식사할 수도 있고 음식을 포장하여 갈 수도 있으며, 집에서 요리할 수 있도록 준비된 푸드 재료를 구입할 수도 있다.

세리와 제이미가 구상하는 이 특별한 레스토랑의 두 가지 핵심 개념은 로컬푸드와 지역공동체다. 이곳 식당에서 음식이나 요리재료로 판매되는 농축산물과 어류, 와인은 모두 이 지역에서 생산된 것만 사용한다. 이를 위해 이 지역의 소규모 농축산 농장과 와이너리, 어민들과 파트너십을 맺고 있다. 로컬푸드의 생산과 유통, 소비를 한데 엮으려는 이들의 노력은 코로나19로 인해 섬이란 지형적 특성으로 인해 안게 되는 푸드 문제를 구체적으로 겪고 있기 때문이다. 코로나19로 육지로부터의 공급이 차질을 빚으면서 특정 푸드 및 재료가 섬에서 바닥이 나자 사람들은 자신들이 이용하는 푸드가 어디서 들어오고 외부에 의존하는 푸드시스템이 얼마나 취약한지를 깨닫는 기회가 되었다. 이를 계기로 바로우와 우드는 이 레스토랑을 통해 지역민들에게 로컬푸드의 중요성에 대해 제대로 인식시키고 그들이 로컬푸드 섭생을 실천하는 계기를 마련하고자 한 것이다.

바로우와 우드의 <니체 그로세란트>는 단순히 식사하고 푸드 재료 구입을 통해 지역생산물 소비에만 기여하는 것이 아니라, 로컬푸드의 생산과 유통 소비를 통해 지역공동체의식 강화를 염두에 두고 있다. 이곳이 "지역공동체 분위기와 활기"의 공간으로서 사람들이 로컬푸드를 마음껏 즐기면서 소통하고 소식을 나누는 곳으로 기대하고 있다. 게리 폴 나반이 꿈꾸는 현실이다.

"코로나바이러스 팬데믹 상황이 지나가면 모든 것이 이전으로 되돌아 갈 것이다. 지금이 푸드시스템을 재구성할 결정적 시기다. 팬데믹 이후에 도 지속될 수 있는 장기적인 시스템을 만들 수 있는 정말로 중요하고도 역 사적인 기회를 맞고 있다."[8]

캐나다 퀸즈대학의 크리스틴 로윗(Kristen Lowitt) 교수의 지적이다. 지역에 기반을 둔 푸드네크워크 구축을 통해 로컬푸드 공급 체계를 만드 는 것이 무엇보다 중요하다고 그는 강조한다. 식량 안전 보장은 결국 로컬 푸드시스템에 달려있다. 전 세계가 코로나19로 인해 식량의 안정적인 확 보의 중요성을 경험했기 때문이다. "코로나바이러스로 인해 우리는 소 량의 '한 번에 딱 그만큼만'의 푸드 재고를 유지하는 글로벌푸드 공급 체 인과 장거리 푸드 공급네트워크의 취약점을 경험했다."

캐나다는 국가 전체가 푸드산업 시스템에의 의존도가 높은 나라로 코 로나19 팬데믹과 같은 예기치 못한 사건 발생이 국가 차원의 푸드시스템 에 미치는 영향을 파악하는데 좋은 사례가 된다. 캐나다의 푸드 주권이 취 약한 이유는 무엇보다도 중앙정부 주도의 농업 및 푸드 생산 정책 때문이 다. 국가적 차원에서 국부를 창출하는 별다른 산업 분야를 갖지 못한 캐 나다는 자연자원과 농산품이 국가의 주된 산업으로 캐나다 정부에서는

---

8) Meghan Balogh. "Food-giving organizations look to establish reliable local food systems." *The Kingstone Whig-Standard*, 9 Oct. 2020, https://www.thewhig.com/news/local-news/food-giving-organizations-look-to-establish-reliable-local-food-systems. Accessed 1 Nov. 2020.

농산품 수출에 역점을 두고 있다. 현재 캐나다에서 생산되는 푸드 생산의 약 절반이 정부 정책에 의해 수출되는데 이는 1990에서 2010년 사이 수출의 4배나 달한다. 더불어, 넓은 농토로 인해 농업생산은 대규모 산업 농업 의존하며, 농업생산이 많은 만큼 푸드 가공 산업 역시 발달해 있다. 따라서 캐나다인들의 푸드산업 시스템에의 의존은 당연히 높고, 상품화된 푸드 구입에 지출을 제한받고 있는 저소득층은 푸드뱅크에 의존하는 상황이 지속되고 있다. 캐나다에서는 지역 단위의 푸드의 생산과 소비를 근간으로 하는 자생 푸드시스템은 코로나19 발생과 같은 외부환경 변화에 취약할 수 밖에 없다.

글로벌 푸드산업 시스템을 대체하거나 적어도 보완할 지역단위 푸드시스템의 부재로 인한 푸드 공급 차질은 코로나19 팬데믹으로 명백히 드러났다. 이번 팬데믹 발생으로 전 세계적으로 물류 운송과 이동에 차질이 빚어지면서 2020년 5월에 발표한 캐나다 연방통계청(Statistics Canada) 자료에 따르면, 캐나다 인구 중 약 15%인 7명 중 한 사람은 식량 안전 보장 문제를 겪고 있는 것으로 드러났다. 2017-2018년도의 10.5%에 비해 확연히 증가한 것이다. 특히, 이번 팬데믹으로 인해 실직한 사람들은 생계에 필요한 식량의 안정적 확보와 유지에 문제를 겪을 확률은 직장을 유지한 사람들에 비해 3배나 높은 것으로 보고되었다.

코로나19 발생 이후로 캐나다에서는 지역의 푸드 관련 민간기구를 중심으로 로컬푸드시스템 구축을 위한 노력이 전개되고 있는 것은 다행이다. 이들 기구는 한편으로는 팬데믹 발생 여파로 식량 안전 보장 문제를 겪고 있는 사람들에게 지역농산물을 공급해주며, 다른 한편으로는 캐나다 전역의 지역 민간기구와 협력하여 로컬푸드시스템 구축을 위해 애쓰고 있다. 2020년 8월, 캐나다 온타리오주 소재 킹스턴의 로빈슨 커뮤니티 가든에서는 60여 명의 자원봉사자가 농산물 수확에 땀을 흘리고 있었다. 평소에도 이 가든에서 생산된 수확물 중 일부는 로컬푸드 프로그램에 공급되었으나, 코로나19 이후에 평소보다도 더 많은 자원봉사자가 참여하는 이유는 여기서 생산된 푸드를 필요로 하는 식량 안전 보장 문제를 겪는 사람들이 늘어났기 때문이다. 실제로 이 가든에서 수확한 채소와 과일 수요가 코로나19 발생 이후 40%나 증가했다는 사실은 이를 반증한다. 로컬푸드의 수요증가만이 아니라 수요증가에 따른 생산과 수확에 필요한 노동을 제공하는 지역 자원봉사자들의 증가는 자발적인 로컬푸드시스템의 실현 가능성에 중요한 요인이다.

> "이번 팬데믹으로 인해 사람들에게 유용하게 활용할 시간이 늘어났고 사회를 위한 기여의 필요성을 느낀 것 같다. 과거 어느 때보다도 우리 커뮤니티 가든에 자원봉사하겠다는 사람들이 많다."

로빈슨 커뮤니티 가든 매니저의 언급이다.

캐나다에서의 식량 안전 보장과 푸드 주권을 위해 단체와 개인들로 구성된 전국적인 연합체인 <푸드 시큐어 캐나다>(Food Secure Canada)는 코로나19로 드러난 취약한 캐나다의 푸드시스템을 바꾸기 위한 푸드 정책 실천강령을 2020년 5월에 발표하면서, 국가주도의 가공식품 중심의 푸드산업 시스템을 대체할 전국에 걸친 지역 단위의 '로컬푸드 웹'을 주창한다. '로컬푸드 웹'은 지역과 장소에 기반을 둔 커뮤니티 규모에 적합한 푸드 생산과 지역 커뮤니티의 경제적 재생을 도모하며, 신선한 푸드를 보다 쉽게 이용하고, 음식물 쓰레기를 줄이며 푸드 쇼크에도 견뎌낼 수 있도록 하는 데 목적을 둔다.

코로나19로 인해 글로벌푸드시스템의 취약성과 식량 안전 보장 문제는 캐나다만의 상황은 아니며 글로벌 푸드산업 시스템에의 의존도가 높은 우리나라도 예외가 아니다. 저자가 거주하는 지역에서도 지역 농협에서 운영하는 마트를 중심으로 지역농산물 전용 코너가 들어서고 활성화되는 사례가 늘어나는 현상은 코로나19로 인한 불편과 불안 속에서도 미래를 위한 희망의 소식임이 분명하다.

제3의 식탁

연어껍질 튀김과 텃밭 못난이 감자 식단

푸드 계몽주의와 21세기 지속가능한 푸드 웨이 실천

"뒤카스 덕분에 요리사들은 메뉴판에 '음식물 찌꺼기로 키운 돼지고기'
라고 당당하게 표기하고 음식값을 비싸게 받아도 이상할 것이 없게 되었습
니다."

제3부에서 다루는 미국의 요리사 댄 바버(Dan Barber)가 알랭 뒤카스
(Alain Ducasse)에 대해 한 말이다. 일전에 EBS에서 방영된 다큐멘터리
중 관심을 끈 영화가 있었다. "알랭 뒤카스: 위대한 여정"이다. 요리에 조
금만 관심이 있다면 알랭 뒤카스라는 이름만으로도 이 영화에 끌리지 않
을 수 없을 것이다. 쥘 드 메스트로가 각본과 연출, 감독의 1인 3역을 맡은
2017년도 개봉된 프랑스 다큐멘터리다. 메스트로는 꼬박 일 년간 뒤카스
를 설득한 뒤 어렵게 허락을 받아 18개월 동안 그의 일정을 따라다니며 이
영화를 만들었다. 뒤카스가 베르사유 궁전 안에 고급레스토랑 오픈을 세
심하게 준비하는 장면이나, 전 세계에 걸쳐있는 자신의 레스토랑을 찾아
요리사들을 격려하고 함께 의견을 나누는 장면, 자신의 레스토랑에 푸드
재료를 공급해주는 오지의 농장을 찾아 농작물 상태를 확인하고 농부들
과 허심탄회하게 소통하는 장면, 자신이 세운 필리핀 요리학교에서 젊은
이들을 격려하는 장면 등, 그만의 삶과 요리 철학을 위해 전 세계를 무대
로 끊임없이 탐구하고 왕성하게 일정을 소화하는 내용이 고스란히 기록
되어 있다.

알랭 뒤카스는 누구인가? 8개국에 걸쳐 24개의 레스토랑을 운영하며
그의 레스토랑이 받은 미슐랭 스타만 18개에 달하고 40여 나라에 1400여
명의 파트너를 둔 요리 왕국을 이끄는 요리계의 명사중 명사다. 프랑스의
자존심인 베르사유궁 안에 자신의 레스토랑을 열었으며 프랑스 국빈만

찬도 직접 준비하는 프렌치 요리의 상징적 인물이다. 하지만 전 세계의 많은 거장 요리사 중에서도 뒤카스가 차별되며 진정으로 위대한 요리사로 존중받는 이유에는 그가 지향하는 자연주의 요리가 큰 몫을 한다. 뒤카스는 프랑스의 화려하고 격조 높은 미식 요리의 대가이면서도 자연의 맛을 중시하는 요리를 통해 지속가능한 환경을 배려하는 철학을 펼치고 있다. 덧붙여, 요리를 통해 그는 사회적 약자에 대한 배려도 담아낸다. 이 다큐멘터리에서도 이 점을 놓치지 않고 담아내고 있다.

뒤카스는 전통적인 프랑스 요리 특징인 오트 퀴진(Haute cuisine), 즉 세련된 고급요리를 즐기던 문화에서 음식의 맛과 기쁨, 만족을 재료의 정직하고 자연스러운 맛에서 경험하는 자연주의로 혁신을 이끈 요리사로 평가받고 있다. 그가 프랑스 전통인 예술로서의 요리의 고급스럽고 세련된 맛과 향, 스타일을 여전히 중시하며 인위적인 요리보다는 자연적인 요리에서 이 전통을 살리고자 한다. 뒤카스는 농부의 아들로 태어나 농장에서 자라면서 자연스럽게 자연에서 나는 재료로 만든 음식에 익숙해 있었고, 이러한 어릴 적 환경이 그의 자연주의 미식 철학에 영향을 주었다. 요리는 간결하고 재료 본연의 맛을 살려야 한다는 소신을 어려서부터 몸에 체득한 것이다. 그가 최상의 재료를 구하기 위해 직접 전 세계를 찾아다니며 현장에서 푸드 원료와 재료의 재배 환경을 직접 살피는 이유도 여기에 있다. 전 세계 어느 곳에 있건 그의 레스토랑에서는 그 지역에서 생산된 재료만을 엄선하여 사용하는 그의 철학이 실천되고 있다.

뒤카스가 요리에서 자연주의를 추구하는 이유는 단순히 맛 때문만은 아니다. 맛에 못지않게 지속가능한 환경에 대한 고려에서 그의 자연주의 추구는 더욱 보편적이고 윤리적 의미가 있다. "요리 이전에 자연이 먼저

다." 그의 단순명료한 요리 철학대로, 요리사는 요리재료 선택에서 지속가능한 자연환경에 책임 있는 자세를 가져야 한다고 강조한다. 다큐멘터리에 소개된 한 일화에는 뒤카스의 지속가능한 자연환경에의 관심이 얼마나 지대한지 잘 드러난다. 2015년도 파리 기후변화 정상회담이 열린 당시 주최국인 프랑스 대통령 궁에서는 뒤카스에게 세계 정상들을 위한 만찬을 부탁한다. 이에 뒤카스는 회담 취지에 맞게 채소와 씨앗, 뿌리, 지속가능한 생선으로만 구성된 요리로 한 사람당 20유로를 넘지 않게 메뉴를 준비하겠다고 제안한다. 하지만, 대통령 궁으로서는 국빈만찬에 어울리지 않는다며 제안을 수용하지 않자 뒤카스는 아예 만찬 준비를 거절한다. 뒤카스의 환경을 배려하는 요리 철학이 잘 드러난 상징적 일화이다.

지속가능한 자연환경을 배려하는 뒤카스의 자연주의 요리 철학은 한 발 더 나아가 버려지는 재료 활용에까지 이른다. 버려지는 재료 활용은 뒤카스에게는 가난한 사람들에 대한 배려이기도 하다. 버려지는 재료를 요리에 적극 활용할 것을 주장하는 사람은 이탈리아의 유명한 요리사인 마시모 보투라로, 그의 "레페토리오 게스트로모티바" 운동은 모든 푸드 재료는 남김없이 요리로 활용되어야 하고 쓰레기로 버려져서는 안 되며, 음식은 많은 재료를 활용하지 않고 최소한의 재료로만 맛을 내야 한다는 정신이다. 뒤카스는 보투라의 이 운동에 적극적인 지지를 보내면서, 스스로 실천하고 있다. 예를 들어, 브라질 리오에서 월드컵이 열리던 당시 그곳을 방문하여 목격한 것은 월드컵이란 화려하고 성대한 행사의 이면에 빈민촌에서는 하루 한 끼 식사로 연명하는 홈리스들이었다. 이들에게 음식을 제공하는 급식소를 찾은 뒤카스는 그곳에 있던 몇 가지 음식 재료만으로 정성을 다해 200명이 넘는 홈리스들에게 음식을 대접한다. 자신들에게 요리해준 뒤카스라는 인물에 대해 알 턱이 없는 홈리스들이지만 음식을 먹으면서 음식에 담긴 정성과 맛에 감탄하고 눈물까지 글썽거린다.

뒤카스는 자신의 요리 철학이 본인 한 사람에서 그치는 것이 아니라 다음 세대로 이어지기를 희망한다. 그가 필리핀에 요리학교 개설하여 가난한 어린이들에게 숙식과 장학금을 제공하며 졸업식에 직접 참여하여 졸업생들을 일일이 격려하고 꿈을 꾸도록 하는 이유다.

제3부에서는 지속가능한 환경을 고려한 사회운동으로서의 요리와 요리사, 레스토랑의 역하과 더불어, 대중의 지속가능한 환경과 푸드 실천 방법으로 근래 관심을 끌어온 도시에서 직접 텃밭을 가꾸고 가축을 키우는 도시농업을 다룬다.

　사회과학적 관점에서 동식물과 생태계, 푸드, 섭생에 대해 지속적인 관심과 저술작업을 해온 마이클 폴란은 과학적 데이터나 연구결과, 이론을 넘어서 어떻게 하면 우리가 일상 속에서 자연과의 지속가능한 관계를 구체적으로 인식하고 실천을 할 수 있을 것인지의 문제에 관심을 가져왔다. 그의 많은 저술은 이 점에 초점이 맞춰져 있다 해도 과언이 아니다. 폴란이 답을 찾은 것은 다름 아닌 요리였다. "중년이 한참 지난 언젠가, 생각지도 않게 나를 사로잡았던 대다수 질문에 대한 답이 실상 하나였다는 사실을 깨닫고 행복해했던 적이 있다. 바로 '요리'였다"(9). 이후 그는 3년에 걸쳐 미국 전역에 있는 요리 장인을 찾아다니면서 본격적으로 요리를 배운다. 이 과정과 깨달음의 기록이 『요리를 욕망하다』(*Cooked: A Natural History of Transformation*)이다. 폴란은 요리 행위 자체만으로도 먹고 마시는 즐거움이 몇 배로 커진다는 일차적인 보상을 넘어서 요리를 통해 사람들은 자신과 자연생태계 간의 관계를 구체적으로 인식하게 된다고 한다.

　　이 일[전통적으로 음식이 만들어지는 실제 과정을 완벽히 익혀보는 일]을 하면서 나는 요리가 사회적이고 생태학적인 관계, 즉, 동식물과 흙, 농부, 우리 몸 안팎에 있는 미생물, 그리고 요리로부터 양분을 공급받고 기쁨을 얻는 사람들과의 관계의 그물망 속에 우리를 끌어들이는 방식이야말로 가장 중요하다는 점을 배웠다. 무엇보다 나는 주방에서 요리가 서로를 연결해준다는 사실을 깨달았다. 요리는 한편으로는 자연계와 또 한편으로는 인간사회와 마주하는 매우 특별한 장소, 특별한 세계에 우리를 위치시킨다. 요리사는 자연과 문화 사이에 굳건히 서서 번역과 협상을 수행하는 존재다. 자연과 문화 둘 다 요리에 의해 변형된다. 이 과정에서 요리사 또한 변한다는 사실을 나는 발견했다. (29)

폴란의 깨달음과 같이 제3부에서는 우리의 일상 속에 요리와 섭생이 구체적인 행위를 통해 인간과 자연 간의 그리고 인간과 인간 간의 관계망을 생태학적으로 인식하고 미래의 지속가능한 푸드 웨이를 모색하고 실천하는 내용을 다룬다. Chapter 1 <그린 셰프의 푸드 계몽주의 - 댄 바버의 『제3의 요리접시』>에서는 뉴욕에서 오너셰프로 식당을 경영하면서 자연보존 및 사회운동의 관점에서 요리와 요리사의 중요성을 현장에서 본격적으로 실천하고 운동을 펼치는 미국의 요리사인 댄 바버와 그의 책 『제3의 요리접시』를 다룬다. 이 책은 자신이 가꾸고 운영하는 농장과 식당만이 아니라 미국과 다른 나라, 특히 스페인의 식당과 요리사, 농장, 푸드 연구소 등을 직접 탐방하고 체험한 내용으로 구성되어 있다. 그의 주된 관점은 생태학적으로 건강하고 지속가능한 푸드 재료의 생산방식과 요리법, 섭생 간의 상호 관계를 보여주는 데 있으며, 이들 관계망이 미래 푸드를 위한 선언서가 되기를 희망한다. Chapter 2 <도시농업과 21세기 개방계 푸드 공동체 문화 가꾸기 - 벨라 카펜터의 『팜시티』>에서는 자칭 '도시농부'인 카펜터가 캘리포니아주 오클랜드 빈민촌 아파트의 버려진 공터를 도시농장으로 일궈 채소만이 아니라 돼지를 포함한 가축까지 길러내 직접 식용으로 삼고 지역공동체와 함께 나누는 경험을 다룬 『팜시티』를 중심으로 현대도시 가드닝의 의미를 21세기 지속가능한 푸드 웨이 관점에서 살핀다. 카펜터가 『팜 시티』를 통해 자전적으로 보여주는 도시에서의 가드닝은 특히 현대 도시민들이 거의 전적으로 의존하는 푸드 산업 위주의 푸드 웨이의 반성과 더불어 미래의 지속가능한 새로운 푸드 웨이의 실천과 방향에 적지 않은 메시지를 던진다.

1 그린 셰프의 푸드 계몽주의
– 댄 바버의 『제3의 요리접시』

| 프롤로그 |

"이 재능 있는 요리사는 지역의 푸드 재료 공급자들과 수렵꾼들, 지역민들과 신뢰의 네트워크를 공유한다. 철에 맞춰 준비되는 웨스트 코크 지방에서 나는 재료를 활용한 훌륭한 요리가 태어난다는 점은 어쩌면 당연하다. 요리에는 재료 낭비를 최대한 줄이는 방법을 택하고 있으며, 그의 독창적인 요리에는 자신만의 넘치는 개성과 터키음식 유산이 격조 높고 우아하고 멋지게 조화를 이루고 있다."

2021년도에 '기드 미슐랭'(미슐랭 가이드)가 터키출신 아일랜드 요리사 아하메드 디드를 미슐랭 스타로 선정하면서 밝힌 이유다.

2018년 7월 31일 싱가포르에서 미슐랭 가이드 국제 감독관을 비롯하여 요리전문가들이 모여 지난 한 세기에 걸쳐 지속해서 적용되어온 미슐랭 스타 선정기준에 대해 논의를 벌였다. 이 세미나에서 전문가들이 정리한 5가지 적용기준은 다음과 같다. 최상의 재료 사용, 맛의 완성도와 요리 기술, 요리사의 개성, 가성비, 음식의 일관성이다. 이 때까지도 미슐랭 스타 선정 기준에는 환경의 고려는 들어있지 않다. 하지만, 가장 최근 들어,

미슐랭 스타 선정기준에 변화 조짐이 나타났다. 즉, 요리와 음식이 환경에 미치는 영향에 대한 고려다. 아흐메드 디드의 미슐랭 스타 부여가 좋은 예다.

아흐메드 디드는 터키 출신으로 아일랜드에 있는 자신의 레스토랑에서 현지인들에게 터키 전통요리를 전파하고 있다. "터키에서 태어난 요리사인 아흐메드 디드는 이곳 아일랜드 해안가 타운 볼티모어를 제2의 고향으로 삼아 정착했다. 이곳 타운과 주민들도 디드를 마음으로 받아들였다." 그의 레스토랑 웹사이트에 소개된 문구다. 그가 2018년도에 이어 2021년도에 두 번째 미슐랭 스타 요리사로 선정된 것이다.[1]

지역 내에서의 생산과 공급, 소비를 한데 엮는 로컬푸드 네트워크의 가치와 재료 낭비의 최소화(미니멀 웨이스트) 요리법을 미슐랭 스타 선정 근거로 명시한 것은 미슐랭에서도 로컬푸드시스템과 지속가능한 환경을 위한 고려가 푸드에서 중요한 요인이라는 최근의 경향을 반영하고 있는 증거다.

디드는 자신의 요리에 영감을 준 '두 어머니'에 대해 이야기한다.

"한 분은 나의 어머니로 요리를 통해 가족에게 기쁨을 주고 사랑을 베풀어주셨고, 다른 한 분은 지구어머니로 자연의 재료를 공급해주고 재료를 끊임없이 길러내는 능력을 갖추고- 계셔서 기쁨과 사랑을 최대치로 베풀

1) Katy McGuinness. "Ahmet Dede bags his second Michelin star with less formal dining by the sea." *Independent.ie*, 26 Jan. 2021, https://www.independent.ie/life/food-drink/food-news/ahmet-dede-bags-his-second-michelin-star-with-less-formal-dining-by-the-sea-40010934.html. Accessed 1 March 2021.

어주신다.”

세상 사람들이 지구온난화와 기후변화에 대해 조금 더 관심을 기울인다면 물건을 사고 음식을 먹는 지금과 같은 방식은 반드시 바뀌어야 한다면서, 디드는 지역 기반 푸드 웨이를 대안으로 삼아 자신의 레스토랑에서 실천한다.

"지역에서 제철마다 생산되는 푸드로 요리하고 섭취해야 한다. 기후변화로 인해 농사시즌이 변하고 있으며 이로 인해 농산물생산이 영향을 받고 있다는 점은 쉽게 목격된다. 지금 당장 우리가 변하지 않으면, 우리의 후대에 이 세상은 지금과는 상당히 다른 세상이 될 것이다.”

푸드의 생산과 공급, 소비에서 지역기반 네트워크 구축을 통해 요리에 적극적으로 반영하고 이를 통해 지속가능한 환경을 추구하는 레스토랑운동을 벌이는 미국의 대표적인 요리사는 뉴욕의 블루힐 레스토랑의 오너셰프인 댄 바버다. 제3부 Chapter 1의 주인공이다.

1 철학자 요리사 댄 바버와 3개의 식단

댄 바버는 21세기 자연과 인간의 지속가능성이란 사회운동 관점에서 푸드와 요리사의 중요성을 요리 현장에서 본격적으로 실천하면서 책을 통해 메시지를 전달한다. 바버는 저술가이기도 하지만 본업은 요리사로서 맨해튼 소재 블루힐(Blue Hill)과 뉴욕주 포칸티코의 스톤 반스(Stone Barnes)의 블루힐 두 식당을 운영하고 있다. 우선 바버는 전문요리사로서 높은 인지도를 갖고 있다. 2002년도에 푸드앤와인(Food & Wine) 매거

진에 최고의 신진요리사에 들었으며, 제임스 베어드 재단에 의해 2006년에 베스트 셰프, 2009년도에는 미국의 톱셰프로 선정된다. 하지만 바버는 일반적인 의미에서의 요리사와는 다르다. 영국의 『가디언』(2017. 1. 15)은 그를 '철학적인 요리사'(philosophical chef)로 지칭하면서 그에 관한 기사를 싣고 있다. 이 기사는 다음과 같은 소개 문단으로 시작한다.

> 일주일에 네다섯 번 댄 바버는 아침마다 맨해튼 자신의 집을 나서 뉴욕주 북부 포카티노 힐스에 있는 자신의 유명한 레스토랑인 스톤 반스의 블루 힐로 차를 몰고 간다. 도로가 막히지 않으면 운전해서 한 시간 내에 도착할 거리다. 올해 마흔일곱의 바버는 출중한 철학적인 요리사다. 금욕주의자로서의 대단한 엄격함과 향락주의자로서의 끊임없는 미각에 대한 호기심을 지니고 있으면서, 바버는 무모하게 보이는 일을 혼자서 기꺼이 감당하고 있다. 미국에서 가장 맛좋은 음식을 제공할뿐더러 미국의 농법과 섭생 방식을 영구히 바꾸는 일이다. 이 임무는 단순한 요리사의 임무를 훨씬 넘어서는 일이라는 점은 자명하다.[2]

『가디언』의 소개대로, 바버는 자신의 '임무'를 대중에 전달하기 위해 요리사로서의 일 이외에도 다양한 활동을 해왔다. '테드 토크'에 출연하여 동물에게 고통을 주지 않는 방식으로 푸아그라를 만들어내는 사례를 전달하는가 하면, 생태학적이며 지속가능한 방식의 농사법이 요리 맛에 어떻게 영향을 줄 수 있는지를 컨퍼런스와 언론매체 사설을 통해 밝히기도 한다. 오바마 행정부에서는 건강과 영양을 다루는 위원회에서 활동하기도 했으며, 하버드 의과대학의 건강과 글로벌 환경 센터의 자문위원으

---

2) Tim Adams. "Dan Barber's long-term mission: to change food and farming for ever." *The Guardian*, 15 Jan. 2017, https://www.theguardian.com/lifeandstyle/2017/jan/15/dan-barber-mission-to-change-food-and-farming. *Accessed* 10 Sept. 2018

로도 활동 중이다. 이러한 그의 활동은 2015년 넷플릭스의 '셰프의 테이블' 시리즈 첫 시즌 두 번째 사례에 소개되기도 한다. 이미 2009년도에는 요리사로서는 드물게 타임지 선정 전 세계 가장 영향력 있는 사상가 100인에 선정되기도 했다.

바버는 맨해튼의 블루힐 식당에서 처음에는 '농장에서 식탁으로'라는 푸드 로컬리티를 실천하였다. 인근에 있는 아버지가 소유하던 농장을 다른 형제와 함께 운영하면서 그 농장에서 나는 재료를 자신의 식당에서 사용해왔다. 맨해튼에서 자동차로 한 시간 거리에 있는 스톤 반스 농장에서 바버에게 식당 입점을 요청하자 바버는 자신의 푸드 철학을 더욱 널리 전파할 좋은 기회라 여겨 블루힐 2호점 개업을 결정하고 블루힐에 푸드 재료를 공급할 스톤 반스 농장을 총괄하는 역할까지 맡는다. 80에이커 크기의 스톤 반스 농장은 원래 록펠러 가문의 사유지였으나, 기부를 통해 일반인에게 체험과 교육 장소로 새로 태어났다. 2004년에 이곳에 "푸드와 농업을 위한 스톤 반스 센터"와 블루힐 엣 스톤 반스 식당이 함께 오픈했다. 바버는 이 넓은 농장에서 유기농법으로 재배되는 다양한 채소와 곡물, 과일 및 방목해서 기르는 가축을 최상의 상태에서 자신이 원하는 방식으로 식당의 음식 재료로 활용할 수 있다는 점에서 '농장에서 식탁으로' 식단을 실천할 수 있는 최상의 조건으로 본 것이다.

바버는 '농장에서 식탁으로' 운동을 실천하는 많은 요리사의 한 사람으로 만족하지 않았다. 오히려 그가 철학자 요리사로 불리는 이유는 유행처럼 번진 '농장에서 식탁으로' 식단에 내재된 문제점을 발견하고 미래의 새로운 식탁으로 변신을 시도했기 때문이다. 단순히 푸드산업이 주도하는 글로벌푸드시스템을 로컬푸드시스템으로 대체하는 데서 그치는 것이 아니라, 대안푸드의 낭비적인 요인을 줄이고 지속가능한 방향으로 푸드 재료를 이용하면서 음식의 맛과 풍미의 가치를 살리는 보다 적극적인 친생태적 방향으로의 푸드 웨이 문화를 만들어내고자 한다. 환경을 고려하고 일반인들의 섭생행태와 푸드 이용 방식과 음식문화를 바꾸는데 요리사로서 자신의 역할에 대해 끊임없는 실험과 실천, 노력을 기울이는 바버의 여정은 그의 저서 『제3의 요리접시』에 그대로 담겨있다.

이 책에서 바버는 미국인들의 식단을 3종류의 요리가 담기는 접시로 기술한다. 바버의 '요리접시'(plate)는 "각기 다른 방식의 요리 내지는 다양한 요리들, 메뉴 작성, 요리재료 구입을 의미하기도 하며 실제로는 이 모든 것은 의미한다"(21). 더 나아가 바버의 요리접시 의미에는 맛이 당연히 포함되지만, 이 맛은 주로 감각에 의존하는 기존의 개념과는 달리 음식 재료가 생산되는 토양과 환경을 고려한 맛이다. 첫번째 요리접시에는 산업화에 의해 길러지고 유통되는 푸드가 담기며, 두번째 요리접시에는 '농장에서 식탁으로'의 로컬푸드가, 세번째 요리접시에는 지속가능성에 초점을 맞춘 미래식단으로서 업싸이클링 혹은 리퍼브 푸드가 담긴다.

2 첫 번째 요리접시 - 현대 글로벌 푸드산업과 섭생방식

바버는 자신이 겪은 일화로 첫 번째 요리접시가 던져주는 문제의 단초를 풀어낸다. 일전에 그는 명성이 자자한 아방가르드 식당을 방문한 적이 있다. 메뉴에는 최신식 음식이 즐비하였고 내어오는 음식은 양은 적으나 빈틈이 없었다. 약 30가지 종류로 차려진 코스 음식을 마친 뒤, 그 식당의 주방장은 바버에게 주방을 구경시켜 주었다. 마침 주방에서는 요리를 위해 닭이 손질되고 있었다. 주방장은 그 닭고기를 손에 치켜들더니 프랑스에서 공수해온 우성유전자를 보전하는 방식으로 키운 희귀한 닭으로 지금까지 자신이 맛본 것 중에서 가장 훌륭한 닭고기라고 우쭐해 한다. 그러더니 바버를 쳐다보며 한마디 내뱉는다. "제길 이 통째로 있는 닭을 어찌해야 할지 모르겠어요?"(152). 이 주방장의 불평은 요리에서 사용되는 최상의 부위만을 사용해왔는데 요리에 "쓸모없는" 부위까지 통째로 있으니 번거롭기도 하고 그렇다고 일부 부위만 골라 쓰고 나머지는 버리자니 비싸게 프랑스에서 공수해온 것 최상의 재료가 아깝기도 하다는 뜻이었다.

　이 일화는 첫 번째의 요리접시로 상징되는 풍요롭지만, 낭비적인 글로벌 푸드산업 시스템과 생각없이 이 시스템에 의존하는 요리사의 단면을 잘 보여준다. 바버는 첫 번째의 요리접시가 미국인들의 푸드 웨이로 오랫동안 자리 잡아 온 원인의 하나로 요리사의 책임을 부각하며 특히 프랭크 퍼듀(Frank Perdue)를 예로 든다. 퍼듀는 요리재료로 사용되는 동물을 부위별로 구분하여 요리하는 것이 수입에 도움이 되며 이를 위해 "사람들이 가장 선호하는 부위만 선별"(152)해서 사용할 것을 강조했다. 부위 선별로 인한 낭비적 음식 조리 관행이 가능하게 된 것은 물론 산업 농업의 발전 때문이다. 독일화학자 프리츠 하버(Fritz Haber)에 의해 개발된 화학비료 덕분에 농업생산량이 급격히 증가함으로써 식량으로서의 농작물만이 아니라 옥수수와 같은 농작물이 가축의 먹이로 이용될 수 있게 되어 가축의 공장형 사육이 가능해졌고 사람들은 저렴한 가격에 육류를 마음껏 누리거나 먼 거리에서 공수해온 '특별한' 고기를 향유할 수 있게 되었다.

　바버는 첫 번째의 요리접시를 미국적인 푸드 웨이 특성으로 든다. 오랜 고유의 요리 전통을 유지해 온 프랑스나 이탈리아, 인도, 중국의 경우 요리는 전통적인 농사방식과 밀접한 연관을 맺어 왔으며, 대개 이들 나라에서는 농사가 소작농에 의해 이뤄지다보니 농작물 수확은 넉넉하지 못했고 가축 역시도 귀했던 육류는 때문에 푸드 재료가 낭비되지 않는 방식으로 사용되어 왔다. 식탁에 오르는 요리도 곡물이나 채소가 주가 되고 귀했던 소량만이 그것도 모든 부위가 요리로 사용되었다. 따라서 이들 나라의 전통요리는 땅이 산출해내는 범위 내에서 이들 재료를 최대한 활용하고 적은 양을 질로 보충하기 위해 맛을 내는데 정성을 기울였다. 반면, 미국의 농업과 요리, 섭생은 이들 나라의 경우와 상당히 달랐다. 농업과 축산업을 위한 넓은 땅과 천혜의 환경이라는 자연의 혜택과 산업 농업법으로 인해 미국에서는 요리재료의 부족이나 요리의 질에 대해 크게 신경 쓸일이 없었다. 농산물과 육류를 지속해서 얻기 위해 자연환경 보호나 보존에 대해 특별히 관심을 기울일 필요도 없었다. 오히려 건국 전 식민 시대부터 농업은 "땅에서 맘껏 뽑아냄의 철학"(philosophy of extraction; Barber 16)이 자리 잡았고 자연과 조화로운 협력보다는 자연을 정복하고 길들이는 데 초점을 맞췄다.

미국의 요리가 이러한 자연이 선사하는 풍요로움을 기초로 형성되다 보니 육식 위주의 식단이 자연스럽게 정착되었고 재료를 낭비적으로 사용하는 것이 습관화되었다. 바버의 책에 인용된 뉴욕 요리학교 학장이었던 쥘리에트 코손(Juliet Corson)은 이미 1877년 다음과 같이 미국 요리에서의 낭비적 관행을 지적하고 나선다. "세계 어느 나라에서도 미국처럼 푸드가 풍부한 곳이 없으며 그러다 보니 미국에서는 무지로 인해 함부로 너무나 많은 재료가 낭비되며 요리에 정성을 기울이지도 않기 때문에 맛도 엉망이다"(Barber 16).

먹거리의 과도한 생산이 낭비적인 푸드 소비 형태로 이어지는 현상은 과거보다 현재에 와서 더욱 심화되었고 이로 인한 낭비와 환경 폐해는 더욱 증가하였다. 특히, 육류의 생산과 소비에서 이러한 경향은 더욱 두드러진다. 기계화와 산업화로 인해 농축산물의 생산은 급격히 증가하였고, 공장형 사육장에서 옥수수와 같은 저렴한 잉여농산물을 먹이로 키워지는 식용가축은 비용도 적게 들고 단기간에 푸드 재료로 길러진다. 소비 측면에서 미국의 여성들도 직장생활을 하게 됨에 따라 풀코스 요리 대신 조리 식품이나 가공식품을 사들여 집에서 간단히 조리 내지는 데워 먹는 생활방식이 정착된다. 이에 맞춰 식품 가공회사에서는 소비자들이 쉽게 조리할 수 있도록 맛있는 부위만을 포장하여 판매하게 된다.

요리사들 역시 이러한 경향에 동조 내지는 조장해왔다는 것이 바버의 입장이다. 요리사들은 푸드트랜드를 만들어내고 소비자들이 집에서 무엇을 어떻게 요리할 것인지 크게 영향을 준다는 점에서, 미국 소비자들이 육류를 섭취하는 방식 역시 요리사들의 영향이 적지 않다. 요리사들은 식당에서 소고기나 돼지고기, 닭고기 등 육류를 요리할 때 고객들이 선호하는 부위만을 조리한다. 선택되는 부위는 전체에서 아주 일부분에 불과하지만, 육류가 풍부하고 가격이 저렴하므로 식당이든 가정이든 선호하는 부위만을 소비하게 된다. 그러다 보니 최상의 맛좋은 부위만을 사용하는 요리사들은 맛을 내기 위해 크게 노력을 기울이지 않아도 되었고, 요리에 사용되지 않는 부위는 버려지거나 아니면 가공식품 원료나 가축 사료로 활용된다. 소비자들의 입맛이 점점 더 높아지고 이에 따라 요리재료로 활용되는 육류의 부위는 더욱더 선택적으로 좁아지면서 가축사육 규모는 더욱 커지게 된다. 더 많은 가축을 사육하기 위해 더 많은 곡물이 생산되어야 하고 그러기 위해 더 많은 화학비료와 살충제가 뿌려진다. 결국, 이와 같은 방식으로 푸드 소비는 자연환경에 큰 부담으로 작동된다. 가공식품 푸드산업 시스템이 전 세계적으로 자리 잡으면서 이러한 방식의 푸드 소비 행태가 미국만이 아니라 전 지구적으로 벌어지고 있다는 점에서 첫 번째 요리접시 푸드 웨이에 대한 바버의 우려는 심각하다.

3 두 번째 요리접시 - 가능성과 한계

　'농장에서 식탁으로'라는 구호로 요약되는 두 번째 요리접시는 글로벌 산업푸드시스템에 기초한 첫 번째 요리접시의 문제점에 대한 대안으로 출발했다. 요리사로서 댄 바버 역시 처음에는 '농장에서 식탁으로'의 철학과 신념으로 식당을 운영했지만, 이 식단 역시 한계를 지니며 첫 번째 식단의 온전한 대안이 될 수 없다는 점을 깨닫게 된다. 이 깨달음은 요리 현장에서 일련의 체험을 통해 다가왔다. 스톤 반스 농장 내 블루힐 식당 운영의 기본 개념은 애초부터 '농장에서 식탁으로'였다. 즉, 스톤 반스 농장과 인근 이웃 농장에서 재배한 채소와 가축을 식당 음식 재료로 공급받아 안전한 식재료를 이용한 신선한 음식을 손님에게 제공하는 것을 목표로 삼았다. 손님들은 지역에서 유기농으로 생산된 식재료의 안전성과 건강에의 유익함, 그리고 음식 맛의 중요성을 깨닫게 되고 더불어 이러한 재배 방식과 소비가 환경에 중요하다는 사실을 인식하도록 해주는 교육적 가치도 지니게 된다고 보았다. 이러한 방식으로 블루힐을 1년여 운영해오던 즈음 바버는 어느 날 '농장에서 식탁으로' 방식의 한계가 깨닫는 사건을 겪는다. 그날은 그동안 스톤 반스에서 친환경적으로 방목하며 정성스럽게 키워온 양을 재료로 양고기 요리를 주식으로 제공하는 날이었다. 한 달여의 준비 끝에 저녁 메뉴로 준비한 양고기는 순식간에 재료가 바닥이 나버렸고 부족한 재료는 인근 농장에서 생산된 양고기로 보충하게 되었다. 그 사실을 알지 못하는 손님들은 제공된 양고기에 마냥 행복해했다. 지난 일 년간 블루힐의 '농장에서 식탁으로' 운영은 나름으로 성공을 거두었고 목적을 달성한 듯했지만, 이날 바버는 이 방식의 한계를 식당 메뉴 자체에 있다는 사실을 인지하게 되었다. 손님들에게 환경친화적

인식을 깨우친다는 명분으로 지역에서 유기농으로 생산된 재료만을 엄정하게 선택하여 음식을 제공하면서도 식당 메뉴는 "단백질이 주를 이루는 전통적인 미국식 식단의 관례를 아무 생각 없이 따랐다"는 점을 깨닫게 된 것이다.

> 고기의 맛있는 부위만을 선호하는 소비자들의 기존의 섭생방식에 어쩌면 우리도 맞추려고 애써왔던 측면이 있다. 풀을 먹여 사육한 양고기를 요리하고 지역 농민들의 농산물을 구매해줌으로써 우리는 일반화된 푸드 산업체인에서 자발적으로 탈피하고 푸드마일리지를 줄이고 요리의 맛에 신경을 써왔지만 보다 큰 문제에 대해서는 간과해왔다. 내가 점차 인지하게 된 보다 큰 문제란 '농장에서 식탁으로' 방식이 생태계에 부담을 주고 생산하는데 비용이 많이 드는 푸드 재료를 선별해서 재배하도록 이끈다는 점이었다.... '농장에서 식탁으로' 방식이 생산자-소비자를 직접 연결해준다는 점에서 옳은 듯 보인다. 하지만 실상은 농부의 경우 소비자들이 선호하는 요리에 많이 활용되는 재료를 집중적으로 생산하게 된다. 농부가 생산한 것이 무엇이든 있는 그대로 요리에 사용되는 것은 아니다. 이러한 방식으로는 지속가능한 농업은 가능하지 않다. (14-15)

식당에서 메뉴가 정해지면 식당에 재료를 공급하는 농장에서는 식단에 맞춰 재료를 공급하는 것을 최우선 순위에 두기 때문에 토양이나 환경에 대한 고려는 소홀하게 된다는 점이다.

이러한 일을 겪고 나서 바버는 블루힐에서 아예 메뉴를 없애버리는 과감함 결정을 내린다. 대신 손님들은 식당에서 그날그날 준비한 요리재료만을 선택하게 된다. 이러한 실험적인 방식은 나름 의도했던 목적을 달성하기는 했지만, 바버는 메뉴를 버리는 것만으로는 부족하다는 점 역시 경험한다.

시간이 지나면서 메뉴를 포기하는 것만으로는 충분하지 않다는 점을 인지하게 되었다. 내가 원했던 것은 이것저것 많이 적힌 요리재료 목록이 아니라 농업에 관련된 모든 시스템을 반영하는 요리로 구성된 특별한 식단으로서의 요리법이었다. (15)

'농업에 관련된 모든 시스템'이란 토양에 대한 고려부터 시작해서 농사에 사용되는 종자, 농사방식, 농사짓는 사람의 농사에 대한 마음가짐, 유통, 소비, 섭생에 이르는 전 과정을 포함한다. 바버는 미국에서 이러한 총체로서의 농업시스템을 가장 잘 반영하는 것으로 미국인들이 가장 많이 소비하고 미국 식단과 푸드의 기본요소를 구성하고 있는 밀을 든다. 이 점은 토종 밀을 재배하는 인근의 클라스라는 농부를 방문하여 밀과 같은 곡물이야말로 모든 농업시스템이 반영된 대상이라는 사실을 깨닫게 된다. 바버는 자신의 식당 운영에서 요리재료로서 채소와 과일, 육류의 재배와 상태, 선택에 대해 세심하게 신경 써왔지만 정작 자신의 식당에서 가장 기본 재료로 사용되고 있는 밀에 대해서는 전혀 주의를 기울여오지 않았던 것이다. 어느 날 저녁 바버는 식당 주방 곳곳에 쌓여있던 밀가루 자루가 유난히 눈에 들어오게 되자 클라스의 밀밭을 떠올리며 요리사로서 자신이 놓치고 있던 점을 인식하게 된다. "나는 대부분 농업에 관한 스토리가 실은 곡물에 관한 스토리라는 사실을 갑자기 깨달았다. 그날 저녁 식당 주방 광경으로 인해 식당 메뉴 스토리 역시 실은 곡물, 특히나 밀가루에 관한 스토리라는 점을 깨닫게 되었다"(37).

미국 음식의 기본 베이스가 되는 밀가루에 대해 요리사로서 바버가 그동안 관심을 두지 않았다는 점은 '농장에서 식탁으로'의 철학을 실천하는 것을 모토로 내세운 그의 식당으로서는 큰 구멍이었던 셈이다. 밀가루와 같은 곡물 생산은 농업과 관련된 모든 요소가 밀접하게 연결된 하나의 시스템으로, 모든 농업활동은 토지에 대한 고려에서 출발한다. 바버가 푸드 재료의 토양과 환경과의 밀접한 관계성을 목격하고 경험하기 위해 찾았던 스페인 남부의 데헤사(Dehesa) 시스템에서 그가 깨달은 점도 모든 농업 행위의 중심은 토지였다. 농부들에 대한 지원 역시도 직접적인 지원이 아닌 토지에의 관심과 지원이 전제된다. "'농장에서 식탁으로' 섭생이 갖는 모든 좋은 점을 인정하더라고 이날 데헤사를 내려다보면서 '농장에서 식탁으로' 정신에 내재된 단점이 명확해졌다. 우리의 임무는 단순히 농부들에게 직접 도움을 주는 것에 있는 것이 아니라 농부들을 먹여 살리는 토지에 관심을 기울이는 것이다"(182).

'농장에서 식탁으로' 운동이 내세우는 목적 중 하나가 소비자나 식당이 농부들과 직거래를 통해 그들의 소득을 보전해주는 것이었지만, 이는 지속적이지 못하고 소비되는 양도 농부들의 기대보다 훨씬 적다는 문제점을 안고 있다. 농민 입장에서는 유기농 마인드가 아무리 확고해도 소득을 고려하여 소비자가 원하는 방향으로 농산물을 키울 수밖에 없다. 미래의 농업과 섭생, 요리는 '농장에서 식탁으로'의 고정된 프레임을 벗어나 섭생과 농업의 밀접한 관계를 전제로 삼는 미래 식단으로서의 새로운 요리접시가 요청되는 이유다. 자신의 식당과 스페인 데헤사 농장에서의 일련의 경험을 통해 바버는 '농장에서 식탁으로'의 푸드 웨이에 대한 신념과 실천에서 벗어나 요리재료와 가장 밀접하게 연관되어 있으면서 모든 농업 행위의 토대가 되는 토지와 환경 요인을 푸드 재료의 재배와 선정, 요리법에 적극적으로 반영시키는 세 번째 요리접시 푸드 웨이를 추구한다.

4 『제3의 요리접시』와 지속가능한 미래, 맛 되살리기

4.1 미래 식단과 푸드체인

웬들 베리의 "섭생은 농업적 행위다"만큼 지속가능성에 초점을 맞춘 미래 식단 요리접시의 정신과 방향성을 잘 설명해주는 표현은 없을 것이다. 베리의 선언을 폴란은 『푸드 옹호』(*In Defence of Food*)에서 다음과 같이 설명한다.

> 우리가 [농부와 소비자간 직거래와 같은] 짧은 푸드체인에 참여할 경우만 한주에 한 번은 떠올리게 되는 점이 있다. 즉, 우리가 진짜로 푸드체인의 일부분이 되며, 우리 자신의 건강은 온전하고 건강한 푸드체인 및 함께 푸드체인에 속해있는 사람들과 토양의 온전함에 의존하게 된다는 점이다. '섭생은 농업적 행위다'라고 웬들 베리는 이 유명한 말을 했다. 베리의 의미는 우리는 단순히 수동적인 소비자가 아니라 각자의 섭생을 가능하게 해주는 시스템을 만들어가는 공동 참여자라는 뜻이다. 우리가 푸드를 구매하는 방식에 따라 지불된 돈은 물량과 편의성에 방향이 맞춰진 푸드 산업을 지탱하는 데 사용되던지 아니면 질과 건강과 같은 가치에 방향이 맞춰진 푸드체인을 후원하는 데 사용된다. 물론 후자의 경우 돈과 노력이 더 들지만, 이는 단순히 푸드를 구입하는 행위만이 아니라 본인의 건강과 생태계의 건강에 일종의 투표권을 행사하는 행위로서 푸드는 더는 절약이 미덕이 될 수 없는 분야다. (161)

바버 역시 푸드체인을 베리의 종합적 개념으로 이해한다. '농장에서 식탁으로'에서 인식하는 농장-식탁 간 연결체인은 진정한 의미에서 체인이 아니며 푸드체인은 고리와 같은 존재로 올림픽을 상징하는 5개의 고리가 서로 연결되어 있듯이 푸드의 생산과 토양, 분배, 요리, 섭생 등과 같은 요인들이 다 함께 상호 연결된 고리를 이루고 있다고 본다. 이 연결 고리에서는 농사와 요리는 하나며 본질적으로 같다. 좋은 요리재료를 골라 구입하는 것만으로는 지속가능한 섭생은 불가능하다. 기존의 푸드시스템의 일부만 바꾸는 것은 불가능하므로 푸드시스템 자체를 재조직해야 할 필요가 있다고 바버는 본다. 이를 위한 의미 있는 시작은 식단에 대해 지금까지와는 다른 생각을 갖는 것으로 여기에는 새로운 방식으로의 요리, 음식 종류의 새로운 조합, 메뉴 짜기, 재료구입 등이 포함된다. 바버는 이를 '세 번째 요리접시'로 명명한다 (바버의 책 제목이기도 한 영어식 표현 'the third plate'가 한글 번역본에서는 '제3의 식탁'으로 번역되고 있지만 본 저서에서는 plate 단어의 원뜻과 저자의 의도를 고려하여 요리가 담기는 서양의 큰 접시라는 의미로 '요리접시'로 표기하며, 바버가 이 세 번째 식단을 앞 두 식단과는 차별되는 미래의 대안적인 식단으로 내세우는 선언적인 식단이라는 점에서 'the third plate'를 '제3의 요리접시'로 표기한다.) 이 식단의 의도는 지속가능한 농업만이 아니다. 우리가 먹는 푸드는 별도로 존재하는 것이 아니라 통합된 전체의 일부분이며 소비자들은 섭생을 통해 자신들이 푸드체인이란 관계망 내에 존재한다는 점을 깨닫게 해주는데 있다(21).

일반 소비자의 입장에서 섭생을 통한 복합적인 푸드체인 관계망을 인식하기는 쉽지 않다. 요리사로서 바버가 추구하는 것은 푸드체인을 구성하는 요인들 사이의 밀접한 관계성을 요리철학의 관점에서 새로운 요리 방식에 적용하고, 자신의 요리와 요리철학을 통해 일반인들이 푸드체인의 중요성을 깨닫게 하는 점이다. 바버가 『제3의 요리접시』를 출간한 이유이기도 하다. 이 푸드 서사에서 바버는 자신의 현장 방문과 체험을 통해 구체적인 푸드체인 사례를 보여준다. 이 중 스페인의 인공양어장인 베타 라 팔마(Veta la Palma)와 하몽 햄을 비롯한 자연산 푸아그라 생산지인 데헤사의 축산업이 대표적인 사례다. 바버는 이들 지역과 장소로 독자를 안내해 주면서 푸드체인 관계망, 특히 토양을 포함한 자연생태 환경과 푸드 재료의 질 및 맛과의 관계, 자연친화적 농업, 전통 푸드 문화의 자부심과 지속성을 구체적으로 보여준다.

1) 베타 라 팔마 인공양어장

베타 라 팔마는 스페인 남서부의 과달키비르강 끝에 자리 잡은 3300만 평에 이르는 대규모 양어장이다. 원래 습지였던 이곳에서는 물을 빼내고 목축이 행해져 오다가, 1982년에 스페인의 한 회사가 이를 사들여 다시 습지로 복원한 뒤 양어장을 만들어 현재에 이르고 있다. 이곳은 환경친화적이고 지속가능한 미래의 양식장으로 알려져 있다. 댄 바버는 이곳을 직접 방문하여 양어장 전속 생물학자인 미구엘의 안내로 목격하고 체험하고 배운 푸드체인의 내용을 '테드 토크' 프로그램에 출연하여 "내가 물고기와 어떻게 사랑에 빠지게 되었나"란 제목으로 강연하고 『제3의 요리접시』에 그 내용을 자세히 기록하고 있다. 베타 라 팔마에 작동되고 있는 푸드체인의 내용을 요약하면 다음과 같다.

우선, 이 양어장의 독특성은 물 순환 원리에 있다. 이곳은 한마디로 세계 최고의 유기농법으로 알려진 루돌프 슈타이너(Rudolf Steiner)가 제창한 바이오다니내믹(biodynamic) 농법[3]이 실천되는 곳이다. 이 농법에 따르면 농장은 살아있는 유기체로서 지구의 거대한 유기체 내에서 작동되며 농법은 자연과의 협력에서 이뤄진다. 우리 신체가 피의 순환에 의해

---

3) 1924년 독일철학자인 슈타이너의 강연시리즈에서 제안된 초창기 유기농법의 모델로 현대의 유기농법과 매우 유사하지만, 정신적이고 신비주의적 관점 역시도 중요시한다는 점에서 차이를 보인다. 독일과 호주, 프랑스에서는 현재에도 이 농법이 활발하게 활용되고 있다.

온전한 유기체로서 유지되듯이, 이 양어장은 독자적인 유기체로서 물 순환은 양어장의 건강성을 유지하는데 필수적이며, 그 물 순환은 기본적으로 대서양의 조수와 과달키비르강의 흐름에 의해 물이 들어오고 빠져나가는 자연의 흐름에 따른다. 자연의 힘과 더불어 양어장 가운데에 자리 잡은 펌프 시설 역시도 이 거대한 양어장 전체의 물을 순환시키는 역할을 하는 것으로, 인위적인 장치이긴 하지만 자연의 순환에 기여하는 방식으로 작동된다. 펌프 장치는 물의 흐름을 억지로 통제하거나 작동시키는 것이 아니라 조수와 강 흐름에 의해 물 높이가 한계치에 다다르면 그 지점에서 펌프를 작동시켜 물 흐름이 이어지도록 보조하는 역할을 한다. 이 인공기술은 자연 세계의 다양성을 포용하여 자연의 한계 내에서 작동되며 결국에는 아주 맛이 훌륭한 푸드를 길러내는데 기여하고 있다(269-70).

베타 라 팔마의 독특한 푸드체인 요소로 물고기 양식과 조류와의 관계가 주목을 받는다. 일반적인 물고기 양식장에서는 인공사료가 물고기 먹이로 사용되며, 사료사용으로 인해 물고기의 건강과 넓게는 자연환경이 악영향을 받는다. 이곳 양식장에서는 별도의 인공사료는 전혀 사용하지 않고 있으며, 대신 자연의 먹이사슬에 의존함으로써 자연환경의 건강성과 다양성에 오히려 이바지하고 있다. 예를 들면, 물의 원활한 순환으로 건강하고 풍부한 식물성 플랑크톤이 유지되고 이 플랑크톤을 작은 새우들이 먹고 개체 수를 유지하면 큰 물고기들이 새우를 먹이로 삼는다. 이곳 생물학자 미구엘의 말대로, "우리는 물고기에게 먹이를 주지 않습니다. 이 양식장의 자연 생산력이 아주 높아서 거의 일 년 내내 농어와 같은 물고기에게도 먹이를 주지 않아요.... 자연과 양식장의 생산력 간에 이뤄지는 상호진화죠. 자연의 반응은 생각보다 훨씬 큽니다. 좋은 파트너 관계죠"(241).

자연의 먹이사슬로 유지되는 양식장의 물고기 개체 수는 동시에 조류의 먹이에 의해서도 조절된다. 이 거대한 습지 양식장은 한해에 250여종에 달하는 약 60만 마리의 새가 찾는 곳이다. 댄 바버가 방문해서 놀랐던 광경도 양식장에 내려앉은 수천 마리의 핑크플라밍고였다. 바버는 미구엘에게 새들이 물고기를 다 잡아먹는 것은 아닌지 걱정스럽게 묻는다. 하지만 미구엘은 오히려 저 새들 때문에 양식장의 건강성이 유지되는 것이 아니겠냐고 반문한다. 사실 이 양식장 물고기와 물고기 알의 20%는 조류의 먹이가 된다고 한다. 그러나 양식장의 입장에서는 손실이라기보다는 새들의 배설물은 물고기 성장에 큰 도움이 된다. 이 양식장의 관심은 경제적인 이윤에만 있지 않다. 핑크플라밍고가 양식장의 건강한 물고기를 먹고 배 부분의 분홍색이 더욱 짙어질수록 새와 이 양식장 시스템이 건강하다는 증거이기 때문에 오히려 반갑다는 미구엘의 반응에 바버는 신선한 충격을 받는다. "여기서는 집약적인 양식업이 아니라 포괄적인 양식을 합니다. 이곳은 생태학적 네트워크입니다. 플라밍고는 새우를 잡아먹고, 새우는 식물성플랑크톤을 잡아먹는 식이죠. 따라서 플라밍고의 배 색깔이 진할수록, 이곳 시스템은 그만큼 건강하다는 뜻입니다"(245). 이제야 바버는 이 양식장에 고용된 과학자가 수산전문가가 아니라 생태생물학자인 이유를 깨닫게 된다.

베타 라 팔마 양식장의 푸드체인를 구성하는 또 다른 요소는 친환경 물고기 양식과 맛과의 관계다. 일반적으로 물고기 양식은 긍정보다는 부정적 인식이 많다. 양어장 관리와 먹이 사료뿐만 아니라 물고기에게 먹이는 각종 호르몬제와 항생제로 인해 물고기의 건강과 위생 그리고 물고기를 소비하는 사람들의 건강, 더 나아가서는 환경에 끼치는 폐해 때문이다. 이와 더불어 양식물고기 맛에 대해서도 부정적 인식이 만연되어 있다. "양식 물고기가 값이 저렴하고 양도 많고, 지속적으로 공급되기 때문에 요리사들은 대부분 양식 물고기를 재료로 사용한다. 그렇다고 양식물고기를 다른 요리사에게 적극적으로 추천하는 경우는 보지 못했다. 음악가들이 컴퓨터로 재생된 사운드 효과에 매료되지 않듯, 요리사들은 양식물고기는 맛이 없다는 생각을 갖고 있다"(236). 바버 역시 베타 라 팔마를 방문하기 전까지는 양식 물고기는 진짜 푸드라고 여기지 않았다. 사실, 영국의 지인이 베타 라 팔마 양식장에 대해 이야기를 들려주며 함께 방문하자는 제안에 처음에 탐탁지 않게 생각했던 이유도 맛과 재료의 질을 중시하는 요리사로서의 선입관 때문이었다. 자연의 순환에 따르는 친환경적 시스템과 이곳 양식 물고기의 푸드 재료로서의 상태와 크기에 크게 인상을 받은 후, 이곳 양식 물고기로 만든 요리를 시식하며 이제까지 자신이 맛본 어떤 자연산 '진짜' 물고기보다 맛이 훌륭하다는 점을 경험하게 되자 자신의 선입관이 얼마나 잘못된 것이지 깨닫게 된다. 이곳 양식장이 지속가능한 물고기 생산의 모델로 여겨진다. 바버는 미국 전역에 물고기를 공급하는 영향력 있는 공급업자에게 적극적으로 이곳 양식장 물고기를 추천하고 이를 통해 베타 라 팔마의 물고기는 미국의 많은 유명한 음식점에 공급되기에 이른다.

2) 스페인의 데헤사와 하몽이베리코

> "하몽이베리코가 전 세계에서 가장 뛰어난 햄인 이유는 이 햄이 대지를 가장 완벽하게 반영하고 있기 때문입니다."

이베리코 지역 농부가 방문한 바버에게 들려준 자부심에 찬 첫마디다. 하몽중 최상급으로 인정받는 하몽이베리코의 원료인 돼지의 사육은 이지역의 대지와 밀접하게 연관되어 있다. 대지를 의미하는 스페인어 '티에라'(tierra)는 단지 우리가 발을 디디고 있는 땅만을 의미하지는 않는다. 불란서의 '떼루아'와 마찬가지로, 티에라는 기후와 토양, 물, 공기, 태양

등 자연환경과 사람들의 삶의 태도와 문화까지도 포함하는 한 지역의 모든 요소를 아우르는 총체적 개념이다. 스페인은 농축산업에서 전통적으로 티에라를 우선시 하는 정책과 문화를 유지해 왔으며, 티에라를 지탱하는 시스템이 '데헤사'(dehesa)다. 데헤사란 용어가 '방어'를 의미하는 라틴어 'defensa'에서 유래된 데서 알 수 있듯, 애초에는 소농들이 가축을 맹수로부터 보호하기 위해 목초지를 돌로 둘러싼 것을 의미했지만, 15세기 이후 면화산업이 스페인 경제에서 차지하는 비중이 커짐에 따라 양들의 목초지는 법으로 보호받기에 이른다. 15세기에 제정된 법에는 목초지에서 도토리나무의 가지만 잘라도 무거운 벌금을 매기는 내용이 수록될 정도로 목초지 보호법에는 목초지에 있는 모든 자연 요소의 보호와 보전이 담겨있다. 데헤사는 모든 자연 요소가 서로서로 연관되어 있으며 그중 하나라도 손상을 입으면 전체 시스템이 영향을 받는다는 자연을 살아있는 유기체로 보는 현대적 의미의 생태계 개념을 선구적으로 보여준다. 이를 통해 스페인에는 자연존중 사상이 자연스럽게 정착되는 계기가 되었다.

스페인 남부에서 데헤사 시스템은 전통적으로 목축에 적용되어왔으며, 이베리코에서 생산된 하몽이 전 세계 햄 중에서 가장 맛이 좋고 고급 햄으로 인정받는 데는 데헤사 시스템 덕분이다. 바버가 배운 점도 친환경 농법-자연보전-양질의 푸드재료-음식 맛 간의 연결고리를 고려한 오랜 전통의 데헤사 지혜다. 데헤사 초지에서 벌어지는 가축방목은 온전히 생태계 원리에 따른다. 이곳 방목 가축의 주가 되는 돼지는 초지의 일부를 구성하는 도토리나무 열매를 주식으로 삼으며 무리를 이뤄 너른 도토리 숲에서 이동하며 생활한다. 이 이동은 초지 생태계에 큰 역할을 한다. 돼지의 이동 경로를 따라 소들이 움직이면서 풀을 뜯고, 소가 남기고 간 풀은 뒤이어 양들이 그 경로를 따라가면서 뜯는다. 소와 양들이 풀을 뜯으면서 배설한 똥은 초지에 영양분을 제공하고 이들 가축 발자국에 의해 낙엽과 같은 유기물들이 분해되면서 토양은 비옥해진다. 비옥한 토양과 풀로 초지의 다양성이 유지되며, 이 다양성으로 인해 다양한 곤충들이 생존하고, 이는 다시 곤충을 먹이로 삼는 파충류와 조류의 증가로 이어진다. 가축 배설물에 남아있는 씨를 먹이로 사믄 조류는 데헤사 전 지역을 이동하면서 이들 씨앗을 다시 배설함으로써 초지의 다양성을 유지하는데 이바지한다.

인상적인 점은 하몽의 재료로 길러지는 돼지의 개체 수 조절은 초지와 도토리 개체 수에 의존한다는 것이다. 도토리 개체 수가 평균 이하인 경우는 살찌울 돼지의 개체 수를 조절한다. 이 경우 하몽 생산량이 적은 대신, 하몽이베리코의 가격은 높게 책정되어 농민의 소득에는 큰 차이가 없다. 이 점이 데헤사 생태계의 균형을 유지하는 데도 중요한 역할을 한다. 데헤사 초지와 자연생태계 유지를 체험하면서 바버는 농경을 한 사회의 문화로 이해한 웬들 베리의 사상을 떠올린다.

웬들 베리는 일전에 대지를 '측정할 수 없는 선물'이라고 했는데 단지 푸드에 국한된 말은 아니었다. 농업의 급격한 산업화 과정에서 우리는 푸드가 독자적인 재료라거나 소비품이 아닌 과정이자 관계망이라는 점을 망각해 왔다. 농경이 과정이자 관계망이라는 점은 농경이 시작된 이래로 묵시적으로 이해해 왔으면서도 말이다. 베리가 농업에서 문화라고 언급한 것은 토양이나 태양과 같이 농경 과정에 필수적인 것을 의미한다. 이곳 데헤사에서 문화와 농업은 상호 연관돼있을 뿐만 아니라 상호 호환되는 개념이다. (175)

스페인사람들에게 하몽이베리코는 그저 소비하는 푸드로서의 단순한 햄 이상의 존재다. 영국하면 피쉬앤칩스, 미국하면 바비큐, 이탈리아하면 피자와 스파게티를 연상하듯, 나라마다 고유의 문화와 정체성, 역사를 반영하는 대표적인 음식이 있듯이, 하몽이베리코는 스페인의 정체성과 밀접한 관련이 있는 대표적인 푸드다. 전통적으로 가톨릭 국가인 스페인이 오랜 기간 무슬림 지배로 돼지고기 섭취를 금지당한다. 당시, 하몽과 같은 돼지고기 섭취는 정복자인 무슬림과 차별화하는 민족적 정체성 확인과 유지 수단이었으며, 나중에 경제적으로 번성했던 스페인 내의 유대교와도 차별화하는 상징적이자 정치적, 문화적 행위였다. 하몽의 역사가 거의 2천 년간 지속되어온 사실에서 보듯, 현대의 스페인 사람들이 하몽을 먹는 것은 자신들의 오랜 옛 역사와 연결하는 행위이기도 하다.

스페인 남부의 오랜 전통인 데헤사 초지와 푸드시스템 목격과 체험을 통해 바버가 새롭게 인식하고 깨달은 내용 중 우리의 미래의 식탁과 연관하여 특히 주목되는 점은 요리사의 역할이다. 하몽 이베리코는 애초에 상업적으로 생산된 푸드가 아니라 상대적으로 고립된 스페인 남부에서 일상의 푸드로 오랜 세월에 걸쳐 이어져왔다. 오랜 기간 지역에서만 전해 내려온 푸드가 이제는 전 세계적으로 알려지고 널리 소비가 되게 된 것은 바버와 같은 지속가능성을 중요하게 고려하는 요리사에 의해 소개되었기 때문이다. 자연산 푸아그라 역시 마찬가지다. 데헤사 시스템으로 길러진 거위에서 이 지역 사람들은 프랑스의 푸아그라 생산과는 달리 옛날부터 자연스럽게 자란 간으로 푸아그라를 직접 요리를 즐겨왔다. 바버는 이곳을 방문하여 푸아그라 생산과정을 목격하고 요리사로서 '자연산' 푸아그라 요리를 해서 맛보고는 자연산 거위 간으로는 푸아그라 요리는 불가능하다는 고정된 생각을 바꾸게 된다. 이를 계기로 바버는 이곳에서 생산된 거위 간을 수입해 자신의 식당만이 아니라 요리사 네트워크를 통해 소개함으로써 미국의 다른 식당에서도 자연산 거위 간을 활용하는 길을 열어준다.

스페인의 인공양어장과 데헤사 생태적 농법을 목격하고 체험하면서 요리사로서 바버는 무엇보다도 생태적 원리에 따른 지속가능성을 요리에 적용시킬 방법과 요리사의 역할에 대해 숙고하는 기회가 되었다. 데헤사 넓은 초지가 한눈에 들어오는 건물 옥상에 서서 피할 수 없는 질문은 이것이었다. "단지 요리를 담아낸 접시가 아니라 전반적인 요리방식으로서의 우리의 섭생방식이 우리 주변의 대지와 완벽한 균형을 이룰 수 있을까?"(182). 이 질문의 답은 하몽 이베리코에 있었다. 바버가 이곳에서 직접 목격하고 설명을 듣기 이전까지는 얇게 썬 하몽에 줄이 간 지방을 보고는 영양가 풍부한 도토리를 먹이로 삼는 돼지들이 참 복이 있는 짐승이라는 생각뿐이었다. 그러나 이곳 농부인 에두아르도가 바버의 눈앞에 얇은 하몽 조각을 내밀며 자부심 있는 표정을 짓는 것을 보고서는 이 하몽 조각이 이곳의 전 생태계를 담아내고 있는 "제3의 요리접시를 위한 로드맵"(182)이라는 사실을 깨닫게 되고, 이러한 점을 대중에게 전달해주는 역할은 바로 자신과 같은 요리사에게 있다는 점을 인식한다. "하몽에 난 지방 줄과 줄을 둘러싼 붉은 부위는 돼지를 키우는 자연경관만큼이나 복잡하고 정교하고 연관되어 있으면서—잭슨의 표현을 빌리자면 토양이 어떻게 작동하는지와 같은--미스테리한 스토리를 담아내고 있듯이, 요리사는 그와 같은 방식으로 메시지를 이야기로 전달할 수 있다"(182). 요리사에게 스토리를 통한 메시지 전달은 음식요리를 통해 이뤄진다. 쉬운 예로서 바버는 토양과 음식 맛과의 관계를 든다. 농부들이 토양을 다루는 방식에 따라 토양에서 산출되는 푸드 재료의 맛이 결정된다는 사실을 누구보다도 요리사들이 잘 알기 때문이다.

> 진정으로 맛있고 맛이 오래 지속되는 것들은 대부분 미네랄이 풍부하고 생물학적으로 비옥한 토양에서 길러진 것이다. 이미 알려진 것처럼, 요리사의 혀는 화학자의 첨단장비보다 더 민감하다. (98)

4.2 셰프의 역할과 퀴진의 중요성

바버의 제3의 요리접시 개념에서 가장 주목되는 점은 요리사의 역할이다. 일반적인 인식에서 요리사의 역할이란 손님들이 좋아할 만한 요리를 조리하는 능력을 지칭하며 좀 더 적극적인 의미에서는 새로운 맛을 창조하는 능력을 말해왔다. 하지만 바버가 말하는 제3의 요리접시를 마련하는 요리사는 섭생 패턴을 주도적으로 바꾸는 일종의 사회운동가의 역할, 좀 더 구체적으로 말하자면 미래의 환경을 고려하는 지속가능한 푸드문화를 이끄는 역할이 핵심이다.

사실 사회운동으로서의 요리사의 역할은 밀가루와 지방을 쓰지 않는 새로운 프랑스 요리법인 누벨 퀴진(Nouvelle cuisine)에서 본격적으로 시작되었다고 볼 수 있다. 이 새로운 요리문화를 이끈 요리사들은 전통적으로 내려온 프랑스 고유의 요리법을 따르는 대신 계절에 따른 요리재료를 활용하여 자연의 맛을 살리는 데 중점을 두었으며 음식량을 줄이는 대신 음식을 예술적으로 디스플레이하는데 관심을 두었다. 이렇게 함으로써 음식문화에서 요리사의 역할은 더욱 두드러지게 되었고 소비자들도 요리사의 역할이 차지하는 비중에 대해 새롭게 인식하게 되었다.

근래 들어 새로운 음식문화 선도와 일반인의 섭생에 대한 인식 재고에서 요리사의 역할이 가장 두드러지게 된 것은 '농장에서 식탁으로' 운동을 이끈 요리사들이었다. 캘리포니아를 중심으로 전개된 이 운동은 새로운 음식과 섭생 문화로 관심을 끌면서 가공식품 위주의 푸드산업 시스템의 폐단과 섭생패턴-푸드마일리지-환경파괴 사이의 상관관계에 대해 일반인들에게 인식하도록 이끌고 있다. 베리의 용어로 표현하자면 '농장에서 식탁으로' 요리사들로 인해 일반인들은 "섭생은 필연적으로 농업적 행동이며 우리가 먹는 방식에 따라 세계가 어떻게 이용되고 있는지가 상당 부분 결정된다"는 점을 인식하게 되었다.

바버의 제3의 요리접시 식단은 '농장에서 식탁으로'의 정신과 실천을 승계하면서도 동시에 이들의 역할이 큰 변화를 가져오지 못했다는 점에 대해 주목한다. 즉, 로컬푸드 운동에도 불구하고 미국에서의 산업적 푸드 생산방식과 공급시스템은 전혀 바뀌지 않고 있으며 일반인들의 섭생 방식인 푸드 이용 방식과 음식문화 역시 근본적인 변화를 끌어내지 못하고 있다. 바버는 그 책임이 일정 부분 요리사에게도 있다고 본다. 요리사가 소비자의 푸드 선호를 최우선으로 두고 소비자의 기호에 맞춰 요리하는 수동적인 태도 때문이다. 요리사가 푸드 재료를 지역 농장에서 직접 구매하여 사용하지만, 맛과 모양을 고려하여 손님들이 만족할만한 요리를 위해 재료를 선별적으로 사용하게 되고 농부는 이에 맞춰 소모적인 경작을 할 수밖에 없는 상황에 놓인다. 이러한 방식으로 요리사는 "손님이 가장 선호하는 최상의 부위만을 사용하는 기존의 섭생 방식에 맞추기 위해 여전히 애쓰는" 꼴이다(14).

'농장에서 식탁으로' 식단의 한계를 극복하기 위한 제3의 요리접시의 핵심 개념은 푸드 재료와 요리, 섭생은 자연생태계와 농업에 관련된 모든 시스템을 반영하는 관계망의 고려에 둔다. 바버는 이 새로운 요리접시의 실현이 다름 아닌 요리사에 달려있다고 본다. 바버는 제3의 요리접시 요리사의 선도적 역할을 콘서트 지휘자의 역할에 비유한다.

요리사를 지휘자로 비교하면 이해하기 쉽다. 요리사는 주방의 가장 앞에 서서 오케스트라에 지시를 내리고, 각기 다른 다양한 구성요소를 설득하고 조화시키고 한데 모아서 완결된 작품으로 만들어 낸다.... 지휘라는 직업에는 더 깊고 흥미로운 일이 있으며, 미래의 요리사란 역할도 이와 같을 것이다. 흥미로운 일이란 무대 밖에서 이뤄지는 일로 작품의 역사와 의미, 상황을 면밀하게 조사하는 사전 작업이다. 이 일이 끝나면 내러티브가 자리 잡게 되고 지휘자의 역할은 곡을 통해 그 이야기를 풀어내는 것이다. 요리사에게 퀴진이란 지휘자에게 악보와 같은 존재다. 퀴진은 콘서트나 식사처럼 구체적인 것을 창의적으로 만들어내는데 필요한 가이드라인이다. … 맛의 창조자로서 요리사는 모든 요인을 고려하는 새로운 섭생방식인 제3의 요리접시를 창조하는데 선구적 역할을 할 수 있다. (21-22)

바버가 제3의 요리접시란 새로운 식단문화를 선도하는 역할을 요리사에게 부여한 이유는 근래의 푸드 이용 방식과 음식문화 변화, 이로 인한 푸드자원 고갈과 환경문제 발생에 요리사가 일정부분 책임이 있다는 사실을 인지하고 있기 때문이다. 1970년대 이후 미국에서의 급격한 해산물 소비증가는 그 좋은 사례다. 미국 내에서 식용으로 소비되는 해산물의 1/3이 가정이 아닌 식당에서 소비되고 있으며, 해산물 요리 재료 선택은 전적으로 요리사에 의해 이뤄진다. 이 점에서 특정 어종의 고갈 역시도 요리사의 요리재료 선호와 연관된다. 특히 연어나 큰 넙치, 대구, 참치와 같은 큰 물고기의 개체 수 변화는 주목해 볼 만하다. 이들 물고기는 지난 몇십 년간에 걸쳐 그 개체수가 약 90%나 줄어들었으며, 이들 물고기가 식당에서 가장 선호되는 메뉴로 제공됐다는 점은 개체 수 감소와 연관하여 시사점이 크다. 요리사들이 이들 물고기를 자주 식탁에 올리게 되면 이들 물고기는 푸드 재료로서의 선호도가 높아지고, 수요가 많아짐에 따라 가격은 올라가게 되고 이에 따라 어부들은 돈이 되는 이들 물고기를 집중적으로 잡아 올리면서 개체 수는 당연히 줄어들게 된다. 그런데도 요리사들은 자신들에 의해 촉발된 이러한 악순환에 대해 인식해오지 못했다.『낚싯줄의 끝: 물고기 남획이 세상과 우리 먹거리를 어떻게 바꿔놓고 있는가』(*The End of the Line: How Overfishing is Changing the World and What We Eat*, 2004)에서 저널리스트인 저자 찰스 클로버(Charles Clover)는 다음과 같이 지적한다.

바다생물에 치명적인 단지 몇 그램에 불과한 화학물질이 바다로 흘러들면 해양환경 오염의 책임을 화학약품을 취급하는 회사 경영진에 묻고 있는 마당에, 명성이 자자한 요리사들은 단 한마디의 비판도 감내할 필요도 없이 하루 저녁에 몇십 개의 손님 식탁 위에 멸종위기에 처한 생선요리를 내놓는 것이 말이 되는가? (Barber 219; 재인용)

바버는 클로버의 지적에 동의한다. 왜냐하면, 요리사는 결국 소비자의 입맛을 중재하고 결정하는 사람들이기 때문이다. 요리사들은 물고기를 요리재료로 사용하면서 가장 맛이 좋은 물고기만을 사용하고 그것도 가장 맛있는 부위만을 활용한다. 이 취사선택은 음식조리의 기본으로 자리잡아 왔다. 특정 어류의 지나친 어획이 현재 해양생태계가 직면한 문제의 하나라면 문제 해결 역시 간단할 수 있다. 해양생태계 오염과 자원고갈 문제가 그 결과를 예측하지 못한 요리사의 상상력 부재에서 발단된 것이라면, 요리사가 푸드체인의 연결망을 볼 수 있는 상상력을 갖추고 지속가능한 푸드 재료 선택과 요리를 통해 문제 해결의 단초를 마련할 수 있기 때문이다.

푸드 생태계를 고려하는 친환경 방향으로의 푸드 이용 방식과 음식문화가 영향력 있는 요리사에 의해 가능하다는 점을 바버는 프랑스 출신 요리사인 장 루이 팔라딘(Jean Louis Palladin)의 사례로 보여준다. 요리사로서 세계적인 명성을 얻은 팔라딘은 1960년대 프랑스 누벨 퀴진을 이끈 대표적인 인물로 워싱턴DC의 자신의 레스토랑을 통해 프랑스만이 아니라 미국의 요리문화에도 큰 영향을 끼쳐왔으며 후대 요리사들에게 끼친 영향은 지대하다. 요리사로서 팔라딘의 영향은 식당에서의 로컬푸드 실천이란 새로운 문화의 탄생과도 관련이 있다. '농장에서 식탁으로'란 개념이 생기기 이전에 팔라딘은 이미 이를 실천하고 있었다. 워싱턴에 있는 자신의 레스토랑에서 사용할 재료를 그는 공급업자에게 맡기지 않고 자신이 직접 농장을 방문하여 선별했다. "미국에서 요리하는 데 큰 어려움은 새롭고도 양질의 재료를 각기 다른 장소에서 확보해야 하는 점이며, 이렇게 확보된 재료를 섞어 자신만의 퀴진을 만들어내는 일이다." 팔라딘의 말대로, 요리사로서 그는 요리도 요리지만 최상의 재료를 수소문하고 먼 거리도 마다하지 않고 직접 찾아가서 어떻게 그 재료들이 길러졌는지 확인하고 구입하는 일에 못지않은 관심을 두었다. 그의 재료구입은 일회성이 아니다. 농장이나 어민과 인연이 맺어지면 친환경적으로 재료를 어떻게 기르고 수확할 것인지 까지 주문하면서 관계를 지속시켜 왔다. 팔라딘 이전에 미국에서는 어느 요리사도 농민이나 어민과 관계를 맺어오지 않았으며 팔라딘의 영향으로 다른 요리사들도 농장과 직접 관계를 맺고 공급받기 시작했다는 점에서 레스토랑에서의 '농장에서 식탁으로' 식단 문화는 팔라딘에 의해 시작되었다고 해도 과언이 아니다.

요리사로서 팔라딘의 영향력은 요리사들에게만 국한되지 않고 요리 문화와 농목축업 푸드 산업에까지 미쳤다. 그 좋은 예가 요리재료로서 방목 양에 대한 주목이다. 펜실베이니아주에서 한 작은 농장을 운영하는 제미슨이란 농부는 프랑스의 목가적 농촌의 삶이었던 단순한 삶과 토양 배려, 보다 나은 세상을 위한 삶이란 이념 실천을 위해 수고와 경비를 획기적으로 줄여주는 공장형 사육 대신 양을 방목하여 풀을 뜯게 하였다. 당연히 공장형 사육 농장과는 경쟁이 되지 않아 수 년째 어려움을 겪어오고 있던 차에 이 농장 이야기를 들은 팔라딘과 인연이 닿게 된다. 음식 재료로서 이 농장 양고기 품질이 뛰어난 점을 파악한 팔라딘은 이 양고기 메뉴에 원산지 표시까지 붙이고 지속적으로 구입하게 됨으로써 제미슨의 그간 고민이 해결된다. 팔라딘은 미국 전역에 흩어져 있는 자신과 인연 있는 요리사들에게도 이 농장의 양을 추천하여 많은 식당에서 주문이 들어오기 시작하자 전국적으로 명성까지 얻게 된다. 그동안 비웃던 인근 농장에서도 제미슨을 방문하여 견학하고 배워 제미슨의 옛 방목 방법을 따른다. 곡물을 사료로 키운 가축 대신 풀을 먹고 자란 방목 가축을 푸드 재료로 사용하는 식당이 늘어나면서 방목 가축 수요가 늘었기 때문이다. 제미슨은 더 나아가 소규모 목축업자들과 네트워크를 만들어 가축에게 곡물을 먹이지 않고 방목하는 방법을 권유하는 일종의 인터넷을 활용한 자연방목 운동까지 벌인다.

요리사로서 팔라딘의 이러한 광범위한 영향력에도 불구하고 자연생태계를 고려한 지속가능한 푸드를 위한 새로운 푸드 이용 방식과 음식문화인 제3의 요리접시의 관점에서 볼 때 팔라딘의 한계 역시 노출된다. 팔라딘이 자연주의 요리법을 따르고 재료의 생육과정을 재료선정의 중요한 기준으로 삼고 있다는 점에서 그의 요리 철학에는 환경에 대한 고려가 담겨있는 것은 사실이다. 하지만, 그에게 요리의 핵심은 맛에 있으므로 맛과 환경에 대한 고려가 상충할 경우 맛에 우선순위를 두게 된다. 사실, 팔라딘에게 환경에 대한 고려는 사명감이나 책임감에서 우러나는 의식적인 선택은 아니었다. 팔라딘이 가격이 저렴하고 구하기 쉬운 공장형 사육 양 대신 제미슨 농장의 방목 양을 선택한 이유가 환경론자들의 주장대로 공장형 사육 양이 비윤리적으로 사육된다거나 양이 사료로 먹는 곡물을 키우는데 드는 환경적 비용이 크기 때문이 아니다. 팔라딘에게는 사육 양과 비교하면 방목 양의 고기가 훨씬 양질의 것으로 맛이 훌륭하기 때문이었다. 그 당시 팔라딘에게는 전체 생태계 망 내에서 푸드 이용 방식과 음식문화를 생각해 내는 상상력은 존재하지 않았다. 그동안 미국에서 주목받지 않았던 아귀나 홍어와 같은 특정 바닷물고기 수요 급증이 그의 요리로 인해 촉발되었으며 이에 따라 이들 물고기 개체 수가 급격히 줄어들었다는 사실은 그의 생태학적 상상력 부재의 증거다. 『푸른 바다를 위한 노래』(*Song for the Blue Ocean*)에서 이 사례를 다룬 칼 사피나(Carl

Safina)가 리오 레오폴드의 '대지윤리'에 빗대 '바다윤리'(sea ethic)의 관점에서 팔라딘을 비판하는 이유다.

제3의 요리접시란 새로운 푸드 이용 방식과 음식문화를 선도할 모범적인 요리사의 사례를 바버는 스페인의 앙헬 레온(Angel Leon)이라는 요리사에게서 발견한다. 바버는 레온을 찾아가서 그가 요리에 사용하는 재료의 선택과 구입을 지켜보고, 푸드에 대한 그의 생각을 듣고, 그가 만든 푸드를 직접 먹어보고는, 레온의 요리를 푸드에 대한 생각을 아예 바꿔버릴 정도로 전혀 독창적이고 독특한 푸드의 '게임 체인저'로 규정한다. 레온은 스페인 남부 이베리아 반도의 남서부 끝에 자리 잡은 엘푸에토드 산타마리아라는 바닷가 소규모 도시에 자신의 레스토랑을 운영하면서 스스로를 '바다의 요리사'라고 부르며, 주로 바다 요리를 주요 메뉴로 삼는다. 바버가 그의 요리를 '게임 체인저'라고 소개한 가장 큰 이유는 그의 요리재료 선택과 활용에 있다. 흔히 최고의 요리사들이 자신들의 생선요리에 사용하는 재료는 맛이 좋기로 알려진 특정 물고기로 제한되어 있으며, 물고기 중 최상급 품질을 선택하여 그중 가장 맛이 있는 부위만을 선별적으로 사용하고 나머지는 버린다. 레온은 이들과는 정반대의 선택을 한다. 요리재료로 선택받지 못하거나 상품성이 없는 물고기만을 재료로 활용하는 것이다. 또한, 지금까지 요리재료로 인식되지 못한 식물성 플랑크톤과 같은 재료를 이용하여 놀라우리만치 독창적이고 맛있는 음식을 만들어 낸다.

바버가 그의 식당에서 맛본 음식은 바로 그런 종류였다. 첫 번째 나온 음식은 '플랑크톤 빵'이었다. 여느 빵과는 달리 이 빵은 레온이 개발한 플랑크톤을 재료로 만든 빵이다. 자연 상태의 바다에서 플랑크톤을 채집하는 것이 어렵다는 것을 경험한 레온은 인근 대학의 해양식물학자들과 함께 일종의 바다목장(sea garden)을 만들어 양질의 플랑크톤을 양식하는 데

성공한 뒤 자신의 레스토랑에서 모든 메뉴에 앞서 이 빵을 손님에게 제공한다. 플랑크톤은 모든 수중 생명체의 기본적인 중요한 식량원으로 이 재료로 만든 빵으로 식사를 시작하는 것이 당연한 일로 여긴다. 실제로 바버는 이 빵의 플랑크톤 풍미가 식사 내내 입에서 사라지지 않는 경험을 한다.

두 번째 제공 받은 음식은 김에 말려 나온 '상처입은' 물고기 요리였다. 레온이 그날 아침 선착장에 들어온 배에서 직접 구입한 흠집이 난 다랑어로 만든 요리로 맛은 대단히 인상적이었다. 바버는 레온과 같이 바다요리 전문가가 일부러 흠집 있는 물고기를 구입하여 요리한다는 사실이 믿기지 않는다. 레온은 흠집난 물고기도 훌륭한 요리재료로 손색이 없으며 어부들에게 경제적으로 도움이 되기 때문이라면서, 상품성이 떨어져 결국 버려질 물고기를 현지에서 사고파는 시장이 형성될 수 있도록 자신은 모든 노력을 기울이고 있다고 강조한다. 레온이 구하기 쉽고 가격을 높게 받을 수 있는 푸드 재료를 마다하고 선호되지 않거나 상품성이 없는 재료만을 사용하는 이유는 지역 어민공동체에 대한 배려 때문이다. 레온은 어부였던 아버지를 따라 어려서부터 바다에서 물고기를 잡아 왔다. 그는 아버지와 함께 일하면서 물고기 잡는 법과 바다생물들의 속성에 대해 배웠으며 스스로 아주 열성적이었다. 스스로 '바다-학자'(sea-ologist)라고 소개할 정도로 레온은 바다에 대한 지식에 자부심을 품고 있다. 어려서부터의 경험에 근거한 바다생물에의 관심과 지식은 그만의 독특한 바다 요리로 연결되었으며, 무엇보다도 아버지와 마을 어부들의 고난의 삶을 어려서부터 계속 지켜보면서 이들의 어려움에 대해 남다른 관심을 갖게 되었다.

세 번째 제공 받은 음식은 전혀 들어보지 못한 생선요리로서 상어 어획시 부산물로 잡혀 다시 바다로 버려지는 '쓰레기' 물고기를 이용한 요리였다. 어부들은 레온이 자신들을 위해 흠집 있는 물고기를 구입해주는 것을 잘 알고 있으며, 처음에는 장난삼아 이 '쓰레기' 물고기들을 그의 식당

앞에 갖다 두곤 했다. 하지만, 레온은 자신만의 방식으로 이들 물고기를 이용한 맛 난 요리를 만들었으며 그의 요리 메뉴로 등장했다. 마지막으로 나온 요리는 '머리에서 꼬리까지 먹기' 개념의 대하 요리였다. 지속가능한 요리의 유행어가 된 이 어구를 생선요리에 적용한 것으로 실상은 레온이 사용하는 대하는 그물로 잡아 올리는 과정에서 머리가 상하거나 떨어진 것들이다. 스페인에서는 전통적으로 새우 머리를 통해 새우의 신선도와 질을 판단하기 때문에 요리에 사용하는 새우는 모두 머리가 붙은 온전한 것만을 사용하지만, 레온은 일부러 머리가 붙은 온전한 새우는 사용하지 않는다.

레온이 흠집 있는 물고기나 버려지는 물고기를 이용하여 음식을 만들고 대하요리처럼 모든 부위를 먹도록 유도하는 것은 어민의 생계를 위한 배려와 더불어 어족자원의 무분별한 남용과 낭비 관행을 줄이고 바다 환경을 지속가능하도록 유지하기 위함이다. 레온이 요리에 적용하는 친생태적인 의식과 실천은 한때 어부로서의 자신의 경험에서 유래되었다. 성인이 되어 자신이 원하던 선원으로서의 첫 출항에서 그는 충격적인 경험을 하게 된다. 잡아 올린 물고기의 60%만 거둬들이고 상처 나거나 상품으로서 가치 없는 나머지 40%는 가차 없이 쓰레기로 다시 바다에 버려진 것이다. 이 순간 그는 자신이 무슨 일을 하건 버려지는 것들을 돌봐야겠다고 결심하게 된다. 그 첫 실천으로 선장을 설득하여 배 요리사 일을 자원하고 배에서 버려지는 생선을 이용하여 요리하기 시작한다. 이후 여러 배를 전전하며 몇 년간 배의 요리사로 일하면서 한편으로는 버려지는 생선도 유용하게 훌륭한 요리로 만들어질 수 있다는 점을 선원들에게 인식시키고 다른 한편으로는 이러한 생선 재료로 끊임없이 맛좋은 요리를 개발한다.

레온의 친생태적 재료 선택과 요리는 자신의 식당을 연 뒤에 더욱 본격적으로 실천된다. 이제 요리사로서 레온의 인식과 철학은 어부들과 바다

환경에의 배려에만 머물지 않고 손님들에게도 전해지도록 노력한다. 비록 흠집 있거나 '쓰레기' 생선을 재료로 활용하여 음식을 만들지만, 그는 자신만의 독특한 맛을 만들어냄으로써 그의 식당은 명성을 얻었고 식사 가격도 상당하다. 그런 재료를 사용하면서 어떻게 식사비용을 비싸게 받느냐는 바버의 익살 섞인 질문에 레온은 요리사란 당연히 그런 능력이 있어서 요리사라고 불리는 것이 아니냐고 반문하면서 손님들에게 요구하는 가격에는 낭비를 줄이고 바다 환경을 고려해야 한다는 교육비용까지도 포함되어 있음을 당당히 밝힌다.

레온이 지속가능한 환경과 푸드를 위한 미래의 식단마련에서 간과하지 않는 것은 맛과 풍미를 중시하는 요리법의 중요성이다. 자연환경을 고려한 지속가능성이 중요하다는 점은 이제는 누구나 당연히 받아들인다. 하지만 당위성에 기댄 주장이나 호소만으로는 일반인들의 실천을 끌어내기에는 역부족이라는 점 역시 자명하다. 푸드 이용 방식과 음식문화가 녹색혁명 이후 가공식품 위주의 푸드산업 시스템에 철저히 종속된 이유도 가격과 편의성, 양만을 고려했던 때문이다. 푸드 이용 방식과 음식문화에 가장 근본요소인 맛과 풍미를 중시하는 퀴진 문화는 그동안 설자리를 잃고 있었다. 따라서 제3의 요리접시가 새로운 푸드 이용 방식과 음식문화로서 자리 잡기 위해서는 레온의 경우처럼, 사람들에게서 맛의 요소를 되살리는 것 역시 매우 중요하다. 다양한 재료를 맛을 살려 요리하는 일이 훌륭한 퀴진에 요청되는 가장 핵심 내용이다. 지속가능한 퀴진은 흔히 자연이 제공하는 것을 활용하여 만들어지는 것으로 인식되지만 제3의 요리접시는 자연이 필요로 하는 것을 요리가 반영함으로써 만들어 진다(367).

맛을 중시하는 퀴진 문화를 푸드시스템의 중요한 요소로 도입하려는 노력은 푸드 연구진에게도 관심이 되고 있다. 미국 워싱턴주에서 식물학자인 글렌이 다양한 토종 밀을 연구하고 실험 재배하면서 자신의 <브레드

랩>(Bread Lab)에 과학자만이 아니라 밀을 활용하는 각 분야의 사람들, 즉, 농부, 제분사, 빵제조사, 요리사들이 참여하여 미래농업공동체로서 함께 토론하고 연구하는 이유는 새로운 미래의 농업시스템이나 새로운 푸드 이용 방식과 음식문화는 맛과 풍미를 고려한 퀴진 없이는 존재할 수 없다는 인식 때문이다. 푸드와 퀴진은 우리 문화에서 중요한 부분이 되어야 하며 푸드를 지금처럼 다만 살아가는 데 필요한 영양공급원으로 생각하는 것은 위험하다. 이러한 이유로 음식에서 맛이란 요소가 제거되었고 작금의 농업시스템이 붕괴하고 있다고 글렌은 진단한다. 따라서 푸드 이용 방식과 음식문화는 푸드 생산만큼이나 중요하게 여겨야 한다고 본다.

음식에서 맛을 되살리고 지속가능한 미래를 위해 낭비되는 푸드 자원을 적극적으로 활용하여 새로운 제3의 요리접시를 차리는 데 우선하여 요구되는 것은 요리사의 인식과 철학, 신념, 맛을 창조하는 능력이다. 이 점이 바버가 『제3의 요리접시』에서 주장하는 핵심 내용이며 국내외를 부단히 수소문하여 이 새로운 푸드 이용 방식과 음식문화를 실천하는 선구자들을 찾아다니는 이유다.

오늘의 푸드 문화는 요리사들에게 혁신할 능력을 포함하여 영향을 끼칠 수 있는 플랫폼을 마련해주었다. 맛의 창조자로서 우리 요리사들은 모든 요인을 고려하는 새로운 섭생방식인 제3의 요리접시를 만들어가는 데 선구적 역할을 할 수 있다.

일반의 음식 소비자들은 말할 것도 없이, 이 역할은 어느 요리사에게나 힘든 주문이지만 요리사에게는 직관적인 주문이다. 이 책에 소개된 이야기들이 보여주듯 이 주문에는 맛있는 음식이 전제되기 때문이다. 진정한 의미에서 훌륭한 풍미란 자연 세계를 비춰주는 강력한 렌즈다. 왜냐하면, 맛이란 우리 눈에 보이거나 인지할 수 없는 미묘하고 정교한 것을 통해 생기기 때문이다. 맛이란 진실을 전달하는 점쟁이다. 맛은 근본부터 차례로 우리의 푸드시스템과 섭생을 재상정하는데 가이드가 될 수 있다. (22)

　　"이 어려운 상황에서 위안과 기쁨을 느끼기 위해 우리 모두가 창의적인 해결책과 새로운 방식을 찾고 있지만, 결국은 주방 식탁으로 귀결된다. 바로 이러한 이유로 우리 블루힐 팜에서는 블루힐 식당과 파트너십으로 '리소스 ED' 프로그램을 시작한다. 이 프로그램은 팬데믹 기간 중 그리고 그 뒤에도 독자적인 로컬푸드 운동을 지지하기 위한 것이다."

　　댄 바버의 블루힐에서 코로나19 상황에 맞춰 새롭게 내놓은 프로그램 설명 문구다.

　　코로나19가 미슐랭 스타 선정기준까지 바꾸었으며, 댄 바버는 미국에서 그 첫 수혜자 중 한 사람으로 선정되었다. 미슐랭 스타 등급이 처음 선보인 1931년 이래 미슐랭 가이드는 지금까지 유지해 온 등급 기준을 보면, '유사업종 식당 중 매우 훌륭한 식당'에는 별점 1개, '그리 멀지 않은 곳이라면 방문할 만한 뛰어난 요리'에는 별점 2개, '특별히 시간과 수고를 들여 방문할만한 예외적이고 독특한 요리'에는 별점 3개다. 코로나19 상황이 지속되자 미슐랭가이드는 기존의 별점 등급 외에 90년 만에 새로운 '그린스타'라는 등급을 도입한다. 기존 등급 선정만큼이나 '그린스타' 등급 선정 역시 엄격한 기준을 적용하는데, '그린스타'라는 용어에서 드러나듯 핵심은 환경에 대한 고려 여부다. "요리에 사용되는 농산물과 재료(제철에 나는 품질 좋은 지역농산물인지 여부); 요리 메뉴의 구성; 요리사가 고객에게 자신의 철학을 전달할 능력 여부; 푸드 낭비를 줄이고 찌꺼기를 재활용하는 선도적 모범을 보이는지"가 명시적인 기준이다.

　　미슐랭의 '그린스타' 등급은 2020년도에 유럽에서 먼저 도입되었으며, 2021년도에는 미국에서 적용되면서 그 기준에 부합하는 11개의 식당이 선정된다. 댄 바버의 블루힐과 캘리포니아의 체 파니스(Chez Panisse)가 여기에 포함되었다. 이 두 곳은 미국에서 지속가능한 환경을 우선순위로 삼고 지역농산물을 활용하는 새로운 레스토랑 운동을 선도적으로 펼쳐왔다는 점에서 전혀 놀랄만한 일은 아니다. 다만, 전통의 권위 있는 미슐랭가이드가 지구의 지속가능성을 중요한 푸드 문화로 새롭게 인지하고 공식적으로 인정하게 되었다는 점이 늦었지만, 고무적이고 다행이다.

선정 소감에 대한 질문을 받은 댄 바버는 개인적으로 영광이지만, 지난 여러 해 동안 자신의 레스토랑에서 펼쳐온 노력이 이제야 제대로 인정받고 보다 널리 알려지게 되는 계기가 될 수 있다는 점에 더욱 큰 의미를 둔다. 바버의 블루힐도 코로나19 상황에서 지속가능성 정신을 이어가고 지역 농민들과의 유기적 관계를 유지하기 위해 여러 가지 변화를 모색해 왔다.

우리 [블루힐] 방식이 건강과 맛, 생태학적 관점에서 변화에도 가잘 잘 견딜 수 있는 방식이라고 저는 여전히 항변할 수도 있었겠죠. (그런데 코로나19 상황이 닥치자 우리 방식도) 그대로 주저앉아 버렸습니다.

바버의 고백이다. 바버는 코로나19 상황이 발생하기 이전까지는 '농장에서 식탁으로' 모델에 기초하여 지속가능성에 초점을 맞춘 자신의 선구적인 미래식단이 이 정도로 취약할 줄은 미처 예상치 못했다. 미국에서 팬데믹 상황이 심각하게 전개되자 맨해튼과 스톤 반스에 있는 그의 블루힐 레스토랑은 문을 열 수 없게 된다. 이러한 상황에서도 바버는 자신의 푸드 철학을 지속시킬 방법을 찾는다. 그가 대안으로 생각해 낸 것이 '리소스ED'(ResourceED) 프로그램이다.

코로나19로 인해 블루힐 식당이 문을 닫는 상황이 지속되자, 블루힐 팜

웹사이트에 안내문 하나가 올라온다. 안내문은 먼저 지난 20년간 끊임없이 이용해준 고객들 덕분에 블루힐 가족과 식당에 재료를 공급해주는 지역 소농들로 이뤄진 커뮤니티가 존재할 수 있었으며, 자연환경의 건강을 배려할 수 있었다고 감사를 전한다. 코로나19 팬데믹 상황의 대처 역시도 푸드의 중요성이 강조된다.

안내문에서도 드러나듯, 바버가 우려하는 것은 자신이 운영하는 블루힐 식당이 언제까지 문을 닫고 있어야 하는지보다는 자신의 식당에 푸드 재료를 공급해주던 지역의 농부들과 어민들, 축산농장들이 이 어려운 시기를 어떻게 버티고 존속할 수 있을지의 문제다. 왜냐하면, 이들 공급자는 소규모 생산으로 자신들이 생산해내는 재료를 대부분 블루힐에만 공급하는 사람들이기 때문이다. 바버가 '리소스ED' 프로그램을 도입한 주된 큰 이유는 이 지역 기반 푸드의 생산-공급-소비 시스템의 붕괴를 막아 이들의 생계를 지속시켜주기 위해서다.

'리소스ED'는 블루힐 식당에서 준비한 음식과 블루힐 팜과 평소의 공급 체인을 맺고 있는 인근의 지역농축산물, 수산물이 담긴 푸드 재료 박스다. "방목 소고기 박스," "돼지고기 박스," "굴 박스," "아침식사 박스," "수프 박스," "채소 박스" 등의 다양한 품목에는 지역에서 공급받은 신선한 유기농 재료들이 담기며 일일 단위로 준비된다. 이들 박스는 식당을 이용할 수 없는 고객들을 위한 것이지만, 코로나19 일선 현장에서 수고하는 의료진들과 팬데믹 상황에서 어려움을 겪고 있는 가난한 사람들에게 무료로 제공함으로써 지역공동체에의 기여도 염두에 둔다.

바버의 '리소스ED' 프로그램에는 또 다른 중요한 요소가 들어있다.

'가드 망제(garde manger) 박스'다. 가드 망제란 레스토랑 주방에서 샐러드나 전채와 같은 콜드 푸드와 곁들임 요리가 준비되는 장소이면서 저장고가 있는 장소를 의미하는 조리 용어다. 가드 망제의 의미를 살린 이 박스에는 점심이나 저녁 식사를 준비하는 데 필요한 재료들, 예를 들어, 채소 스튜와 퓨리, 신선한 파스타, 양념, 크래커, 버터 등과 같은 블루힐 식당의 식품저장고에 있는 다양한 재료들이 담긴다. 가드 망제 박스는 사람들이 팬데믹 상황 속에서 견뎌내고 미래에 닥칠 이러한 재난에 대비하기 위해 갖추는 일종의 저장식량인 셈이다. 미국에서의 저장식품은 대부분 가공식품으로 채워지고 있는 현실을 '모욕적'으로 간주하는 바버는 가드 망제 박스 프로그램을 통해 신선한 식품이 저장식품으로 다시 자리매김하는 인식의 전환에 도움이 되길 기대한다.

> 지난 수 천 년 간 인류는 농산물을 상온에서 장기적으로 보관하는 방법을 생각해 왔다. 지금은 전 세계 곳곳에서 수확물이 쏟아져 나오고 있다. 이 수확물을 저장하기 위해 실천에 나서야 한다. 저장만이 아니라 더욱 맛나고 더욱 영양가 있게 만들어야 한다.

코로나19 상황으로 바버는 단순한 오너셰프로서가 아니라 새로운 푸드 전도자이자 교육자, 푸드 선도자의 역할을 더욱 요청받고 있는 셈이다.

2 도시농업과 21세기 개방계 푸드 공동체 문화 가꾸기 – 노벨라 카펜터의 『팜시티』

| 프롤로그 |

"목적은 이것입니다. 캠든에 사는 사람이라면 누구든 걸어서 10분 이내 거리에서 가든 허브를 이용하도록 하는 것이죠."

캠든에서 도심 텃밭 가꾸기 운동을 전개하고 있는 청년의 말이다. 필라델피아에서 벤저민 프랭클린 다리로 델라웨어강을 건너면 나오는 곳이 뉴저지주의 캠던(Camden)이다. 이곳은 과거부터 뉴저지주에서 가장 범죄율이 높고 위험한 곳으로 알려져 있다. 유학 시절 필라델피아에 틈틈이 거주하던 당시에도 캠던은 위험한 곳으로 악명이 높아서 가볼 엄두조차 내지 못했던 곳이다. 대서양 해안 도시 애틀랜틱시티로 바람 쐬러 가면서도 캠던은 재빨리 통과만 하던 곳이었지 잠시 멈출 생각조차 하지 못하던 곳이었다. 그곳이 지금도 크게 변하지 않은 듯하다. 2021년도에도 미국에서 가장 위험한 도시 순위에서 9번째에 이름을 올리고 있는 것을 보면 말이다. 이 '위험한' 캠던을 도심 텃밭 가꾸기를 통해 살만한 공동체로 변화시키려는 노력이 루 비보나(Lew Bovona)라는 청년에 의해 시도되고 있어 주목된다.[4]

뉴저지주립 럿거스대학 공공정책 전공 박사과정생인 루 비보나는 오랜 캠던 거주민으로 이 도시의 문제를 누구보다 잘 알고 있으며, 이곳을 살만한 공동체로 만들기 위해 그가 생각해 낸 것은 도심 텃밭 가꾸기다. 과거의 캠던이 뉴저지주의 별칭인 "가든 스테이트"와 밀접하게 연관 있는 곳이었다는 사실에서 그의 도시 텃밭 공동체에 대한 계획이 시작되었다. 그가 주목한 것은 2010년 펜실베이니아대학 연구진의 보고서로 과거에 캠던은 미국의 어느 도시보다도 인구비율 대비 가장 높은 커뮤니티 가든이 존재했던 곳이었다는 내용이었다.

> "이 도시의 융성했던 과거 텃밭 가꾸기 전통으로 캠든은 문화적으로 그리고 역사적으로 유대관계를 유지할 수 있었다. 텃밭 가꾸던 사람들의 경우 소작인들의 후손으로 자신들이 길러낸 농산물은 이웃과 함께 나누었다."

비보나의 말이다. 예전에 텃밭 가꾸던 사람들은 대부분 나이 든 사람들이다 보니 세월이 흐르면서 공동체 텃밭 문화는 자연적으로 이들과 함께 사라지게 되었던 것이다.

비보나는 이 텃밭 가꾸기 전통을 되살려 함께 가꾸고 나누던 캠던의 공동체 정신과 전통을 되살리고자 자신의 주도하에 2018년도에 <캠던 도시 농업 공동체>(Camden Urban Agriculture Collaborative; CUAC)를 결성한다. 이 공동체에는 도시농업에 필요한 자원을 끌어모으고 캠던에서

---

4) Tom McLaughlin. "Ph.D. Student Leads Camden's Return to Urban Gardening Roots." *Rutgers-Camden News Now*, April 2021, https://news.camden.rutgers.edu/2021/04/ph-d-student-leads-camdens-return-to-urban-gardening-roots. Accessed 1 June 2021.

의 도시농업 정책을 지지하고 협력을 강화하기 위한 기회 창출을 도모하는 지역의 단체와 가드너들이 참여했다. 2020년도에는 미국 농무부의 자금지원으로 캠던 곳곳에 '가든 허브'를 만들어 주민들은 자신이 거주하는 가까운 허브에서 텃밭 일구는데 필요한 교육과 도움을 받고 농사에 필요한 자재와 연장도 빌려 쓸 수 있도록 함으로써 많은 주민의 참여를 이끌어내고 있다. 이와는 별도로 비보나는 정부 지원금을 활용하여 교육과 훈련 프로그램을 통해 젊은이들이 도시 농사에 진지한 관심을 갖도록 하여 이들에게 캠든의 도심 텃밭 가꾸기 전통을 되살려 앞으로 오랫동안 이끌 수 있도록 도시 농사 전문가 양성 프로그램도 운영한다.

비보나와 CUAC가 도시농업 재도입을 통해 추구하는 목적은 캠던의 텃밭 가꾸기 전통 회복을 통한 건강한 공동체 만들기에 있다. 이와 더불어 텃밭 농사를 통한 경제적인 이윤창출과 환경의 중요성에 대한 인식 확산 역시도 중요한 목적이다. 학부와 대학원 과정에서 공동체와 지역학, 환경계획, 공공정책을 전공한 비보나는 유대감이 강한 공동체를 형성하고 그 공동체가 지속되는 데는 무엇보다도 푸드의 역할이 중요하다는 점을 잘 인식하고 있다.

"커뮤니티가 푸드를 중심으로 모일 수 있는 잠재 가능성은 아주 크다. 더불어, 커뮤니티의 지속성 역시도 푸드가 중심적인 역할을 할 수 있다."

비보나는 공동체 형성에서 푸드의 역할을 푸드 생산과 나눔에 한정시키지 않는다. 캠던의 대다수 거주민은 빈곤하여 푸드 생산을 통한 경제적인 이윤 역시도 중요하다. 커뮤니티 가든을 통해 생산된 농산물이 지역과 인근의 농산물 직거래 장터나 슈퍼마켓에서 판매되고, 판매 이윤이 생산에 종사한 주민들에게 돌아갈 수 있는 플랫폼을 설계한 이유다. 여기에 덧붙여, 비보나는 커뮤니티 가든을 통해 주민들이 자연과 연계된 삶이 자신들의 건강만이 아니라 결국 환경과 생태계에도 도움이 된다는 인식을 심어주기를 원한다.

> "주민들은 인도에 서서 잡초가 자라는 것을 바라보는 것이 아닌 텃밭 가꾸기를 통해 동식물과 관계를 맺게 된다. 어려서 자연에 더 많이 노출될수록 성인이 되어 자연을 더 잘 돌보게 된다는 점은 여러 연구에서 보고되고 있다."

비보나가 어린이들과 젊은이들을 대상으로 공동체 텃밭 가꾸기 참여와 교육에 관심을 두는 이유다. 텃밭가꾸기를 통해 도시에서 직접 신선한 푸드를 길러 푸드산업시스템에의 의존을 줄이고 지역공동체 의식을 도모하는 것이 노벨라 카펜터의 자전적 소설 『팜시티』 내용이다

1 노벨라 카펜터(Novella Carpenter)

노벨라 카펜터는 캘리포니아주 오클랜드에 근거지를 둔 도시농부이자 작가다. 그녀는 UC 버클리의 저널리즘 대학원에서 공부했고 교수로 있던 마이클 폴란, 신시아 고니의 수업을 듣게 된다. 카펜터의 농장인 '고스트 타운'은 2003년에 시작되었으며 농장에는 한 무리 닭과 꿀벌, 텃밭, 30여 개의 과수나무가 있다. 카펜터는 샌프란시스코 대학에서 글쓰기와 도시농업을 가르치고 있다.

노벨라 카펜터의 웹사이트에 소개된 자신의 이력서다.5) "도시농부와

---

5) https://www.novellacarpenter.net/

작가," 이 두 단어에 카펜터의 개인적 관심과 이력이 담겨있다. 카펜터는 프리랜서 작가로서 마이클 폴란 스타일의 글을 쓰고 있다. 즉, 전문 작가로서의 훌륭한 스토리텔링으로 본인의 직접 경험을 바탕으로 글로벌 푸드산업과 도시빈민가의 푸드 사막, 도시농업과 같은 특히 먹거리와 관련된 현실 이슈를 다룬다. 폴란과의 인연은 캘리포니아 대학 버클리 저널리즘 대학원에서 맺어진다.

<벤투라 카운티 스타>와의 인터뷰에서 카펜터는 폴란과의 인연을 다음과 같이 밝힌다.[6]

> 저는 UC 버클리에서 저널리즘을 공부했습니다. 애초에 뉴욕타임스와 같이 큰 언론사에서 일하는 저널리스트가 되고자 했죠. 하지만 마이클 폴란 교수의 푸드 글쓰기 강의를 들었습니다. 당시 그는 타임스지의 푸드 작가이기도 했습니다. 폴란은 제 멘토가 되어주었고 덕분에 당시 제가 하던 일에 대해 글로 쓰기 시작했습니다.

카펜터가 당시 하던 일이란 오클랜드 변두리의 자신이 거주하던 허름한 아파트 뒤쪽 버려진 공터를 가든으로 일구던 일을 말한다. 바로 인근에 고속도로와 철로가 나 있어 온종일 차 소리와 기차 소리로 요란한 곳이며 범죄가 심심치 않게 일어나던 일종의 게토 지역으로 일반적인 의미에서 가든하고는 거리가 먼 곳이다. 그런데도 카펜터는 학교공부와 생계를 위한 일을 하는 와중에 함께 생활하는 남자친구와 함께 버려진 시멘트 바닥 위에 흙을 덮고 인근 말 농장에서 말똥을 날아와 퇴비로 사용하여 텃밭 가

---

6) Mark Storer. "Author Novella Carpenter explains in Camarillo how she took up farming." *Ventura County Star*, 24 March 2013, http://archive.vcstar.com/news/author-novella-carpenter-explains-in-camarillo-how-she-took-up-farming-ep-292957124-351755991.html. Accessed 1 March 2019.

든만이 아닌 닭과 오리, 칠면조, 나중에는 돼지까지 키우는 자칭 "고스트 타운 가든" 농장을 일군다. 이 농장 일을 소재로 글을 써보라고 조언한 것은 폴란이었다.

폴란 교수님은 당시 제가 추수감사절 정찬에 올릴 용도로 키우던 칠면조에 대해 글로 써보길 권했습니다. 사실 저는 그것이 글감이 되리라고는 전혀 생각하지 않았죠. 그런 소재들이 모여 제가 일구던 농장이 책으로 만들어진다는 것에 대해서도 생각조차 못 했으니까요. 그런데 사람들 입에서 도도시농장이란 용어가 언급되기 시작하면서 '이게 뭐지?' 하면서 저도 그 일을 글로 쓰는 일에 관심 두기 시작했습니다.

폴란의 제안으로 쓴 칠면조에 관한 글이 <살롱.컴>(Salon.com)에 실렸고, 이 글을 본 여러 출판사에서는 카펜터에게 책으로 만들 것을 권유한다. 사실 이때 까지만 해도 카펜터는 자신의 농장을 소재로 여러 편의 에세이를 쓸 수 있겠다는 생각뿐이었다.

출판사 편집장들과 만나 이야기를 나눠보니 출판사에서는 에세이 모음집이 아닌 시작과 중간, 결말이 있는 일종의 회고록, 즉, 체험기의 책이 좋겠다는 것이다. 그렇게 되려면 이 책은 스토리 아크로 구성되어야 했으며 결국은 본인에 의한 창작물로 만들어지게 되었다.

이렇게 해서 나온 것이 카펜터의 대표작이자 그녀가 작가로서 인지도를 얻게 된『팜 시티 — 도회지 농부의 교육』(Farm City: The Education of an Urban Farmer)이다. 2009년도에 출간된 이 책의 마지막 문장에는 자신의 농장이 개발업자와 땅 주인에 의해 당장 퇴거당할 상황에 부닥친 것으로 나오지만 고스트 타운 팜은 현재까지도 건재하다. 다만, 2011년도에 법적 문제로 중단 위기를 맞기도 한다. 오클랜드시 당국이 카펜터가 시의 허가 없이 농장의 생산물을 일반에 판매했다는 이유로 농장폐쇄를 명령했기 때문이다. 카펜터의 이의제기로 여러 차례에 걸쳐 전문가들이 참여하는 도시농업에 대한 논의와 토론이 이어졌고, 이 일로 시 당국은 도시농업에 대한 규정을 재검토하기까지 이른다. 결국, 시 당국은 카펜터에게 농장 운영을 지속하도록 허락할 뿐만 아니라 농장에 더 많은 가축을 기를 수 있는 길을 터주기까지 한다. 카펜터는 남의 땅이었던 이 농장 터를 아예 구입한다. 그 뒤, 고스트 타운 팜은 미니 과수원으로 바뀌었고, 카펜터는 봄철이면 종종 이 농장을 일반인에게 개방하고 농장 투어도 진행한다. 현재 이 농장의 운영은 '블랙 어스 공동체'(Black Earth Collective) 회원들과 함께하고 있다.

2011년도에는 오클랜드의 커뮤니티 가든인 시티 슬릭커 팜(City Slicker Farms)을 만든 지역 활동가인 윌로우 로젠탈(Willow Rosenthal)과 함께 도시농업을 확산시키기 위해 자신들의 도시농업 경험을 기반으로 실질적인 가이드북 성격의 『도시농부의 본질』(*The Essential Urban Farmer*)을 출간하기도 했다. 2014년도에는 카펜터의 또 다른 자서전적 저서인 『야생으로 달아나다: 야생에서 아버지 흔적 찾기』(*Gone Feral: Tracking My Dad Through the Wild*)를 출간한다. 이 책에서는 부제에 표현된 것처럼 어려서의 기억을 되살려 히피로서 문명을 거부하고 자연 속에서 살아갔던 아버지의 흔적을 찾아 나서는 과정을 그리면서 미국문화에 깊이 자리 잡은 원시자연과 목가적 전통을 향한 동경을 비판적으로 다룬다.

2 『팜 시티 - 도회지 농부의 교육』

무명작가의 저서로서는 이례적으로『팜 시티』는 출간된 2009년도에 뉴욕타임스 '올해의 책 10' 리스트에 들 정도로 주목을 받았다. 당시 뉴욕타임스 북리뷰에는 다음과 같은 평이 실렸다. "지금껏 읽었던 가드닝 책 중에서 비교 대상이 없을 정도로 가장 재미있고 유별나며 의도적인 도발을 일삼고 있다. 책을 덮기 어려울 정도다.... 이 글은 비상한다." 카펜터가 실천하고 있던 도시농업에 대해 글을 써보라는 조언을 해주고 이 책이 나오는 계기를 만들어 준 폴란은 다음과 같은 서평을 남긴다. "사로잡는 책이다. 신랄함과 감동, 유쾌함이 교차하는 이 책은 미국 문학에서 출중한 새로운 작가의 출현을 말해준다." 미국의 전문 출판 잡지인 <퍼블리셔스 위클리>(Publishers Weekly)에서는 작가적 역량만이 아니라 주제 제시의 참신성에도 주목한다.

> 닭이나 수박 품종에 특이한 시적인 이름을 붙여주듯 작가가 세부사항과 내러티브를 다루는 방식을 보면 애니 딜라드식의 서정성이 이 작품에 나타난다. 하지만 이 작품을 마력의 영역으로 이끌어주는 요인은 농장을 가꾸는 삶과 도심이란 두 어울리지 않는 요소가 나란히 함께 제시되고 있다는 점이다.

작가의 실제 삶에서 경험되는 바로 이 주제의 참신성이 이 책의 풍부한 유머와 결합하여 독자의 관심을 붙든다. 현대의 도시화한 환경에서 생활하고 있는 대중은 이 책을 통해 카펜터와 마찬가지로 자신들의 도회지 삶터에서 텃밭을 직접 가꿔 식탁에 올리고 싶다는 바람과 작가처럼 꿀벌을 키우거나 닭이나 오리처럼 단순한 가축을 키울 수도 있을 것이란 희망을 품어보게 된다. 캘리포니아 루터대학교(California Lutheran University) 신학교수이면서 학생 가든 프로그램을 운영하는 샘 토마스 교수는 이 점을 다음과 같이 말한다. "[카펜터는] 세상을 구한다거나 혁명적인 일을 하는 것이 아니라 많은 돈과 방법을 동원하지 않고도 단순히 유머감각을 잃지 않고 자신만의 삶의 방식을 추구한다. 이 책이 영감을 불어 넣어주는 이유는 실재의 삶을 구체적으로 그려내면서도 자신의 도시농장 프로젝트에서 유발되는 온갖 혼란스러운 난관을 아무렇지도 않게 한껏 즐긴다는 점이다."[7] 카펜터의 독자와의 만남 행사에 참여했던 한 독자는 다음과 같은 고백을 한다. "그녀가 실천한 일을 생각하면 가슴이 벅차오릅니다. 나도 우리 집 뒤뜰 전체를 다 갈아 엎을 생각입니다. 단지 조그마한 땅덩이라도 그것을 활용할 수 있다는 사실을 깨닫게 되었거든요."[8]

　일반 독자들이 카펜터의 책에서 도시농업 아이디어와 실천의 자신감을 얻듯, 카펜터에게 도시농업이란 복잡하거나 실천이 어려운 것이 아니라 자연의 순환을 따르는 애정 어린 노동의 태도를 의미한다. 카펜터는 자신의 블로그에서 도시농업을 다음과 같이 정의한다.

　　내게 도시농업이란 도시에서 푸드를 생산해내는 일로 정의된다. 내가 식물이나 나무와 더불어 가축을 기르는 것을 항상 선호했던 이유는 생명의 순환을 만들어내기 때문이다. 예를 들어, 닭에게 케일을 먹이면 닭은 분뇨로 케일에 양분을 제공한다. 또한, 닭은 알을 낳아주는데 보는 것 자체로도 즐거우니 모두에게 윈-윈 상황이 만들어진다. 때로는 도시 농업은 일자리를 만들어내기도 한다. 물론 그 일을 맡기 위해서는 작업화를 단단히 조이고 허브나 마이크로그린(무순과 같이 잎사귀가 매우 작은 녹색채소)과 같은 특수 작물을 기를 마음이 있어야 한다. 하지만 도시 농업은 농촌 지역의

---

7) ibid
8) ibid

농사와 마찬가지로 많은 이윤이 남는 일은 아니어서 애정이 깃든 노동 태도
가 요구된다.

사실, 카펜터가 『팜 시티』를 통해 자신의 삶을 배경으로 전달해주는 도
시농업 일에 대한 메시지는 단순히 재미있다거나 엉뚱한 혹은 황당무계
한 것으로 가볍게 넘기기에는 그 메시지가 주는 무게감이 적지 않다. 특
히, 21세기 현재 우리가 처한 가공식품과 글로벌 푸드시스템에의 의존한
푸드 웨이의 반성과 더불어 미래의 지속가능한 새로운 푸드 웨이의 실천
과 방향을 고려하면 더더욱 그렇다.

2.1 로컬푸드 운동의 계승

『팜 시티』에 자세히 기록된 카펜터의 텃밭 가꾸기와 가축사육은 일견
전통적인 로커보어(locavore; 지역농축산물 섭생)의 전통을 잇는 듯 보인
다. 로커보어들이 산업 농업과 그 생산물을 거부하고 토종작물을 선택하
듯, 작가도 토종 종자만을 선별 구입하여 채소를 기르면서 그 선택은 인류
가 수 천 년 지속해온 전통을 계승하는 일로 자부한다(82). 로커보어들이
가드닝을 통해 단순히 먹거리만을 얻는 것이 아니라 그 행위를 통해 자신
과 자연과의 관계성을 재차 인식하고 자신의 정체성을 재고하듯, 카펜터
도 가드닝과 자신의 정체성이 별개가 아님을 경험으로 인지한다.

> 울타리에서 가든을 내려 보면서 깨닫는 것이 있다. 내가 가든을 만들기
> 는 했지만 나도 가든에 의해 새롭게 만들어졌다는 점을. 매일같이 여기서
> 기르는 푸드를 먹으며 나는 이 가든의 공기와 물과 토양이 되었다. 이 가든
> 을 포기하면 나 자신을 포기하는 셈이다. (82)

카펜터는 2000년대 들어 주목을 받았던 실험적 로커보어를 스스로 실

천하기로 한다. 이 시기에 로컬푸드 운동이 관심을 받았던 주된 이유는 이를 실천했던 일부 작가들이 자신의 실천 과정을 책으로 출간한 영향이 크다. 대표적인 예로는 민속식물학자이자 작가인 게리 폴 나반(Gary Paul Nabhan)이다. 본 저서의 제2부에서도 다룬 나반은 애리조나 소노라 사막지대에서 자신의 가든과 인근에서 생산된 푸드만으로 1년간의 실험적인 생활을 실천하며 그 경험을『섭생의 홈커밍』에 담아 2001년도에 출간한다. 이 책의 출간은 미국에서 로컬푸드에 대한 관심과 운동에 불을 당겼다.9)『팜 시티』저술 이전에 이미 작가로서의 뜻이 있던 카펜터는 나반 식의 로컬푸드 운동 실천과 실험을 본인도 할 계획을 하고 있었을 것이다.『팜 시티』의 18장에서 28장은 자신이 행한 한 달간의 로컬푸드 실천에 관한 내용이다. 실천에 들어가기에 앞서 스스로 작성한 규칙은 나반과 같은 대부분의 로컬푸드 운동 실천 규칙과 유사하다. 자신이 거주하는 캘리포니아주 오클랜드가 속해있는 샌프란시스코 베이 지역(Bay Area)에 있는 가든에서 길러지는 푸드만을 먹겠다는 서약을 하면서 작성한 5가지 규칙은 나름 엄격하다.

첫째, 텃밭에서 기른 야채와 농장에서 키운 동물만 먹기
둘째, 인근 나무에서 구한 과일은 오케이
셋째, 대형 쓰레기통에서 푸드 뒤지지 않기 (가축에게 먹일 경우는 예

---

9) 미국의 저명한 소설가인 바버라 킹솔버가 웨스트버지니아주 시골에서 남편과 두 딸과 함께 1년간의 농장을 가꾸며 지역 산물에 의존한 삶을 다룬『동물, 식물, 기적: 일년 간의 푸드 삶』(*Animal, Vegetable, Miracle: A year of Food Life*, 2008)와 캐나다 작가인 앨리사 스미스(Alisa Smith)와 J.B. 매키논(Mackinnon)의 밴쿠버 지역에서의 1년간의 지역 생산물에 의존한 삶을 다룬『100마일 식단: 지역 섭생』(*100-Mile Diet: Local Eating*, 2008)도 로컬푸드 운동에 많은 영향을 주었다.

외)

넷째, 직접 생산하여 보관 중인 푸드는 허용

다섯째, 물물교환은 허용되지만, 농부에 의해서 생산된 곡물에 한정
(135)

카펜터는 로컬푸드 식단 실천에서 대부분의 푸드를 자신의 가든에서 길러지는 재료를 활용할 계산으로 가든 소출이 가장 풍성한 7월을 선택하며, 자신의 자급자족 실천은 미국의 생태사상 실천 전통에 닿아 있음을 밝힌다. 자신의 푸드 자급자족 실천을 푸드 자급자족의 원조인 헨리 데이비드 소로(Henry David Thoreau)와 견주는 것도 그 이유다. 소로가 월든 호숫가에서 자급자족 푸드로 콩이란 단일 곡물을 심었지만, 자신은 훨씬 다양한 채소와 식물, 여기에 가축까지 기르니 소로보다 형편이 좋다고 자족하면서 위안으로 삼는다. 카펜터는 자신이 직접 기른 토끼를 푸드로 활용하기 위해 직접 토끼를 죽이고 손질을 하면서 이러한 태도를 미국의 농본주의 라이플 스타일의 연장 선상에 둔다. 가깝게는 히피였던 부모를 따라 문명을 벗어나 자연 속에서 생활했던 자신의 어린 시절 삶의 방식을 자신이 성인이 되어 반복하고 있음을 깨닫는다.

내가 하고 있는 일은 농본적 삶에 대한 독특한 미국적 환상의 재연출이다. 내 부모의 역사를 돌아보고 현재의 나의 삶과 비교해보니 이 점이 드러난다. 아이다호에 있는 농장에서 삶을 영위하던 내 부모의 삶이 유토피아 버전 8.5라면, 도시빈민가에 있는 나의 농장에서의 삶은 유토피아 버전 9.0으로 별반 다르지 않다. (174)

2.2 로컬푸드 운동의 발전적 극복

『팜 시티』를 통해 카펜터가 제시하는 새로운 푸드 웨이 실천과 방향은

그 전통의 답습보다는 오히려 발전적 계승과 극복에 초점이 맞춰져 있다. 발전적 계승과 극복의 양상은 (1) 도시 농업 실천, (2) 푸드 웨이 온고지신, (3) 개인적 푸드 윤리 실천으로부터 지역공동체 의식으로 발전, (4) 탈장소성과 네트워크 활용으로 정리된다.

1) 도회지 농업 실천 - 푸드자급자족 전통 되살리기

카펜터가 캘리포니아주 오클랜드시 변두리에 있는 아파트 뒤뜰의 버려진 공터에 텃밭을 일궈 채소를 심고 가축까지 기르는 이유는 무엇보다도 생계유지의 절박성 때문이었다. 일반적으로 가든에서 직접 농작물을 재배하든 아니면 인근 지역에서 생산되는 농산물 위주로 푸드를 소비하는 운동이든 그 동기는 대부분 푸드 윤리와 연관이 있다. 즉, 대량생산에 의한 이윤추구가 목적인 푸드 산업화에 의한 각종 화학물질과 유전자 변형으로 생산된 푸드나 가격경쟁력 때문에 장거리에서 수송해온 이력을 알 수 없는 푸드를 먹는 것은 자신의 건강뿐만 아니라 환경에도 폐해가 가기 때문에 자발적으로 로컬푸드 운동을 실천하는 것이다. 카펜터 역시 그러한 푸드 윤리의식을 지니고 있지만, 대학원 공부를 하면서 동시에 여러 파트타임 일을 해야 했던 그녀로서는 먹고사는 현실적 문제가 윤리보다도 우선이었다.

자신을 "배고픈 도시 농부"(183)로 부르는 카펜터는 자신을 비롯한 도시 빈민층에게 먹고사는 것이 현실적인 문제가 되지 않는 여유 있는 백인 중산층의 로컬푸드 선호는 그림의 떡에 불과했다. 책의 앞머리에서 카펜터는 자신의 가드닝의 이유를 분명히 밝힌다. 오클랜드로 이사 오기 전에 살았던 시애틀에서부터 카펜터는 뒤뜰에 채소와 닭을 키우고 도시 양봉을 했다. "나 스스로 푸드를 길러내기 시작했던 이유는 그래야 푸드가 더 맛나고 신선했기 때문만은 아니다. 더욱 근본적인 이유는 돈 지출을 줄일 수 있었기 때문이었다"(12). '돈이 들지 않기 때문에' 시작했던 시애틀에서의 가드닝을 통한 푸드의 자급 생활을 카펜터는 오클랜드에서 더욱 본격적으로 실천한다. 오클랜드에서의 자신의 푸드 자급생활 역시도 시애틀에서와 마찬가지로 생계를 위한 선택임을 밝힌다. 주로 중산층이 거주하는 베이 지역(Bay Area)은 신선한 지역생산 푸드와 놓아 기른 닭을 먹는 것을 유행처럼 선호하던 대표적인 곳으로, 농민 직거래 장터인 파머스 마켓도 대단히 활성화된 곳이다. 지역농산물을 애용하는 소비자들은 매일 같이 서는 파머스 마켓에서 자신들의 푸드가 얼마나 친환경적이고 유기농 방법으로 그리고 건강에 유익하게 길러졌는지 자랑삼는 농부들의 이야기를 일상처럼 들으면서 푸드를 구입한다. 그렇게 길러진 푸드로 요리하여 맛나고 건강에 유익한 음식을 즐기면서 자신들의 로컬푸드 소비 행위가 환경보호에도 이바지한다는 자긍심을 갖는다. 하지만 로컬푸드 섭생이란 "베이 지역 만트라"는 카펜터에게는 남의 일일 뿐이었다. "남의 땅에서 무단으로 가드닝을 하고 최소임금으로 일을 세 개나 뛰고 건강보험도 없는 가난한 나 같은 사람에게는 그와 같은 양질의 푸드를 살 여유가 없다"(13). 대신, "양질의 고기 먹는 것을 즐기고 돈보다는 손재주가 있는" 카펜터는 로컬푸드 섭생 실천이란 과제를 "나의 손으로 해결하기로 결심"한다. 빈민가 아파트의 쓰레기 더미의 빈 공터를 가든으로 일군 이유다.

카펜터는 처음에는 텃밭에 채소만을 기르다가 나중에 가축을 기르는 것도 자급자족을 실천하기 위함이다. 카펜터는 남의 땅에 가든을 일구는 처지에서 처음부터 가축을 기르지는 못한다. 우선 가축의 소음과 냄새로 인해 이웃의 불평이 두려웠고, 신고가 접수될 경우 땅 주인이나 시 당국으로부터 가든 자체를 몰수당할 수 있다는 걱정 때문이었다. 가든 수확물을 이웃과 나누고 이웃에서도 가든 일에 조금씩 관심을 보임에 따라 처음부터 마음먹었던 가축을 기르기로 한다. 우선 칠면조와 거위, 오리 새끼 각각 2마리와 병아리 10마리를 인터넷으로 구매한다. 이 새끼들을 아파트 안에 들여놓고 기르면서 그 귀여운 모습에 마음에 빼앗기기도 하지만, 이때마다 사육조류를 키우는 이유를 떠올린다. "이들 새끼가 귀엽지만 결국에는 내 저녁 먹잇감이 될 것이라는 점을 스스로 상기해야만 했다. 특히, 추수감사절은 이들 고기로 성찬이 될 것이다. 미리 도살 장면을 떠올려 본다"(16).

도시의 아파트 뒤뜰 공터에서 사육조류를 키운다는 것은 사회적 통념으로나 현실적으로나 쉽지 않은 일이지만, 카펜터는 어려서의 경험에서 큰 힘을 얻는다. 그녀의 엄마는 기르던 가축을 직접 잡아 요리를 해주곤 했다. 시골 농장에서 부모와 함께 보냈던 그 시절을 떠올리며 가축을 직접 길러 잡아먹겠다는 생각이 부모로부터 물려받은 "나의 문화적 DNA"임을 깨닫는다. 다만, 시골이 아닌 도시의 삶 속에서도 이것이 가능한 일인지는 자문해 본다. "도시의 문화적 혜택을 흠뻑 즐기면서 동시에 나 스스로 푸드를 키우는 이 두 가지를 다 가질 수는 없을까?" 카펜터는 새끼 조류들을 앞에 두고 희망에 부풀어 있다. "정말 멋진 해가 될 것 같다. 그렇게 느껴진다. 오클랜드에서의 내 삶이 이들 새끼 조류와 더불어 막 자라는 배아라면, 물고기에 갑자기 날개가 돋아난 격이랄까"(16-17).

카펜터에게는 손수 기른 가축을 잡아먹는 일은 자연스럽고 당연한 일이지만, 사회적 통념은 그렇지 않다는 것을 사실도 인지하고 있다. 특히, 가축을 식용으로 기르는 것을 경험하기 힘든 도시에서는 더더욱 그렇다. 도시에서 마주하는 동물은 모두 애완동물로 인식되기 때문이다. 어느 날 같은 아파트에 거주하는 9살짜리 아이가 뒤뜰에 나와 오리와 함께 놀다가 갑자기 질문을 던진다. "아줌마, 오리는 애완견과 같은 거죠?" "꼭 그런 건 아냐"란 말을 우선 내뱉으면서도 카펜터는 자신이 괴물 같다는 생각이

들지 않을 수 없었다. 그 아이와 함께 놀고 있는 오리는 자신이 이미 크리스마스 저녁 식사 거리로 점찍어 두었기 때문이다. 아이의 질문에 궁지에 몰린 자신을 보게 된다. "'그 사랑스러운 오리 머리를 싹 뚝 잘라 흰 털은 뽑아버리고 오븐에 넣어 기름기가 살에 스며들게 구울 것이야'라고 어린아이에게 말할 수 있을까?" 그 어린아이의 순진무구한 초롱초롱한 눈동자를 들여다보면서, "그래, 네 말이 맞아"라고 거짓말하지 않을 수 없었다. 아이가 집으로 돌아간 뒤, 카펜터는 혼자서 오리를 바라보면서 생각에 잠긴다. 가축을 키우는 일과 그 가축을 잡아 요리하는 일 사이에는 분명한 차이가 있다는 점을 인정하지 않을 수 없었다. 또한, 과연 이들 가축을 직접 도살하여 요리해 먹을 정신적인 준비가 되어 있는지 스스로 확신할 수가 없었다. 자신이 기른 가축을 직접 도살하여 푸드로 활용한다는 것은 일반인의 관점에서 잘 이해가 되지 않을뿐더러 그렇게 마음먹은 카펜터 자신도 사회적 통념에서 온전히 자유롭지는 못하다고 느낀다.

자신이 기른 가축을 푸드로 삼고자 하는 카펜터의 생각은 일차적으로 생계를 위한 것이지만 동시에 생산과 소비의 고리가 단절된 대부분의 현대인들이 의존하는 산업푸드시스템의 대안으로 읽힌다. 소비자들이 채소만이 아니라 고기를 상점에서 구매하여 먹기 시작한 일은 그리 오랜 일이 아니다. 예전에는 가축을 기르던 주된 이유는 식용에 있었으며, 직접 기른 가축을 잡아 푸드로 섭취하는 일은 자연스러웠다. 푸드 생산과 판매가 산업화되면서 생산과 소비는 완전히 이분화되었으며, 현대의 소비자들은 자신이 섭취하는 푸드의 이력에 대해 전혀 무지하고 알려고도 하지 않는다. 카펜터는 존 버거(John Berger)를 인용하면서 현대의 푸드 소비 활동에서 이 단절 현상을 짚어낸다.

자신의 저서 『어바웃 룩킹』(*About Looking*)에서 저자인 존 버거는 다음과 같이 지적한다. '농부에게는 자신의 돼지가 점점 사랑스러워지며 그리고 돼지고기를 소금에 절여 저장하는 일이 기쁘다. 중요한 점은 그리고 동시에 도시민들에게 이해하기 힘든 점은 이 두 문장이 '그러나'가 아닌 '그리고'로 연결되어 있다는 것이다.' (232)

카펜터는 버거의 지적에 공감할 뿐만 아니라 스스로 가축을 키우면서 온전히 농부의 심정과도 공감하게 된다. 카펜터는 가축을 키우게 된 동기가 식용에 있었던 만큼 가축이 성장하면 직접 도살하여 푸드로 삼는다. 인간이 가축을 길러 식용으로 삼는 것은 인류의 오랜 식습관이었으며 자연계의 먹이사슬로 당연시 여겨왔지만, 산업푸드가 우리의 식탁을 점령한 이후 그 식습관은 사라지고 말았다. 카펜터의 육식 자급자족은 그 단절된 식습관을 되살리는 행위이다. 더불어 그 단절로 인해 초래된 푸드 소비 행위와 푸드와의 단절을 다시 연결하고자 하는 노력이기도 하다. 이러한 태도는 카펜터가 자신이 키우던 닭이나 토끼, 칠면조, 오리, 돼지를 식용으로 전환하는 과정에서 예외 없이 표출된다.

추수감사절 정찬용으로 칠면조를 잡는 장면은 좋은 사례. 지난 6개월간 정성껏 키워왔던 칠면조를 도살하기 위해 카펜터는 마치 경건한 의식을 치르듯 사전 준비를 한다. 칠면조를 직접 깔끔하고 인간적으로 죽이는 일은 겸손을 배우고 인간이 다른 동물 종과 상호의존 관계를 확인하는 행위라고 스스로 다짐한다.

해럴드와 내가 이 무단으로 전용한 가든에서 구현해온 상호의존적 관계는 오랜 세월에 걸쳐 지속되어온 그 관계 전통의 끝자락을 의미한다. 해럴드가 존재하는 유일한 이유는 그와 그의 칠면조 조상들이 인간과 파우스트적인 계약을 맺었기 때문이다. 즉, 마지막에 인간에게 자신의 목숨을 내놓는 대가로 먹이와 거주지를 제공 받고 자손을 이을 기회를 제공 받았다. 역설적이지만 죽임을 당하는 것은 해럴드에게는 삶의 과정이다. (91)

카펜터는 이 칠면조를 통해 자신의 생계를 위한 푸드를 얻지만, 이 칠면조와의 관계를 통해 더욱 더 중요하고 근본적인 사실을 재인식 한다. 즉, 이제는 거의 잊혀진 동식물을 향한 생명존중과 푸드 재료인 동식물-인간 사이의 상호의존성이다.

> 도시 거주인으로서 내 삶에서 범신론은 거의 잊혀졌다. 하지만 이 멋진 살아있는 생명체인 해럴드를 품에 안고 있고 그의 생명의 진수가 푸드의 형태로 내 안에 전달 될 것이라는 점을 생각하니 신성한 마음이 든다. (92)

2) 푸드 웨이 온고지신

카펜터가 가축을 직접 길러 푸드로 삼는 과정에서 보여주는 자연에 대한 생명존중과 자연-인간 간 상호의존적 관계 인식은 근본적인 차원에서 이 시대에 요구되는 푸드 윤리다. 탄소발자국을 줄이고 가공식품 푸드산업에 의존을 줄이기 위한 실천으로서의 로컬푸드 운동이나 텃밭 가꾸기와 같은 행위에 참가하는 것도 의미 있지만, 이러한 행위가 지속적이고 보편적인 푸드 웨이로 전환되기 위해서는 실천하는 사람들의 마음과 인식에, 카펜터가 자신의 칠면조와의 관계에서 보여준 것과 같은, 자연 생명체에 대한 생명존중과 감사, 인간-자연 간의 상호의존에 대한 깨달음이 전제되어야 한다. 사실 이러한 푸드 윤리는 인류가 오랫동안 실천해왔던 것으로 현대에 와서 대부분 잊히거나 무시되어 왔다는 점에서 카펜터의 생활양식과 인식은 옛 푸드 윤리 전통의 복원이다.

카펜터가 몸소 실천으로 되살리고 있는 생명존중과 푸드 소스와 인간의 상호의존성에 근거한 푸드 윤리는 추상적 혹은 이론적인 명분 내세우기가 아니라 현시대에 되살려야 할 삶에 근거한 푸드 웨이다. 따라서 카펜터의 푸드 윤리에는 육식을 둘러싼 동물 윤리는 주된 논쟁거리가 되지 않는다. 동물에 대한 윤리적 고려에서 한때 자발적 채식주의자로 지내온

적이 있던 카펜터도 자신이 기르던 토끼를 잡는 과정에서 육식의 문제를 직접 꺼내 든다. '100-야드 다이어트'를 실천하면서 지속적인 허기와 영향결핍에 시달리던 카펜터는 영양보충을 위해 기르던 토끼를 잡아먹기로 한다. 추수감사절 정찬이라는 미국인에게 의례적인 행사를 위해 칠면조를 잡았던 것과는 달리 토끼는 인간의 일차적인 욕구인 배고픔 해소를 위한 것이었다. 유기농으로 기른 값비싼 고기를 구입할 수 없고 지속적인 푸드 결핍을 겪는 자신과 같은 처지의 사람들에게 채식주의는 한낱 구호에 불과하다는 입장이다.

> 채식주의자라면 이처럼 토끼를 직접 잡는 일을 해낼 수 있을까 하는 의문이 든다. 채식주의자는 나처럼 손바닥 뒤집듯 채식주의를 버리는 일이 쉽지는 않을 수 있겠고 병아리콩과 콩과 식물을 정성스럽게 심었을 수도 있겠다. 하지만 조그만 땅덩어리에 두부를 만들 만큼 충분한 대두를 키우기는 어렵다. 내가 직접 기른 토끼 고기를 먹지 않고서는 살아남을 수 없었을 것이라는 점을 본인만큼 잘 알 수 있겠는가. (173)

카펜터가 토끼를 잡아먹는 주된 이유가 허기를 면하고 부족해진 영양을 보충하는 생존을 위한 것이긴 하지만, 토끼를 죽이고 손질하는 과정에서 자신이 느껴왔던 감사의 마음과 더불어 토끼와 더불어 보내온 추억을 되살리며 그 의미를 잊지 않는다. "손질한 고기를 하루 동안 숙성한 다음에 요리해 상에 올릴 내일 저녁 식사가 내게 주는 의미를 온전히 알고 있다. 나는 이들 토끼가 태어나는 것을 보았고, 내 가든에서 나오는 채소로, 도심과 차이나타운에 있는 음식쓰레기 수거함에서 가져온 스낵으로, 정성스럽게 먹여 키웠다. 이 녀석들 성격까지 알고 있다"(174). 이렇게 정성으로 키운 토끼 고기를 섭취함으로써 토끼는 카펜터의 살로 전환된다.

지금까지 먹어본 토끼 고기 중 단연 최고였다. 씹는 동안 우리 먹이가 되도록 죽임을 당한 흰 토끼를 생각하지 않을 수 없었다. 이 토끼가 이 세상에 태어나 내 농장에서 잘 자란 것에 감사한다. 토끼의 살은 내 살이 되었다. (176)

인류의 전통이었던 푸드 윤리 되살리기의 정점은 무엇보다도 카펜터의 돼지 사육과 도살, 돼지고기를 활용한 저장 음식 만들기라는 전 과정에 잘 드러난다. 도시에서 돼지 사육이란 어려운 일을 결심하게 된 이유도 다른 사육조류나 토끼 사육과 마찬가지로 명분보다는 푸드로서의 먹거리 획득에 있다. 우연히 손에 든 돼지 경매 전단을 본 순간부터 카펜터는 돼지갈비, 베이컨, 소시지, 햄과 같은 먹거리를 떠올리게 되고, 돼지를 키울 수만 있다면 이것들을 전부 만들어보고 싶다는 생각을 한다.

많은 망설임 뒤에 결국은 돼지를 사육하겠다고 마음을 정한 뒤, 돼지 경매장에서 1마리만 사들이겠다는 애초의 의도와는 달리 2마리나 구매해온다. 막상 사 오긴 했지만, 크기가 작은 사육조류나 토끼와는 달리 돼지를 키우면서 소음이나 오물, 악취가 뜻하지 않은 문제를 초래할 수 있다는 걱정은 이제는 현실이 되었다. 결국, 돼지 사육 경험이 있는 엄마한테 조언을 구하게 되고, 이 과정에서 뜻밖의 정보를 듣게 된다. 즉, 과거에는 도시에서도 돼지 사육이 활발하게 이루어졌다는 내용이었고 자료를 찾아 이 점을 확인한다. 17세기와 18세기 유럽과 미국의 많은 도시 내에서 돼지 사육이 행해졌으며 돼지 사육은 음식물 쓰레기 처리에 크게 이바지했다고 한다. 카펜터는 마이클 휴(Michael Hough)의 『도시 형태와 자연의 진행』(*City Form and Natural Process*)을 인용한다. 1차 세계대전 이후에 "많은 양의 음식물 쓰레기가 도시에서 배출되기 때문에 돼지와 사육조류 사육은 자연스럽게 도시의 주된 활동으로 자리 잡게 된다.... 돼지 사육은 폭탄이 떨어진 자리나 뒷골목, 시에서 대여한 농장으로 번져갔으며 사육에는 경찰과 소방관 공장노동자들이 적극적으로 참여했다." 휴에 따르면, 1943년에 런던에만 4천 개의 돼지 클럽에 11만 명의 가입 회원이 있었으며, 10만 5천 마리의 돼지가 사육되고 있었다고 한다. 엄마를 통해 오클랜드에서도 과거에 돼지 사육이 행해졌다는 말을 듣고 카펜터는 자신의 돼지 사육이 역사를 이어가는 일임을 깨닫고 용기를 얻는다.

카펜터의 도시에서의 돼지사육은 단순히 장소 차원에서만 과거 전통을 되살리는 일이 아니라 버려지는 자원 재활용의 관점에서 과거의 전통을 현대에 적용하는 중요한 의미가 있다. 휴의 언급대로 과거에 도시에서 발생하는 음식 찌꺼기가 돼지 먹이로 재활용된 것처럼, 카펜터도 버려지는 음식을 주 먹이로 돼지를 사육하기로 한다. 집안에 두고 우유를 먹이며 키우던 새끼 돼지가 어느 정도 성장하자 그녀는 가든에 마련한 우리로 옮겨 키운다. 날이 갈수록 먹성이 커져만 가는 돼지에게 줄 먹이를 집안에서 조달하는 일이 한계에 이르자, 카펜터는 휴의 책에 적힌 것처럼 음식쓰레기를 찾아 시내 차이나타운의 뒷골목 음식쓰레기 수거함을 뒤지기 시작한다. "기꺼운 마음과 정성으로" 평생 처음으로 음식쓰레기 수거함을 뒤지면서 자기 돼지들이 "도시의 행복한 돼지"로서 "중국 음식을 먹게" 될 기대로 카펜터는 남의 시선이나 냄새는 개의치 않는다. 이제는 밤마다 차이나타운에서 음식쓰레기 수거함을 뒤지는 일이 일상이 되었다. 사람도 매일 같은 음식을 먹으면 질리듯, 돼지도 좀 다른 음식을 원할 것이라는 생각에 카펜터는 오클랜드 시내 번화가의 고급레스토랑이 몰려있는 뒷골목으로 음식 수거 장소를 옮겨 돼지에게 다양한 먹이를 제공해준다.

카펜터가 도시의 낙후된 지역에서 무단으로 가든을 만들고, 한 달간의 100야드 로컬푸드를 실천하고, 자신의 푸드 용도로 사육조류만이 아니라 돼지까지 키우는 데는 무엇보다도 생계를 위한 푸드 마련에 있었지만, 환경문제에 대한 인식이 없었던 것은 아니다. 돼지 먹이로 카펜터가 시내

음식쓰레기 수거함을 뒤지면서 매번 목격하는 것도 푸드가 함부로 낭비
되고 있다는 사실이었다. 유기농 지역농산물을 재료로 사용하며 푸드쉐
드를 실천하는 것으로 잘 알려진 고급레스토랑 역시 예외가 아니라는 점
을 알게 되는 것도 음식 쓰레기 수거함을 통해서다. 카펜터는 레스토랑 에
콜의 음식쓰레기 수거함을 뒤지면서 "요리사의 비밀, 즉 요리사의 치욕
이 이 수거함에 그대로 노출"되어 있다고 말한다. 그 레스토랑 수거함에
는 요리하고 남은 그러나 여전히 쓸만한 재료와 조리된 음식이 통째로 버
려져 있었기 때문이다. 미국에서 최초의 유기농 지역농산물만 재료로 사
용하는 레스토랑인 버클리 소재 셰 파니스(Chez Panisse)의 전통을 계승
하는 음식점이 에콜이다. 주인 겸 주방장인 크리스 리는 셰 파니스에서
셰프로서 훈련을 받고 오랫동안 그곳에서 요리사로 일했던 사람이다. 이
후 독립하여 에콜을 운영하면서 셰 파니스의 정신을 계승하고 있다고 자
부하고 있으며 식당에서 쓰다 남은 재료는 자신의 집에서 기르는 닭 먹이
로 사용하는 것으로 알려져 있다. 이런 에콜같은 식당에서 푸드 낭비가
이 정도라면 다른 식당의 푸드 낭비 정도는 짐작이 가지 않는다고 카펜터
는 내뱉는다.

　카펜터의 도시 농업 실천에서 두드러진 점은 자신이 기르는 동식물과
깊은 유대감이며, 이 유대감이 가장 잘 드러나는 것은 사육 돼지와의 관계
에서다. 카펜터가 두 마리의 돼지에게 느끼는 유대감은 키우는 과정뿐만
아니라 도살과정과 그 이후의 식품으로 만드는 과정에서도 키우던 사육
조류와는 비교가 안 될 정도로 강하다. 돼지가 이제 다 성장하여 도살할
시기가 되자 수소문을 통해 적합한 도살장을 정한 뒤, 그 도살장에 두 가
지 약속을 받아 둔다. 하나는 도살현장에 자신이 직접 참여할 것, 다른 하
나는 도살된 돼지의 어느 한 부위도 버려서는 안 될 것이었다. 자신이 키
운 돼지의 도살현장에 참여하고자 하는 동기는 "돼지들하고는 그동안 하

루에 적어도 두 차례 서로 얼굴을 마주해왔고 마지막 순간을 옆에서 지켜주는 것은 이들에 대해 존중해주는 마음을 표현하는 일"이기 때문이다 (245).

카펜터의 신신당부와 다짐에도 불구하고 도살장에서는 그들의 방식 대로 카펜터와 약속한 시각을 사전 통보도 없이 앞당겨 도살해버리고 만다. 도살장에 도착하여 이 사실을 알고 난 카펜터는 강하게 항의해보지만 이미 돌이킬 수 없는 상황으로 카펜터의 아쉬움은 더욱 크게 느껴진다.

> 나는 지난 반년 동안 이들 돼지를 행복하게 해주기 위해 전심전력했으며 진정으로 이들을 알고 친해지기 위해 노력해 왔는데, 적어도 이들을 키운 농부인 내가 이들 돼지의 가장 중요한 순간을 지켜보지 못했다. (248)

자신이 키워 식용으로 사용할 가축의 마지막 순간을 왜 키운 사람이 지켜보아야 하는지 보다 정제된 의미를 카펜터는 마가렛 비저(Marget Visser)의 『정찬 의례』(*The Rituals of Dinner*)에서 인용한다.

> 식탁에 고기요리가 올라오고 그 고기를 제공한 동물이 우리와 '아는' 사이라면, 그 동물의 죽음은 극적이게 된다. 자신들을 일깨우기 위해서라도 이런 식의 죽음은 사람들이 지켜봐야 하며 보이지 않는 곳에서 행해져서는 안 된다. 도살되는 장면에 예를 갖추고 즐거운 마음으로 참여해야 한다. 이처럼 하는 것이 문자 그대로 '희생'의 의미이며 저녁거리로서 소비되는 동물을 '신성하게 하는' 일이다. (248-49; 카펜터 재인용)

푸드 윤리 차원에서 소비자와 소비자가 섭취하는 푸드와의 연결고리 단절은 카펜터에게는 육식 그 자체보다 더욱 중요하고 심각한 문제다. 폴란도 유사한 견해를 밝힌 적이 있다. 『잡식동물의 딜레마』에서 폴란은 "육식이 잘못된 것이란 견해는 원칙의 문제가 아니라 실제로 행해지고 있는 관행의 문제다"(328)라면서, 사람과 동물간의 일상적인 접촉의 상실로 인해 동물 종과의 관계의 성격에 대해 사람들이 혼란을 겪고 있는 것이 더욱 문제라고 본다. 이 문제 해결 방법은 식용가축과의 개인적인 유대관계를 회복에 있다고 강조한다. 제2부에서 살핀 것처럼, 폴란은 캔자스 농장에서 송아지를 구입하고 주기적으로 방문하여 그 송아지와 시간을 보내며 유대관계를 맺고 송아지가 성장하여 도살할 시기가 오자 스스로 요청하여 허용된 범위에서 일부 도살과정을 참관한다. 이후 자신의 도살된 소에서 나온 고기를 모두 집으로 가져와 감사한 마음으로 섭생한다. 이런 방식으로 고기를 구하는 것은 일반인의 관점에서 현실적으로 매우 어려운 일이지만, 폴란이 이 실험적인 방법을 통해 전하고 싶은 메시지는 분명하다. 우리가 관계를 맺은 가축에서 얻은 고기를 섭생할 경우, 우리는 "이들 동물이 당연히 받아야 할 존중심과 예의 갖추기, 감사의 마음"을 지닌 채 먹을 것이란 점이다(333). 카펜터가 자신이 기른 가축과의 유대관계와 도살 장면을 지켜보고자 하는 의지, 그 가축고기를 직접 섭취하는 의식적 행위는 아마도 폴란에게서 영향을 받은 것으로 보인다.

　카펜터가 도살장에 부탁한 또 다른 요청, 즉, 돼지에서 나오는 어떤 것이라도 버려서는 안 된다는 당부 역시 돼지와의 유대관계 및 푸드 낭비 인식에서 비롯 된 것이다. 도살시 흘리는 피조차도 받아 보관해 달라고 부탁한다. 자신이 정성스럽게 키운 돼지의 모든 것을 푸드로 활용해 감사하게 섭취하는 것이 돼지에 대한 예의이며 이렇게 함으로써 적어도 푸드 낭비의 관행을 따르지 않는 실천이기 때문이다. 그런데도 도살과정에서 많은 부분이 버려진 것을 알게 되고 불같이 화도 내 보지만, 도살장에서는 그녀의 요구를 유별나게 생각하고 신경 쓰지도 않는다. 먹을 것이 풍부한 미국에서는 선호하는 부위만을 푸드로 활용하는 것이 익숙해 있기 때문이다.

> 모든 것을 활용하지 않는 것이 미국의 전통이듯 내게 건네진 것이라곤
> 갈고리에 걸린 고깃덩이뿐으로 나머지 그 귀중한 부위들은 그저 버려졌다.
> 이 사실을 생각하면 구역질이 난다. 내가 항의하는 바람이 한바탕 벌어진
> 소란이 내 잘못처럼 여겨지는 것은 더더욱 참기 힘들다. (248)

카펜터는 자신의 도살된 돼지를 푸드로 만드는 과정에는 다행히도 온전히 참여할 수 있었다. 자신의 강력한 요구로 도살장에서 그나마 버려지는 신세를 면한 돼지머리와 내장까지 챙긴 카펜터는 에콜의 주인이자 주방장인 크리스 리의 배려로 이들 부위를 조리하는 일에 참여한다. 카펜터는 에콜의 음식쓰레기 보관함에서 돼지 먹이를 챙기는 과정에서 이곳 크리스 리와 인연을 맺게 되고, 직접 기른 돼지의 푸드로서의 가치와 카펜터의 정성과 마음을 알게 된 크리스는 자신만의 비밀 조리법까지도 공개하며 기꺼이 카펜터의 돼지를 활용하여 카펜터와 함께 다양한 요리로 만들기로 약속해 두었다. 크리스의 도움으로 평소 자신이 좋아하던 살라미와 프로슈트 등을 만드는 과정에서 카펜터는 더더욱 자신과 돼지와의 유대를 느낀다.

> 살라미를 차곡차곡 쌓아 올리고 프로슈트를 만들기 위해 소금으로 돼지
> 허벅지 살을 문지르는 이 모든 행위를 통해 나는 돼지에게 더욱 가까워졌
> 다. 내 수돼지 빅가이가 어떤 부위들로 몸이 이루어졌었는지 알게 되었다.
> 빅가이의 비밀을 알게 된 셈이다. (253)

카펜터가 반년에 걸쳐 손수 돼지 두 마리를 정성껏 키우는 과정과 도살 현장에 참여하고자 하는 열정, 도살된 돼지를 푸드로 만드는 과정에 직접 참여하는 일련의 모든 행동은 결국 현대 소비자들이 잃어버린 생산과 소비의 연결고리를 다시 잇대는 일이며, 푸드에 대한 존중과 감사를 회복하고자 하는 현대에 요청되는 푸드 웨이자 푸드 윤리다.

3) 개인적 푸드 윤리 실천에서 지역공동체 의식으로

(1) 가드닝과 나눔 실천

카펜터의 가드닝이 일차적으로는 경제적 이유로 자신의 먹거리를 직접 마련하고자 동기에서 출발했음에도 가드닝에서 이웃과 나눔은 기본적인 실천이 되고 있다. 자신의 힘으로 힘들게 가든을 조성한 뒤 이웃 사람들에게도 텃밭가꾸기에 참여를 권유했지만, 이웃 사람들은 이런 저런 이유를 대며 오히려 이상한 시선으로 바라볼 뿐이었다. 그런데도 카펜터는 처음부터 자신의 가든을 이웃과 생산물을 함께 나누는 일종의 공동체 가든으로 여긴다.

어느 날 낯선 사람이 아직 제대로 성장하지 않은 당근을 허락도 구하지 않고 뽑는 것을 본 카펜터는 제지하기 위해 급히 가든으로 내려간다. "이 가든을 보니 할머니가 생각납니다"라고 눈물을 글썽이는 이 남자에게 제지하기는커녕 안아주고 싶은 마음이 들었다. 뽑아 든 당근을 호주머니에 넣고 떠나가는 남자를 바라보면서 '이건 당신이 태어날 때부터 부여받은 권리입니다'라고 말해주고 싶었다. 이웃 사람들도 점차 카펜터의 가든에서 필요한 채소를 수확해 가는 일이 잦아졌고 카펜터는 한 사람이 너무 많이 수확함으로써 다른 사람들이 수확 못 할 상황이 발생하지 않도록만 제한한다.

당근을 뽑아간 남자처럼, 푸드는 좁게는 가족 간의 유대를 지속시켜주는 연결고리이자 넓게는 문화와 민족 정체성을 규정해주는 요소다. 어려서의 부모와 함께 살았던 카펜터의 추억은 모두 푸드와 연결되어 있다. 스스로 가드닝을 하면서 평소 관계가 소원했던 엄마와의 연결고리 역시도 푸드를 통해서다. 카펜터가 거주하는 지역의 가난한 이민자들 역시 카펜터의 텃밭을 통해 자신의 고국과 연결고리를 맺는다. 이웃에 사는 베트남에서 이주해 온 응옌은 카펜터가 기꺼이 내준 가든 한편에 고국에서 길렀던 여러 채소와 허브를 열심히 키운다. 그가 키우는 작물을 보고 카펜터는 '타고난 도시농부' 같다는 인상을 줄 정도로 응옌이 그렇게 정성을 다해 가꾸는 이유는 "고국의 맛" 때문일 것이라고 카펜터는 생각한다.

사실 적지 않은 이민자들이 이민 생활의 어려움 속에서도 아니 오히려 어려웠기 때문에 개간 할 수 있는 땅이라면 도시를 불문하고 가드닝을 해왔다. "미국 소수민족 이민자 그룹의 가든에 나타난 푸드와 문화, 지속가능성"이란 부제가 붙은 『땅은 내 이름을 알고 있다』(*Earth Knows My Name*)란 책에서 패트리시아 글린디엔스트(Patricia Klindienst)는 미국 전역에 걸쳐 다양한 이민자 그룹이 각기 다른 이유와 형식으로 독특한 가든을 조성하고 있는 장소를 방문하여 그들과의 대화를 통해 공통된 특징을 발견한다. 이민자들에게 가든은 삶의 형태로 고국에 대한 기억의 장소로서, 알도 리어폴드가 말하는 "대지 윤리"가 적용되는 장소로 가드닝은 전적으로 미국이라는 새로운 문화에 종속되지 않고 자신들의 문화를 지속시키려는 행동임을 알게 된다. 이로써 가든에서 거둬들이는 푸드는 소수이민 그룹의 공동체 의식을 지탱해주는 문화적 기억이자 나눔의 도구가 된다(xxii-xxiii). 카펜터의 가든은 단지 이웃과 푸드를 나누는 데서 더 나아가 응옌과 같은 소수 이민자 민족에게 자기 민족과 문화 정체성을 연결해주는 기회를 제공해주는 셈이다.

카펜터는 여러 달에 걸쳐 온갖 정성과 수고를 다 해 키운 가축고기도 이웃과 함께 나눔을 통해 오히려 자신의 수고에 더 큰 보람을 느낀다. 카펜터는 추수감사절 정찬을 위해 해럴드라는 이름을 붙여주며 그동안 애지중지 키우던 칠면조를 잡아 직접 요리를 한 후 이웃과 친구들을 초대하여 함께 나눈다. 여러 사람이 칠면조요리를 함께 나눔은 적어도 자신의 부모 세대까지 이어졌던 미국의 추수감사절 전통을 되살리는 일이었고 동시에 감사의 마음을 여러 사람이 함께 나눔으로서 자신을 기꺼이 내어준 칠면조를 더욱 기리는 행위로 본다. "한입 한입이 특별했던" 칠면조요리를 다 먹을 때쯤, "나는 더없이 만족했고 충만"했으며, 함께 식탁에 둘러앉은 초대 손님들도 칠면조에 대해 "겸손한 마음과 감사의 마음" 드러내 보였다(95). 돼지를 잡아서도 이웃과 친구들뿐만 아니라 멀리 있는 가족에게도 보내고 여러 번에 걸쳐 이웃과 친구들을 초대하여 함께 나눈다. 에콜 레스토랑 크리스의 도움으로 정성을 다해 만든 귀한 살라미와 라도가 3개월의 숙성을 거쳐 드디어 세상에 나왔을 때 이 고대하고 고대하던 음식도 혼자 서가 아니라 여러 사람이 모여서 함께 나누며 감사를 느낀다.

> 여러 사람과 함께 앉아서 이 고기를 나눠 먹을 수 있고 여러 사람에게 나눠 줄 수 있으니 얼마나 감사한 일인가.... 무엇이 더 감사한 일일까? 여러 달 전 내 돼지들이 행복하게 먹던 모습인가, 아니면 지금 내 친구들이 돼지처럼 게걸스럽고 행복하게 먹는 모습인가? (265)

(2) 나눔과 지역공동체 의식, 푸드 정의

카펜터가 자신의 가든에서 기른 채소와 동물의 고기를 이웃 사람들과 함께 나누는 행동에는 자신이 거주하는 곳이 도시 빈민 지역이라는 점도 크게 작동한다. 그의 아파트가 있는 구역은 미국 도시 중 가장 범죄율이 높은 오클랜드, 그곳에서도 경찰조차 순찰하기 꺼리는 낙후되고 범죄가 끊임없이 벌어지는 지역이다. 당연히, 그곳에는 노숙자들과 형편이 어려운 사람들이 거주하며 그들은 하루하루 생존이 무엇보다도 절실한 사람들이다. 카펜터가 자신이 어렵게 일구고 정성껏 키운 채소와 과일, 고기를 이들과 함께 기꺼이 나누고자 하는 데는 이들의 처지에 대한 동병상련과 무관하지 않다. 자신은 대학원에 다니고 시내에서 파트타임 일도 해서 이들보다 형편이 낫긴 했지만, 어차피 자신도 허름한 아파트에 거주하며 생계를 위해 활용하지 않는 남의 땅에 허락도 구하지 않고 무단으로 가든을 일궈 푸드를 마련하고 있는 처지로, 이웃 사람들의 생계 처지와 신선한 푸드 재료를 구매하지 못하는 처지를 누구보다 잘 알고 있다.

카펜터의 나눔은 자신의 바로 이웃 반경에만 머물지 않고 큰 개념의 지역공동체로 확대되며 그 근저에는 도시 빈민가에서의 푸드 정의에 대한 의식이 자리 잡고 있다. 카펜터가 푸드 정의와 같은 의식적인 푸드를 통한 지역공동체 인식을 본격적으로 하게 된 계기는 인근의 '도시농부들'과의 교류를 통해서다. 세련된 도시민이면서 닭이나 오리와 같은 사육조류를 키우는 자칭 젊은 '도시농부'들과 교류를 통해 카펜터는 처음에는 도시농업에 대한 실질적인 조언과 도움을 얻는다. 채소와 가축고기를 사회운동인 푸드 정의 차원에서 생각하게 되는 것도 이들을 통해서다. 카펜터는 이들 중 특히 윌로우 로젠탈이라는 여성으로부터 많은 영향을 받는다. 로젠탈은 오염되어 버려진 땅을 개간하여 도시농장을 만들고 나중에는 커뮤니티 가든으로 확장하면서 비영리단체인 <시티 슬릭커 팜>(City Slicker Farm)을 설립한다. 이 단체의 목적은 이웃의 가난한 사람들에게 저렴한 가격에 건강한 푸드를 제공하는 것으로 생산된 채소를 빈민을 위한 단체에 기부하거나 도시 빈민 거리에 푸드스탠드를 마련하여 직접 기른 생산물을 아주 저렴한 가격에 제공한다.

로젠탈의 도시농장을 직접 살펴보고 그녀와 많은 대화를 나누면서 카펜터는 도시의 빈터를 활용한 가든이나 농장이 특히 미국 사회가 경제적이나 정치적인 이유로 어려움에 부닥칠 때마다 도시 빈민 구제에 큰 역할을 해왔다는 점을 알게 된다. <시티 슬릭커 팜>이 흑인 빈민구호단체인 <블랙팬서>의 어린이 공부 모임에 유기농으로 기른 신선하고 건강에 좋은 채소와 과일을 지속해서 제공해오고 있다는 이야기를 듣고 카펜터 자신도 즉시 실천에 옮긴다. <블랙팬서>에서는 아이들의 인성과 공부 능력이 건강식 섭취와 매우 밀접한 관계에 있다는 신념에서 학습프로그램에 찾아오는 아이들에게 끼니마다 건강식을 제공한다. 카펜터는 매주 한 차례씩 자신의 가든에서 수확한 채소와 양이 충분치 않을 때는 <스티 슬릭커 팜>에서 수확한 채소를 집으로 가져와 깨끗하게 손질하고 씻어 직접 <블랙팬서>에 배달해주면서 또 다른 보람과 긍지를 느낀다. "이러한 자급자족 프로그램이 우리 구역에서도 지속된다면 참 많이 달라지겠지"(150).

푸드마일리지나 푸드 낭비와 같은 푸드와 환경과 연관된 개념론적 명분이나 윤리, 이슈보다는 도시 빈민들의 직접적인 생존 차원에서의 푸드에 대한 고려가 우선되어야 한다는 생각을 카펜터가 하게 된 계기는 자신의 거주지에서의 목격을 통해서다. 어느 날 아파트 창을 통해 허물어진 건물잔해에 한 남자 걸인의 모습이 카펜터의 눈에 들어왔다. 그 걸인이 바지를 내리더니 볼일을 보는 모습으로 앉는 것을 보고서는 카펜터는 즉각적으로 다음과 같은 생각이 들었다.

> 내가 음식점에서 지켰던 의로운 식사 원칙에 대해 갑자기 창피한 생각이 들었다. 아무 생각 없이 먹어대거나 음식을 함부로 낭비하는 것보다 더욱 부끄러운 것이 있다. 그것은 사람에게 낭비하듯 관심을 기울이지 않는 것이다. 내 이웃에 사는 마약 중독자들과 창녀들, 쓰레기 취급당하는 사람들, 노숙인들, 이들에 대한 관심은 단순히 음식의 영양학적 가치를 따지는 일보다 훨씬 더 중요한 일이다. (168-69)

이때 카펜터는 '100야드 로컬푸드'를 실천 중이었고, 바로 그 전날 저녁 남자친구와 함께 자주 이용하던 시내 음식점에 들러 자신은 음식에 대한 욕구를 간신히 억누른 채 남자친구와 다른 사람들이 먹는 모습만 힘들게 지켜보았다. 카펜터를 더욱 화나게 했던 것은 식당을 이용하는 손님들이 주문한 음식 중 상당량이 남겨져 결국 음식쓰레기통에 들어가는 광경이었다.

카펜터의 가든닝이 갖는 푸드정의 차원에서의 지역공동체 운동의 성격은 '푸드 사막'(food desert)과 연관 있다. '푸드 사막'이란 경제적인 이유나 도시구조로 인해 영양가 있고 건강에 유익한 신선식품을 구할 수 없는 지역을 의미한다. 대개는 도시빈민가인 경우로 빈민들은 비싼 신선한 푸드 재료를 구할 형편이 못되며 그러한 푸드를 파는 식품점이나 대형 마트도 인근에 없기 때문이다. 이러한 도시 빈민들에게 신선한 푸드 제공은 주로 도시 커뮤니티 가든을 통해서다. 카펜터가 거주하는 웨스트오클랜드도 일종의 푸드 사막에 해당된다. 카펜터에게 커뮤니티 가든의 의미와 푸드 기부 실천을 이끌어준 로젠탈이 웨스트오클랜드에 커뮤니티 가든 프로그램을 만든 이유도 이러한 푸드 사막 문제를 해결하기 위함이다. 웨스트오클랜드에는 3km 반경 내에 식품점이 없으며 사과하나 먹기 위해 적어도 한 시간을 이동해야 한다. 그러다 보니 거주민들은 신선식품이 아닌 구멍가게에서 쉽게 구할 수 있는 캔디나 칩, 쿠키를 먹는다. 따라서 로젠탈의 프로그램은 저소득 주민들이 채소와 과일을 사기 위해 상점까지 한 시간이나 버스를 타고 가는 대신 자신들의 뒤뜰에서 스스로 먹을 푸드를 기르고 수확하도록 해주는 것이다(206). 카펜터가 자신의 가든에서 채소와 가축을 길러 이웃과 나누는 행위는 도시빈민가의 푸드 사막 문제를 해소하려는 작은 실천의 일환이기도 하다.

2.3 탈장소성과 개방계(open system)

『팜 시티』를 통해 카펜터가 제시하는 도시환경에서의 새로운 푸드 웨이 방향 제시와 실천에서 로컬푸드 운동의 발전적 계승과 극복은 탈장소성과 개방계라는 특징을 보인다. 개방계란 물질계나 생물계에서, 계 내에서 완결되어 외계와 교류가 없는 폐쇄계(closed system)와는 달리, 에너지 또는 물질 교환이 외계와 조화롭게 이뤄지는 열린계를 말한다. 기존의 로컬푸드 운동은 자급자족적인 폐쇄계의 성격이 강했다. 즉, '자연으로 돌아가자' 식의 정신에 기초한 기존의 로컬푸드 운동은 개인의 푸드 윤리 실천을 위한 자급자족적인 삶이 기본이 되고 기타 필요한 푸드는 지역에 국한시켜 확보하는 것이었다. 도시 생활을 접고 시골 농장으로 들어가 가족 단위의 로컬푸드를 실천하는 바버라 킹솔버의 『식물과 동물, 기적』은 그 좋은 예다. 하지만, 이러한 로컬푸드 운동은 일반 도시민이 실천하기에는 현실적으로 제약이 있을 수밖에 없다. 현대의 대부분 인구가 도시에서 삶을 영위하고 있으며, 로컬푸드를 실천하기 위해 자신의 일상의 삶을 일시라도 접는 것은 더더욱 어렵기 때문이다. 카펜터는 도시에서 가든을 가꿈으로써 로컬푸드 운동 실천이 자신의 일상적인 도시 삶을 그대로 유지하면서도 가능하다는 것을 보여준다. 이 실천은 단순히 개인적인 푸드 윤리 차원에서 자급자족에 만족하는 것이 아니라 이웃과도 나누고 사회 정의나 환경 정의 차원에서 실천하는 사람들과 공유하는 더욱 개방된 성격을 갖는다. 즉, 카펜터의 로컬푸드 실천은 개방계인 셈이다. 이 개방계에는 21세기형 로컬리즘의 주된 특징으로 네트워크의 활용이 주목된다.

1) 탈장소성과 계방계

『팜 시티』는 다음 문장으로 시작한다. "도시빈민가 막다른 골목에 내 농장이 있다"(3). "나는 아프리카 은공 언덕 기슭에 농장을 갖고 있었다"로 시작하는 영화로 더욱 잘 알려진 덴마크 작가 카렌 브릭센(Karen Blixen)의 자전적 소설 『아웃 어브 아프리카』의 인상적인 첫 문장을 상기시키는 카펜터의 첫 문장은 독자에게 처음부터 도전을 제기한다. 일반적으로 우리는 농장 하면 도시가 아닌 한적한 시골이나 적어도 도시근교를 떠올리게 된다. 도시와 농장? 그것도 빈민가와 농장?『팜 시티』의 첫 문장의 의도는 명확하다. 기존의 <도시 대 시골>이라는 장소성에 대한 폐쇄계로서의 이분법적 인식체계를 허물라는 주문이다.

작품 곳곳에서 카펜터는 도시와 시골 혹은 도시와 자연 간의 기존 인식과 구분을 거부한다. 기존의 인식, 특히 미국의 독특한 자연관인 '야생자연'(wilderness)에 대한 예찬에서 비롯된 '자연으로 돌아가자'식의 명제를 카펜터는 거부한다. 개인적인 신념이나 취향, 철학 때문이 아니라 어려서의 경험 때문이다. '자연으로 돌아가자' 식 삶의 추구가 문화적 유행처럼 번졌던 1950, 60년대 히피 부모를 둔 카펜터는 어려서 외딴 산골 농장에서 부모와 함께 살면서 행복감보다는 엄마와 함께 느꼈던 외로움과 힘든 삶에 대한 기억만이 남아있다. 그 느낌은 현재진행형이다. "시골이 자연미로 가득 차 있는지 모르겠지만 내게는 여전히 고립의 장소요 특히나 외로움의 장소로 여겨진다"(32). 온갖 낭만적인 생각으로 시골로 들어가 살겠다는 친구들을 보면 그녀가 머리를 가로젓는 이유다.

땅을 직접 일구며 자연과 더불어 살아간다는 일이 낭만적일 수 없음을 카펜터는 자신이 직접 가든을 가꾸는 과정에서도 확인한다. 어느 날 한밤중에 가든 우리에서 터져 나오는 사육조류의 절규를 듣고 뛰쳐나간 카펜터는 우리 안에 애지중지 키우던 오리 두 마리와 거위 한 마리가 목이 부러져 바닥에 죽어있는 것을 발견한다. 곧이어 범인인 큰 쥐 오포썸이 우리 안에서 먹이를 물고 탈출의 기회를 노리고 있는 것을 발견하고는 화가 치밀어 즉각적인 행동에 돌입한다.

> 죽은 오리의 귀여운 모습과 내 무릎에 머리를 기대곤 하던 거위에 대한 생각이 겹치면서 치밀어 오르는 분노로 나는 손에 들고 있던 삽을 높이 들어 올려 바닥에 쓰러진 오포썸의 목을 내리쳤다. 몇 번씩 삽날로 목을 치고 나서야ㅡ부인하지 않겠는데 그때마다 내가 으르렁거리면서ㅡ목이 몸에

서 떨어져 나왔다. 피의 보복을 치른 것이다. (76)

예전에 자신은 자연주의자가 되기를 꿈꾸면서 심층생태학적인 자연의 윤리를 다루는 미국의 대표적인 작가들의 작품을 읽기도 했고, 자연생명체에 대한 경외심으로 로드킬을 정성껏 묻어주는 배리 로페즈의 책도 읽었지만, 우리에서 오포썸을 내려 보면서 "잘려나간 머리를 장대에 매달아 모든 포식자를 향한 경고로서 가든 한가운데 세워둘까하고 진지하게 생각했다"(76)고 고백할 정도다.

탈심층생태학적 인식과 더불어 카펜터의 탈장소성 인식은 도시에서의 가드닝 개념과 실천에서 잘 나타난다. "미국인들은 대부분 도시와 시골을 분리된 것으로 받아들이지만," 쿠바와 같은 후진국이나 중국을 비롯한 개발도상국에서는 도시농업은 삶의 방식이어 왔다고 지적한다. 미국에서조차도 일부 도시에서 도시농업이 행해져 왔다는 점 역시도 카펜터는 상기시킨다. 가드닝과 가축 기르기는 카펜터에게는 농본적 라이프 스타일을 도시에서 되살리는 일로 인식한다. 농본주의는 미국 건국 초기부터 토마스 제퍼슨의 이념에 따라 가장 이상적인 사회 모습으로 간주되어왔으며, 미국 역사를 통해 농본주의식 삶에 대한 꿈은 이어져 왔다. 농본주의 실천과 삶의 영위는 시골에서만 가능한 것이 아니라 현대 도시에서도 그 꿈을 이어갈 수 있다는 카펜터의 인식에서 도시/시골 구분이란 장소성은 도전을 받고 있다.

도시농업에서의 탈장소성 인식은 도시에서의 물질계와 생물계, 환경 시스템을 개방계로 인식할 때 그 타당성이 더욱 두드러진다. 특히, 현대 도시의 조건과 환경에서 행해지는 도시 농업은 아주 작은 단위로 쪼개져 주로 개별 단위로 이뤄지기 때문에 일반인들에게 잘 인식되지 않고 있지만, 한 도시 내의 작은 단위의 가든이 전부 합쳐지면 다양한 형태를 갖춘 상당한 규모의 농장이 된다. 이런 차원에서 도시 각각의 가든이나 농장은 큰 규모의 농장이 작은 단위로 쪼개져 산재하면서 상호관계를 맺고 있는 개방계로서 이해될 필요가 있다. 아이러니하게도, 현대도시는 시골보다 농장을 운영하기에 더 좋은 조건을 갖춘 것으로 드러나기도 한다. 농장 운영의 주목적이 판매에 있다면 도시는 시골보다 농업 활동하기에 유리하다는 점은 명확하다. 경제적인 측면 외에 환경적 측면에서도 도시는 시골보다 장점이 큰 경우가 적지 않다. 양봉이 그 좋은 예다. 시애틀과 오클랜드에서 꿀벌을 키우면서 카펜터는 전 세계에 걸쳐 도시에서 양봉하는 인구가 상당하다는 사실을 새삼 알게 되었다. 사실, 시골과는 달리 도시에서는 가드너들이 일 년 내내 꽃이 피어 있도록 관리하기 때문이다.

도시 에코시스템은 그 자체로 탈장소성 개념이면서 동시에 도시에서의 개방계의 또 다른 예다. 카펜터가 시애틀에서 오클랜드로 이주해 와서 자리 잡은 곳은 고스트 타운으로 불리는 낙후된 빈민가에 있는 낡은 아파트다. 아파트 바로 위로는 고가 고속도로가 나있어서 온종일 차량소음이 끊이지 않고 골목마다 폐가전제품과 가구, 생활 쓰레기가 산더미처럼 쌓여있는 곳이다. 카펜터에게 이 쓰레기 더미는 다름 아닌 도시의 '에코시스템'이다. 이곳 빈민들의 생활상이 고스란히 드러나는 이 쓰레기 더미는 "생명체와 그 주변 무생물체로 구성된 완전한 커뮤니티"로 아파트 뒤뜰 공터에서 이 쓰레기더미를 치우고 새롭게 가든을 일구는 자신과 남자친구는 '바텀 피더'(bottom feeder; 바닷속 바닥에 사는 수생생물을 일컫는 말로 일종의 바닷속 청소부로서 찌꺼기를 처리하여 깨끗하고 건강한 바다 환경을 유지해준다)의 역할을 한다고 본다(27). 자연계에 적용되던 에코 시스템이란 개념을 도시의 인간계에 적용함으로써 자연계의 생물만이 아니라 인간도 가드닝 활동을 통해 자연을 건강하게 복구하는 역할을 하는 생태학적 존재임을 새롭게 규정한다.

이 작품에서 도시에서의 개방계로서의 에코시스템을 가장 잘 설명해주는 것은 음식 찌꺼기 재활용이다. 앞에서 다룬 것처럼, 카펜터와 남자친구는 거의 매일 저녁 시내 음식점의 음식물 찌꺼기 수거함을 뒤져 잔뜩 챙겨 와서는 두 마리의 돼지를 배불리 먹인다. 쓰레기로 버려지고 이로 인해 환경오염을 유발하는 음식 찌꺼기가 이들 두 사람의 정성과 수고 덕분에 돼지에게는 더없이 영양가 많은 성찬이 되고 환경오염도 줄어드는 새로운 푸드체인이 만들어지게 된다. 더 나아가, 이들 돼지는 자신들의 고기로 새로운 푸드체인에 이바지한다. 카펜터가 자신의 돼지로 만들어진 푸드를 주변 사람들과 함께 나누며, 그 나눔을 통해 돼지와 같은 자연 생명체와의 관계를 인식하고 감사하는 마음으로 연결된다. 이 점에서도 이두 사람은 '바텀 피더'의 역할을 한 셈이다. 이렇게 버려지는 음식 찌꺼기를 먹고 성장한 돼지는 다시 인간에게 먹이가 되어줌으로써 에코시스템의 한 사이클이 완성된다.

2) 21세기 네트워크 사회와 새로운 장소 개념

『네트워크 사회의 발흥』(*The Rise of Network Society*)에서 저명한 스페인의 사회학자 마누엘 카스텔스(Manuel Castells)는 현대 정보화 시대의 네트워크 사회에서 공간과 장소 개념은 변화했으며 이 공간개념의 변화를 정보화 사회를 이해하는 핵심 내용으로 인지한다.

> 우리는 이제 새로운 시대인 정보화 시대에 접어들었다. 공간개념의 변화는 사회구조 변화의 모든 과정에서 근본적인 것이 된다.... 공간개념 변화는 사회변화의 더욱 광범위한 맥락에서 이해되어야 한다. 공간이 사회를 반영하는 것이 아니라 공간 그 자체가 사회를 드러내 보여주고 있으며, 근본적인 사회구성과 사회변화의 전반적인 과정으로부터 떼어낼 수 없는 사회를 이해하는데 가장 근본적인 요소다. (407)

카스텔스는 현대도시는 '흐름의 공간'(space of flows)과 '장소의 공간'(space of places)이란 두 공간이 복잡한 방식으로 상호작용하고 있는 공간으로 규명한다. '흐름의 공간'이란 점점 커지는 초지역적이고 초국가적 기술의 이동과 흐름이며, '장소의 공간'이란 도시 내 일상 삶의 지형적 공간과 커뮤니티를 의미한다. '흐름의 공간'에서는 서로 멀리 떨어져 있다 하더라도 사람들과 활동이 IT를 통해 상호 연결되며, '장소의 공간'은 지역성의 테두리 내에서 경험과 활동을 조직한다(409). 정보화 사회의 도시에서는 네트워크의 전방위적 활용으로 '장소의 공간'은 '흐름의 공간'에 급속히 자리를 내어주고 있지만, 그렇다고 해서 장소에 기반을 둔 지역성이 사라지지는 않는다고 본다. 지역 기반특성이 오히려 커뮤니케이션 네트워크를 통해 확장되고 활성화될 수 있기 때문이다. 예를 들어, 도시농업에서 이에 종사하는 사람들은 네트워크를 통해 유용한 정보를 주고받을 수 있으며 생산자와 소비자 간에도 네트워크를 통해 상호 도움이 되는 관계를 형성하게 된다. 엘리슨 캐루스(Allison Carruth)는 현대 정보사회에서 지역농산물 애용자의 특징을 이 점에서 찾는다.

> 북미의 지역농산물 애용자들은 그들대로 세계화로 인해 가능해진 정보 네트워크와 물적 네트워크에 참여하고 있다. 추상적으로는 세계화, 구체적으로는 기업식 농업에 휘둘리는 것을 거부하는 푸드의 미래를 위한 새로운 상상적 영역에 관심을 기울이면서 말이다. (160)

『팜 시티』에서 카펜터는 현대도시에서의 '흐름의 공간'으로서의 장소성 및 지역성과 네트워크 활용을 잘 보여준다. 카펜터는 일상에서 네트워크를 적극적으로 활용한다. 가든을 일구고 가든에 심을 토종 씨앗 구매에서부터 사육조류와 돼지 새끼를 구매하는 데도 인터넷을 통해서 멀리 있는 사람과의 대화를 통해 신뢰성을 확인한 뒤 구매한다. 네트워크 활용은 구매에만 그치지 않고 가드닝 기술을 습득하는 데도 활용된다. 이 책의 부제가 "도시농부의 교육"인 만큼 가드닝과 가축사육에 대해 경험이 거의 없는 카펜터로서는 자신을 도시농부로 교육하기 위해 부단히 인터넷을 통해 다양한 소스를 모으고 다른 사람들로 부터 조언을 구하기도 한다. 오클랜드와 베이지역의 로컬푸드 커뮤니티와의 유대와 연결 역시도 오프라인과 더불어 온라인 네트워크가 크게 이바지한다. 이들과의 네트워크 형성을 통해 카펜터는 사회운동으로서의 커뮤니티 가든의 정신을 습득하고 키워갈 뿐만 아니라 도시농업의 사례들을 직접 탐방하고 산 경험을 듣고 배우게 된다. 이처럼 오프라인 네크워크만이 아닌 소셜 네트워크를 통한 가드닝과 도시농업에 대한 노하우 습득은, 카스텔이 주장하듯, 정보화 시대의 새로운 지역성의 특징이다.

자신의 '코스트 타운 가든'과 같이 도시에 흩어져 있는 개별적으로 존재하는 많은 소규모 텃밭과 공동체 가든이 모여 하나의 거대한 도시농업으로 이해될 필요가 있다고 카펜터가 강조하는 것은 그동안 자신이 가드닝 활동에 네트워크를 적극적으로 활용해오면서 스스로 깨달았던 믿음 때문이기도 하다. 카펜터는 자신의 가드닝의 의미에 대해 다음과 같이 회고한다.

> 내 가든은 규모가 작았고 임시 조성한 것이었지만, 벌통이 벌 하나하나로 이뤄진 개체가 아니듯, 도시농업이란 하나의 농장에 국한된 것이 아니란 점을 깨닫게 되었다.... 온전한 농장으로 불리기 위해서는 도시의 개별 농장들이 합해져야 한다. 이런 차원에서 나는 도시 '농부입니다'라고 말할 때 나는 다른 도시농부들에게도 의존하고 있다는 뜻이다. 뒤뜰의 무단으로 일군 내 가든이 보다 중요하고 의미있게 되는 것은 도시의 다른 가든과 함께 보다 큰 가든의 일부가 되기 때문이다. 가든 하나가 사라지면 또 다른 가든이 생겨날 것이다. (269)

작품 끝에서 카펜터는 그동안 가든을 일구며 거주해온 '고스트 타운'을 떠날 채비를 한다. 땅 주인이 이곳에 현대식 콘도를 짓고자 하는 개발업자에게 넘기기로 했기 때문이다. 지난 몇 년 동안 정들었던 이웃들 모두 뿔뿔이 흩어지게 될 것이고 무엇보다 애지중지 가꾸었던 가든이 곧 불도저로 파헤쳐져 시멘트 건물이 들어설 것을 생각하면서 잠시 우울한 기분에 빠지기도 한다. 하지만 이내 그 기분을 극복하는 것은 이곳을 한정된 장소가 아닌 다른 곳에서도 다시 만들 수 있는 자신의 마음과 정신에 흐르는 일종의 '흐름의 공간'으로 인식하기 때문이다.

가든을 남겨두고 떠나지만 동시에 나는 가든을 챙겨 들고 떠날 것이다. 가든의 풍요로움을 마음껏 누렸고, 가드닝을 통해 몸도 튼튼해지긴 했지만, 이 몸이 아닌 내 정신 안에 가든을 가져가는 것이다. 지금까지 배웠던 모든 것과 가드닝하며 흥얼거리던 마음, 미소지으며 생긴 주름, 쑤신 삭신이 장소의 어느 것도 내가 진정으로 소유했던 것은 아니다. 오히려 이 장소가 나를 소유했다.

이제 난 고스트 타운에 존재하는 많은 고스트 중 하나에 불과하다. 내가 이곳에 싹을 틔운 것은 우연히도 시간과 장소가 완벽하게 겹쳐졌기 때문이다. 씨앗처럼, 내게 기회가 주어져 영양분을 빨아들였고 성장하기 위해 다른 자연물들과 관계를 맺었으며 햇볕을 온몸으로 받아들였다.

지난 몇 년 동안 난 운이 좋았다. 모든 기운의 작용으로 내 삶이 충만했고 풍요로웠다. 내가 이곳에 왔을 때 이곳에 공터로 남아있던 것은 운이었으며, 그래서 뒤뜰은 가축을 키울 장소가 되었고 이웃과의 관계가 맺어졌다. 이제 이런 시간은 지나갔다.

내 농장은 결국 불도저로 밀어져 콘도가 세워질 것이다. 남자친구와 나는 어디론가 옮겨갈 것이다. 분명한 것은 그곳이 어느 곳이건 우리는 제일 먼저 가든을 조성할 것이다. 그리곤 꿀벌을 키울 것이다. 그 뒤엔 닭이다.... 자연의 일부가 됨으로써 우리는 과거와 현재, 미래와 연결된다. (267)

"포스트-팬데믹에도 푸드를 즐기고 다양한 종류의 푸드를 먹는 일은 중요할 것이다."

"영양에 대해 알고 건강에 유익한 푸드, 음식을 통한 체중조절은 더욱 중요할 것이다."

"사람들은 더욱 많은 지역농산물을 구입할 것이며 지속가능성을 해치는 포장과 음식 낭비를 줄일 것이다."

포스트-코로나 시대 소비자들이 밝힌 푸드 소비 경향의 단면들이다. 코로나19 이동제한 조치는 식습관에도 적지 않은 변화를 초래해왔다. 그 변화에는 건강에 대한 보다 많은 관심과 푸드의 원산지에 관한 관심이 포함되어 있다. <혁신과 기술 유럽기구>(The European Institute of Innovation and Technology; EIT) 산하 <EIT 푸드>(EIT Food)가 최근 발표한 연구조사에는 이러한 푸드 소비에서의 변화가 잘 나타나고 있다. 유럽의 푸드 혁신을 주도하는 <EIT 푸드>는 2020년 12월에 발표한 보고서에서 코로나19 팬데믹이 푸드 소비에 어떻게 영향을 끼치고 있는지를 다루고 있다.10)

유럽 10개국에 걸쳐 5000명을 대상으로 한 설문조사에서 응답자들은 팬데믹으로 인한 행동 제한 조치가 푸드 소비패턴에 지속적인 영향을 끼

---

10) EIT Food. "COVID-19 STUDY: European Food Bahavior — COVID-19 impact on consumer food behaviours in Europe." *European Institute of Innovation & Technology*, 12 March 2020, https://www.eitfood.eu/media/news-pdf/COVID-19_Study_-_European_Food_Behaviours_-_Report.pdf. Accessed 1 April 2020.

치고 있다고 답했다. 그 주된 영향에는 푸드 구입과 식사준비, 식습관이 포함되어 있다.

> 이번 연구가 보여주는 점은 코로나19로 인해 사람들은 푸드를 구입하고 식사를 준비하고 음식을 소비하는 방식에서 변화를 겪고 있다는 사실이다. 팬데믹 상황에서도 희망적인 점을 찾자면 지속가능성과 건강과 연관된 긍정적인 특성이 늘어나고 있다는 사실이다. 푸드 산업계는 소비자의 새로운 욕구를 충족시키기 위해 스스로 혁신할 절호의 기회를 맞고 있다. 소비자들이 가정에서 직접 푸드를 만들어 먹는 새로운 경험과 같은 욕구 말이다.

이 조사를 이끌었던 덴마크 오르후스대학 클라우스 그루너트 교수의 말이다.

이 조사연구에 드러난 지역농산물 푸드 소비패턴의 변화 내용을 간략히 살펴보면, 응답자의 35%는 팬데믹 이후로 지역농산물을 더 많이 구매한다고 답했다. 이동이 제한되고 재택근무가 늘어남에 따라 외식은 줄어들고 집에서 식사를 준비하는 횟수가 늘어남에 따라 푸드 재료의 구입이 늘어나고 자연히 자신들이 구입하는 재료에 관한 관심이 늘었다. 즉, 푸드 재료 구입 시 자신들의 건강에 유리한지를 따지고 기후변화와 같은 환경문제에도 도움이 되는지에 대해 고려한다.

> 일반적으로 소비자들은 재료의 지역 출처와 건강과 환경이란 요소와 연관된 포장, 신선도, 첨가물 회피, 가성비에 관심을 두게 된다고 말한다.

응답자 중 87%는 팬데믹 상황이 종료되어도 팬데믹으로 인해 변화된 자신들의 푸드 관련 구입과 소비, 식습관은 지속할 것이라고 답한다. 지역농산물의 지속적 이용 역시도 포함된다.

푸드에 대한 유럽 소비자들의 이와 같은 인식변화는 유럽 집행위원회가 권장했던 "농장에서 식탁으로 전략"[11]의 영향 때문이기도 하다. 코로나19 팬데믹 상황에서 푸드와 환경의 지속가능성에 대한 우려가 더욱 커짐에 따라 <EIT 푸드> 발표 3개월 전인 2020년 9월에 유럽 집행위원회는 2050년까지 각국이 탄소 제로(carbon zero)라는 기후협약 목표를 달성하고 동시에 푸드 지속가능성을 염두에 두고 유럽의 소비자들이 자신들의 건강과 지구의 건강을 위해 푸드의 생산과 소비, 푸드 낭비를 줄이는 실천 행동을 강력하게 권고했던 것이다.

코로나19로 인한 푸드 관련 일련의 긍정적 신호, 즉, 사람들의 건강과 안전에 관한 관심 증가와 일반 소비자들의 로컬푸드 소비에 대한 새로운 인식과 실천, 푸드의 지속가능성과 이를 위협하는 기후변화와 같은 생태계 파괴 문제에 유럽집행위원회와 같은 거버넌스의 통치적 관심은 코로나 상황에서도 희망적인 소식이며 포스트-코로나에도 지속해서 요구되는 태도다.

---

11) EIT Food. "What is the role of the Farm to Fork Strategy in achieving zero emissions?" *EIT Food*, 21 Sept. 2020, https://www.eitfood.eu/blog/post/what-is-the-role-of-the-farm-to-fork-strategy-in-achieving-zero-emissions. Accessed 1 October 2020.

먹는 행위가 이제는 도덕적 지뢰밭이 되었다. 소고기에서 아보카도, 치즈, 초콜릿, 아몬드, 토르티아 칩, 연어, 땅콩버터에 이르기까지 우리 입에 들어오는 것은 거의 예외 없이 감당하기 어려운 환경 부담을 지우고 있다. 이처럼 희망이 수증기처럼 공중으로 흩어질 듯한 상황에서 팜프리 푸드라고 내가 이름 붙인 새로운 기술이 인류와 지구 둘 다를 살리는 기적적인 가능성을 만들어내고 있다. 팜프리 푸드로 인해 우리는 푸드의 생산을 위해 활용해오던 막대한 영역의 대지와 대양을 자연에 되돌려줄 수 있으며 이로 인해 자연은 야생을 되찾고 엄청난 양의 탄소는 감축될 것이다."

영국의 유명한 환경저널리스트인 조지 몬비오(George Monbiot)가 2020년『가디언』지에 기고한 "실험실 고기로 인해 농사짓는 일은 곧 없어질 것이며 지구 행성은 살아날 것이다"라는 제목의 기고문에서 한 주장이다.[12] 코로나19와 같은 전 지구적 차원의 팬데믹이 20세기 후반 들어 더욱 자주 발생하고 있으며, 과학자들은 그 원인의 하나로 기후변화와 같은 환경변화와 파괴를 들고 있다. 코로나19로 인해 기후변화가 개개인의 삶에 심각한 영향을 준다는 점이 구체화 되었으며, 기후변화와 같은 환경에 부담을 지우는 작금의 푸드 생산과 유통, 소비 관행 역시 비판적으로 되돌아보게 된다. 몬비오의 글은 코로나19 상황이 본격적으로 진행되기 직전에 나온 자신의 다큐멘터리 영화『아포칼립스 카우: 육고기가 지구를 어떻게 파괴했나』를 널리 알리기 위한 목적이었지만, 그의 글이 더욱

---

12) George Monbiot. "Lab-grown food will soon destroy farming—and save the planet." *The Guardian*, 8 Jan. 2020. https://www.theguardian.com/commentisfree/2020/jan/08/lab-grown-food-destroy-farming-save-planet. Accessed 1 March 2020.

주목받으며 자주 인용되는 이유는 작금의 팬데믹 상황과 무관하지 않다.

몬비오의 주장대로, 팜프리 푸드(Farm-Free Food)는 육고기생산 방식에서 보면 친환경인 점은 분명하다. 미국 전역의 슈퍼마켓 식품 냉동고에서 판매되고 버거킹과 맥도날드와 같은 대표적인 패스트푸드 체인에서 햄버거 제품에 상용화되거나 시험적으로 활용되고 있는 임파서블 푸드와 비욘드미트의 식물성 대체육인 햄버거 패티는 좋은 예다. 식물성 대체육은 탄소발자국과 물 사용량, 땅 사용면적, 물 오염 정도, 온실가스 배출 등 전 영역에서 환경에 끼치는 부담이 일반 소고기 생산과 비교하면 1/10 수준에 불과하다고 보고되고 있다.

몬비오가 미래의 대표적인 팜프리 푸드로 삼는 배양육 역시도 환경친화적 푸드임에는 틀림없다. 실험실 배양육을 생산하는 가장 선구적인 회사로 몬비오가 지목하고 있는 곳이 핀란드의 솔라푸드(Solar Foods)다. 자칭 "공기에서 얻는 푸드"(food out of thin air; 공기 중에서 얻는 물과 CO2를 활용하여 푸드를 만든다는 의미; 푸드를 생산하는데 별도의 장소가 필요하지 않다는 점을 강조하기 위한 이중적 표현)로 지칭되는 솔레인(Solein)은 푸드 원료가 되는 식용 단백질이다. 이 단세포 단백질은 전기를 사용하여 이산화탄소, 물, 비타민 및 미네랄과 결합 된 수소를 만들어 미생물 바이오매스 배양을 통해 얻는 방식이다 보니 직접 환경에 주는 부담이 극히 적다. 회사에 따르면, 솔레인은 식물을 통해 얻는 방식보다 땅 사용면적이 1/60에 불과하며 소고기 생산에 드는 면적에 비하면 1/1000밖에 되지 않는다고 한다. 물 사용량에서도 1kg의 식물 단백질을 자연에서 구할 때보다 100배가 적고 1kg의 소고기의 경우 1000배가 적게 든다고 강조한다.

"우리가 필요로 하는 푸드의 대부분은 동물이나 식물이 아닌 단세포 생명체에서 얻게 될 날도 멀지 않았다." 몬비오가 솔라푸드를 예로 들며 희망을 피력하는 점은 과장이 아닌 듯 여겨진다. 독자적 두뇌집단인 리싱크엑스(RethinkX)의 2019년 9월 발표된 연구보고서 「2020-2030 푸드와 농업을 다시 생각하다」("Rethink Food and Agriculture 2020-2030")에 따르면, 실험실 배양 푸드에 의해 기존의 농업이 대체될 시기는 몬비오의 예상보다 빨라질 듯하며 이로 인한 환경파괴 문제 해소 역시 곧 이뤄질 듯 보인다.[13] 이 보고서에 따르면, 축산업을 포함한 기존의 푸드 생산방식은 실험실에서 생산하는 푸드와 배양육으로 2030년경이면 완전히 대체되어 도태될 것으로 보고 있다.

새로운 실험실 단백질 생산에 드는 비용은 기존 동물단백질 생산 대비 2030년에는 1/5, 2035년에는 1/10에 불과할 것이며 ... 영양과 건강, 맛, 편의성 등 모든 면에서 기존의 푸드보다 우수할 것이다.

이렇게 되면, 기존에 소고기나 식물성단백질을 생산하기 위해 방목하고 콩을 경작하던 막대한 땅은 더이상 필요가 없으므로 자연으로 되돌려지고 방목과 경작에 수반되는 많은 부수적인 환경문제 역시 발생하지 않으리라고 이 보고서는 전망한다.

팜프리 푸드에 대한 몬비오나 리싱크엑스의 생각에 모든 사람이 동의

---

13) Catherine Tubb and Tony Seba. "Rethinking Food and Agriculture 2020-2030: The Second Domestication of Plants and Animals, the Disruption of the Cow, and the Collapse of Industrial Livestock Farming." *Industrial Biotechnology* vol 17, no.2, 19 April 2021, *Rethink X,* doi:10.1089/ind.2021.29240.ctu. https://tonyseba.com/wp-content/uploads/2020/09/RethinkXFoodandAgricultureReport.pdf

하는 것은 아니다. 팜프리 푸드에 대해 회의적인 입장을 갖는 사람들은 생산의 비효율성을 지적한다. 우선, 막대한 전기소모가 든다는 점이다. 예를 들어, 솔라푸드의 배양 식물단백질 생산에 드는 전기 비용은 콩 가격보다 높고, 같은 양의 단백질을 얻는데도 콩에서 얻는 것보다 배양을 통해 얻는 데는 5배의 에너지가 더 필요하다고 지적한다.14) 에너지가 많이 든다는 것은 에너지 생산에 따르는 환경 부담이 발생한다는 것을 의미하기 때문에 실험실 배양 푸드가 환경에 유익하다는 주장도 설득력이 떨어진다. 팜프리의 주장에 대한 또 다른 지적은 기존 푸드 생산방식을 일방적으로 가공식품 위주의 푸드산업 시스템으로 규정함으로써, 소규모의 로컬푸드 운동과 지속가능한 농업과 같은 푸드산업 시스템을 대체하고 있는 대안적인 노력과 활동이 배제되고 있다는 점이다.

코로나19 상황으로 인해 글로벌 글로벌 푸드산업 시스템의 취약성이 드러났으며, 대신 지역 단위의 소규모 생산과 유통, 소비로 맺어지는 푸드유역권 공동체의 중요성과 회복 탄력성이 새롭게 부각되었다는 점은 이미 살펴보았다. 실험실 배양을 통한 대체 푸드로서의 팜프리 푸드는 미래에 식량 안전 보장과 지속가능한 환경이라는 측면에서 잠재 가능성이 크다는 점은 인정되지만, 살펴본 것처럼 아직은 대체 푸드로서 자리 잡기에는 효용성의 문제를 안고 있으며, 지속가능성과 환경적인 측면에서도 로컬푸드 문화를 대체하기에는 역부족이다. 앞으로 효용성의 문제를 해결한다고 하더라도 과연 로컬푸드를 대체할 수 있을 것인지는 여전히 의문이다. 왜냐하면, 푸드는 단순히 목숨을 부지하기 위해 우리 몸속에 보충해

---

14) Gunna Rundgren, "Do We Need Farmfree Food?" *Resilience*. 4 May 2020.
 https://www.resilience.org/stories/2020-05-04/do-we-need-farmfree-food/

야 하는 영양소가 아닌 그 자체로 인간의 삶을 풍성하고 의미 있게 만들어 주고 가치관과 정신을 표현하는 문화이며 공동체를 한 데 묶어왔던 필수 요소이기 때문이다. 더불어, 아무리 기술 문명에 의존하고 그 혜택 속에 산다 하더라도 인간은 근본적으로 자연과 분리된 채 살아갈 수 없는, 자연 속에 존재하며 자연에 의해 삶을 영위하는, 인간은 자연 그 자체이다. 이 런 점에서 제3부에서 살펴본 댄 바버의 지속가능한 미래를 위한 로컬푸드 시스템에 기초한 건강과 맛, 풍미를 중시하는 제3의 요리접시 식단과 노 벨라 카펜터식 도시 텃밭가꾸기를 통한 자신과 이웃 공동체를 위한 푸드 문화 되살리기 실천은 여전히 현실적이며 소중하다.

에필로그

코로나바이러스감염증-19와 인류세
푸드, 마거릿 애트우드의
『오릭스와 크레이크』

에필로그 분량이 늘어났다. 예상치 못한 코로나19 때문이다. 2019년 후반에 갑작스럽게 발생한 이래, 전 세계를 초유의 혼란으로 몰아넣고 있는 코로나19는 우연에 의한 혹은 자연 발생적인 질병이 아니란 점은 분명하다. 우리는 기후변화로 대표되는 전 지구적 차원의 환경변화 속에서 살아가고 있으며, 그 변화의 주된 동인이 인간 활동에 있다는 사실은 인류를 통해 빚어진 지질시대를 의미하는 인류세란 용어가 잘 표현해주고 있다. 코로나19는 이 인류세적 질병이다. 즉, 코로나19는 인간의 활동으로 전 지구적 차원에서 초래되고 확산한 팬데믹이다. 코로나19의 발생원인과 확산에 이바지한 인간 활동에는 푸드의 생산과 유통, 소비라는 푸드시스템 및 푸드의 생산과 소비와 관련된 문화·사회적, 경제적 관행인 푸드 웨이가 크게 자리 잡고 있다. 더불어 이번 팬데믹으로 인해 특히 후진국에서는 식량 안전 보장 문제가 긴급한 당면과제로 떠올랐다. 2020년 노벨 평화상이 글로벌푸드 문제를 다루는 <유엔세계식량계획>에 돌아간 것은 우연이 아니다.

코로나19가 전 세계적으로 여전히 맹위를 떨치고 있는 상황에서 각국 정부는 총력을 기울여 확산을 줄이고 사회 안정화를 위해 관련 의학 및 보건 분야에 의존하고 있다. 긴박한 상황 대처를 위한 단기적인 조치가 필요한 상황에서 당국의 태도는 합리적이다. 동시에, 코로나19의 발생과 확산이 인간 활동에 의한 인류세 기후변화와 환경파괴와 관련이 있으며, 이 인간 활동에 푸드의 생산과 유통, 소비 및 식량 안전 보장 문제가 긴밀하게 연관되어 있다는 사실을 고려한다면, 단기적인 처방 못지않게 장기적인 관점에서의 인문학적 접근 역시 필요하다. 인류세 기후변화와 푸드시스템, 푸드 웨이는 사람들의 삶의 양식과 윤리에서 기인하는 인간 활동과 밀접하게 연결되어 있기 때문이다.

인간 개개인의 활동 성격과 모습을 규정하고 영향을 끼치는 주된 요인에는 과학적 데이터나 객관적 사실, 정부의 정책이나 지침 못지않게 사회적 규범과 개인 각자의 가치관과 윤리가 포함되어 있다. 사회적 규범이라는 것도 명문화된 것이 아니라 비정형화의 특징을 지니며 개개인의 가치관과 윤리의식 역시도 과학에 근거한 객관적 판단으로만 규명될 수 있는 것이 아니다. 오히려, 이들 요인은 특정 사회 상황에 처한 개개인의 처지와 생각, 대처의 모습을 구체적으로 재구성한 스토리를 통해 더욱 잘 구현된다. 사람들은 스토리를 읽으면서 자신이 처한 상황을 보다 구체적으로 이해하게 되며, 이러한 상황에서 어떻게 대처하고 행동할 것인지 스스로 생각하게 된다. 작금의 코로나19란 실제 상황에서 과거 팬데믹을 작품에서 다뤘던 작가, 특히 SF작가들이 새삼 주목받는 이유다.

캐나다의 저명한 여류소설가인 마거릿 애트우드(Margaret Atwood)와 팬데믹을 다룬 그녀의 2003에서 2013년에 걸쳐 발표된 '미친아담'(MaddAddam) SF 3부작은 코로나19 발생 이후 언론의 집중적인 조명을 받아 왔다. 이 3부작 중 팬데믹 이후의 종말론적 상황을 다루는 두 번째와 세 번째 작품과는 달리 첫 번째 작품인 『오릭스와 크레이크』(*Oryx and Crake*)는 팬데믹 발생 이전의 상황과 발생원인, 발생 직후의 사회상황을 다룬다는 점에서 현 코로나19 상황을 이해하고 대처하는데 많은 시사점을 준다. 애트우드의 작품에 주목해야 할 이유는 애트우드의 작품이 예견한 정확성 때문보다는 현실에서 벌어지고 있는 팬데믹 상황 및 푸드 웨이 주제에 대해 우리에게 필요한 관심과 인식, 각성이 작품 속에 구체적으로 구현되어 있기 때문이다.

1 코로나19와 인류세 푸드 웨이

세계보건기구(WHO) 인터넷 홈페이지의 메인 카테고리 '뉴스룸' (Newsroom)에 '코로나바이러스(코로나19): 기후변화'라는 서브 카테고리가 2020년 4월에 등장했다. 세계보건기구는 "코로나19와 기후변화 사이의 상관관계를 둘러싼 궁금증을 명확하게 해소해주기 위한 목적으로" 이 서브 콘텐츠를 신설했다면서, 코로나19와 기후변화 상관관계를 다루는 글을 이 서브 콘텐츠에 지속해서 업데이트해오고 있다. 전 세계인의 건강과 보건을 다루는 세계보건기구의 이 서브 콘텐츠 제공은 코로나19와 기후변화 간의 상관관계를 기정사실로 받아들이고 있다는 증거다. 이미 마크 제롬 월터스(Mark Jerome Walters)는 『6가지 현대 전염병과 인간의 유발』(*Six Modern Plagues and How We Are Causing Them*, 2004)에서 웨스트나일바이러스, 광우병, 에이즈, 라임병, 사스와 같은 전 세계에 걸쳐 번졌던 현대의 전염병은 공통적으로 인간 활동으로 인한 기후변화와 연계된 질병으로써 인간 활동의 이차적 결과라는 점을 강조했다.

인간 활동으로 유발된 전 세계적 환경변화, 특히 기후변화라는 현상이 인류세라는 용어로 수렴됐다는 점에서 코로나19는 인류세적 전염병으로 규정된다. 「코로나19: 인류세의 질병」("COVID-19: The disease of the anthropocene," 2020)이란 선언적인 제목의 연구논문에서 크리스티나 오칼라한-고도(Cristina O'Callaghan-Gordo)와 조셉 안토(Josep Anto)는 기후변화와 코로나19의 발생원인으로서의 인간 활동을 보다 구체적으로 직시한다. 인간에 의한 자연서식지 파괴와 종 소멸과 같은 환경파괴에서부터 산업계와 정부의 무관심과 같은 제도적 요인이 현재의 코로나19 발생의 원인으로, 이들 요인은 "글로벌 기후위기 및 인류세적 환경 훼손을 직접 초래해왔기" 때문이다(O'Callaghan and Anto 2). 이 점에서 코로나19 팬데믹은 "인류세 질병의 전형적인 예"(2)가 된다고 진단한다.

오칼라한-고도와 안토의 연구에서 주목되는 점은 기후변화와 코로나19를 초래한 주요 인간 활동에 푸드 활동을 직시하고 있다는 사실이다. 이 연구에서는 비위생적이고 불법적으로 도살된 야생동물이 재래시장과 같은 위생설비를 갖추지 못한 곳에서 판매되어 소비자들의 식탁에 오르는 원시적 형태의 푸드시스템이 구체적으로 예시되고 있다. 코로나19의 직접적인 발생원인에 대해 여전히 과학적으로 확고하게 규명되지 않고 있으며 다양한 설에 더하여 음모론과 미국-중국 사이의 정치적 갈등 요인까지 더해지며 과학적인 규명 자체가 더욱 요원해진 느낌이다. 하지만 이들의 연구에서만이 아니라 코로나19 발생 이후 그 원인으로 식용 야생동물이 지속적으로 주목받아 왔던 점은 분명한 사실이다. 발생 시점부터 지금까지 과학계에서 제기해온 가장 합리적인 의심은 중국 우한의 한 전통시장에서 식용으로 판매되어온 야생동물에서 최초로 발생했으며, 이 점은 중국질병관리본부에서도 확인한 바 있다. 칼라한-고도와 안토의 지적대로 식용을 위한 동물의 무분별하고 비위생적인 도살과 판매, 섭취와 같은 푸드시스템이 과거 많은 전염병의 원인으로 밝혀졌듯이, 이번 코로나19 발생에서도 가장 가능성 있는 시나리오로 제시되고 있다.

더욱 넓게는, 푸드의 생산과 유통, 소비에 작동하고 있는 현재의 가공식품 푸드산업 시스템 역시도 코로나19 발생과 확산에 관여하고 있다. 자연환경과의 균형보다는 소비자의 요구에 부응하기 위한 최대의 생산과 효율성, 이윤만을 고려하는 푸드산업 시스템으로 인해 동식물의 자연서식지는 파괴당하고 종 소멸 역시 적지 않은 영향을 받아 왔다는 점에서 칼라한-고도와 안토 역시 푸드산업 시스템을 코로나19 발생의 또 다른 원인으로 지목하고 있다. 덧붙여, 글로벌 차원의 푸드산업 시스템에의 의존은 코로나19로 초래된 푸드의 공급과 소비에서 심각한 우려를 자아내고 있다. 전 세계가 푸드산업 시스템에 의존하고 있는 상황에서 코로나19로 인한 생산과 공급차질이 빈민국의 식량 수급에 직접 영향을 끼치고 있기 때문이다. 코로나19가 전 세계를 휩쓰는 와중에 후진국의 식량 원조를 담당하는 <유엔세계식량계획>을 2020년도 노벨 평화상 수상자로 선정하면서, 노벨 평화상을 주관하는 노르웨이 노벨위원회는 선정 근거로 팬데믹-푸드의 상관관계를 든다.

> 코로나19 유행병으로 전 세계에 걸쳐 기아자 수가 급격하게 증가했다. 일부 국가에서는… 폭력적인 정치적 갈등에 이 유행병이 더해져 아사 직전의 상황에 내몰린 사람들의 수가 급증했다. 이 유행병 상황에 직면하여, <세계식량계획>은 구호 노력을 강화하는 인상적인 능력을 보여주었다. 이 기구가 공언했듯이, "치료 백신이 개발되어 사용할 수 있는 날까지는, 푸드가 이 혼란 상황에 대처하는 최상의 백신이다."[1]

코로나19 상황에서 푸드의 지속가능성은 <유엔세계식량계획>과 같은 식량 공급 관련 기구와 소비자 모두에게 더욱 중요한 관심 사항으로 떠올랐다. 푸드 공급 측면에서 안전하고 영양가 있으며 합리적인 가격의 푸드를 지속가능한 방식으로 제공하는 일이 코로나19 상황으로 인해 더욱 어려워졌기 때문이다. <유엔식량농업기구>는 자체 연구보고서 「코로나19 팬데믹 상황에서의 식량 안전 보장」("Food Security under the COVID-19 pandemic")에서 "새로운 코로나19로 인한 유행병은 남미와 카리브 해에서 배고픔과 가난을 초래할 가능성이 아주 크다"고 전망한

---

1) "The Nobel Peace Prize for 2020." *The Nobel Prize Organization*, 9 October 2020, https://www.nobelprize.org/prizes/peace/2020/press-release. Accessed 1 Feb. 2021.

다. 이 보고서에 따르면, 공급 차원에서는 바이러스 확산을 막기 위한 이동제한이나 사회적 격리 조치로 인해 푸드 공급시스템 전반이 제대로 작동할 수 없으며, 소비 차원에서는 코로나19로 인해 경제활동을 하지 못하게 됨으로써 안전하고 영양가 있는 푸드를 살 수 없는 상황에 내몰리기 때문이다.[2] 식량 안전 보장과 푸드 영양을 위한 푸드시스템의 지속은 그 자체만으로는 가능하지 않으며 다른 종류의 지속가능성, 특히, 사회적, 경제적, 환경적 지속가능성과 밀접한 상호연관을 맺고 있다.[3] 코로나19로 인해 모든 사람에게 이익이 돌아가는 경제지속가능성, 사회 전반에 혜택이 가는 사회지속가능성, 자연환경과의 균형을 이루는 환경지속가능성 모두가 도전을 받고 있다는 점에서 팬데믹 상황에서 푸드의 지속가능성에 더욱 주목과 관심이 요청되는 이유다.

코로나19로 푸드의 공급과 소비에서 차질이 빚어지고 이로 인해 식량 안전보장에 대한 불안이 초래되는 상황에서 도회지를 중심으로 일고 있는 '팬데믹 가드닝'이 주목받고 있다. 본 저서의 제3부에서 자세히 다룬 것처럼, 가드닝은 지속가능한 푸드시스템의 요건인 사회적, 경제적, 환경적 지속가능성을 다 담아내고 있기 때문이다. 도시 가드닝을 통해 도움이 필요한 단체와 사람들에게 푸드가 제공되고 푸드 나눔을 통해 공동체의식을 강화하는 사회적 지속가능성을 높이고, 빈민이나 지역소농의 경우 농사활동을 통해 먹거리를 스스로 마련하고 지역사회에 판매를 통해

---

2) FAO and CELAC. "Food Security under the COVID-19 pandemic." *Food and Agriculture Organization of the United Nations*, doi:10.4060/ca8873en.

3) 「지속가능성의 세 기둥」("Three pillars of sustainability")에서 벤 퍼비스(Ben Purvis)는 세 종류의 지속가능성, 즉, 사회적, 경제적, 환경적 지속가능성은 애초부터 그 자체로 존재하지 않았으며 "사회적이고 생태학적 관점에서 경제 현상을 비판적으로 검토하고 경제 성장을 사회적, 생태학적 문제 해결책으로 조화시키는 과정에서 점진적으로 나타났다"(681)고 본다.

경제적 지속가능성을 확보하며, 자급자족과 지역사회를 위한 의식적인 친생태적 농사활동을 통해 환경적인 지속가능성이 가능하다. 코로나19 발생 이후 가드닝에 참여하는 사람들의 수가 급격히 증가했다는 보고가 전 세계적으로 이어지고 있다. 예를 들어, 캐나다의 경우 <내셔널포스트지>(*National Post*)에 소개된 한 연구에 따르면, 가드닝에 참여하는 인구의 약 20%는 코로나19 발생 이후 새로 시작한 사람들이며, 이 중 약 70%가 이 바이러스로 인해 스스로 먹거리를 기르는 일에 참여하게 되었다고 밝힌 것으로 보고한다.4) '펜데믹 가드닝' 인구가 늘어난 이유는 사회적 거리두기와 이동 및 활동 제한, 재택근무 등으로 인해 집에 머무는 시간이 많아짐에 따라 신체적 활동과 소요거리로서 그리고 팬데믹으로 인한 불안과 스트레스 해소 수단으로 더욱 많은 사람이 가드닝에 참여했기 때문이다. 이와 더불어 주목되는 점은 많은 사람이 팬데믹으로 인한 식량부족과 미래의 식량 안전 보장에 대한 불안, 식량 가격 상승의 대응 수단으로 자신들이 직접 푸드를 길러 먹기로 했다는 점이다. 가난한 나라만이 아니라 캐나다와 같은 선진국에서도 코로나19로 인한 푸드 염려가 적지 않다는 사실을 말해준다. 가드닝 참여 여부와는 무관하게 조사 참여자의 50% 넘는 사람들이 우려를 드러냈으며 전혀 걱정하지 않는다는 응답자는 7%에 불과했다. 이 연구에서는 코로나19 상황이 소비자에게 자신들이 의존하는 푸드시스템을 돌아보게 하는 기회가 되었다는 점을 역시 지적한다.

코로나19의 발생과 확산이 인류세 기후변화와 환경파괴를 초래한 인간 활동과 밀접하게 연관되어 있으며, 이 인간 활동에는 모든 사람이 매일

---

4) Laura Brehaut. "Pandemic gardening: More than half of Canadians were growing their own food at home this year, study shows." *National Post,* 07 Oct. 2020. https://nationalpost.com/news/canada/pandemic-gardening-one-in-five-canadians-growing-their-own-food-at-home-study-shows. Accessed 2 Dec. 2020.

같이 일상에서 의존하고 섭취하는 푸드가 큰 요인을 차지한다는 점을 고려하면, 코로나19 상황에 대한 대중의 올바른 인식과 대처, 상황 해소를 위한 행동실천 관점에서 푸드 스토리에 의미 있는 역할이 기대된다. 푸드 스토리는 사람들의 삶의 양식과 윤리, 푸드 웨이를 가장 구체적이고 사실적, 설득력 있게 그려 보여주기 때문에 독자의 관점에서 자신의 스토리로 받아들일 수 있기 때문이다. 일반 대중의 경우, 그들의 활동의 성격과 모습을 규정하고 영향을 끼치는 데는 과학적 데이터나 객관적 실체도 있지만, 대개는 각자의 가치관과 윤리가 더 큰 요인으로 작동하며, 스토리는 특정 사회 상황에 부닥친 일반인의 처지와 생각, 대처의 모습을 구체적으로 다루면서 대중의 가치관과 윤리를 되짚어주는 역할을 한다. 즉, 대중은 스토리를 읽으면서 스토리 속 등장인물의 처지를 자신의 처지로 환치시켜 자신이 처한 상황에 대한 이해와 대처, 행동 방향을 스스로 세우게 된다. 코로나19와 같은 글로벌 팬데믹 상황에서 대중 내러티브로서의 스토리의 중요성을 인지해야 할 이유가 여기에 있다.

2 팬데믹과 푸드 웨이
- 마거릿 애트우드의 『오릭스와 크레이크』

코로나19 발생 이후 문학 작가 중 가장 주목받아온 인물은 캐나다의 저명한 소설가 마거릿 애트우드이며, 특히 그의 디스토피안 SF 3부작인 『오릭스와 크레이크』(2003), 『홍수의 해』(The Year of the Flood, 2009), 『미친 아담』(MaddAddam, 2013)은 글로벌 팬데믹의 발생과 그 이후의 사회상황이 주된 배경이 된다는 점에서 새롭게 관심을 끌고 있다. 『오릭스와 크레이크』에서는 새로운 인류로의 개조라는 망상에 빠진 유전공학자에 의해 만들어진 유전자 변이 알약이 몸속에서 예기치 못한 부작용으로 거의 모든 인류가 전염되어 죽게 된다.『홍수의 해』에서는 '물 없는 홍수'로 묘사된 팬데믹이 휩쓸고 간 지구에서 생존 투쟁을 벌이는 여성들의 모습이 신의 정원사들(God's Gardeners)이라 불리는 집단을 통해 제시된다.『미친아담』에서는 신의 정원사의 두 핵심 인물인 토비와 젭이 재앙적인 포스트-팬데믹 사회에서 살아남은 무리와 함께 생존을 위해 애쓰는 모습이 그려진다.

이 3부작에서 다루는 팬데믹 상황은 자연 발생이 아닌 인간의 기술발전에 대한 맹신과 윤리가 결여된 과욕이 불러온 인재다. 작품 속 팬데믹 상황은 실제로 가까운 미래 사회에서 발생할 개연성이 높다는 점에서 코로나19 발생 이전부터 이 3부작에 대해 과학계에서도 주목해왔다. 3부작의 마지막 작품인『미친아담』이 출간된 2013년도에『네이처』는「과학소설: 포스트-팬데믹 월더니스」("Science Fiction: Post-pandemic wilderness")란 제목의 글에서 애트우드의 3부작에서 다루는 팬데믹과 과학기술 발달, 팬데믹과 자연환경 파괴와의 상호연관 개연성을 과학적 관점에서 검토한다. 이 글의 저자인 폴 맥유엔(Paul L. McEuen)은 코넬대학 물리학교수 겸 코넬대 나노스케일 과학연구소 소장을 맡고 있는 정통 과학자이면서도 과학스릴러『스피럴』(Spiral)이란 작품을 출간할 정도로 문학작품에서의 과학적 개연성을 잘 이해하는 사람이다. 일반 독자에게는 단순히 비현실적인 공상과학소설로 인식되어온 애트우드의 작품 속 내용에서 푸드 주제는 이미 현실 세계에서 벌어지고 있다는 사실에 맥유엔은 주목한다. 예를 들어, 애트우드의 작품에서 미래의 사람들이 식용으로 사용하는 생명공학을 활용한 배양육은 3부작『미친아담』이 출간된 해인 2013년도에 네덜란드의 생명 공학자에 의해 배양된 소 줄기세포 햄버거가 실제로 요리되어 시식 되었다. SF를 포함하여 문학작품의 주된 기능은 미래에 대한 예측의 정확성에 있는 것만이 아니라 예견되는 우려스러운 미래 상황에 관해 관심과 인식, 각성을 불러일으키는 데 있다. 맥유엔이 애트우드의 3부작에서 다루는 팬데믹에 주목한 이유는 이 점에 있다.

> 이 3부작은 우리 사회의 가까운 미래를 미리 보여주는 창이다. 이번 [팬데믹] 경우, 인간이 재간을 잘못 부림으로써 초래되는 재난을 미리 보여 준다.... 애트우드의 상상력 속 미래는 우리시대 모습일까? .... 우리 시대의 과학기술이 우리를 삼킬 것인가?... 애트우드의 책은 경고이다. (McEun 398-99)

코로나19는 '인간이 잘못 부린 재간'으로 발생했다는 의심을 받기도 하지만, 적어도 인간 활동과 연관된 질병이라는 점은 분명해 보인다. 코로나19 발생과 관련하여 우한에 있는 중국과학원 바이러스 연구소에서 실수로 유출되었다는 주장은 여전히 제기되고 있지만, 구체적인 증거가 드러나지는 않고 있어서 애트우드의 작품에서처럼 무분별한 과학기술의 적용과 바이러스 발생이라는 명백한 직접적인 인과관계는 규명되고 있지는 않다. 대신, 코로나19의 근원지는 박쥐이며 중간 숙주를 거쳐 사람에게 전파된 뒤 빠르게 확산했다는 연구결과와 박쥐 및 숙주로 추정되는 야생동물이 푸드로 시장에서 팔림으로써 사람에게 전이되었다는 연구도 이어 발표되었다.5) 코로나19 발생 이후 애트우드는 한 기고문에서 코로나19 역시 인간에 의해 발생한 질병이란 점에서 자신의 작품과 유사성을 살핀다.

---

5) Xiao Xiao et al. "Animal sales from Wuhan wet markets immediately prior to the COVID-19 pandemic." *Scientific Reports* vol. 11, Article no.11898, 07 June 2021. *Nature.com*, doi:10.1038/s41598-021-91470-2

2003년도에 저는『오릭스와 크레이크』를 출간했습니다. 이 작품은 인간에 의해 만들어진 치명적인 팬데믹을 중심으로 전개됩니다. (어떤 면에서는 모든 것이 인간에 의해 만들어진 것입니다. 우리 인간이 동물을 가축으로 삼지 않고 일부 야생동물 고기를 먹지 않는다면, 새로운 그리고 종간 전이되는 바이러스에 우리가 전염될 가능성은 아주 적어질 것입니다.)....『오릭스와 크레이크』에 대해서 어느 생물학자도 그런 일은 절대로 일어날 수 없다는 이유로 이 작품이 엉터리라고 비판하지 않았습니다. 생물학자들은 이런 일이 실제로 일어날 수 있다는 점을 알았습니다. 형태는 다를 수 있지만 이미 발생했던 거지요. (Atwood 2020)

　　코로나19의 경우 발생원인과 전파에서 인간의 푸드 선택이 원인을 제공했으며 동시에 인간에 의해 야기된 기후변화 역시 발생과 전파에서 다방면으로 원인제공을 해왔다는 점에서 이번 팬데믹이 인간에 의해 야기된 질병이라는 주장은 그르지 않다. 특히, 그 발생 규모와 범위, 사상자 수, 특히, 국가와 사회의 모든 요소와 일반인들의 일상에 대한 영향의 정도에서 지금까지 발생했던 그 어떤 팬데믹과 비교할 수 없을 정도로 심각하므로 팬데믹으로 인한 사회의 종말을 다루는 애트우드의 3부작이 더욱 주목받는 이유다. 3부작 중 팬데믹 이후의 종말론적 사회상황을 다루는 두 번째와 세 번째 작품인『홍수의 해』와『미친아담』과는 달리, 첫 작품인『오릭스와 크레이크』는 팬데믹 발생 이전의 과학기술 발달에 의존하는 사회상과 팬데믹 발생의 원인과 발생 전후의 사회와 인간상을 다룬다는 점에서 현재의 코로나19 시대상을 엿보는데 가장 적합하다.

　　『오릭스와 크레이크』의 내용은 팬데믹 발생 전후의 두 시기로 나뉜다. 댄 브라운의 소설을 영화화한『인페르노』에서 천재 생명과학자 버트런트 조브리스트가 지속가능한 지구의 생존을 위해 파괴적인 인구의 절반을 없애려고 인위적인 전염병을 만든 것처럼, 작품 속 천재과학자인 크레이크는 더는 희망 없는 인류를 폐기하고 자신이 창조한 새로운 종인 하이브리드 인간으로 대체하기 위해 비밀리에 추진한 '환희이상'(BlissPlus) 알약의 완성을 눈앞에 두고 있다. 이 알약은 사람들이 가장 관심을 두는 젊음 유지와 최고의 성적 쾌락을 제공해주는 약으로 선전되면서 큰 관심을 끌지만 실제로는 유전자 변이를 통해 비밀리에 불임에 이르게 하는 약이다. 하지만, 임상 단계에서 알약에 넣은 전염성분이 인간의 몸속에서 부작용을 일으키고 결국 유전자 전이를 통해 순식간에 전 인류를 죽음에 이르게 한다. 이 전염성분으로 인한 팬데믹 발생 이전 사회는 이미 기후변화로 인해 자연환경은 황폐해졌으며 유전자 과학기술에 의해 인간의 특성을 보인 변이종 동물과 하이브리드 인간이 평범한 인간과 함께 살아가는 미래세계다. 작품 속 포스트-팬데믹 시대는 변이종 동물과 하이브리드 인간만이 살아남은 사회다. '환희이상' 알약에 담긴 전염성분으로 인한 팬데믹 이전과 이후의 두 세계에서 벌어지는 사건이 크레이크의 친구이자 유일한 인간 생존자로 여겨지는 서술자 겸 주인공 '스노우맨'(Snow-man), 본명이 지미인 인물을 통해 전달된다.

작품 속 팬데믹 이전과 이후 두 사회에서 푸드는 중요한 주제로서, 작품에서처럼 기후변화 위기를 맞이한 현 인류세와 코로나19와 같은 전 지구적 팬데믹이 닥친 현재의 우리의 상황에서 푸드 이슈를 살피는 데 유용하다. 특히, 작품에서 다루는 푸드의 생산과 소비패턴은 현재 전 지구적으로 진행되고 있는 푸드의 생산과 소비 관행으로 인해 직면하고 있는, 아니면 적어도 가까운 미래에 직면하게 될 것으로 예견되는 푸드 웨이를 보여준다는 점에서 우리 사회에 시사해 주는 점이 적지 않다. 이 작품에서 제기되는 푸드 이슈는 두 방향에서 탐색할 수 있다. 하나는 유전자 조작과 이식으로 만들어지는 실험실 배양육과 같은 푸드의 생산과 소비에 대한 푸드 웨이고, 다른 하나는 푸드 체인에서 인간이 푸드로 활용하는 동물과 인간 사이의 먹이와 먹잇감 관계의 성격 재고를 통한 자연에서의 인간의 위치 성찰이다.

2.1 실험실 배양육과 푸드 웨이

현재의 관점에서 보면 작품 속 팬데믹 이전 사회는 기후변화로 인해 전지구가 막대한 영향을 받은 미래세계의 모습이다. 푸드 자원을 포함하여 인간이 활용할 자연자원은 거의 남아있지 않고, 대신 과학기술에 의해 모든 것이 만들어지고 결정되어 이끌어지는 세계다. 푸드 역시 예외가 아니다. 특히, 동물뿐만 아니라 심지어 사람까지도 하이브리드 생명체로 만들어내는 유전자 조작 기술은 자원 고갈과 정상적인 농업활동이 어려워진 환경에서 대체 푸드로써 하이브리드 식품을 만들어낸다. 극도로 양극화된 작품 속 사회에서 엘리트 계층은 값비싼 '자연' 푸드를 고집하지만, 이것마저 점점 희소해지자 대부분 일반 시민층과 마찬가지로 유전자 조작으로 만들어지는 '콩-소시지 핫도그,' '코코넛 스타일 레이어 케이크,' "콩버거,' 배양육인 '치키놉'과 같은 하이브리드 인공 푸드에 의존하게 된다.

특히, 작품에서 실험실 배양육인 '치키놉'(ChickieNobs)은 지속가능한 자연을 위한 미래의 새로운 푸드 웨이로 현재 주목과 논쟁을 도시에 유발하고 있다는 점에서 주목을 끈다. 작품에서도 치킨놉은 새로운 푸드 소스로 제시된다. 크레이크가 연구를 이끄는 왓슨-크릭 연구소는 유전자 변환 방법을 활용하여 온갖 새로운 하이브리드 물질과 생명체를 만들어내는 곳으로, 어느 날 연구소에 초대받은 주인공 지미는 친구인 크레이크의 안내로 그곳을 둘러보다 낯선 '물체' 앞에 멈춰 선다.

그들이 함께 바라보고 있는 것은 반점이 나 있는 연노란 색 피부로 덮힌
커다란 관 모양의 물체였다. 그 물체에는 20여 개의 두툼한 살집의 튜브가

달려있고, 각 튜브 끝에는 또 다른 구근이 자라나고 있었다. (202)

이 '물체'가 닭고기 배양육인 치킨놉이다. 이 실험실에서 만들어내는 닭고기 배양육은 닭가슴살과 닭다리로 제한된다. 머리가 없으니 닭으로 불려도 되냐는 질문에 안내를 함께 맡은 연구원은 닭이란 가축의 존재를 단순히 소비자에게 제공되는 먹이로 정의할 뿐이다. "저기 중간 부분에 있는 것이 머리지요. 중간 부분 상단에 열린 구멍이 입으로 그곳으로 영양분이 투입됩니다. 눈이나 부리 그따위 것은 필요하지 않습니다"(202). 배양육 '치킨'은 투입된 영양분을 소화하고 흡수하여 살집만 성장시키면 되기 때문에 닭의 뇌 기능이나 부리는 제거된 것이다. 연구소에서는 이 배양육이 소비자에게 건강에도 좋고 윤리적이라고 강조한다. '유전자조절'로 성장을 빠르게 설정해놓았기 때문에 소비자의 건강과 환경문제를 일으키는 성장호르몬을 전혀 사용하지 않고, 뇌가 없으므로 도살 시에도 고통을 느끼지 않으니 윤리적(203)이라는 논리다.

이 소설의 배양육 치킨놉은 우리의 현실 세계에서 푸드의 생산과 소비, 푸드 웨이를 돌아보게 해준다. 우선, 유전자 조작 푸드 이슈다. 이 작품 속 사회가 온갖 유전자와 줄기세포 조작을 통해 구성되고 운영되듯이, 푸드 역시 치킨놉과 같이 자연식품이 아닌 유전자 조작을 통해 얻은 인공식품이 주가 된다. 치킨놉 푸드에 작동하는 유전자 조작과 이 기술을 이용한 배양육에 대한 우리 사회의 진단은 복합적이다. 우선, 유전자 조작에 의한 배양육은 현실 세계에서 여전히 적지 않은 우려를 자아낸다. 유전자 조작이나 줄기세포 활용을 둘러싼 윤리적 문제가 지속해서 제기되어 왔다는 점은 주지의 사실이며, 여기서 파생되는 두 가지 이슈, 즉, 일반인의 인식 부족과 푸드산업 의존 심화라는 문제 역시 관심이 요구된다. 배양육은 지금까지 우리가 먹이로 삼아온 동물에 대해 가져왔던 기존의 개념을 무너뜨린다. "소비자 인식 부족이 배양육의 시장 진입에 주된 장애물이다"(6)라는 쉬하이어 크리키(Shghaier Chriki)의 지적대로, 소비자들이 닭고기를 먹으면서 동물로서의 온전한 닭을 연상하는 것은 자연스러우며, 일부 부위가 없는 기이한 모습의 닭이나 돼지, 소, 심지어는 물고기를 식탁에 올리는 것에 대해 적지 않은 심리적 저항감을 느끼고 있다. 소설에서 지미가 치킨놉에서 머리 부위가 제거된 치킨을 상상하면서 "끔찍하다"(horrible)고 느끼는 것은 바로 이 때문이다. 배양육은 가공식품 푸드산업 시스템에 의존하는 우리의 푸드 웨이를 더욱 고착시킬 것으로 보인다는 점에서 우려 역시 자아내고 있다. 소설에서 치킨놉에 투자자들이 줄을 서는 이유는 결국 생산의 효율성과 가격경쟁력이다. 온갖 성장호르몬을 투입하여 실제 공장형 농장에서 닭이 상품으로 길러지는 데는 최소 5주가 걸리지만, 소설에서 배양육은 단 2주면 식용으로 만들어지고 모든 과정이 자동화 기계설비로 진행된다. 따라서 생산자와 유통업자, 소비자 모두에게 가격을 낮출 수 있다는 점에서 푸드산업 시스템에 요구되는 모든 요건을 갖춘 셈이다. 우리 사회도 푸드의 생산과 유통, 소비 측면에서 푸드산업 시스템에 철저히 의존하고 있으며 앞으로 이러한 추세는 더욱 진행될 것으로 보인다는 점에서 배양육에 대한 푸드 이슈에 논의가 요구된다.

배양육은 푸드산업 시스템에 의존하고 있는 우리의 일상적인 푸드 웨이를 더욱 공고히 해줄 것으로 기대된다는 점에서 또 다른 우려를 자아낸다. 우리가 소비자로서 배양육이나 가공식품에 의존할수록 우리가 소비하는 푸드에서 '푸드 스토리'는 지워지고 다만 상품으로서의 먹거리로만 존재하게 된다. 이미 우리의 푸드 웨이에는 푸드 스토리가 거의 남아 있지 않은 것이 현실이다. 슈퍼마켓에서 사들이는 닭고기나 돼지고기, 소고기의 경우 어느 곳에서 누구에 의해 어떻게 길러졌는지 공급자들과 판매자들은 물론이거니와 대다수 소비자도 관심을 두지 않는다. 작품 속 치킨놉에서 닭의 눈과 머리를 제거하고 요리에 활용되는 고기 부분만 남겨두듯이, 우리의 실제 삶에서 공급자나 소비자 모두 고기 상품에서 동물의 흔적을 고의로 제거한다. 공급자는 도살된 가축의 고기에서 실제 돼지나 소의 존재를 떠올리게 해주는 피나 털, 냄새를 제거하고 방부 처리하여 플라스틱이나 셀로판지에 깔끔하게 보이도록 상품으로 포장한다. 소비자 역시 고기를 고르면서 자신과 동물의 관련성을 최대한 지운다. 한편으로는 우리가 동물에게 갖는 불결함을 상기하지 않기 위함이고 다른 한편으로는 자신의 소비가 살아있는 동물의 죽음과 희생이 따른다는 윤리적 부담감을 줄이기 위함이다.

치킨놉과 같은 배양육은 동물복지와 지속가능한 환경, 팬데믹 발생 방지 차원에서 미래의 대체 푸드로서 긍정적인 차원에서 검토가 가능하다. 소설 속 연구소 안내인의 논리처럼, 인간의 먹거리와 먹는 즐거움을 위해 실제 동물을 공장형 사육장과 같은 비윤리적 방법과 비위생적 환경에서 키움으로써 초래되는 동물학대나 도살과정에서 초래되는 공포와 고통이라는 윤리적 문제가 배양육으로 인해 해소될 수 있다. 더불어, 가축, 특히 소를 키우는 데 치루는 환경비용은 대단히 크다는 것은 다 아는 사실로, 대체육으로서의 배양육이 환경문제에도 도움이 될 수 있다는 점은 분명하다. 빌 게이츠가 앞장서서 배양육 사업에 투자하는 이유도 현재와 같은 육류 생산에 따른 환경피해를 완화하기 위함이다.

우리가 사는 현실 세계에서 정도의 차이는 있겠지만 유전자 조작에 의한 푸드가 서서히 자리를 잡아가고 있으며, 치킨놉과 같은 배양육 역시도 이제는 완전히 낯설거나 혐오스러운 '프랑켄스타인' 푸드로만 받아들여지지는 않는다. 이미 상용화된 식물성 고기인 임파써블 미트(Impossible Meat)에서 한발 더 나아가 줄기세포로 키워낸 배양육이 2013년 영국과 네덜란드에서 가장 먼저 만들어진 뒤 다양한 시식회가 진행됐으며, 싱가포르에서는 전 세계에서 처음으로 2020년 말에 배양육 판매가 허용되었다. 한국에서도 최근 닭고기 '배양육 레스토랑'이 문을 열었고, 한 식품회사에서는 실험실에서 만든 한우 시식회를 열기도 했다. 기후변화의 영향이 우리의 일상에서 구체적으로 체험되는 상황에서 지속가능한 환경에의 관심과 동물 윤리에 대한 감수성이 더욱 커지고 있어서 배양육에의 관심과 소비는 더욱 커질 것으로 예견된다.

현대 사회에서 푸드산업에 의존하는 소비 행태가 환경에 미치는 영향이 점점 가중되고 있다는 점을 고려할 때, 푸드산업에의 의존성을 줄이는 것이 중요하며 배양육은 현실적인 대안으로 제시되는 경향은 강해지고 있다. 더불어, 코로나19를 비롯하여 근래의 전 지구적 팬데믹 발생과 전염을 유발해온 동물을 푸드로 삼는 관행이 여전하며 기존 및 새로운 팬데믹이 반복적으로 발생할 개연성이 높은 상황을 고려한다면, 배양육에 관한 관심과 기대는 새로운 관점에서 조명될 필요가 있다. 조너선 애노말리(Jonathan Anomaly)는 2000년대 후반 들어 발생한 대다수의 팬데믹은 동물매개 감염 전염(zoonotic infection)으로 팬데믹 발생을 막기 위해서는 이들 동물을 존중하고 푸드로의 활용을 최소화하는 것이 필요하며 그 실천으로 배양육 섭취를 들고 있다.

> [생태계를 보전하는 일은 … 동물매개 전염병 발생을 예방하는 조치를 의미한다. 이를 위해 우리가 할 수 있는 일은 전 세계 정부로 하여금 이국적 동물 거래를 금지하고 동물고기를 파는 재래시장을 제거하고 농장 가축에게 더 많은 공간을 주고 배양육을 개발하고 대량생산하도록 압력을 넣은 일이다. 줄기세포를 이용하여 만든 육고기가 일부 사람들에게는 소름 돋는 일이겠지만, 집약적 기업축산농장에서 길러지는 가축이 견뎌야 할 무의미한 고통이나 인간에게 전파되는 예방 가능한 질병에 견주면 배양육이 훨씬

낫다.[6]

2.2 인간-푸드 관계성

현 기후위기와 코로나19 상황에서『오릭스와 크레이크』가 우리의 푸드 웨이를 돌아보게 해주는 두 번째 주제는 인간-푸드자원 사이 관계의 성격이다. 특히, 푸드 체인의 관점에서 우리가 푸드로 활용하는 동물과의 관계 인식에 요청되는 인간 존재에 대한 보다 근본적인 성찰이다. 「퍼펙트 스톰:『오릭스와 크레이크』를 쓰면서」("Writing Oryx and Crake")란 글에서 작가는 먹이사슬 관점에서 인간의 처지를 다음과 같이 말한다.

> 생물학 법칙은 물리학 법칙만큼이나 냉엄하다. 푸드와 물이 떨어지면 사람은 죽는다. 어느 동물치고 자신의 생명줄인 자원기반을 바닥내고 살아남기를 기대할 수 있겠는가. 인간 문명 역시도 이 같은 법칙에서 예외가 아니다. (2005; 285)

결국, 인간 역시도 자연생태계 내에서 다른 생명체와 마찬가지로 먹이사슬 일부를 구성하는 존재이지 자연생태계를 지배하는 존재가 아니라는 인식 촉구다. 인간은 자연생태계 일부로 오랜 세월에 걸쳐 생태계를 구성하는 모든 다른 자연 존재들과 함께 공진화해왔으며, 그 과정에서 인간 역시도 자연의 먹이사슬 일부로 생태계 유지에 이바지해 왔다. 하지만, 언제부터인지 인간은 자신을 자연으로부터 격리하고 자신들의 생존과 번영을 위해 자연을 도구로 삼고 지배하고 이용해 왔다. 이러한 인간의

---

6) Anomaly, Jonathan. "Cultured meat could prevent the next pandemic." *Animal Sentience* 30.5, 2020, https://www.wellbeingintlstudiesrepository.org/animsent/vol5/iss30/5/. Accessed 1 May 2021.

오만이 인류세와 같은 전 지구적 기후변화와 환경파괴를 초래해왔으며, 이로 인해 결국 푸드자원 역시도 고갈의 위험에 처하게 되고 생태계 교란으로 코로나19 발생과 같은 일이 반복적으로 일어나게 된 것이다.

지속가능한 지구를 위해서는 자연생태계 내에서의 인간 본래의 위치를 인식하고 생태계 조화와 유지에 이바지해야 한다는 것이 작가 애트우드의 메시지다. 『오릭스와 크레이크』에서 작가는 피군(pigoons)이란 생명체를 통해 자연생태계 내에서 인간의 오만과 무분별한 푸드 웨이를 보여주면서 먹이사슬을 통한 인간-자연 관계의 올바른 성격에 대한 성찰을 촉구한다. 피군은 유전공학 기술을 이용하여 돼지의 형상으로 만들어진 "극히 간단한 인간-조직 장기의 집합"(22)인 하이브리드 동물로 본래 인간에게 장기 이식을 위해 만들어졌지만, 장기이식용 이외에도 푸드로 활용된 정황이 자주 드러난다. 피군에서 장기를 추출할 시기에는 어김없이 컴파운드의 직원 식당 메뉴에는 돼지고기를 활용한 다양한 요리가 등장하며, 컴파운드 직원들도 '피군파이'에 대해 이야기하곤 한다. 패데믹 사건 이후 홀로 살아남은 지미, 즉 스노우맨은 굶주림이 지속하면서 '피군 만찬'을 상상하기도 한다. 하지만, "적어도 일부는 자신의 세포조직과 동일한 세포조직으로 이루어진 동물을 먹기를 원하는 사람은 없다"(24)는 지미의 생각이다. 치킨놉과 같은 배양육이 자연생태계를 보존하고 동물복지를 증진하며 팬데믹 발생 방지에 도움이 된다는 점에서 대체육으로서 긍정적으로 수용할 가능성이 크지만, 피군과 같이 유전자 조작으로 인간 형질을 가진 동물을 먹이로 삼는 태도는 인간의 오만한 푸드 웨이임을 애트우드는 지적하고 있다.

하이브리드 동물로서의 피군의 정체성은 기존의 '인간-동물: 포식자-피식자' 도식을 전복시킨다는 점에서도 주목된다. 피군은 혀와 발톱이 없이 만들어져 소리를 내거나 동작을 취하지 못한다. 하지만, 피군의 유전자 디자인에 인간 뇌 조직을 집어넣어 인간과 마찬가지로 지적 능력을 갖추고 있다. 일반적인 의미에서 인간이 먹이사슬의 꼭대기를 차지한 것과는 달리, 작품 속 스노우맨은 포스트-팬데믹 환경에서 자신만 살아남은 인간과는 달리 팬데믹에 영향을 받지 않은 피군을 포함한 각종 하이브리드 동물과의 관계에서 전도된 포식자-피식자 관계를 느낀다. 바닷가로 피신했던 스노우맨은 먹이를 찾아 옛 컴파운드 주거지역의 빈집들을 뒤지며 푸드를 모아 거리로 나오다 가족으로 보이는 한 떼의 피군과 맞닥뜨린다. 그는 평소처럼 막대를 휘둘러 피군을 쫓아내려 하지만 피군은 평소와는 달리 미동도 하지 않고 그에게 달려들 자세를 취하고 기회를 엿본다. 인간이 없어진 세계에서 스노우맨은 이 피군들을 이제는 자신의 생명을 위협하는 포식자로 여기게 된다.

> 이들 야수는 영리해서 거짓으로 물러나는 척하며 다음 모퉁이에서 숨어 살피다 공격할 것이다. 그가 쓰러지면 그의 몸뚱이를 굴려 가며 짓밟고 살을 찢어 장기부터 우적우적 씹어 먹을 것이다. 그는 이 짐승들의 입맛을 잘 알고 있다. 영리하면서 잡식동물인 이 피군들. 이들 중 일부는 자신의 교활하고 사악한 뇌에 인간 뇌의 신피질 조직을 갖고 있다. (235)

스노우맨은 더 이상 먹이사슬의 최상층에 있는 포식자가 아니라 원시인들이 느꼈던 것처럼 먹이사슬의 중간이나 하부에 존재하는 먹잇감으로 생명의 위협을 느낀 것이다. 스토우맨을 통해 애트우드가 전달하고자 하는 메시지는 분명하다.「퍼펙트 스톰:『오릭스와 크레이크』를 쓰면서」에서 밝혔듯이, 인간은 자연생태계, 더 좁게는 먹이사슬 외부에서 지배하는 존재가 아니라 그 일부이면서 자신이 일부를 구성하는 자연생태계와 동떨어진 채 존재할 수 없으며, 따라서 자연계를 단순히 푸드 소스로서의 도구로만 삼는 것이 아닌 자연계와 조화로운 관계를 회복해야 한다는 점을 지적하고 있다.

푸드 웨이를 통한 자연과 조화로운 관계 회복이 코로나19와 같은 팬데믹 위기극복의 궁극적 해결책임을 과학계에서조차 강조한다. 신경학자인 데이비드 위버스(David O Wiebers)와 발레리 페이긴(Valery Feigin)은 코로나19에 대한 두려움과 이로 초래된 사회적 거리 두기, 미래에 대한 불확실성과 같은 요인으로 전 세계적으로 심리적 스트레스와 장기적인 신경정신병적 합병증이 가중되는 상황에서 의학적 모니터링과 치료가 절실하게 되었다고 진단한다. 동시에 이들은 생태계의 한 종으로서 우리가 어떻게 이러한 사태를 초래했으며 또 다른 팬데믹 발생 방지를 위해 우리가 할 수 있는 역할에 대해 인식하는 일은 "피할 수 없는"(imerative) 일임을 지적한다. 종 사이의 장벽을 뛰어넘어 동물에서 인간으로 전이되는 대부분의 동물매개 감염병 발생은 현대인들의 푸드 웨이와 연관되어 있다. 불법 포획된 야생동물 섭취와 대량소비를 위한 집약적 공장형 가축 사육이 그 예다. 코로나19로 인해 인간은 이들 문제에 대해 더는 물러날 수 없는 갈림길에 서 있으며, 지상의 모든 생명체와의 관계에 대해 재고해야 할 시점에서 인간을 포함한 모든 생명체의 생존 여부는 하나의 생명공동체라는 인식에 달려있다. 그 인식은 우리가 무엇을 어떻게 먹을 것인지에서 출발한다고 위버스와 페이긴은 강조한다(285).

3 인간, 다시 제자리로

코로나19란 팬데믹이 전 지구를 뒤덮고 전 세계의 모든 사람의 삶을 혼란과 공포의 도가니로 몰아넣고 있는 현시점에서 팬데믹 상황을 다루고 있는 애트우드의『오릭스와 크레이크』는 현시대의 우리의 모습을 돌아보게 해주는 경고이면서 동시에 인간-자연 관계성 회복과 더불어 인간공동체 회복을 통한 희망의 메시지다. 폴 맥유엔은 현 코로나19 상황에서 마거릿 애트우드의 '미친 아담' 3부작이 갖는 의미를 숙고하면서, 3부작의 마지막 작품『미친아담』으로 마무리하는 애트우드의 메시지를 다음과 같이 정리한다.

> 애트우드의 상상 속 미래는 우리의 미래일까?... 과학 기술은 우리 인간을 삼켜버릴까? 이 책의 제목 철자('MaddAddam')가 앞뒤역순상동서열, 즉 앞에서 순서대로 읽든 뒤에서 역으로 읽든 같은 낱말로 이뤄졌다는 점은 많은 것을 시사해 준다. 절대 끝나지 않는 순환 속에 한 가지 일이 다른 일로 이어지면서 파괴적인 결말은 새로운 시작으로 멍에처럼 매여있다. 또한, 이 책은 재난의 국면 속에서조차 인내하며 견디라고 우리에게 전해준다. 애트우드의 책은 경고이면서 동시에 작품의 결말에서 전해지듯 삶과 죽음, 새 삶의 시작의 가능성이란 순환에 대한 희망적인 명상이다. (McEuen 399)

종말론적 세계를 다루는 3부작 첫 작품인『오릭스와 크레이크』에서부터 미래의 희망이 인간성에 있음이 명확히 드러난다. 작가 애트우드는 인류사에서 위기가 없었던 적은 없으며『오릭스와 크레이크』속의 세상이 현 코로나19 상황에서 재연되고 있다고 본다. 인류사를 통해 위기를 극복하고 인류가 존속될 수 있었던 힘은 바로 타인을 배려하고 사랑하는 인간의 감정이었으며, 작품 속 스노우맨은 바로 그러한 형상으로 이 시대의 위기극복에도 그대로 적용된다는 점을 강조한다.

> '퍼펙트 스톰,' 즉 절망적인 상황은 서로 무관한 다양한 힘들이 우연히 겹쳐질 때 발생하며, 인류사 역시도 퍼펙트 스톰과 함께 해왔다. 소설가인 앨리스테어 매클라우드가 말해왔듯이, 작가란 자신들에게 두려움의 대상

이 된 내용을 쓴다. 지금 [코로나19] 상황에서 나를 두렵게 하는 것은 바로 『오릭스와 크레이크』에 기술된 세상이다. 인간이 만들어 낸 것 자체가 두려움의 대상이 아니다. 무엇이 되었든 그것들은 단순히 도구에 불과할 뿐이다. 나를 두렵게 하는 것은 어떻게 사용할 것인지에 따라 초래되는 결과다. 아무리 고도의 과학기술로 만들어진 것을 도구로 사용한다 해도, 호모 사피엔스의 마음 깊은 곳에는 지난 수 만 년의 세월 속에서도 변함없이 지속되어 왔던 것이 있다. 바로, 원형의 인간 감정, 뇌리를 사로잡고 있는 원형의 생각이다. ("Perfect Storm"86)

『오릭스와 크레이크』의 종말론적 상황에서 이 작품의 결말이 희망적인 것은 결국 스노우맨/지미 때문이다. 이 작품에서 지미는 똑똑하거나 남보다 뛰어나지도 않고 세속적으로 성공적인 삶을 살지도 않지만, 아주 드물게도 '정상적인' 사고와 연민, 공감 능력을 가진 인물이다. 그는 유전공학 기술과 그 기술에 의존하는 사회현상에 대해 의문을 갖고 반감을 갖는다. 유명한 유전공학자로서 인간을 위한 하이브리드 동물을 만들어내는 일에 주도적인 역할을 하는 자신의 아버지에 대해 반감을 품을뿐더러, 유전공학 기술을 주도하는 친구인 크레이크와 대척점에 선다. 팬데믹 발생 이후 정상적인 인간으로서는 유일하게 살아남은 것으로 알려진 인물로, 팬데믹 이후 자신의 안위조차 보장하지 못하는 상황에서 크레이크를 아버지로 따르던 그의 피조물인 하이브리드 인간인 크레이커들을 보다 안전한 해안가로 데려와 보호자처럼 안전하게 보살핀다. 스스로 먹이를 구할 수 없는 크레이커들에게 먹이를 구해다 주는 것도 스노우맨이다.

크레이크가 파괴적인 인간을 단계적으로 멸종시키고 인간의 약점과 단점을 보완해서 인간을 대체할 보다 나은 새로운 '인간종'으로 개량한 크레이커에게서 작가는 미래의 희망을 찾지 않고 스노우맨에게서 찾는다. 그것도 혼자만이 아닌 인간공동체에서 찾는다. 스노우맨이 다른 생존자들을 발견하고 그들과 대면해야 할지 아니면 혼자 나아가야 할지 잠시 고민하지만 결국 혼자가 아닌 '함께'를 택한다. 함께 겪은 이야기를 공유하고 마음을 나눌 수 있기 때문이다. "그들[생존자들]은 그의 이야기를, 그는 그들의 이야기에 귀 기울일 수 있다. 그가 겪어온 일 중 적어도 일부만이라도 그들은 기꺼이 알아줄 것이다"(374).

인간이 집단을 이뤄 공동체를 구성하는데 필수적인 것이 푸드다. 푸드는 집단 구성원의 생존에만 필요한 것이 아니라 마음과 가치관을 공유하는 공동체로 엮어주기 때문이다. 푸드가 공동체의 정체성을 드러내 주는 이유다. 이 작품에서도 스노우맨이 생존자들을 찾아 합류하게 되는 과정에 푸드는 촉매 역할을 한다. 스노우맨이 푸드를 찾으러 갔다 돌아오자 스노우맨을 닮은 3명의 인간이 찾아 왔었다는 말을 크레이커들로부터 듣게 된다. 그동안 자신만이 팬데믹에서 살아남은 유일한 인간으로 여겼던 스노우맨은 그들의 정체성에 대해 일말의 두려움이 있었지만, 오히려 그들을 만날 생각에 들 뜬 마음에 거의 뜬눈으로 밤을 새우고 아침 일찍 그들을 찾아 나선다. 크레이커들이 자신에게 전해준 존재들이 정말 인간인지 확신하지 못한 상태에서 찾아 나선 스노우맨이 그들이 자신과 같은 인간임을 확신하고 더욱 그들에게 끌리는 것은 오직 인간만이 해왔던 불을 지피고 요리를 하는 푸드를 통해서다.

> [스노우맨]은 막대기로 균형을 잡아가며 되도록 나무 그늘에 몸을 가리며 해안을 따라 북쪽 방향으로 올라갔다. 하늘이 밝아지고 있어서 그는 서둘러야 했다. 연기가 가느다랗게 피어오르는 모습이 눈에 들어왔다....
> 이제 연기냄새도 나고 목소리도 들린다....
> 나무 뒤에 숨어서 보니 세 사람이 불을 둘러싸고 앉아있다....
> 그들은 무엇인지는 몰라도 고기를 불에 굽고 있다. 레컹크인가? 바닥에 그 꼬리가 있는 것을 보니 레컹크다. 사냥해서 잡았을 것이다. 레컹크에게

는 안된 일이지만.

　　스노우맨이 고기 굽는 냄새를 맡은 지 너무나 오래되었다. 눈에 눈물이 고이는 이유가 이 때문인가?

　　몸이 떨리기까지 한다. 다시 열병에 걸린 듯이. (372-73)

스노우맨과 불 주변의 세 사람은 원시인을 연상시킨다. 스노우맨이 이들을 찾아 나설 때 "발가벗은 몸에 모자만 쓴 털로 뒤덮인 미치광이 모습"으로 자신을 묘사하는 것이나 동물을 사냥하여 숲에서 모닥불에 구워 먹는 모습이 인간 문명 시초의 모습이다. 그들에게 자신의 모습을 드러내기 직전에 혹시 그들이 자신을 침입자로 여기고 공격하지나 않을지, 그렇다면 자신이 먼저 그들을 총으로 쏴서 죽여야 하는 것은 아닌지 잠시 생각해 보기도 하지만, 결국 이 소설은 스노우맨으로 시작되는 새로운 인간 문명의 출발이라는 희망으로 끝을 맺는다.

　　"제가 어떻게 해야할까요?" 스노우맨은 허공에 대고 속삭이듯 물어보았다.

　　어려운 질문이다.

　　오, 지미, 넌 정말 재미있어.

　　날 실망하게 하지 마.

　　습관적으로 그는 시계를 들어 올려보았다. 시계에는 아무것도 나타나지 않았다.

　　제로 아워, 영시군하고 스노우맨은 생각했다. 출발할 시간이지. (374)

　　"오, 지미, 넌 정말 재미있어. 날 실망하게 하지 마." 지미와 인간적인 사랑에 빠졌던 오릭스가 크레이크의 동반자살로 죽기 전에 죽음을 예감하고 지미에게 하던 말이다. 애인인 크레이크가 원대한 꿈과 이상세계에 빠져 사는 것과는 달리, 똑똑하지는 않지만, 질투심과 투정, 따뜻함과 유머

를 가진 인간적인 지미에게 오릭스가 끌렸고, 자신에게 무슨 일이 생기면 자신이 돌보던 하이브리드 인간인 크레이커들을 부탁하면서'날 실망하게 하지 말라'고 간청한 것이다. 이 소설의 종말은 따뜻한 마음을 가진 평범한 스노우맨 지미가 이들 생존자만이 아니라 크레이커들을 돌보면서 함께 새로운 문명의 출발점인 제로 아워(zero hour)에 서서 출발할 것임을 암시한다.

종말론적 팬데믹 상황을 다루는『오릭스와 크레이크』와 같은 SF가 현재와 같이 전 지구적 규모에서 코로나19로 혼란과 좌절에 빠진 현대인들에게 구체적인 해결책을 제시하거나 특별한 위로를 건네지는 않는다. 하지만 독자는 이 팬데믹 스토리의 스노우맨과 같은 등장인물과의 감정이입을 통해 그가 처한 상황과 주변에 대한 원초적인 인간 감정, 대처 방식을 통해 자신이 처한 상황을 이해하고 이 팬데믹 상황을 초래한 우리의 가치관과 삶의 행태를 되돌아보며 상황의 극복에서 가장 필요한 것은 인류를 존속시켜왔던 인간 감정과 인간공동체 의식임을 인식하게 된다. 이 과정에서 스토리에서처럼 팬데믹 및 우리의 삶의 양식과 가치관에 밀접하게 연관된 우리의 푸드 웨이에 대해 성찰이 이뤄진다. 개개인 차원에서의 자기성찰과 타인을 배려하는 공동체 의식은 현 상황을 극복하고 다시 반복하지 않기 위해 과학기술적 해결방안과 노력만큼이나 중요하고 더욱 본질적인 가치이기 때문이다. 작품 속 주인공 지미처럼, 우리는 이제 새로운 문명을 향한 출발점인 '제로 아워'에 서서 '출발할 시간'은 아닌지 진지하게 자문할 지점에 와있는 것은 분명하다.

강용기, 「마거릿 애트우드의 『홍수의 해』에서의 실용주의적 환경 서사」, 『문학과환경』 17.2(2018): 7-33.

김원중, 『푸드 에콜로지: 음식과 섭생의 생태학』, 서울: 지오북, 2018.

랭엄, 리처드, 『요리 본능: 불, 요리, 그리고 진화』, 조현욱 옮김, 서울: 사이언스북스, 2011.

메스트르, 쥘 드.『알랭 뒤카스: 위대한 여정』 [영화], 2017.

베리, 웬들, 『온 삶을 먹다』, 이한중 역, 서울: 낮은산, 2011.

벡, 울리히, 『위험사회』, 홍성태 역, 서울: 새물결, 1997.

이영현, 『웬들 베리의 생태공동체와 농경살림』, 박사학위 논문, 성균관대학교, 2015.

이정희, 「생명공학기술과 언어 관계에서의 포스트휴먼 비전: 마가렛 애트우드의 『오릭스와 크레이크』」, 『현대영미소설』 27.2 (2020): 75-110.

카스텔, 마뉴엘, 『네트워크 사회의 도래』, 김묵한 외 옮김, 서울: 한울, 2003.

폴란, 마이클, 『요리를 욕망하다: 요리의 사회문화사』, 김현정 역, 서울: 에코리브르, 2014.

Adams, Tim, "Dan Barber's long-term mission: to change food and farming for ever," *The Guardian*, 15 Jan. 2017, https://www.theguardian.com/lifeandstyle/2017/jan/15/dan-barber-mission-to-change-food-and-farming, Accessed 10 Sept. 2018

Anomaly, Jonathan, "Cultured meat could prevent the next pandemic," *Animal Sentience*, vol. 30, no. 5, 23 August 2020, *WellBeing International Studies Repository*, doi:10.51291/2377-7478.1633

Arena, Jessica, "Young farmers challenge consumers to eat local food only, for a month," *Times Malta*, 5 Oct. 2020, https://timesofmalta.com/articles/view/young-farmers-challenge-consumers-to-eat-local-fo od-only-for-a-month.822319, Accessed 1 Nov. 2020.

Atwood, Margaret, *Oryx and Crake,* Doubleday, 2003.

_____, "Writing Oryx and Crake," *Writing with Intent: Essays, Reviews, Personal Prose, 1983-2005*, New York: Carroll & Graf, 2005, 284-86.

_____, "Growing up in Quarantinedland: Childhood nightmares in the age of germs prepared me for coronavirus," *The Globe and Mail*, 28 March 2020, https://www.theglobeandmail.com/opinion/article-growing -up-in-quarantineland-childhood-nightmares-in-the-age-of-germ s, Accessed 15 January 2021.

_____, "Perfect Storm: Writing *Oryx and Crake,*" *Writing with Intent: Essays, Reviews, Personal Prose, 1983-2005*, New York: Carroll & Graf, 2005, 284-86.

Bacigalup, Paolo, *The Windup Girl*, San Francisco, CA: Night Shade Books Bight Shade Books, 2009.

Balton, Dan, "Farming in the Anthropocene," *Worldtea news*, 20 Sept, 2016, https://worldteanews.com/tea-industry-news-and-features/farmin g-in-the-anthropocene, Accessed 20 November 2019.

Barber, Dan, *The Third Plate: Field Notes on the Future of Food*, New York: Penguin, 2014.

Bell, David and Gill Valentine, *Consuming Geographies: We Are Where We Eat*, New York: Routledge, 1997.

Balogh, Meghan, "Food-giving organizations look to establish reliable local food systems," *The Kingstone Whig-Standard*, 9 Oct. 2020, https: //www.thewhig.com/news/local-news/food-giving-organizations-l ook-to-establish-reliable-local-food-systems. Accessed 1 Nov, 2020.

Bennett, Jane, "The Force of Things: Steps toward an Ecology of Matter," *Political Theory* 32.3 (2004): 347-72.

Berry, Wendell, *A Place on Earth,* Washington D.C.: Counterpoint, 2001.

_____, *The Art of Commonplace: The Agrarian Essays of Wendell Berry*, Ed.

and Intro, by Norman Wirzba. Washington D.C.: Counterpoint, 2002.

_____, "Conservation is Good Work," *Sex, Economy, Freedom, and Community*: *Eight Essays*, New York: Pantheon, 1992, 35-36.

_____, *The Unsettling of America: Culture & Agriculture*, San Francisco: Sierra Club Books, 1977.

BGS Press, "The Aanthropocene: hard evidence for a human-driven Earth," *British Geological Survey*, 1 July 2016, https://www.bgs.ac.uk/news/ the-anthropocene-hard-evidence-for-a-human-driven-earth, Accessed 10 September 2016.

Bollen, Christopher, Interview, "Toni Morrison's Haunting Resonance," 7 May 2012, https://www.interviewmagazine.com/culture/toni-mor rison. Accessed 1 December 2018.

Brehaut, Laura, "Pandemic gardening: More than half of Canadians were growing their own food at home this year, study shows," *National Post*, 7 Oct, 2020, https://nationalpost.com/news/canada/pande mic-gardening-one-in-five-canadians-growing-their-own-food-at -home-study-shows, Accessed 2 December 2020.

Carpenter, Novella, *Farm City: The Education of an Urban Farmer*, New York: Penguin, 2009.

Castells, Manuel, *The Rise of Network Society*, New York: Wiley-Blackwell, 2000.

Carruth, Allison, *Global Appetite: American Power and Literature of Food*, Cambridge: Cambridge University Press, 2013.

CDC, "Pandemic Influenza Storybook," *CDC: Centers for Disease Control and Prevention, 19 Sept, 2018*, https://www.cdc.gov/publications/ panflu/index.html, Accessed 10 August 2019.

Center for Climate and Energy Solutions, "Climate Change 101: Understanding and Responding to Global Climate Change," *Pew Cen-*

ter: *Global Climate Change*, January 2011, https://www.c2es.org/wp-content/uploads/2017/10/climate101-fullbook.pdf, Accessed 20 October 2015.

CFS, "Voluntary Guidelines for Food System for Nutrition (VGFSyN): Drafts for Negotiations," *Committee on World Food Security*, 10 February 2021, http://www.fao.org/cfs/workingspace/workstreams/nutrition-workstream/en, Accessed 1 March 2021.

Chakrabarty, Dipesh, "The Anthropocene and the convergence of histories," Hamilton 44-56.

_____, "The Climate of History: Four Theses," *Critical Inquiry* 35 (2009): 197-222.

Chriki, Sghaier and Jean-Francois Hocquette, "The Myth of Cultured Meat: A Review," *Frontiers in Nutrition* vol. 7, 07 February 2020, Frontiersin.org, doi:10.3389/fnut.2020.00007.

Clark, Colin, "Colonialism and its Social and Cultural Consequences in the Caribbean," *Journal of Latin American Studies* 15.2 (1983): 491-503.

Clover, Charles, *The End of the Line: How Overfishing is Changing the World and What We Eat*, New York: The New Press, 2006.

Cole, Judy, "Family Farm in Maine Couldn't Make it After Restaurants Close — Until the Neighbors Showed Up," *Good News Network*, 8 Jan, 2021, https://www.goodnewsnetwork.org/laughing-stock-farm-maine-helped-by-neighbors-pandemic, Accessed 1 March 2021.

Counihan, Carole M, "Food Rules in the United States: Individualism, Control, and Hierarchy." *Anthropological Quarterly* 65.2 (1992): 55-66.

Crist, Eileen, "On the Poverty of Our Nomenclature," *Environmental Humanities*, vol. 3(2013): 129-47.

Crutzen, Paul J, "Geology of mankind," *Nature* 415 (3 January 2002): 23.

Crutzen, Paul J and Eugene F. Stoemer, "The Anthropocene," *IGBP [Inter-

national Geosphere-Biosphere Programme] Newsletter 41 (2000): 17.

Darling, David, *Deep Time*, New York: Delta, 1989.

DeLind, Laura, "Of Bodies, Place, and Culture: Re-Situating Local Food," *Journal of Agricultural and Environmental Ethics* 19 (2006): 121-46.

Denning, Glenn and Jess Farzo, "Ten Forces Shaping the Global Food System." *Good Nutrition: Perspectives for the 21ˢᵗ Century*. Eds. M. Eggersdorfer et al. Basel: Krager, Basel, Karger, 2016: 19-30.

Doherty, Thomas and Susan Clayton, "The Psychological Impacts of Global Climate Change," *American Psychologist* 66.4 (2011): 265-76.

Eggersdorfer, M. et al, eds, *Good Nutrition: Perspectives for the 21ˢᵗ Century*, Karger, 2016, doi:10.1159/isbn.978-3-318-05965-6.

EIT Food, "COVID-19 STUDY: European Food Bahavior - COVID-19 impact on consumer food behaviours in Europe," *European Institute of Innovation & Technology*, 12 March 2020, https://www.eitfood.eu/media/news-pdf/COVID-19_Study_-_European_Food_Behaviours_-_Report.pdf, Accessed 1 April 2020.

___, "What is the role of the Farm to Fork Strategy in achieving zero emissions?" *EIT Food*, 21 Sept, 2020, https://www.eitfood.eu/blog/post/what-is-the-role-of-the-farm-to-fork-strategy-in-achieving-zero-emissions, Accessed 1 October 2020.

Elton, Sarah, *Consumed: Food for a Finite Planet*, Chicago: U of Chicago P, 2013.

_____, "Time to Take Ownership of the Anthropocene," *Agfunder News*, 29 April 2014, https://agfundernews.com/time-to-take-ownership-of-the-anthropocene.html, Accessed 10 March 2017.

Estok, Simon, "Narrativizing Science: The Ecocritical Imagination and Ecophobia," *Configurations* 18.1 (2010): 141-159.

Ewing-Chow, Daphne, "Sovereignty and Soil: Chief Richard Currie and the Rising of Maroon Nation in Jamaica," *The Forbes*, 28 Feb. 2021, https://www.forbes.com/sites/daphneewingchow/2021/02/28/sov ereignty-and-the-soil-chief-richard-currie-and-the-rising-of-the-maroon-nation-in-jamaica/?sh=4bf809553cb6, Accessed 1 March 2021.

FAO, "New report identifies 27 countries heading for COVID-19-driven food crises." *Food and Agriculture Organization of the United Nations,* 17 July 2020, http://www.fao.org/news/story/en/item/1298468/icode, Accessed 1 August 2020.

FAO and CELAC, "Food Security under the COVID-19 pandemic," *Food and Agricultural Organization of the United Nations, 2020, FAO, org,* doi:10.4060/ca8873en.

Friedmann, Harriet, "The Political Economy of Food: A Global Crisis," *New Left Review* 197 (1993): 27-57.

Gardaphe, Fred and Wenying Xu, "Introduction: Food in Multi-Ethnic Literatures," *MULUS* 32.4 (2007): 5-10.

Getz, Arthur, "Urban foodsheds," *The Permaculture Activist 24* (1991): 26-27.

Gifford, Terry, "Pastoral, Anti-Pastoral and Post-Pastoral as Reading Strategies," *Critical Insight: Nature and Environment,* Ed by Scott Slovic, Ipswich: Salam Press, 2012. 42-61.

Grayling, A. C., "An inspirational novel of influenza, love, life, and death," *The Lancet* 366 (Dec. 2005): 2077-78.

Hamilton, Clive, et al. eds, *The Anthropocene and the Global Environmental Crisis: Rethinking Modernity in a New Epoch,* London: Routledge, 2015.

Harris, Patricia, David Lyon, Sue McLaughlin, *The Meaning of Food: The Companion to the PBS Series,* Guilford, CT: The Global Pequot Press, 2005. VIII-IX.

Heyman, Stephen, "Is Farming the Most Interesting Job in America? Kristin Kimball Makes a Case," *Vogue.* 4 Jan. 2020, https://www.vogue.

com/article/kristin-kimball-good-husbandry-farming-memoir, Accessed 1 March 2020.

Hulme, Mike, *Why We Disagree about Climate Change: Understanding Controversy, Inaction and Opportunity,* Cambridge: Cambridge UP, 2009.

IRIS, 'Global Food Systems: An Outlook to 2050,' February 2019, https://www.iris-france.org/wp-content/uploads/2019/02/Food-Systems-2019-compressed.pdf, Accessed 1 March 2021.

Jaffrey, Zia, "The Salon Interview—Toni Morrison," *Salon*, 2 Feb. 1998, https://www.salon.com/1998/02/02/cov_si_02int/, Accessed 1 December 2018.

Kenner, Robert, *Food, Inc*, Toronto: Alliance Films, 2008, DVD

Kessler, Brad, "One Reader's Digest: Towards a Gastronomic Theory of Literature," *The Kenyon Review* 27.2 (2005): 148-65.

Klindienst, Patricia, *The Earth Knows My Name: Food, Culture, and Sustainability in the Gardens of Ethnic Americans.* Boston: Beacon Press, 2006.

Kingsolver, Barbara, *Animal, Vegetable, Miracle: A Year of Food Life,* New York: Harper Perennial, 2007.

Kittredge, William, *Who Owns the West?* San Francisco, CA: Mercury House 1996.

Kloppenburg, Jack and et al, "Coming in to the Foodshed," *Agriculture and Human Values* 13.3 (1996): 33-42.

The Lancet Commission, "The 21-st century great food transformation," *www.thelancet.com* vol.393 (2 Feb. 2019): 386-87.

Latour, Bruno, "Telling Friends from Foes in the Time of the Anthropocene," *The Anthropocene and the Global Environmental Crisis*, Eds. by Clive Hamilton, and et al, New York: Routledge, 2015: 145-55.

Leinfelder, Reinhold and et al, eds, *Eating Anthropocene: Curd Rice, Bi-*

enenstich and a Pinch of Phosphorous—Around the World in Ten Dishes, New York: Springer, 2016.

Marris, Emma, "Humility in the Anthropocene," *After Preservation*, eds by Ben Minteer and Stephen Pyne, Chicago: U of Chicago P, 2015. 41-49.

_____, *Rambunctious Garden: Saving Nature in a Post-Wild World,* New York: Bloomsberry, 2013.

Marx, Leo, "Does Pastoralism Have Future?" *Studies in the History of Art* 36 (1992): 208-25.

_____, *The Machine in the Garden: Technology and the Pastoral Ideal in America*, Oxford: Oxford UP, 2000.

Masumoto, David Mas, *Epitaph for a Peach: Four Seasons on My Family Farm*, San Francisco, CA: Harper, 1995.

Mazel, David, "Ecocriticism as Praxis," *Teaching North American Environmental Literature*, ed. Laird Christensen, Mark C. Long, and Fred Waag, New York: MLA, 2008.

McEuen, Paul L, "Science fiction: A post-pandemic wilderness," *Nature* vol 500 (22 Aug 2013): 398-399.

McGuinness, Katy, "Ahmet Dede bags his second Michelin star with less formal dining by the sea," *Independent. ie*, 26 Jan. 2021, https://www.independent.ie/life/food-drink/food-news/ahmet-dede-bags-his-second-michelin-star-with-less-formal-dining-by-the-sea-40010934.html, Accessed 1 March 2021.

McLaughlin, Tom, "Ph.D, Student Leads Camden's Return to Urban Gardening Roots," *Rutgers-Camden News Now*, April 2021, https://news.camden.rutgers.edu/2021/04/ph-d-student-leads-camdens-return-to-urban-gardening-roots, Accessed 1 June 2021.

McWilliams, James E, *Just Food: Where Locavores Get It Wrong and How We Can Truly Eat Responsibly,* New York: Little, Brown and Co., 2009.

Michaelis, Kristen, "Wendell Berry Picks Jail over NAIS," *Food Renegade*, 18 June 2009, http://www.foodrenegade.com/wendell-Berry-picks-jail -over-nais, Accessed 1 December 2015.

Mikulak, Michael, *The Politics of the Pantry: Stories, Food, and Social Change,* Montreal: McGill_Queen's University Press, 2013.

Mitchell, John Hanson, *A Field Guide to Your Own Backyard: A Seasonal Guide to the Flora & Fauna of the Eastern U.S.* Woodstock, Vermont: The Country Man Press, 1985.

Monbiot, George, "Lab-grown food will soon destroy farming—and save the planet," *The Guardian,* 8 Jan. 2020, https://www.theguardian.com/ commentisfree/2020/jan/08/lab-grown-food-destroy-farming-sav e-planet, Accessed 1 March 2020.

Morris, Jonathan, "The Globalization of 'Italian' Coffee: A Commodity Biography," <http://www.hist.uib.no/ebha/papers/Morris_ebha_ 2008.pdf>

Morrison, Tony, *Tar Baby*, New York: Alfred A. Knopf, 1981.

_____, "Mourning for Whiteness," *New Yorker,* 21 November 2016, https:// www.newyorker.com/magazine/2016/11/21/aftermath-sixteen-wr iters-on-trumps-america, Accessed 1 April 2010.

_____, "Talk of Town: Comment," *The New Yorker*, 5 October 1998.

Morton, Timothy, *Ecology without Nature: Rethinking Environmental Aesthetics*, Cambridge, MA: Harvard University Press, 2007.

_____, *Hyperobjects: Philosophy and Ecology after the End of the World*, Minneapolis: U of Minnesota P, 2013.

Nabhan, Gary Paul, *Arab/American: Landscape, Culture, and Cuisine in Two Great Deserts*, Tucson: U of Arizona P, 2008.

_____, *Coming Home to Eat: The Pleasures and Politics of Local Foods*, New York: Norton, 2002.

_____, ed. *Counting Sheep: Twenty Ways of Seeing Desert Bighorn,* Tucson: U of Arizona P, 1993.

_____, *Cross-Pollinations: The Marriage of Science and Poetry (Credo)*, Minneapolis, Minnesota: Milkweed, 2004.

_____ and Mark Klett, *Desert Legends: Re-Storying the Sonoran Borderlands*, New York: Henry Holt & Co., 1994.

National Research Council, "Advancing the Science of Climate Change: Consensus Study Report, National Academy of Sciences, Engineering, Medicine", 2010, *National Academic Press*, doi:10.17226/12782.

O'Callaghan, Cristina and Josep M. Aanto, "COVID-19: The disease of the anthropocene," *Environmental Research* 187 (2020): 1-2.

Ozeki, Ruth, *My Year of Meats,* New York: Viking, 1998.

Peters, Jason, ed, *Wendell Berry: Life and Work*, Lexington, Kentucky: U of Kentucky P, 2010.

Pew Research Center, "Public Praises Science: Scientists Fault Public, Media." *Pew Research Center*, 9 July 9 2009, https://www.pewtrusts.org/en/research-and-analysis/reports/2009/07/09/public-praises-science-scientists-fault-public-media, Accessed 1 May 2010.

Pollan, Michale, *In Defence of Food*, New York: The Penguin Press, 2008.

_____, Interview with Pamela Demory, "It's All Storytelling: An Interview with Michael Pollan," *Writing on the Edge,* 1 Nov. 2006, https://michaelpollan.com/category/media/writing-on-the-edge, Accessed 1 April 2018.

_____, *Omnivore's Dilemma: A natural History of Four Meals*, New York: Penguin Books, 2006.

_____, *Second Nature: A Gardner's Education*, New York: Grove Press, 1991.

_____, "The Sickness in Our Food Supply," *The New York Review of Books,* 12 May 2020, https://michaelpollan.com/articles-archive/the-sickness-in-our-food-supply, Accessed 1 June 2020.

Purvis, Ben, Yong Mao and Darren Robinson, "Three pillars of sustainability: in search of conceptual origins," *Sustainability Science* 14 (2019): 681-95.

Rifkin, Jeremy, *Beyond Beef: The Rise and Fall of the Cattle Culture*, 1992, New York: Plume, 1993.

Ripple, William and et all, "World Scientists' Warning of a Climate Emergency 2021," *Bioscience* vol. 71, issue 9, 28 July 2021, pp.894-898. doi:10.1093/biosci/biab079.

Safina, Paul, *Song for the Blue Ocean: Encounters Along the World's Coast and Beneath the Seas,* New York: Holt, 1999.

Sage, Colin, *Environment and Food*, New York: Routledge, 2012.

Samuel, Sigal, "Demand for meatless meat is skyrocketing during the pandemic." *Vox*, 27 May 2020, https://www.vox.com/future-perfect/2020/5/5/21247286/plant-based-meat-coronavirus-pandemic-impossible-burger-beyond, Accessed 1 June 2020.

Sandler, Ronald L, *Food Ethics: the Basics*, New York: Routledge, 2015.

Schlosser, Eric, *Fast Food Nation: The Dark Side of the All-American Meal*, New York: Perennial, 2002

Schwägerl, Christian, *The Anthropocene: The Human Era and How It Shapes Our Planet*, Santa Fe: Synergetic Press, 2014.

Skrypnek, Jane, "New restaurant, grocery hybrid brings local food and community to Saanich," *Sannich News*, 10 Oct. 2020, https://www.saanichnews.com/business/new-restaurant-grocery-hybrid-brings-local-food-and-community-to-saanich, Accessed 1 Nov. 2020.

Smith, Alisa & J.B. MacKinnon, *The 100-Mile Diet: A Year of Local Eating,* Toronto: Vintage Canada, 2007.

Springmann, Marco and et all, "Options for keeping the food system within environmental limits," *Nature* 562 (25 October 2018): 519-37.

Steffen, Will, Paul Crutzen, and John McNeill, "The Anthropocene: Are

Humans Now Overwhelming the Great Force of Nature?" *Ambio* 36.8 (Dec. 2007): 614-21.

Storer, Mark, "Author Novella Carpenter explains in Camarillo how she took up farming," *Ventura County Star*, 24 March 2013, http://archive. vcstar.com/news/author-novella-carpenter-explains-in-camarillo-how-she-took-up-farming-ep-292957124-351755991.html, Accessed 1 March 2019.

Trexler, Adam, *Anthropocene Fictions: The Novel in a Time of Climate Change*, Charlottesville, VA: U of Virginia P, 2015.

Trubek, Amy B, *The Taste of Place: A Cultural Journey Into Terroir*, Berkely: U of California P, 2009.

Tubb, Catherine and Tony Seba. "Rethinking Food and Agriculture 2020-2030: The Second Domestication of Plants and Animals, the Disruption of the Cow, and the Collapse of Industrial Livestock Farming," *Industrial Biotechnology* vol 17, no.2, 19 April 2021, *Rethink X,* doi:10.1089/ind.2021.29240.ctu.

Turner, Bethanev, "Tastes in the Anthropocene: The Emergence of 'Thing-Power' in Food Gardens." *Journal of Media and Culture* 17.(2014). doi.org/10.5204/mcj.769.

Vince, Gaia, *Adventures in the Anthropocene: A Journey to the Heart of the Planet We Made*, New York: Penguin, 2019.

Waterous, Monica, "Three startups setting out to transform the food system." *Food Business News*, 3 March 2021, https://www.foodbusiness news.net/articles/18072-three-startups-setting-out-to-transform-t he-food-system, Accessed 10 March 2021.

Walters, Mark Jerome, *Six Modern Plagues and How We Are Causing The,* Washington: Island Press, 2003.

Watson, James L., and Melissa L. Caldwell, eds, *The Cultural Politics of Food and Eating: A Reader*, Oxford: Blackwell, 2005.

WFP, "The State of Food Security and Nutrition in the World (SOFI) Report 2020," *World Food Programme*, 21 July 2020, https://www.wfp.org/publications/state-food-security-and-nutrition-world-sofi-report-2020, Accessed 1 August 2020.

Wiebers, David O and Valey L. Feigin, "What the COVID-19 Crisis Is Telling Humanity," *Neuroepidemiology* 54 (2020): 283-86.

Willett, Walter. "Food in the Anthropocene: the EAT-Lancet Commission on healthy diets from sustainable food systems," *The Lancet* vol.393, issue 10170, 2 February 2019, pp.447-492, *The Lancet Commissions*, doi:10.1016/S0140-6736(18)31788-4.

Wilson, Edward O. Forward, *Common Wealth: Economics for a Crowded Planet,* Jeffrey Sachs, New York: Penguin, 2008,

Wilson, Emily, "The Personal Storytelling That is Putting a Human Face on the Food Movement: Pei-Ru Ko's Read Food Real Stories builds community and compassion among those working for better food." *Civil Eats*, 6 December 2018, www.civileats.com/2018/12/06/the-personal-storytelling-that-is-putting-a-human-face-on-the-food-movement. Accessed 10 April 2019.

Wood, Gaby. "Toni Morrison interview: on racism, her new novel and Marlon Brando." *Telegraph,* 19 April 2015, https://www.telegraph.co.uk/books/authors/toni-morrison-interview-racism-new-novel-marlon-brando, Accessed 10 October 2019.

Xiao, Xiao et al, "Animal sales from Wuhan wet markets immediately prior to the COVID-19 pandemic," *Scientific Reports* vol. 11, Article no. 11898, 07 June 2021. *Nature.com*, doi:10.1038/s41598-021-91470-2

Zalasiewicz, Jan, Mark Williams, Will Steffen, and Paul Crutzen. "The New World of the Anthropocene: The Anthropocene, following the lost world of the Holocene, holds challenges for both science and society." *Environ. Sci. Technol* 44.7 (2010): 2228-2231.

| 저자소개 |

신두호

　강원대학교 글로벌인재학부 교수로 재직중이며 미국문학과 생태문학을 가르치고 있다. 충남대학교 영어영문학과를 졸업하고 미국 텍사스주립 스티븐 오스틴대학에서 영문학 석사학위, 펜실베니아주립 인디아나대학(IUP)에서 문학생태학 전공으로 영문학 박사학위를 받았다. 문학과환경학회 회장을 역임했으며, 한국영어영문학회 제1회 우보논문상을 수상하였다. 지은 책으로는『자연 경계의 정치학: 미국서부 장소성과 자연문학』,『바우길, 그 길을 걷다』, *Mushroom Clouds: Ecocritical Approaches to Militarization* (공저), *East Asian Ecocriticism* (공저),『미국의 자연관 변천과 생태의식』(공저),『환경위기와 문학』(공저) 등이 있다. 강릉 학산마을에서 틈나는 대로 집안 텃밭을 일구면서 땅과 푸드의 고마움에 겸손을 배우고 있다.

문학과환경 학술총서 ②

21세기 음식과
섭생의 푸드 서사

인류세 식탁

초판 인쇄   2022년 4월 18일
초판 발행   2022년 4월 30일

지 은 이 | 신두호
펴 낸 이 | 하운근
펴 낸 곳 | 學古房

주   소 | 경기도 고양시 덕양구 통일로 140 삼송테크노밸리 A동 B224
전   화 | (02)353-9908 편집부(02)356-9903
팩   스 | (02)6959-8234
홈페이지 | http://hakgobang.co.kr/
전자우편 | hakgobang@naver.com, hakgobang@chol.com
등록번호 | 제311-1994-000001호

ISBN 979-11-6586-452-1 94840
      978-89-6071-511-0 (세트)

값 : 25,000원